Zum Buch:

Annie wollte nur mit ihren Freunden feiern. Auf keinen Fall hatte sie damit gerechnet, Jack zu begegnen – einem Mann, der ihr wohlgeordnetes Leben komplett durcheinanderwirbelt. Zwischen ihnen sprühen sofort die Funken. Dieser Mann raubt ihr den Atem, lässt sie alles um sich herum vergessen – und genau deshalb ist es besser, wenn es bei dieser einen wilden Nacht bleibt. Aber das Schicksal führt sie und Jack erneut zusammen. Doch Annie findet heraus, dass Jack etwas vor ihr verborgen hat und er deshalb tabu für sie ist …

»Die neue Königin sinnlicher Literatur.«

Sunday Times

Zur Autorin:

Jodi Ellen Malpas' Romane wurden in über 20 Sprachen übersetzt und erobern die Bestsellerlisten weltweit. Ein Erfolg, den die bekennende Tagträumerin nicht für möglich gehalten hätte. Seitdem ist das Schreiben von ebenso spannenden wie leidenschaftlichen Geschichten zu ihrer Passion geworden.

Lieferbare Titel:

Mit allem, was ich habe

Jodi Ellen Malpas

Bis wir eins sind

Roman

Aus dem Englischen von
Sabine Schilasky

mtb

MIRA® TASCHENBUCH

FSC
MIX
Papier
FSC® C014496

1. Auflage: September 2018
Deutsche Erstausgabe

Originaltitel: »The Forbidden«
erschienen bei: Forever, New York

Umschlaggestaltung: bürosüd, München
Umschlagabbildung: www.buerosued.de
Lektorat: Siegrid Hoppe
Satz: GGP Media GmbH, Pößneck
Printed in Germany
Dieses Buch wurde auf FSC®-zertifiziertem Papier gedruckt.
ISBN 978-3-95649-823-7

www.mira-taschenbuch.de

Für Jamie

Anmerkung der Autorin

Dieses Buch handelt vom Verbotenen. Dem Untersagten. Dem Tabu. Zumindest sagt die Gesellschaft das. Aber was sagt dein Herz?

Mich kostete es eine Menge blindes Vertrauen, diese Worte zu Papier zu bringen. Ich sage immer, dass ich schreibe, was mir mein Herz aufträgt, nicht, was die Leute geschrieben haben *wollen*. Und dieses Motto war noch nie in meiner Schriftstellerkarriere so bedeutend wie hier. Ich habe an meinem Verstand gezweifelt, als mir die Idee zu diesem Buch kam. Dann erinnerte ich mich an mein Motto, an meinen Herzenswunsch, und mein Herz wollte wirklich diese Geschichte erzählen, trotz des Wissens, dass sie nicht das sein könnte, was andere von mir erwarten. Ich durfte mir meine Arbeit nicht von der Furcht vor einem Tabuthema diktieren lassen. Also habe ich mich hineingestürzt – ohne Zögern, ohne Hemmungen, ohne behutsames Herantasten.

Dieses Buch ist kontrovers. Zweifellos wird es für einige Diskussionen unter den Lesern sorgen, aber das ist für mich in Ordnung. Als Autor akzeptiert man, dass das, was man in die Welt hinausschickt, auseinandergenommen wird, mal positiv, mal negativ. Diese Geschichte handelt von einem Konflikt, von Gefühlen, von Fragen. Es geht darum, dass das Herz stärker ist als der Kopf.

Ich bitte euch, offen an diesen Roman heranzugehen und bitte nicht zu vergessen, dass es eine Geschichte ist. Eine von Leidenschaft, Liebe und Herzschmerz. Es geht darum, sich zur falschen Zeit in die falsche Person zu verlieben. Weil es passiert.

An jedem einzelnen Tag. Doch vor allem handelt sie davon, sich selbst und seinem Herzen treu zu sein. Sie handelt davon, seinen Seelenverwandten zu finden und um ihn zu kämpfen. Sie handelt davon, zu dem zu stehen, woran wir glauben. Und wir alle glauben an wahre Liebe.

JEM xxx.

1. Kapitel

Ich kicke die Berge von Post auf dem Parkett aus dem Weg, während ich einen Karton auf den Armen balanciere. Hinter mir knallt die Tür ins Schloss. Von der Erschütterung stiebt Staub, der sich über zwei Jahre angesammelt hat, von den Bilderleisten im leeren Flur auf, tanzt im Dämmerlicht vor mir und steigt mir geradewegs in die Nase. Ich niese – einmal, zweimal, dreimal – und lasse den Karton fallen, damit ich meine kitzelnde Nase reiben kann.

»Verdammt«, bringe ich schniefend hervor, trete den Karton zur Seite und gehe den Flur hinunter, um Taschentücher zu holen.

Im Wohnzimmer suche ich die willkürlich aufgestapelten Kisten nach der mit der Aufschrift BAD ab. Viel Hoffnung mache ich mir nicht, denn die Kartons stehen in Fünferstapeln um mich herum und warten allesamt darauf, ausgepackt zu werden. Ich weiß nicht mal, wo ich anfangen soll.

Langsam laufe ich herum und schaue mich in meinem neuen Apartment um – eine Erdgeschosswohnung in einem alten, umgebauten georgianischen Haus in einer Westlondoner Allee. Das Erkerfenster im Wohnzimmer ist riesig, die Decken sind sehr hoch, die Böden noch das Original-Parkett. Ich schlendere in die Küche, verziehe das Gesicht wegen der abgestandenen Luft und der Fettfilme auf allen Oberflächen. Dieses Apartment hat zwei Jahre leer gestanden, und das sieht man. Aber es ist nichts, was mithilfe von einem Paar Gummihandschuhen und Putzmitteln nicht zu lösen wäre.

Plötzlich bin ich aufgeregt und stelle mir vor, wie alles blitzt und blinkt, wenn ich erst einen Eimer Reinigungsmittel zum Einsatz gebracht habe. Ich stoße die Glasflügeltür auf, die in den Garten führt, um frische Luft hereinzulassen, und blicke mich im Schlafzimmer um. Es ist *gewaltig* mit dem Original-Kamin und dem angrenzenden riesigen Bad. Lächelnd laufe ich zurück in den Flur und ins Gästezimmer, das ich allerdings nicht als solches nutzen werde. Ich male mir aus, wie mein Schreibtisch unter dem Fenster mit Blick auf den niedlichen Hof steht, und mein Zeichentisch kommt an die gegenüberliegende Wand mitsamt lauter technischen Plänen und Akten. Es ist meins. Alles meins. Es hat ein Jahr gedauert, bis ich die ideale Wohnung in meiner Preisklasse gefunden habe, doch endlich bin ich hier. Endlich habe ich meine eigene Wohnung und meinen eigenen Arbeitsplatz. Ich habe mir immer gesagt, dass ich mit dreißig meine eigene Firma und mein eigenes Zuhause haben würde. Und ich habe mein Ziel ein volles Jahr früher erreicht. Jetzt bleibt mir dieses Wochenende, das Apartment zu meinem Heim zu machen.

Wie aufs Stichwort klopft es an der Tür. Ich laufe durch meine Wohnung – *meine* Wohnung – und reiße die Tür auf, woraufhin eine Flasche Prosecco vor meiner Nase erscheint.

»Willkommen daheim!«, trällert Lizzy, die auch noch zwei Gläser aus dem Ärmel zaubert.

»Oh mein Gott, du bist ein Engel!« Ich springe vor, schnappe mir alles und trete zur Seite, damit ich sie in meinem neuen Zuhause willkommen heißen kann. Das Grinsen auf meinem Gesicht dürfte das breiteste aller Zeiten sein.

Sie strahlt mich an und stürmt herein, wobei ihr kurzes schwarzes Haar ihr Kinn umspielt und ihre Augen vor Freude schimmern – Freude für mich.

»Erst stoßen wir an, dann putzen wir.«

Ich stimme zu, während ich die Tür schließe und ihr ins vollgestellte Wohnzimmer folge.

»Ach du Schande, Annie!«, meint sie flüsternd, sobald sie an der Tür steht und die Kartonberge entdeckt. »Woher kommt denn das ganze Zeugs?«

Ich drängle mich an ihr vorbei, stelle die Gläser auf eine der Umzugskisten und mache die Folie vom Prosecco-Korken. »Das meiste ist Arbeitskram«, antworte ich, lasse den Korken knallen und schenke ein.

»Wie viele Bücher und Stifte braucht eine Architektin?«, fragt sie, wobei sie zu der Wand zeigt, an der sich Plastikkisten mit diversen Akten, Lehrbüchern und Büromaterial reihen.

»Die meisten Bücher sind von der Uni. Micky holt morgen mit einem Van den Kram ab, den ich nicht mehr brauche, um ihn zum Wohlfahrtsladen zu fahren.« Ich reiche Lizzy ein Glas und stoße mit ihr an.

»Prost.« Sie trinkt, während sie sich umsieht. »Wo fangen wir an?«

Ich trinke ebenfalls und schaue mich in meinem chaotischen neuen Zuhause um. »Ich muss mein Schlafzimmer einrichten, damit ich irgendwo schlafen kann. Den Rest nehme ich am Wochenende in Angriff.«

»Ohoooh, dein Gemach!«

Sie lässt ihre Augenbrauen hüpfen, und ich verdrehe die Augen. »Das ist eine männerfreie Zone.« Nachdem ich einen weiteren Schluck Prosecco getrunken habe, steuere ich das Schlafzimmer an. »Ausgenommen Micky«, ergänze ich, als ich dort ankomme und im Geiste mein Bett, meine Schränke und meine Frisierkommode durch den riesigen Raum bewege – noch befinden die Möbel sich allesamt mitten im Zimmer. Ich hoffe, dass Lizzy ausgiebiges Stretching gemacht hat, denn wir müssen schwere Möbelstücke rücken.

»Dein Leben ist eine männerfreie Zone.«

»Ich bin mit meiner Arbeit beschäftigt«, erwidere ich und lächle zufrieden. Ich liebe das! Meine neue Firma macht sich besser und besser. Es gibt kein schöneres Gefühl, als zu sehen, wie sich die eigene Vision verwirklicht, zu erleben, wie sich eine Zeichnung in ein richtiges Gebäude verwandelt. Seit ich zwölf war, wusste ich genau, was ich werden wollte. Mein Vater schenkte mir ein Kaninchen zum Geburtstag, und weil ich den Stall, in dem das Tier lebte, sehr dürftig fand, fing ich an zu nörgeln, dass ich die Unterkunft ausbauen müsse, damit es mein neuer Freund schöner habe. Mein Vater lachte und sagte, ich solle ihm aufzeichnen, was ich haben wollte. Also tat ich es. Und von da an gab es kein Zurück mehr. Nach zwei Jahren A-Levels, vier Jahren Bath University und sieben Jahren in einem Architekturbüro, während der ich mich durch meine drei Architektenprüfungen arbeitete, bin ich jetzt da, wo ich immer hinwollte. Ich bin selbstständig, realisiere die Traumprojekte von Menschen.

Ich halte mein Sektglas in die Höhe. »Was macht dein Job eigentlich?«

»Ich arbeite, um zu leben, Annie, nicht andersrum. Ich denke nur an Pediküre, Haut und Nägel, wenn ich im Salon bin.« Lizzy gesellt sich zu mir an die Schlafzimmertür. »Und wechsle nicht das Thema. Es ist über ein Jahr, zwei Monate und eine Woche her, seit du flachgelegt wurdest.«

»Wie überaus akkurat von dir.«

Lizzy zuckt mit den Schultern. »Es war mein Achtundzwanzigster.«

Ich erinnere mich allzu gut an die Nacht, doch der Name ist mir entfallen.

»Tom«, hilft sie mir auf die Sprünge, als hätte sie meine Gedanken gelesen, und dreht sich zu mir. »War ein niedlicher Rugbyspieler. Ein Freund von Jasons Freund.«

Prompt erinnere ich mich an die Oberschenkel des niedlichen Rugbyspielers, muss lächeln und denke an den Abend, an dem ich den Freund von Lizzys Freund kennenlernte – Tom.

»Ja, er war wirklich ganz niedlich, nicht?«

»Sehr! Und warum wolltest du ihn nicht wiedersehen?«

»Weiß ich nicht«, antworte ich achselzuckend. »Da war nichts.«

»Da waren Schenkel!«

Ich lache. »Du weißt, was ich meine. Funken. Chemie.«

Sie schnaubt. »Annie, solange ich dich kenne, gab es nie Funken.«

Sie hat recht. Wann wird ein Mann erscheinen und mich von den Socken hauen? Mich *richtig* umhauen? Mich an etwas anderes als meine Karriere denken lassen? Das Einzige, was meinen Puls rasen lässt, ist mein Job.

»Hast du den Männern für immer abgeschworen?«, unterbricht Lizzy meine Gedanken. »Denn Jason hat noch jede Menge Freunde von Freunden.«

»Mich langweilt das alles. Dates. Der Stress. Die Erwartungen. Für mich hat es einfach nirgends … klick gemacht«, erkläre ich. »Jedenfalls liebe ich meinen Job und meine Freiheit derzeit zu sehr.«

Lizzy lacht amüsiert und geht nach nebenan, um das Bad zu begutachten. »Deine Arbeit meint es echt ernst mit dir, so wie du sie mit achtundvierzig Stunden Einsatz die Woche verwöhnst.«

»Neunzig«, antworte ich, woraufhin sie die Stirn runzelt. »Ich habe letzte Woche neunzig Stunden gearbeitet. Und ich habe die Freiheit, genau das zu tun.«

»Und was ist mit Spaß?«

»Meine Arbeit macht mir Spaß«, sage ich ein bisschen bissig. »Ich darf wunderschöne Bauten entwerfen und zusehen, wie sie zum Leben erwachen.«

»In den letzten Wochen habe ich dich kaum noch zu Gesicht bekommen«, murrt sie.

»Weiß ich. Es war verrückt.«

»Ja, dieses Nobelpärchen in Chelsea verschlingt deine ganze Zeit. Wie läuft es überhaupt?«

»Super«, antworte ich, weil es so ist. Doch es ist eins der härtesten Projekte, das ich je übernommen habe. Monatelang habe ich Entwürfe gemacht und verhandelt, bis wir endlich einen Kompromiss für ihr ultramodernes Ökohaus hatten, das bei den Behörden bewilligt wurde. Die viele Arbeit war jede Mühe wert. Das Würfelhaus am Parkrand hat mir zu der läppischen Anzahlung verholfen, die ich für mein neues Zuhause leisten musste.

»Sie sind letzten Freitag eingezogen.« Ich laufe auf die Flügeltür zum Innenhofgarten zu und stelle mir vor, wie der kleine Platz in Grün versinkt und wie ein schmiedeeiserner Tisch mit ein paar Stühlen darauf steht, an dem ich meinen morgendlichen Kaffee genieße. »Ist es nicht perfekt?«

»Es ist toll«, meint Lizzy, die mir gefolgt ist. »Jason und ich müssen uns wirklich überlegen, etwas zu kaufen, anstatt zu mieten.«

»Oder zu bauen.« Ich blicke sie augenzwinkernd an. »Ich kenne eine tolle Architektin.«

Wieder mal schnaubt Lizzy. »Wir könnten uns dich nie leisten.«

Ich lache und gehe hinein. »Hilfst du mir jetzt, mein Bett aufzubauen, oder nicht?«

»Komme schon!«, ruft sie und schließt die Türen hinter sich.

Drei Stunden später und nach einem Ausflug zum Laden, um Prosecco-Nachschub zu holen, haben wir alles geputzt, poliert und gewaschen, was zu sehen war, und uns sogar das Bad vorgenommen. Die alte Klauenfuß-Wanne blitzt, und Lizzy hat alle meine Badsachen und Kosmetikartikel ausgepackt, während ich mein Bett machte. Es fühlt sich jetzt schon wie zu Hause an. Ich schaue in den Spiegel, als ich daran vorbeikomme, und sehe, dass sich mein dunkler Dutt oben auf meinem Kopf in ein zerzaustes Chaos verwandelt hat. Rasch zerre ich das Haargummi heraus, lasse mein Haar über meine Schultern fallen und streiche mit den Fingern hindurch, um es zu entwirren. Ich blinzle mehrmals, weil mich irgendwas an meinen blassgrünen Augen stört, beuge mich näher zum Spiegel und entferne einige Staubkrümel aus den Wimpern.

»Vergiss nicht, dass wir nächsten Samstag ausgehen«, erinnert Lizzy mich, während sie das Bad verlässt und einen schwarzen Müllsack zuschnürt. »Jason ist bei einer Firmenveranstaltung, Nat flieht vor John, weil er an dem Abend sein Kind hat, und Micky hat … na ja, er hat immer Zeit. Also will ich keine Ausrede hören, dass du arbeiten musst.«

Ich trete an mein Bett, schüttle die Kissen auf und schlage die Decke zurück, denn sobald Lizzy weg ist, werde ich direkt schlafen gehen. »Keine Ausreden«, verspreche ich.

»Super!« Sie lässt den Müllsack bei den anderen neben der Tür fallen und klopft sich die Hände ab. »Und was ist mit deiner Einweihungsparty? Wir müssen die Wohnung noch taufen.«

»Die ist den Samstag danach. Ich habe auch einige neue Kunden eingeladen.«

»Heißt das, keine Orgie?«

Ich lache. »Keine Orgie.«

»Ah, okay. Ich kümmere mich um die Snacks, du dich um die Cocktails.«

»Abgemacht.«

Jubelnd schlingt sie die Arme um mich. »Es ist perfekt, Annie. Und du hast es dir hart erarbeitet.«

»Danke.« Ich erwidere ihre Umarmung und atme den Duft der unzähligen Kerzen ein, die wir angezündet haben.

»Wie lange nimmst du dir frei?«, fragt sie, als sie mich loslässt und ihre Tasche vom Boden aufhebt.

»Nur das Wochenende.«

»Wow, du lässt es ja richtig krachen, was?«

Ich ignoriere ihren Sarkasmus. »Ich muss die Zeichnungen für die neue Galerie fertig machen. Kein Frieden den Gottlosen.«

»Und auch kein Spaß«, bemerkt Lizzy grinsend, als sie ihr Handy aus der Tasche holt. »Klasse«, murmelt sie beim Blick auf das Display.

»Was?«

Sie steckt das Telefon ein und ringt sich ein Lächeln ab. »Jason arbeitet mal wieder länger. Eigentlich sollte er mich abholen …« Sie sieht auf ihre Uhr. »Jetzt.«

»Du kannst hierbleiben, wenn du willst.«

»Nein, ich fahre mit der U-Bahn. Geh du schlafen.«

Sie küsst mich auf die Wange und befiehlt mir, schön zu träumen. Ich bezweifle nicht, dass ich es werde. Und tatsächlich schlafe ich sofort ein, als ich in mein nagelneues Bett mit der brandneuen Bettwäsche und der brandneuen Daunendecke falle.

Am nächsten Morgen weckt mich lautes, hartnäckiges Klopfen an der Wohnungstür. Ich setze mich auf und blicke mich einen Moment lang desorientiert in dem noch fremden Zimmer um.

Poch, poch, poch!

Auf einmal beginnt mein Handy zu klingeln, gefolgt von weiterem Geklopfe an der Tür und einer Stimme, die meinen Namen ruft. Ich reibe mir das Gesicht, bevor ich nach dem Telefon greife und es unter dem Kissen vorziehe. *Micky* leuchtet es mir entgegen. Und dann sehe ich die Uhrzeit. »Oh Mist!« Ich krabble aus dem Bett und stolpere aus dem Schlafzimmer.

Poch, poch, poch!

»Okay, okay!«, brülle ich, springe über einen Karton und knalle gegen die Tür. Als ich sie öffne, steht mir Micky gegenüber; seine Augen strahlen, das Haar hat er hochgebunden. »Im Ernst?« Mir hallt das Gewummer, das Geklingel und das Gerufe durch den Kopf.

»Guten Morgen, Zuckerschnute!« Er drückt mir einen Kuss auf die Wange, drängt sich an mir vorbei und inspiziert mit vielen Ohs und Ahs meine neue Bleibe. »Nette Wohnung!«

Ich schließe die Tür und folge ihm, wobei ich stirnrunzelnd seinen Man-Bun betrachte. »Was ist mit deinem Haar passiert?«, frage ich, während er sämtliche Ecken und Winkel begutachtet.

»Gefällt es dir?« Er greift sich an den dunkelblonden Knoten an seinem Hinterkopf. »Es fing an, mir beim Arbeiten im Weg zu sein.« Er tritt eine Kiste zur Seite, trinkt einen Schluck von seinem Starbucks-Kaffee und reicht mir gleichzeitig einen Becher.

Dankbar nehme ich ihn entgegen und gehe ins Schlafzimmer. Micky ist in seiner Arbeitskluft, sprich: Shorts und T-Shirt. Er ist Personal Trainer. Ein sehr beliebter Personal Trainer mit einer langen Warteliste voller Frauennamen. Nur Frauen. »Arbeitest du heute?«, frage ich und stelle meinen Kaffee auf den Nachttisch.

Micky folgt mir und hockt sich auf die Bettkante. »Zwei Termine am Nachmittag.« Er kneift mir in den Oberschenkel, als ich an ihm vorbeigehe, und ich schreie auf. »Wann lässt du mich mal an dich ran?«

»Nie!« Ich lache. »Lieber würde ich mir einen heißen Schürhaken in die Augen stechen.«

»Ein paar Kniebeugen werden dir guttun.«

Ich schnaube und schlüpfe in eine Jeans. »Du kannst reichlich Hintern bei Kniebeugen angaffen, ohne mich zu quälen.«

Er grinst. »Apropos, ich habe gerade eine neue Klientin angenommen.«

Ich mache meine Jeans zu. »Verheiratet?«, frage ich, ziehe mein Unterhemd aus und streife mir ein U2-T-Shirt über.

»Nein.« Erneut grinst er. »Du weißt doch, dass ich immer nur fünf verheiratete Klientinnen gleichzeitig betreue. So muss ich mich jeden Tag nur eine Stunde lang professionell benehmen. Fünf Stunden die Woche!«

Laut lache ich auf. Der Mann flirtet gnadenlos, aber er ist auch einer der besten Personal Trainer in London. Die Frauen stehen Schlange, um sich von meinem ältesten Freund beugen, strecken und in furchtbare Stellungen zwingen zu lassen. Und das nicht bloß, um körperlich fit zu werden. »Das muss anstrengend sein.«

»Ist es, wenn sie einen permanent in Versuchung führen. Mal ein unschuldiges Streifen meines Schenkels, mal ein Hintern, der mir ins Gesicht gereckt wird.«

»Wenn es so schwer ist, nicht mit Gedanken und Blicken abzuschweifen, solltest du einfach nur Single-Frauen annehmen. Oder Männer.«

»Ich brauche gemischte Kundschaft. Außerdem bemühen sich die Verheirateten mehr«, meint er, und ich hebe fragend die Brauen. Micky verdreht die Augen. »Beim Training«, stellt er klar.

»Und du warst noch nie versucht?«

»Niemals!« Er schüttelt energisch den Kopf. »Ich mag meine Beine zu sehr und würde niemals riskieren, dass sie mir ein wütender Ehemann bricht. Nein danke.«

Ich binde mein dunkles Haar zu einem hohen Pferdeschwanz, lache und schlüpfe in meine Flip-Flops. Micky kenne ich seit Ewigkeiten. Wir sind zusammen aufgewachsen, haben Mutter-Vater-Kind gespielt, uns nackt gemeinsam im Planschbecken vergnügt. Er hat sogar einige Nägel in den Anbau meines Kaninchenstalls eingeschlagen, als wir zwölf waren. Unsere Eltern waren und sind noch eng befreundet.

»Und wie war deine erste Nacht?«, fragt er und klopft auf die Bettdecke.

»Ich glaube nicht, dass ich schon mal so lange geschlafen habe.« Es ist ein gutes Zeichen. »Na komm, lass uns ein bisschen was von dem Mist loswerden, damit ich anfangen kann zu überlegen, was wohin soll.«

Wir gehen ins Wohnzimmer und ich beginne, gelbe Post-its an alles zu kleben, was ich nicht behalten will. Micky folgt mir und stellt diese Sachen auf eine Seite des Zimmers.

»Hey, das nehme ich.« Er zieht die Haftnotiz von einem winzigen Schubfachkasten, der früher auf meiner Frisierkommode stand. »Ich brauche was für meine Haargummis.«

Grinsend mache ich weiter und markiere alles, was wegmuss. »Dein Man-Bun sieht niedlich aus«, meine ich, als Micky lächelnd seinen neuen Freund streichelt. Ehrlich gesagt könnte Micky sich die Haare abrasieren und würde trotzdem niedlich aussehen. Der Mann ist schlicht süß. In seinen hellbraunen Augen ist stets ein Lachen, und er hat immer einen Dreitagebart. Er ist scharf, doch für mich ist er bloß Micky.

»Danke.« Er klimpert mit den Wimpern.

»Hey, wir wollen nächsten Samstag was trinken gehen. Kommst du mit?«

»Selbstverständlich«, antwortet er prompt. »Mit Lizzy und Nat?« Dabei wackelt er mit einer Augenbraue.

»Wag es nicht. Beide wissen, dass du eine Schlampe bist.« Er kann einfach nicht anders. Nat, Lizzy und ich sind die einzigen Frauen in London, die immun gegen Mickys Charme sind.

»Autsch!«, stößt er lachend hervor und nimmt mich in den Schwitzkasten.

»Runter von mir, du Idiot!« Ich winde mich aus seinem Klammergriff, richte mich auf und schlage nach ihm, worauf er anfängt, mit erhobenen Fäusten um mich herumzutänzeln.

»Hu-huu!«, höre ich meine Mutter rufen, gefolgt vom Klackern ihrer Absätze auf dem Parkett.

Ich verpasse Micky einen kurzen Boxhieb auf den Bizeps, woraufhin er übertrieben aufheult. Dann gehe ich der Stimme meiner Mutter entgegen, bis ich Mum im Flur finde, wo sie seitlich an den Kartonstapeln vorbeiläuft und aufpasst, dass sich ihr Plisseerock nirgends verfängt.

»Oh, schau sich einer die hohen Decken an!«, meint sie schwärmend. »Und die Bilderleisten!«

Ich lehne mich in den Türrahmen und beobachte lächelnd, wie sie auf mich zukommt. Micky gesellt sich zu mir und stellt sich dicht hinter mich.

»Michael!«, kreischt meine Mutter und wird schneller. »Komm in meine Arme!« Sie wirft mich beinahe um, so eilig hat sie es, Micky in die Finger zu bekommen. »Lass mich deine hübschen Backen sehen.« Sie drückt sein Kinn fest, sodass ich lachen muss. »Wo hast du gesteckt? Ich habe dich seit Wochen nicht gesehen!«

»Ich arbeite viel, June.«

Meine Mutter lächelt ihn an und lässt sein Gesicht los. »Wann wirst du meine Annie endlich zu einer anständigen Frau machen?«

Micky blickt mich an, als ich gerade die Augen verdrehe.

»Sobald sie mich nimmt.« Er grinst verschlagen.

Ihm ist vollkommen klar, was er tut, wie immer, wenn meine Mutter ein bisschen zu viel in unsere Freundschaft hineindeutet.

Micky will nichts von mir. Er ist zu sehr damit beschäftigt, eine männliche Schlampe zu sein, und ich bin zu sehr damit beschäftigt, meine Karriere voranzutreiben. Unsere Beziehung ist rein platonisch – was uns beide glücklich macht. Zwischen uns war nie mehr als Freundschaft. Keine Funken. Keine Chemie. Nichts. Oft frage ich mich, ob jemals ein Mann etwas bei mir auslösen wird, denn wenn es Micky Letts nicht tut, kann es womöglich keiner. Sobald er sein entwaffnendes Lächeln bloß andeutet, liegen ihm die Frauen schon zu Füßen. Und ich? Ich empfinde nichts. Ich glaube, ich bin nicht normal.

Meine Mutter klemmt ihre Tasche in die Armbeuge und hält eine Tragetasche mit Putzmitteln in die Höhe. »Ich bin zum Helfen gekommen!«

»So angezogen?«, frage ich mit Blick auf ihre cremefarbene Bluse, den Plisseerock und die hohen Schuhe.

»Man muss immer gut aussehen, Liebes.« Sie schnaubt. »Dein Vater ist gleich da und bringt seinen Werkzeugkasten mit. Also, wo fangen wir an?«

»Ich bin dann weg.« Micky greift sich einen Karton mit einem gelben Post-it, küsst meine Mutter auf die Wange und macht sich mit vollen Händen auf zur Tür. Im Vorbeigehen haucht er mir einen Kuss zu.

Ich grinse, und kaum dass ich mich umdrehe, ist meine Mutter mit gelben Gummihandschuhen und einer Flasche Putzmittel bewaffnet.

»Fangen wir an zu schrubben«, sagt sie aufgekratzt.

2. Kapitel

Meine Fingernägel sind total hinüber – das Ergebnis von einer Woche Schrubben und Heimwerken, während ich mich parallel um meine Kunden, meine E-Mails und meine Entwürfe kümmerte. Doch nun ist meine neue Wohnung eine *blitzblanke* neue Wohnung. Alles hat seinen Platz, und sämtliche Räume sind gestrichen. Die Fachbücher stehen in den Regalen im Arbeitszimmer, Computer und Drucker sind aufgebaut, und mein Schreibtisch steht im Zimmer vor dem Fenster. Ich liebe es! Und jetzt bin ich mehr als reif für einen Abend mit den Mädels, um mal lockerzulassen.

Mein iPod ist voll aufgedreht, und ich tanze in ein Badelaken gewickelt durchs Schlafzimmer, die Fenster weit aufgerissen, während ich lauthals »Like A Prayer« von Madonna mitsinge und Wein trinke.

Nachdem ich mir Smokey Eyes geschminkt habe, ziehe ich ein kleines Schwarzes an und meine höchsten schwarzen Schuhe und binde mein Haar zu einem unordentlichen Knoten. Dann schnappe ich mir meine Tasche und eile an die Tür, wo ich Lizzy bereits klopfen höre.

»Nett.« Sie nickt, als ich öffne, obwohl sie ein bisschen zerstreut wirkt.

»Alles in Ordnung?«, frage ich und gehe nach draußen.

»Ja, bestens.«

Sie sieht unangestrengt umwerfend aus, das dunkle Haar zu großen Locken gedreht und die braunen Augen dramatisch mit Eyeliner umrahmt. Ihr leuchtend pinkfarbenes Etuikleid und die Motorradfahrerjacke sind perfekt exzentrisch und absolut

Lizzy. »Du hast dich auch gut ins Zeug gelegt«, bemerke ich, wobei ich mich bei ihr einhake und wir gemeinsam den Weg entlanglaufen.

»Ich habe mir nur etwas übergeworfen«, erwidert sie und tut mein Kompliment ab. »Nat trifft uns dort. Und sag ihr unbedingt, dass ihr Haar klasse aussieht.«

»Warum? Was hat sie gemacht?« Ich starre Lizzy entsetzt an. Nats Haar ist ihr ganzer Stolz – voll, blond und schimmernd reicht es ihr bis zum Hintern und ist besser gepflegt als die Corgis der Queen.

»Johns Kind hat sein Kaugummi hineingeklebt.«

»Oh Mist«, murmele ich und sehe Nats Reaktion deutlich vor mir. Wütend. Sehr, *sehr* wütend. Sie hat den Mann ihrer Träume gefunden, doch leider gehört zu dem noch ein kleines Extra: ein Sechsjähriger, der ein bisschen missraten ist. Nein, das streiche ich gleich wieder. Er ist *sehr* missraten. Und Nat ist nicht direkt der mütterliche Typ. »Wie viel?«, frage ich und verziehe abwartend das Gesicht. Dann stoße ich einen stummen Schrei aus, denn Lizzy ahmt eine Scherenbewegung in Höhe ihrer Schultern nach. »Oh nein!«

»Und ich habe mich von Jason getrennt.«

Abrupt bleibe ich stehen. »Wie bitte?«

Sie schüttelt den Kopf und scheint den Tränen nahe zu sein. »Ich will heute nicht darüber reden.«

Schnell schließe ich meinen Mund wieder. Auch wenn es mir schwerfällt, frage ich nicht nach. »Okay.« Sie braucht einen netten Abend, und für den sorge ich gerne. »Warte mal, weiß Nat Bescheid?«

Sie nickt und wischt sich hastig über die Augen. »Lass uns nachher bitte nur Spaß haben.«

»Abgemacht.« Ich nehme ihren Arm und gehe weiter, fest entschlossen, sie heute Abend abzulenken, während ich fieberhaft überlege, was passiert sein mag.

Es ist eine Herausforderung, doch ich schaffe es, mich nicht zu verschlucken, als ich Nats ungeheure, ungeplante Verwandlung erblicke. Ihre langen Locken sind verschwunden, und ihrem Gesichtsausdruck nach zu urteilen hat sie sich damit noch nicht abgefunden.

»Sag ihr, dass sie großartig aussieht«, flüstert Lizzy, während wir uns Nat nähern.

»Es sieht super aus!«, rufe ich und schwinge meinen Hintern auf einen der hohen Barhocker. Alle verstummen, Lizzy verdreht die Augen und Nat knurrt mich förmlich an. »Was?«, frage ich unsicher.

»Ich sehe aus wie fünfzig«, murmelt Nat.

»Nein, tust du nicht«, erwidern Lizzy und ich im Chor, was verdammt übertrieben klingt. Sie sieht wirklich älter aus. Vielleicht nicht ganz wie fünfzig, aber eindeutig älter als dreißig.

»Ich liebe es!«, verkünde ich und bin froh, dass es sich hinreichend ernst anhört. Nats Hände wandern zu ihrem Haar und betasten die Enden.

»Ehrlich?«, fragt sie, weil sie dringend Bestätigung braucht.

»Ja, es lässt dich intellektueller wirken.«

Dankbar lächelt sie, und Lizzy klopft mir im Vorbeigehen auf den Arm, was ihre Art ist, mir zur klugen Reaktion zu gratulieren.

»Ich hole Getränke«, verkündet sie. »Wer will was?«

»Wein!«, antworten Nat und ich.

Lizzy geht zur Bar, und ich nutze die Gelegenheit, um Nat auszuhorchen. »Was ist mit Lizzy und Jason passiert?«, frage ich und lehne mich über den Tisch.

»Weiß ich nicht.« Sie zuckt lässig mit den Schultern. Sie war schon immer der mitfühlende Typ. »Sie weigert sich, darüber zu reden.«

»Aber ich dachte, mit den beiden ist es was Festes.«

»Ja, ich auch. Anscheinend nicht, was?«

»Du klingst ja mal besorgt.« Ich schaue sie enttäuscht an, doch sie zuckt nur wieder mit den Schultern. Nat ist nicht unbedingt ein emotionaler Mensch. Sie ist Schadensreguliererin bei einem riesigen Versicherungskonzern, eine richtig harte Nuss, und sie hat Mühe, das von ihrem Privatleben zu trennen. Auf die meisten Männer wirkt sie einschüchternd. Genau genommen auch auf die meisten Frauen. Groß, langbeinig, blond und emotional ein wenig zurückgeblieben.

»Mein Haar wurde massakriert«, entgegnet sie spitz, »also habe ich schlechte Laune.«

Unser Gespräch wird unterbrochen – nicht, dass es irgendwo hingeführt hätte –, da Lizzy ein Tablett auf den Tisch schiebt, auf dem nicht nur Wein, sondern auch Kurze stehen. Ich sehe zu Nat, die mir zunickt, um ihr Verständnis zu signalisieren. Lizzy will sich heute Abend betrinken. Wir nehmen die Kurzen, die sie uns reicht, und stürzen sie wie befohlen hinunter. Dann überlege ich, welche meiner Freundinnen am aufgewühltesten ist und daher meine Aufmerksamkeit braucht. Man sollte meinen, dass es eine leichte Entscheidung ist, doch wahrscheinlich war Nat genauso in ihr Haar verliebt, wie ich dachte, dass Lizzy es in Jason sei. Ich schaue von einer zur anderen; beide sind abgelenkt. Nat streicht immer noch über ihren neuen Bob, und Lizzy starrt verträumt in ihr Weinglas.

Es hilft nichts. Ich kann mich nicht zurückhalten. »Was ist passiert?«, frage ich Lizzy und stoße gegen ihre Knie.

Sie schreckt aus ihrer Trance auf und sieht mich an. Ihre sonst leuchtenden Augen sind matt. Plötzlich füllen sie sich mit Tränen und ihre Unterlippe bebt.

»Er ist fremdgegangen!«, bringt sie hervor und bricht in Tränen aus. »Und das nicht zum ersten Mal!«

»Oh mein Gott!«, rufe ich, springe vom Hocker und schließe sie in die Arme. Sie zittert und schluchzt, schafft es nicht mehr, sich zusammenzureißen. »Warum hast du nichts gesagt?«

»Als es das erste Mal passierte, habe ich ihm vergeben«, antwortet Lizzy schniefend. »Ich dachte, es wäre eine einmalige Sache, und ich wusste ja, wie ihr alle reagieren würdet. Ich wollte nicht, dass ihr schlecht von ihm denkt, und ihr solltet mich auch nicht für jemanden halten, auf dem man herumtrampeln kann.«

Schuldbewusst schaue ich über ihren Kopf hinweg zu Nat. Sie erwidert meinen Blick, denn genau das hätten wir getan. Mistkerl, sage ich lautlos. Nat verzieht wütend den Mund und nickt.

Lizzy flennt noch ein wenig weiter, sodass unsere verschlungenen Körper beben. »Es geht schon seit Monaten«, presst sie schluchzend hervor. »Irgendein Flittchen im Büro. Er hat immer häufiger länger gearbeitet, und ich fand Textnachrichten auf seinem Handy.«

Nat und ich wechseln einen Blick, schweigen aber, wohl, weil keine von uns weiß, was sie sagen soll. Also lassen wir Lizzy weiterreden und uns die schaurigen Details auftischen.

»Sie ist einundzwanzig!«, murmelt sie dicht an meiner Brust. »Verfluchte einundzwanzig!«

Autsch!

In Nats Gesicht spiegelt sich blankes Entsetzen, und ich vermute, in meinem gleichfalls. »Lass uns trinken«, schlage ich vor, denn ich bin bereit, mich um Lizzys willen zu betrinken.

Eine Stunde später ... es könnten auch zwei sein, da bin ich mir nicht sicher, sind wir alle ziemlich angeheitert, aber niemand weint, also kann das nur gut sein. Micky ist gekommen, und Lizzy ist wie ausgewechselt. Micky sieht fantastisch aus, und sein Man-Bun sitzt perfekt. Lizzy stürzt sich auf ihn wie eine Hyäne, doch das ist für Micky kein Problem, obwohl er immer wieder skeptisch zu mir schaut und auf eine Verwarnung wartet. Die wird jedoch nicht kommen. Nicht heute Abend. Außerdem braucht Lizzy Ablenkung, und ich bin zu angetrunken, als dass es mich stören würde. Ein bisschen harmloses Geflirte kann nicht schaden.

Nachdem ich meinen Wein ausgetrunken habe, blicke ich mich nach Nat um. Sie steht allein auf der Tanzfläche und wiegt sich zu einem Stück von Moby. Mit ein paar Drinks intus gehört ihr jede Tanzfläche, egal wo.

Ich drängle mich rüber an die Bar, um mehr Kurze zu holen, da wir eindeutig noch nicht betrunken genug sind. Grinsend bestelle ich vier »Orgasmen« und bewege mich ein wenig zur Musik, während ich auf die Drinks warte. Dann gebe ich dem Barkeeper einen Zwanziger. »Hast du ein Tablett?«, frage ich.

»Sind alle unterwegs«, ruft er, während er mit dem Geld weggeht.

Ich betrachte die vier kleinen Gläser und überlege, was ich tun soll. Es gibt bestimmt eine simple Lösung, doch in meiner Verfassung komme ich nicht drauf, also beginne ich, mir die winzigen Gläser zwischen die Finger zu schieben, zuversichtlich, dass ich sie alle auf einmal mitbekomme und mir einen zweiten Gang erspare ... immerhin sind das gut sechs Meter. »Verdammt«, murmele ich, da ein Glas umkippt und der klebrige Inhalt auf meine Hand überschwappt. Ich fange an, das cremige Zeugs von meinen Fingern zu lecken, weil ich so wenig wie möglich verschwenden will. Dann schnappe ich mir das fast leere Glas und trinke es aus, womit ich nur noch drei Gläser zu tragen habe. Das ist viel einfacher.

Wenn man stocknüchtern ist.

Was ich nicht bin.

Ich nehme mein Wechselgeld entgegen, als der Barkeeper es mir über den Tresen reicht. »Danke«, erwidere ich und beginne, die drei verbliebenen Gläser aufzunehmen. Noch eins kippt, erneut lecke ich mir die Bescherung von der Hand.

»Du kommst prima klar, oder?«

Die amüsierte Stimme lenkt mich ab, und meine Zunge stockt an meinen Fingern. Gleichzeitig weiten sich meine Augen beim Anblick des Mannes neben mir an der Bar.

Ach du … Scheiße.

Ich werde nicht leicht sprachlos. Genau genommen nie. Jetzt scheine ich das mit einem Schlag nachzuholen, und ich habe keine Ahnung, ob es an zu viel Alkohol liegt oder blanke Ehrfurcht ist. Ist *der* scharf! Ich sauge förmlich jedes winzige Detail an ihm in mich auf, angefangen von den Schuhen – bei denen es sich, das muss ich anmerken, um sehr modische braune Jeffrey-West-Budapester handelt – bis zu seinem wunderschönen Kopf. Sagte ich *wunderschön*? Ich bin nicht sicher, ob es das trifft. Klassisch gut aussehend vielleicht? Atemberaubend? Umwerfend? Nichts scheint angemessen. Er hat Bartstoppeln. Sehr verlockende Stoppeln, von denen ich schätze, dass sie das Ergebnis von fünf Tagen Nicht-Rasierens sind, und seine grauen Augen blitzen geradezu lächerlich. Als würden kleine Sterne in ihnen aufleuchten. Sein Haar ist seitlich kurzgeschnitten und oben länger und zu einer Seite gekämmt. Gerade lang genug, um sich daran festzuhalten …

Ich schlucke mein Erstaunen hinunter. Der Mann kann sich anziehen. Lässig. Leger. Ein wunderbar sitzendes Hemd, der Kragen offen, die Ärmel aufgekrempelt, hängt über seiner engen Armani-Jeans. Hatte ich erwähnt, dass er tolle Schuhe hat?

»Brauchst du Hilfe? Kann ich dir zur Hand gehen?«, fragt er und sieht mich – ja, wie eigentlich – an?

Hand? Wohin würde ich diese Hand legen? Nachdenklich neige ich den Kopf zur Seite und starre auf seine Hände. Große, starke Hände, von denen eine um eine Bierflasche geschlungen ist. Schließlich folgt mein Blick der Flasche, bis sie seine Lippen erreicht. Sein Mund öffnet sich. Ich sehe kurz seine Zungenspitze, dann schließen sich seine Lippen um den Flaschenhals, und der Typ lehnt den Kopf nach hinten. Sein

Hals. Oh Mann, der Hals! Die Bewegung seines Adamsapfels. Das leise Seufzen.

Die kolossale Explosion in meinem Slip.

Ich zucke zusammen und überkreuze meine Beine. Ich habe keinen Schimmer, was mit mir los ist, doch es reißt mich aus meiner lächerlichen Benommenheit. »Kurze!«, platze ich heraus und greife nach den Gläsern. »Hey, ich hatte vier bestellt!«, rufe ich dem Barkeeper zu und schaue verärgert über den Tresen.

Der Mann neben mir fängt an zu lachen. Es ist ein tiefes, sexy Lachen.

Weitere Explosionen. Oh … Gott. *Sei still!*

»Wie betrunken bist du eigentlich?«, will er wissen.

Als ich zu ihm aufblicke, stelle ich fest, dass er mich sehr genau beobachtet. »Vollkommen nüchtern, danke«, antworte ich und löse meinen Blick rasch von ihm, um ihm nicht noch eine Chance zu geben, mich erneut in Verlegenheit zu bringen. »Ich hatte vier bestellt.«

»Und hast eben zwei verschüttet.«

Ich schaue nach unten und entdecke die beiden leeren Gläser. Jetzt fällt es mir wieder ein. Wie lange habe ich geträumt? Oder gestaunt? Oder gesabbert?

»Oh.«

»Nicht betrunken?«

Ich lasse meinen Blick auf die Bar gerichtet, meinen Augen ist nicht zu trauen. »Wie gesagt, ich bin vollkommen nüchtern.« Ich schnappe mir die restlichen Gläser und will mich umdrehen, ganz sicher, dass ich das Gleichgewicht halte. Nicht dass ich stur bin oder so. Ich bin nicht betrunken.

»Hast du Lust, es zu beweisen?«

Ich erstarre. Eine Herausforderung?

Ich riskiere einen Seitenblick zu ihm und sehe das umwerfendste Lächeln auf seinem sowieso schon umwerfenden Gesicht. Wo zur Hölle kommt er her?

Es beweisen? »Wie?«, frage ich, da meine Neugier mal wieder die Oberhand gewinnt.

»Bring die Kurzen zu deinen Freunden.«

Er nickt an mir vorbei, und ich sehe hinüber zu meinen Freunden, die alle um den hohen Tisch stehen. Micky fuchtelt wild mit den Armen, und meine Freundinnen lachen. Ich schaffe es zu registrieren, dass der scharfe Typ weiß, mit wem ich hier bin. Wie lange ist er schon da? Es ist ausgeschlossen, dass er es unter dem Heiße-Typen-Radar meiner Clique hindurchgeschafft hat.

»Dann komm zurück zu mir, wenn du möchtest«, ergänzt er leise.

Wenn ich möchte? Möchte ich? Wieder blicke ich kurz zu ihm. Er lächelt. Es ist ein gefährliches Lächeln. Sehr gefährlich. Er ist zu gut aussehend, um harmlos zu sein.

Ich gehe weg und schwinge schamlos die Hüften, wobei ich dem Drang widerstehe, mich umzudrehen und nachzusehen, ob er mich beobachtet. Er *tut* es. Das weiß ich einfach, und es macht mich ganz heiß und erregt mich.

Lizzy springt wie ein Tiger auf mich zu, als ich an unserem Tisch bin. »Wer ist das denn?«, fragt sie, die Augen weit aufgerissen, während sie eins der kleinen Gläser nimmt.

»Weiß ich nicht«, antworte ich und kippe den letzten Drink selbst, anstatt ihn einem meiner Freunde zu geben. Wobei ich deutlich diese magische Anziehung des Mannes hinter mir spüre. Mein Körper verspannt sich vor Anstrengung, mich nicht umzudrehen und zu ihm zu sehen.

»Annie, ich weiß, dass du ziemlich immun gegen Männer bist, aber jetzt verarschst du uns doch. Er beobachtet dich.«

Immun? Ich bin nicht sicher, ob ich von *immun* sprechen würde. Ich habe lediglich noch nie irgendetwas empfunden, das auch nur annähernd besonders war. Also wieso zur Hölle kribbelt es bei mir dann von oben bis unten und warum zittere ich wie verrückt? Nein, jetzt gerade fühle ich mich nicht sehr immun. »Soll er doch gucken.«

Sie starrt mich an. »Tja, wenn du nicht mit ihm reden willst, tue ich es eben, da ich ja nun Single bin.« Sie quetscht sich an mir vorbei, setzt ihr strahlendes Lächeln auf und will zur Bar und zu *meinem* Mann.

Ich habe keine Ahnung, was über mich kommt, aber im nächsten Moment fasse ich Lizzy am Handgelenk und reiße sie zurück. Genervt von mir selbst, kneife ich die Augen zu. »Warte mal kurz.« Ich hole tief Luft und drehe mich zu ihr um. »Eine Rachenummer mit einem Fremden ist nicht der richtige Schritt nach vorn.«

Sie unterdrückt ein Grinsen, das zweifellos ihr Gesicht spalten würde, sollte sie es herauslassen. Lizzy hat mich ertappt. Zum ersten Mal – wahrscheinlich zum *allerersten Mal* – hat ein Mann meine Aufmerksamkeit erregt. Ich sollte nicht zu viel da hineininterpretieren. Vermutlich hat dieser spezielle Mann die Aufmerksamkeit jeder Frau hier geweckt, dieser unselige, gut aussehende Bastard.

Lizzy beugt sich zu mir, bis ihr Mund an meinem Ohr ist, während mein Blick wieder auf ihn fällt. Er beobachtet mich immer noch. Gezielt, beinahe provozierend.

»Er sieht wie jemand aus, der gerne hart vögelt«, flüstert Lizzy kichernd, weicht zurück und schaut mich frech an. »Tu der weiblichen Bevölkerung einen Gefallen und lass dich flachlegen.« Sie nickt an mir vorbei. »Von ihm.«

»Ich werde nur mit ihm reden«, behaupte ich, lasse meine Freundin stehen und gebe der Anziehung nach, die mich zu ihm lockt. Ich hole Luft und gehe gemessenen Schrittes auf ihn zu. Als ich merke, dass ich mir auf die Unterlippe beiße, korrigiere ich das sofort.

Er bleibt ernst, während er mich lässig an die Bar gelehnt betrachtet.

»Ich glaube, ich habe ein leichtes Schwanken gesehen«, sagt er und zieht die Augenbrauen hoch.

Er ist so verflucht attraktiv, dass es sicher nicht gesund für ihn ist. Und für mich ganz bestimmt auch nicht. »Nüchtern«, sage ich und lehne mich neben ihm an die Bar.

Ohne den Blick von mir abzuwenden, ruft er dem Barkeeper zu: »Zwei Tequilas bitte.«

»Tequila«, wiederhole ich und schaue über meine Schulter, als Salz und Limone hinter mir landen. »Ist das die Herausforderung?«

»Willst du passen?« Er greift in seine Tasche und zieht einige Geldscheine heraus.

»Niemals«, antworte ich und drehe mich zur Bar um. Ich weiß nicht, was für ein Spiel ihm vorschwebt, aber ich will spielen. Mit ihm. »Ich soll dir beweisen, dass ich nüchtern bin, indem ich einen Kurzen trinke?« Ich sehe ihn scherzhaft misstrauisch an. »Oder hast du vor, mich betrunken zu machen, damit du meinen Zustand dann ausnutzen kannst?«

Er lächelt, während er beim Barkeeper bezahlt. »Du siehst nicht wie eine Frau aus, die sich ausnutzen ließe.«

»Und nach was für einer Frau sehe ich aus?«, frage ich leise.

Er betrachtet mich eine Weile. »Weiß ich nicht, aber ich glaube, ich würde es gerne herausfinden.«

Sekundenlang halte ich seinem Blick stand, doch mir will keine Erwiderung einfallen. Ich denke, dass ich es ihn herausfinden lassen möchte, genauso wie ich ergründen will, was für ein Mann *er* ist. Mein Blick gleitet von seinen blitzenden grauen Augen die große, schlanke Gestalt hinunter bis zu seinen Füßen.

Oh … Mist …

»Spielen wir.« Er kommt näher und zieht eins der Gläser vor.

Ich will es nicht, doch abrupt reiße ich meinen Arm weg, als er ihn streift, erschrocken wegen dieser winzigen, wohligen

Stiche, die über meine Haut huschen. Die flüchtige Berührung verrät mir, dass er sich genauso gut anfühlen würde, wie er aussieht, und – Herr, gib mir Kraft! – er riecht göttlich, männlich, erdig und zum Auffressen gut.

Die plötzliche Gesprächspause wird etwas merkwürdig. Ich fühle, dass er mich anschaut.

»Was soll ich tun?«, frage ich leise, hauche es fast nur.

Er räuspert sich. »Du bist nicht betrunken?«

»Nicht mal ein kleines bisschen.« Ich recke die Nase in die Luft.

»Gut. Dann schaffst du diese Herausforderung auf Anhieb.« Er legt einen Finger an den Rand eines der Schnapsgläser. »Stütz die Hände an der Tresenkante ab«, befiehlt er streng, aber ruhig.

Ich sehe zu ihm hoch und stelle fest, dass er ernst ist.

»Na los.«

Stirnrunzelnd presse ich meine Hände auf die Tresenkante. »Okay?«

Er umfängt meine Hüften. Meine verfluchten Hüften! Ich bin wie versteinert, schlucke und warte. Alles in mir verkrampft sich schlagartig, und in meinem Kopf herrscht Chaos.

»Tritt ein bisschen zurück«, sagt er und zieht mich leicht, bis ich einen Schritt zurücktrete.

Oh Gott, ich stehe förmlich in Flammen. Ein Fremder legt mich praktisch vornüber in aller Öffentlichkeit in einer Bar über den Tresen, und ich, Annie Die-Männerresistente-Ryan, wehre mich nicht mal. Es ist, als hätte er mich mit einem Zauber verhext. Was ist hier los? Ich wage nicht, hinter mich zu schauen. Natürlich bin ich nicht so blöd zu glauben, dass Lizzy nicht beobachtet, wie ein Mann meinen Körper in die Position bringt, in der er mich will.

»Du fühlst dich verspannt an«, bemerkt er, lässt mich los und stellt sich wieder neben mich.

Ich leugne es nicht, bestätige es allerdings auch nicht. Seine großen Hände an meinen Hüften fühlten sich so gut an, dass ich dem Drang widerstehen muss, sie dahin zurückzuziehen, wo sie eben gewesen waren. »Was jetzt?«, frage ich atemlos. Verdammt!

»Jetzt …« Grinsend nimmt er sein Bier auf. »… darf ich damit angeben, dass ich dich schon nach wenigen Minuten flach auf dem Tresen liegen hatte.«

Immer noch grinsend trinkt er einen Schluck, und ich höre das Grölen eines Mannes, weiter unten an der Bar, der sich kaputtlacht.

Oh, der Mistkerl! Ein Teil von mir bewundert ihn. Ein anderer will ihn ohrfeigen, egal, wie schön er ist. Und wieder ein anderer Teil will ihm die Klamotten vom Leib reißen und diesen hinterhältigen Bastard verschlingen.

Ich *fasse* nicht, dass ich darauf reingefallen bin! Mit wie vielen Frauen hat er das schon gemacht? Ich senke den Kopf und schüttle ihn über meine eigene Blödheit.

Ich wusste, dass dieses Lächeln gefährlich ist. Ein Mann, der es schafft, dass eine Frau sich so leicht *und* so schnell seinem Willen beugt, ist tödlich. Und die Tatsache, dass er mich mit seinem fiesen Spiel reingelegt hat, bedeutet, dass man den Hut vor ihm ziehen sollte. Ich kann ihm diesen Triumph unmöglich nehmen, und da es mir momentan etwas an Würde mangelt, beschließe ich, ihn nicht zu schlagen. Ebenso wenig werde ich ihm ein Getränk über den Kopf schütten oder ihn wüst beschimpfen.

Ich werde tun, was er am wenigsten erwartet.

Ich richte mich auf und drehe mich zu ihm um, wobei ich nicht aufhören kann, sein träges Grinsen mit einem Lächeln zu erwidern. Während ich ihm in die Augen schaue, lecke ich mir über den Handrücken, greife ohne hinzusehen nach dem Salz auf dem Tresen, streue es auf meine Hand und schnappe mir eins der Tequila-Gläser. Als ich das Salz ablecken will, fasst er mich am Unterarm und nimmt mir das Glas aus der anderen Hand. Mein Herzschlag wird schneller, unsere Blicke verschmelzen, als er näher kommt und langsam meine Hand an seinen Mund hebt. Gebannt beobachte ich, wie er genüsslich das Salz von meiner Haut leckt, ohne mich aus den Augen zu lassen, und dann den Tequila runterkippt. *Wenn ich jetzt draufgehe, werde ich glücklich sterben.* Seine Zunge auf meiner Haut. Seine Augen auf meine gerichtet. Seine Hand um mein Handgelenk. Ich muss wie eine Statue wirken – unfähig zu sprechen, mich zu bewegen oder klar zu denken.

»Da ist noch ein Tequila«, sagt er und nickt zum Tresen, wobei er mich im Blick behält. »Und das ist deiner.«

Gütiger Himmel! Mein Herz rast sekündlich schneller, während ich zusehe, wie er sich den Handrücken leckt und etwas Salz draufstreut. Dann bietet er sie mir an. Ich starre auf seine Hand, bevor ich zögerlich zu ihm aufblicke. In diesen glitzernden grauen Augen könnte ich mich verlieren.

»Ich schmecke gut«, flüstert er.

Das bezweifle ich nicht. Ich muss all meinen Mut und mehr aufbieten, um seine Hand zu nehmen und sie an meinen Mund zu führen. Sobald sich meine Zunge vorstreckt, schließe ich die Augen und wappne mich. Ich schmecke kein Salz. Ich schmecke *ihn*. Und es dürfte das Berauschendste sein, was ich jemals gekostet habe. Ich schlucke, halte seine Hand weiter fest, während ich nach dem Tequila greife, ihn hinunterstürze und nicht mal mit der Wimper zucke, als er mir die Kehle hinabrinnt.

»Ich habe es dir ja gesagt«, murmelt er und zieht seine Hand weg.

Ich reiße mich aus der Trance und schaue weg, sonst würde ich noch explodieren. »War nett, mit dir zu spielen«, erkläre ich leise und wende mich ab. Ich muss zur Toilette. Schnell.

»Hoppla!«

Wieder umfängt er mein Handgelenk und hält mich zurück. Mein Körper spannt sich an. Nachdem ich mich in sein blödes Männerspiel habe hineinziehen lassen und er mich auf den Tresen bekommen hat, sollten sämtliche nervige Reaktionen auf ihn im Keim erstickt sein. Dann hat er mich geleckt. Und ich habe ihn geleckt. Das Kribbeln, das mich durchrieselt, ist so ausgeprägt, dass ich an mich halten muss, um mir nicht energisch über die Arme zu streichen.

»Geh noch nicht«, bittet er sanft.

Fragend sehe ich zu ihm hoch und versuche, durch diesen Nebel von Lust einen Funken Verstand zu ertasten. Ich bin schon lange, *sehr lange* mit keinem Mann mehr zusammen gewesen. Ungefähr seit einem Jahr, zwei Monaten und einer Woche, um genau zu sein. Seit dem Bekannten von Jasons Bekanntem.

»Und was hast du mit mir vor, wenn ich bleibe?«, frage ich mich, wobei ich kurz auf seine Hände blicke, ob da ein Ring ist – um sicherzugehen. Kein Ring. Wieso sich noch keine Frau diesen Mann geangelt hat, ist mir schleierhaft.

»Ich habe vor, mit dir zu reden«, antwortet er leise und schaut mich mit einem Anflug von Neugier an.

»Im Gegensatz zu an mir lecken?«

»Mochtest du das Spiel nicht?«, fragt er ernst.

Etwas lauert in seinem Blick. Etwas Verführerisches. Etwas, das mich ein bisschen … vorsichtig macht. Und sehr *heiß*.

Immer noch hält er mein Handgelenk fest, und ich zögere. Die Hitze unserer Berührung kann ich nicht ignorieren. Er fasziniert mich und sei es nur, weil er meine Aufmerksamkeit fesseln konnte, obwohl es ein gemeiner Trick war.

Reden. Er will reden.

Sanft nehme ich meinen Arm weg, und er lässt mich langsam los, wobei er mir in die Augen sieht. Dann zieht er einen Barhocker vor und bedeutet mir, mich zu setzen.

»Möchtest du was trinken? Oder hattest du genug?«

Ich schwinge meinen Hintern auf den Hocker und werfe ihm einen müden Blick zu, denke jedoch, dass ich wirklich nicht mehr trinken sollte. Vor allem nicht, wenn ich hier halbwegs den Überblick behalten will. »Ich hätte gerne ein Wasser.«

Er winkt den Barkeeper zu uns, bestellt mir ein Wasser und sich noch ein Bier. Ich schaue hinüber zu meinen Freunden und stelle fest, dass keiner von ihnen zu uns sieht, mit Ausnahme von Micky. Er neigt fragend den Kopf zur Seite, und ich nicke ihm zu. Mir geht es gut. Absolut gut.

Der Namenlose schwingt sich auf einen Hocker vor mir, einen Fuß auf dem Boden, den anderen auf der Fußstütze und einen Ellbogen auf den Tresen gestützt. Sein Hemd kräuselt sich ein wenig um seine Mitte. Offensichtlich könnte da ein Sixpack unter dem blütenweißen Stoff sein. An seinem gebeugten Arm deuten sich recht feste Muskeln an.

»Wie heißt du?«, will er wissen.

Erneut schaue ich ihm ins Gesicht. Er wirkt immer noch ernst, was ein klarer Kontrast zu dem frechen Grinsen ist, das er zeigte, als ich ihn heute Abend das erste Mal sah.

»Annie«, antworte ich. »Und du?«

»Jack.«

Er streckt mir die Hand hin, beobachtet mich, als ich zu entscheiden versuche, ob ich ihn noch mal berühren soll. Es ist definitiv keine gute Idee. Wenn überhaupt, sollte ich mich zurückziehen, weggehen, möglicherweise sofort die Bar verlassen. Im ernsten Ausdruck in seinen Augen lese ich deutlich seine Absichten; Absichten, die mir Angst einjagen sollten – weshalb ich meinen Arm ausstrecke und meine Hand in seine lege, entzieht sich gegenwärtig meinem Verstand. Ich bin hingerissen. Verzückt. Es ist eine Offenbarung, und es gefällt mir schon ganz gut.

Sobald der Kontakt von Haut auf Haut hergestellt ist,

umfasst er schnell meine Hand, was mich erschreckt. Ich sehe ihm ins Gesicht, rechne mit einem frechen Grinsen, doch nach wie vor schaut er mich ernst an.

»Hab dich«, murmelt er und drückt meine Hand.

Mir stockt der Atem. Mein Herz galoppiert förmlich. Meine Haut wird heiß. Oh Mist, er hat mich tatsächlich!

Langsam schüttelt er meine Hand und lässt sich richtig Zeit damit. Ich schlucke mehrmals, weil meine Kehle knochentrocken ist, während er meine Bewegungen steuert.

Hab dich?

Seine Mundwinkel bewegen sich träge noch oben, als könne er meine Gedanken lesen, und da ist wieder dieses Lächeln. Und die blitzenden Augen.

»Ich habe sie geleckt, also gehört sie mir«, sagt er schmunzelnd.

Seine Erklärung entlockt mir ein erstauntes Kopfschütteln, und er senkt meine Hand in seiner auf mein nacktes Bein und nutzt diese Position, um mit seinen Fingern auf meinem Oberschenkel nach unten zu streichen, als er sie wegzieht. Ich zucke auf dem Barhocker zusammen und greife nach meinem Wasserglas.

»Leckst du viele Frauen?«, frage ich, wofür ich mich sofort treten möchte. Es geht mich nichts an, und ich will es ehrlich nicht wissen.

Auf einmal wird er wieder ernst.

»Frauen in Bars abzulecken ist normalerweise nicht mein Ding.«

»Und sie über den Tresen zu legen?«

Die Andeutung eines Lächelns umspielt seine Lippen, als würde er meine Gedanken lesen.

»Ich weiß nicht, was über mich gekommen ist«, gesteht er kurz auflachend, hebt eine Hand an sein Kinn und streicht sich über die Stoppeln.

Ich bin froh, denn ich habe ebenfalls keinen Schimmer, was über mich gekommen war.

»Was machst du so, Annie?«

»Ich bin Architektin«, antworte ich prompt. *Rede. Rede einfach.* »Hauptsächlich private Projekte, doch ich fange langsam an, mich in den kommerziellen Bereich vorzuarbeiten.«

»Du hast deine eigene Firma?«, fragt er, und ich nicke. »Das ist beeindruckend für jemanden in den ...« Jack neigt fragend den Kopf zur Seite.

Sein niedlicher Versuch, mein Alter zu erfahren, lässt mich lächeln. »Ich bin neunundzwanzig.«

»Wow, das ist wirklich eindrucksvoll. Gratuliere. Ich mag erfolgreiche Menschen.«

»Danke.«

»Bist du verh...«

»Nein.« Ich lache.

»Vergeben?«

Hier zögere ich, warum, weiß ich nicht. Wahrscheinlich, weil meine Antwort einen Weg öffnen würde für ... was? »Nein.«

Das ist Erleichterung in seinem Blick. Definitiv Erleichterung.

»Dann bist du eine Frau, die gerne ihren Spaß hat?«, fragt er mit einem vielsagenden Unterton.

»Tja, normalerweise lasse ich mich nicht von Fremden flach auf einen Tresen legen oder ablecken, falls du darauf hinauswillst.«

»Ich fühle mich geehrt.« Jack lächelt zufrieden. »Und was tust du sonst, um dich zu amüsieren? Ich meine, wenn ich nicht da bin, um dich auf den Tresen zu legen und dich abzulecken?«

Ich erwidere sein Lächeln und trinke einen Schluck Wasser, um meinen zunehmend trockenen Mund zu befeuchten. »Ich arbeite viel. Und ich habe gute Freundinnen, mit denen ich mich amüsiere.«

»Freiwillig oder wegen einer schlechten Erfahrung?«

»Jetzt wird es ein bisschen persönlich, oder?«

Grinsend zuckt er mit den Schultern. »Ich versuche nur, dich kennenzulernen.«

Eins seiner Knie in der Jeans streift meins, und ich reiße das Bein weg, während mein erbärmliches Herz einen Schlag aussetzt. Er muss mich nicht ausfragen. Ich erzähle ihm gerne alles. »Momentan interessieren mich Männer nicht.« Ich weiß nicht, warum, doch ich ertappe mich dabei, wie ich mir auf die Unterlippe beiße und aufmerksam seine Reaktion beobachte.

Bedächtig nickt er. »Das könnte sich ändern.«

Er sagt das – einfach so. Ich bin erschrocken.

Mein Rücken versteift sich, und mein Atem stockt. »Was meinst du?«, frage ich leise und bemühe mich, bloß interessiert zu klingen. Versuche es zumindest. Doch was aus meinen Worten an diesen Mann herauszuhören ist, ist Faszination. Und Verlangen.

»Ich meine«, beginnt er und lehnt sich leicht vor, »dass du offensichtlich noch nie vollständig von einem Mann eingenommen wurdest.«

Er wartet, um mir Zeit zum Zustimmen zu geben, aber das tue ich nicht. Ich bin auf ihn fixiert.

»Doch eines Tages wird ein Mann kommen, und der wird dich vollständig einnehmen, Annie. Dich überrumpeln.«

Seine Worte scheinen mehr anzudeuten, als er sagt, und es fällt mir schwer, nicht neugierig zu werden. Immer noch sehe ich ihn nur stumm an.

Mein Puls dröhnt in meinen Ohren, als er zurückweicht, sich zum Tresen dreht und den Barkeeper heranwinkt. Ich kann nicht hören, was er bestellt. Meine Umgebung und der Lärm in der Bar sind zu einem fernen Rauschen geschrumpft. Jack zieht mich magisch an – nicht nur sein Aussehen, sondern seine Persönlichkeit, seine Stimme … seine Worte.

»Hier.«

Er nimmt das Wasser aus meiner schlaffen Hand und reicht mir ein Schnapsglas. Die Berührung reißt mich aus meiner Trance, und ich blicke mich um, stelle fest, dass es die Welt um mich herum noch gibt. Er stößt mit mir an, lächelt auf diese bezaubernde Art – die mich in dem Moment fesselte, in dem ich ihn sah.

»Darauf, überrumpelt zu werden.« Er erhebt sein Glas.

Er kippt den Drink hinunter, knallt das leere Glas auf die Theke und wischt sich den Mund mit dem Handrücken ab. Mein Blick folgt jeder seiner Bewegungen, wobei ich versuche, zwischen den Zeilen zu lesen, seine Worte zu entschlüsseln und ihnen einen tieferen Sinn abzugewinnen. Natürlich ergeben sie schon für sich einen Sinn, doch etwas sagt mir, dass da noch mehr dahintersteckt. Vielleicht ist es sein leicht schroffer Tonfall. Vielleicht ist es die Art, wie er mich ansieht.

»Trink aus.«

Seine Fingerspitzen berühren meine auf dem Glas und schieben es behutsam an meine Lippen. Dann beobachtet er, wie ich langsam die Flüssigkeit in meinen Mund kippe. Ich bin in einem gewaltigen Zwiespalt gefangen.

Ich will ihn.

Zum ersten Mal in meinem Leben will ich einen Mann *richtig*. Ich fühle … etwas.

»Was machst *du* so, Jack?« Ich folge meinem Instinkt, mehr über diesen Mann zu erfahren, der mich völlig aus der Bahn wirft.

»Ich habe viele Talente.«

Ich unterdrücke ein Grinsen. »Zum Beispiel?«

»Ach, die Liste ist unendlich. Wie viel Zeit hast du?«

Alle! Rasch bringe ich meinen Verstand wieder in die Spur. *Ernsthaft, Annie? Reiß dich zusammen!* »Du bist süß«, scherze ich und beiße mir sofort auf die Zunge, weil es eine blöde

Antwort ist. Jack ist alles andere als süß. Er ist groß, gut gebaut, ein Prachtexemplar von einem Mann.

Für einen flüchtigen Moment sieht er weg und lacht leise. »Du bist selbst ziemlich süß.« Nun schaut er mich wieder an, und seine Augen blitzen wie verrückt. »Wie kommt es, dass du Single bist?«

Dieselbe Frage sollte ich ihm stellen. »Weil ich es sein will. Weil Beziehungen harte Arbeit erfordern, und die investiere ich lieber in anderes.«

Nickend blickt er mir tief in die Augen. »In dich?«

»Ja«, antworte ich ehrlich, obwohl es egoistisch klingt. Vielleicht wird sich meine Einstellung eines Tages ändern, wenn der richtige Mann aufkreuzt. Wer weiß? Doch in meiner jetzigen Lebensphase gibt es keinen Mann, und ich bin recht zufrieden so. »Ich habe mir ein Versprechen gegeben, und das will ich halten.«

Er holt tief Luft und spielt am Etikett seiner Bierflasche herum. »Ich bewundere dich. Dir ist dein eigenes Glück wichtig, und du bist eindeutig glücklich.«

Ich lehne mich ein wenig zurück und betrachte ihn. »Bist du es nicht?«

»Jetzt gerade bin ich wahnsinnig glücklich.«

Ich lächle, und frech grinsend legt Jack eine Hand auf mein Knie und drückt es sanft. Mein Lächeln erstirbt für eine Sekunde, und mein Blick gleitet zu seiner Hand, die meine nackte Haut berührt. Hitze breitet sich in mir aus, winzige Sprünge in einer Glasscheibe, die jeden Moment birst, und die Flüssigkeit in meinem Glas schwappt bedenklich an den Seiten hoch. Ich zittere so schlimm, dass ich meinen Drink hinstellen und das Glas festhalten muss, um das zu überspielen.

Ich sehe zu Jack und stelle fest, dass sein Grinsen verschwunden ist, alle Amüsiertheit ist fort. Langsam nimmt er die Hand von meinem Bein. Gütiger Himmel! Meine Welt ist aus den

Fugen geraten, als er seine Hand auf mir hatte. In den wenigen sagenhaften Sekunden vergaß ich meinen Namen, meinen Job, meine Ziele. Plötzlich war Jack mein einziger innerer Antrieb – ihn zu berühren, mit ihm zu reden, ihm zuzuhören. Dieser Fremde hat mich aus meiner Realität geholt und mich woanders hinkatapultiert. Wo ich abgelenkt und eingenommen werde.

Vollständig eingenommen. Noch nie hat mich irgendwas vollkommen gefangen genommen, abgesehen von der Arbeit. Ich habe erst wenige Minuten mit Jack verbracht, und schon jetzt bin ich süchtig nach der Intensität, die er ausstrahlt. Das ist mir fremd ... und es ist beängstigend. Es hat mich völlig unvorbereitet erwischt.

Mein Herzschlag setzt wieder ein, und ich hole mich zurück ins Leben. *Mein* Leben. Mein *wahres* Leben. »Es war nett, mit dir zu reden, Jack. Nun muss ich wirklich gehen.« Ich gleite vom Barhocker. Ich muss weg von ihm, denn mein Verstand ist ein einziges Chaos, und es macht mir Angst, wie ich auf ihn reagiere. Höflich reiche ich ihm die Hand.

Er nickt verständnisvoll. »Fraglos die klügste Entscheidung, die du für uns beide triffst.«

Er ergreift meine Hand, und ich schwöre, dass in meinem Inneren Explosionen stattfinden. Von der doofen Art, wie Leute sie in Büchern beschreiben und bei denen man die Augen verdreht, weil es so lächerlich ist, zu glauben, dass zwei Menschen solch eine starke Verbindung haben können. Überrumpelt sind.

»Hier.« Er öffnet meine Finger und legt mir etwas auf die Handfläche. »Eine Erinnerung an mich.«

Ich blicke hinunter und sehe, dass es der Kronkorken der Budweiser-Flasche ist. »Warum sollte ich mich an dich erinnern wollen?«, frage ich und schaue ihn an.

»Weil dieser Abend in die Geschichte eingehen wird.« Lächelnd schließt er meine Hand zu einer Faust, sodass der Kronkorken fest darin liegt.

Er hat recht. Es ist ausgeschlossen, dass ich diese Begegnung mit Jack jemals vergessen werde. »Und was hast du, um dich an mich zu erinnern?«

Er streicht sachte mit einem Finger über meine Wange, was sämtliche klaren Gedanken in meinem Hirn ausradiert.

»Ich habe das«, murmelt er und tippt sich an die Schläfe. »Hier gespeichert.«

Meine Knie werden weich, mein Blut scheint sich in flüssige Lava zu verwandeln. Ich brauche keinen Kronkorken als Erinnerung, denn auch ich habe sein Gesicht sicher in meinem Kopf abgespeichert. Jack beugt sich zu mir und hält mich an den Oberarmen fest. Als seine Brust meine berührt, geben meine Knie tatsächlich nach, und ich wimmere, während meine Stirn an seine Schulter sinkt. Oh mein Gott, wer ist dieser Mann?

Seine Lippen sind an meinem rechten Ohr, und einige unglaubliche Momente lang atmet er dort nur, dann sagt er: »Sollte ich dich jemals wiedersehen, Annie, kann ich nicht versprechen, das zu tun, was das Beste wäre, und weggehen.«

Er weicht zurück und geht, wobei er seinem Freund, einem hellhaarigen Mann, ein Zeichen gibt, ihm zu folgen. Im Vorbeigehen wirft er mir einen fragenden Blick zu, nimmt meine offensichtliche Verfassung wahr. Die welche ist? Vom Donner gerührt. Anders lässt es sich nicht beschreiben. Ich fühle mich, als wäre ich ohne Vorwarnung von der Seite gerammt worden, sodass es mir den Atem raubte.

Meine Lunge beginnt zu brennen, und mir wird klar, dass ich den Atem angehalten habe. Nun hole ich so schnell und so tief Luft, dass mir schwindlig wird und ich mich am Tresen festhalten muss.

»Hey, alles in Ordnung?«

Lizzy taucht neben mir auf, ihr Blick gleitet zwischen mir und Jack hin und her, der die Bar verlässt.

»Ja«, quieke ich und beginne zu zittern, eine Nachwirkung meiner Begegnung mit dem bestaussehenden, intensivsten Mann, der mir je über den Weg gelaufen ist.

»Tja, war das nicht der knackigste Hintern aller Zeiten?« Lizzy grinst, dann verzieht sie fragend das Gesicht und sieht mich schließlich besorgt an. »Hey, geht es dir wirklich gut?«

Himmel, ich muss zu mir kommen! »Ja, bestens.« Ich zwinge mich zurück in die Gegenwart, nehme mein Wasser und trinke es mit wenigen langen Schlucken aus.

»Und wo ist er hin?«, fragt sie.

»Er war ein eingebildeter Idiot«, murmele ich abfällig, was eine unfassbare Lüge ist. Aber anders geht es nicht. Würde ich Lizzy verraten, dass ich von oben bis unten vor Verlangen gebrannt habe, und das nicht nur jedes Mal, wenn Jack mich berührte, sondern auch bei jedem einzelnen seiner Worte, wäre das ein Fehler.

»Er hätte die Trostnummer sein können, die ich brauche«, entgegnet Lizzy betrübt seufzend.

»Das ist nicht dein Ernst.«

»Doch, ist es. Was für eine Verschwendung. Du wirst es bereuen.«

»Kann sein.« Ich blicke zum Eingang, da ist jedoch keine Spur mehr von ihm. Er ist fort, und ich begreife nicht, wieso ich deshalb so niedergeschlagen bin. »Aber bei dir ist alles gut?«, lenke ich sie ab, was vernünftig ist. Ich muss vergessen, dass es die letzte halbe Stunde gegeben hat.

Die beste Entscheidung, die ich jemals getroffen habe? Was, wegzugehen? Und was meinte er damit, für uns beide?

»Absolut glänzend«, antwortet Lizzy, nimmt meinen Arm und zieht mich mit sich.

Ich sehe sie an. »Micky sollte *eindeutig nicht* deine Trostnummer sein.«

»Wir flirten bloß.«

Mir fällt der Blick auf, den sie wechseln, als wir an den Tisch kommen, aber ich bin viel zu zerstreut, um dem die gebührende Sorge zu widmen, denn immer noch kribbelt bei mir alles. Ich schaue erneut zur Tür, und Jacks letzte Worte gehen mir durch den Kopf.

Sollte ich dich jemals wiedersehen, Annie, kann ich nicht versprechen, das zu tun, was das Beste wäre, und weggehen.

3. Kapitel

Der Abend endet ohne weiteres Umherschwanken meinerseits, dafür torkeln meine Freunde gehörig. Alle sind komplett abgefüllt, doch da ich seit meiner berauschenden Begegnung mit diesem unselig köstlichen Prachtexemplar von Mann nur Wasser getrunken habe, bin ich inzwischen nur noch leicht angeheitert. Mich hat es übel erwischt, und ich brauche den Rest des Abends, um mich wieder zu fangen.

Lizzy nervt mich ohne Ende, weil ich nicht mit besagtem Mann im Bett gelandet bin. Micky flirtet unglaublich mit Lizzy und sie mit ihm, und Nat hat praktisch Rillen in die Tanzfläche getanzt.

Es wird Zeit für Taxis.

»Das war der beste Abend seit Ewigkeiten!«, trällert Nat, während ich meine Freunde wie eine kleine Schafherde Richtung Taxischlange scheuche. Sie wirft die Arme in die Luft und bauscht ihr Haar auf. »Und ich liebe mein neues Haar, verdammt! Magst du meine neue Frisur?« Sie schaut Micky an, der eine ziemlich geschaffte Lizzy im Arm hält.

»Und wie ich deine neue Frisur liebe«, bringt er hicksend heraus.

»Ich finde, sie macht dich älter«, lallt Lizzy.

»Intellektueller!«, kreischt Nat beleidigt. »Stimmt's, Annie?«

»Intellektueller«, bestätige ich lachend. »Rein mit euch!«, befehle ich, öffne die Tür eines der wartenden Taxis und schiebe sie einen nach dem anderen hinein. Erstaunlicherweise stolpert niemand, allerdings landen sie alle recht schwerfällig auf den Sitzen. Der Taxifahrer sieht mich an. Seine jahrelange

Erfahrung sagt ihm, dass ich diejenige bin, mit der er kommunizieren sollte.

»'n Abend«, sage ich und bücke mich, um einzusteigen. Doch während ich einen Fuß anhebe, erregt etwas auf der gegenüberliegenden Straßenseite meine Aufmerksamkeit. Ich richte mich wieder auf, um über das Wagendach zu sehen. Sofort schießt Hitze durch meine Adern und treibt meinen Blutdruck in die Höhe, bis mein Herz rast.

Sollte ich dich jemals wiedersehen, Annie, kann ich nicht versprechen, das zu tun, was das Beste wäre, und weggehen.

Er steht drüben auf dem Fußweg, die Hände locker in den Jeanstaschen. Und er starrt mich mit einer Intensität an, die seine grauen Augen hell strahlen lässt, selbst auf diese Entfernung. Schmetterlinge regen sich in meinem Bauch.

»Komm schon, Annie!«, brüllt Micky und greift nach meinem Arm. »Steig ein!«

Die anderen beiden reden ebenfalls, sagen mir eventuell auch, dass ich einsteigen soll, doch ich höre nicht hin. Ebenso wenig höre ich das Rauschen des Verkehrs. Die Autos, die zwischen Jack und mir hin- und herfahren, nehme ich nur verschwommen wahr.

Ich weiß nicht, was ich tun soll. In das Taxi steigen – die vernünftige Option – oder die Tür schließen und meine Freunde losschicken – die blöde Option. Ich bin nicht blöd. War ich nie.

Er sieht wie eine Statue aus, versteinert, während er wartet, dass ich mich entscheide. Unsere Blicke verschmelzen. Dann nickt er so leicht, dass ich es beinahe verpasse. Er erkennt, dass ich mit mir ringe. Stumm bittet er mich, zu bleiben, wo ich bin, denn trotz allem, was er sagte, könnte *ich* diejenige sein, die weggeht, die für uns entscheidet.

Die Wahl liegt bei mir. Ob es die richtige Entscheidung für uns beide ist, weiß ich nicht. Aber richtig und falsch kommen in meinem Denken momentan nicht vor. Mein Verstand ist vollständig von *ihm* eingenommen.

Ich verlagere meinen Griff an der Tür, um sie zu schließen. »Wir sehen uns morgen, Leute«, sage ich, ohne ins Taxi zu schauen.

»Hä?«, rufen alle drei im Chor.

Ich beachte sie nicht, sondern wende mich an den Taxifahrer und nenne ihm die drei Adressen. Mein Blick bleibt auf Jack gerichtet. Schließlich knalle ich die Tür zu, höre noch das verwirrte Gemurmel meiner Freunde, aber der Wagen fährt los, ehe sie widersprechen können. Keiner von ihnen würde mich an einem gemeinsamen Abend einfach allein lassen, doch heute kommt mir der Alkohol zu Hilfe. Ich schaue dem Taxi nach, das wegfährt, und sehe Lizzy, die verdutzt aus dem Heckfenster zu mir schaut. Dann blickt sie zur anderen Straßenseite, und ihr klappt die Kinnlade herunter. Ich bekomme gerade noch ihren verkniffenen Ausdruck mit, bevor der Wagen um die Ecke biegt.

Zwei Sekunden später klingelt mein Handy. Ich gehe nicht ran, schreibe Lizzy jedoch kurz, dass alles gut ist und ich weiß, was ich tue. Was gelogen ist. Ich habe nicht den leisesten Schimmer, was ich hier mache.

Mit gesenktem Kopf sehe ich zu Jack. Zwischen uns ist eine Straße – er steht auf dem einen Bürgersteig, ich auf dem anderen, und zwischen uns rasen Autos vorbei. Als er auf die Fahrbahn tritt, nachdem er sich nach dem Verkehr umgesehen hat, gehe ich langsam rückwärts, bis mein Rücken gegen eine Mauer stößt. Meine Atemzüge sind kurze, flache Stöße, und ich zittre.

Schließlich ist er bei mir und stützt seine Hände zu beiden Seiten meines Kopfes an der Mauer ab. Ich starre auf seinen Hals, denn ich wage es nicht, in sein Gesicht zu sehen, nun, da er so nahe ist.

»Warum bist du nicht nach Hause gefahren?«, fragt er eindeutig frustriert. »Warum bist du verdammt noch mal nicht einfach weggefahren?«

Weil du es auch gefühlt hast, schreie ich stumm. Sein Duft berauscht mich – seine Nähe, die leichte Berührung seines Unterleibs an meinem Kleid.

Sein harter Blick durchbohrt mich, während Jack langsam den Kopf neigt. Ich halte die Luft an und lasse ihn meine Lippen mit seinen streifen. Unsere Augen sind offen, wir fixieren uns mit Blicken. Mein Atem stockt genauso wie seiner. Dann weicht Jack wenige Zentimeter zurück und lässt seine Zungenspitze über seine Unterlippe gleiten, als wolle er kosten, was er eben hatte. Sein Brustkorb drückt gegen meine Brüste, als er tief einatmet.

»Sag mir, dass ich abhauen soll«, flüstert er, und der Befehl jagt mir einen Schauer die Wirbelsäule hinauf. »Sag es.«

»Geh.«

»Keine Chance.«

Er kommt wieder näher und nimmt meinen Mund ein, als gehöre er ihm – tief, leidenschaftlich und mit unfassbarer Überzeugung. Ich verliere mich sofort in einem Nebel aus Verlangen und Lust, während er sich an mir reibt. Unsere Zungen duellieren sich, unsere Körper pressen sich aneinander, und es geht weit über jedes Maß an Wohlgefühl hinaus, das ich für möglich gehalten hätte.

Ich schlinge die Arme um seinen Nacken, halte ihn, wobei wir uns küssen, als könnten wir nie wieder die Chance dafür bekommen. Er lässt eine seiner großen Hände nach hinten auf meinen Oberschenkel gleiten und hebt mein linkes Bein bis an seine Hüfte. Ich inhaliere sein Stöhnen, sauge es tief in mich ein und stöhne selbst jedes Mal, wenn sein Becken sich an meinem wiegt und er mich fester gegen die Mauer drängt.

Verfluchter Mist, ich bin verloren.

»Ich brauche mehr als das hier«, sagt er verzweifelt, drückt seine Lippen an mein Ohr und leckt schwer atmend die Muschel. »Ich brauche dich nackt, muss in dir sein. Ich muss dich vögeln, sofort. Wo wohnst du?«

Seine Frage erschreckt mich kurzfristig. Ich will all das so dringend wie er, doch noch ist irgendwo in mir ein Funken Vernunft übrig. Auf keinen Fall nehme ich ihn mit zu mir. Ich muss trotz allem klug sein.

Das hier bin ich nicht. Ich bin nicht waghalsig, aber jetzt gerade ist es unmöglich, dies aufzuhalten. Es könnte an der Spontaneität liegen, daran, wie verboten es sich anfühlt, es könnte der Kitzel von Gefahr und dem Unbekannten sein. Oder es ist schlicht so etwas Simples wie berauschende Chemie. Ich weiß es nicht, doch ich will mehr.

»Zu dir«, erwidere ich, wobei ich an seinem Hals knabbere. Ich spüre, dass er den Kopf schüttelt.

»So lange kann ich nicht warten.«

Er weicht zurück, und ich lehne als schlotterndes Bündel an der Hauswand.

»Hotel.«

Ich nicke und denke, dass es überhaupt das Beste ist. Ein neutraler Ort. Er verschwendet keine Zeit, legt eine Hand an meinen Rücken und drückt leicht. Es gelingt mir, mich mit seiner Hilfe von der Mauer zu lösen. Allerdings zittern meine Beine immer noch, als wir eilig die Straße entlanglaufen. Verstohlen sehe ich zu ihm und stelle fest, dass seine Züge angespannt sind und er starr nach vorn sieht. Überdies fühle ich, dass er ebenfalls zittert. Wir beben beide vor Ungeduld, können es nicht erwarten, uns ineinander zu verlieren. Mir ist das völlig neu – seltsam und aufregend.

Der Weg zum nächsten Hotel ist quälend weit. Jack fragt am Empfangstresen nach einem Zimmer, und obwohl mich die Frau wissend beäugt, werde ich nicht mal rot.

Jack erhält die Schlüsselkarte, marschiert mit mir zum Fahrstuhl und schleudert mich fast hinein. Er wartet nicht einmal, bis sich die Türen geschlossen haben, ehe er wieder bei mir ist, mich hart küsst, mich gegen die Wand drückt und mich fühlen lässt, was sich in seiner Jeans verbirgt. Er dreht sich mit mir um, sodass nun *er* mit dem Rücken an der Aufzugwand lehnt. Unsere Münder sind wie gierige Löwen. Der kleine Raum ist erfüllt von Seufzern, Gestöhne, Gekeuche und leidenschaftlichen Schreien.

Als die Türen sich öffnen, fallen wir praktisch hinaus, unsere Lippen nach wie vor aneinandergepresst, während er mich rückwärts über den Korridor drängt und nur kurz nach dem richtigen Zimmer sieht, bevor er die Karte in den Leseschlitz führt und die Tür aufstößt. Er unterbricht unseren Kuss und schiebt mich hinein. Ich stolpere benommen, desorientiert … und erregt wie nie zuvor.

Er kommt auf mich zu, knöpft sein Hemd auf und streift es ab.

Und ich schlucke vor Ehrfurcht beim Anblick seines nackten Oberkörpers. Er ist so perfekt, dass mir schwindlig wird. Das kann nicht real sein. Ist er real? Bin ich hier?

Wie er mich anschaut. Welche Gier. Welche Entschlossenheit. Noch nie habe ich mich so begehrt und eigenartig gebraucht gefühlt. Es ist ein sehr befriedigendes Erlebnis. Aber da ist auch ein befremdliches Gefühl, dem ich wahrscheinlich etwas mehr Aufmerksamkeit einräumen sollte: wie sehr ich *ihn* in diesem Moment brauche. Einen Fremden.

Seine Hände gleiten zum Bund seiner Hose, als er nur wenige Schritte von mir entfernt stehen bleibt. Seine Boxershorts lugen oben aus der Jeans, das Gummi spannt sich auf seinem straffen Bauch. Mein Blick ist von den Bewegungen seiner Finger gebannt, als er langsam mehr von sich enthüllt, mich quält. Sein Atem geht genauso flach wie meiner. Warum lässt er sich so viel Zeit? Warum zieht er es in die Länge? Ich sehe ihm ins Gesicht und erkenne, dass er mich beobachtet. Dann landet seine Jeans auf dem Fußboden, gefolgt von seinen Boxershorts.

Meine Beine drohen nachzugeben, während ich ihn anstarre, er ist nackt und mehr als umwerfend. Dies hier bin ich nicht. Ich beuge mich keinem Mann, und dennoch hat dieser Mann mich in der Bar binnen Sekunden seinem Willen unterworfen. Ich bin mir nicht sicher, ob ich diesen Gedanken verabscheue oder liebe. Was ich allerdings weiß, ist, dass ich nichts dagegen tun kann. Und es auch nicht will. Mir steht eine Nacht mit zügellosem, purem Sex bevor, und in Jacks leuchtenden grauen Augen lese ich verbotene Versprechungen, also stürze ich mich bereitwillig ins Vergnügen.

Sobald ich wieder in der Lage bin, mich zu bewegen, heißt das.

Er kickt seine Schuhe, die Jeans und die Boxershorts aus dem Weg und nimmt zärtlich meine Hände, als würde er spüren, dass ich einen Moment Sanftheit und Sicherheit brauche.

»Bereit, Annie?«, fragt er leise. »Denn ich bin verdammt bereit.«

Er wartet meine Antwort nicht ab, muss mir ansehen, dass ich mir sicher bin. Er kommt näher, drückt mich an das Fenster hinter mir, legt sein raues Kinn an meine Wange und greift nach dem Saum meines Kleids. Er zieht es hoch, und ich hebe unwillkürlich die Arme, während ich panisch um Beherrschung ringe, um irgendwas, das seinem ruhigen, sicheren Handeln gleichkommt, aber da ist nichts.

Nun geht er es langsam an, kostet jeden Moment, jede Bewegung, jedes Geräusch aus. Mein Kleid ist verschwunden, doch immer noch ist er an mich gepresst, bewegt seine Hände zu meinem Rücken. Ich fühle, wie der BH-Verschluss sich öffnet, dann tritt Jack zurück, schiebt die Träger von meinen Schultern und senkt den Blick auf meinen Körper.

Er schluckt.
Angestrengt.
Er blinzelt.
Träge.
Er knurrt leise.
Nachdem er meinen BH fallen gelassen hat, wandert sein Blick zu meinem knappen schwarzen Slip. Der Anblick seines großen, nackten Körpers vor mir lenkt mich von jeder Schüchternheit ab. Seine Präsenz vertreibt jede Hemmung, die ich jetzt eigentlich fühlen sollte.
Ich greife nach meinem Slip und ziehe ihn aus, um mich Jack vollständig zu enthüllen.
Und ich warte.
Und warte.
Ich warte so lange auf seinen nächsten Schritt, dass ich mich frage, wo mein Verstand geblieben ist. Der ist weg, versunken in einem Abgrund aus Sorglosigkeit. Alles, was ich tun kann, ist, das zu bewundern, was ich vor mir habe.
»Hast du das schon mal erlebt?«, flüstert er. »Diese Chemie, dieses Verlangen?«
»Nein.« Meine Antwort kommt schnell und ist ehrlich.
»Ich auch nicht.«
Er tritt vor und drückt mich ans Fenster, nimmt den verrückten, leidenschaftlichen Kuss wieder auf, den er auf der Straße begonnen und im Fahrstuhl fortgesetzt hat. Mein Verstand schwirrt vor Lust und Vergnügen.
Er ist nackt. Ich bin nackt. Wir berühren uns überall, wo sich zwei Menschen berühren können. Seine Erektion ist unten an meinem Bauch und scheint im Takt mit meinem Körper zu pulsieren. Jack stöhnt an meinen Lippen, lässt seine Hände über meinen Po und auf meine Oberschenkel gleiten und drückt dabei leicht zu. Ich umfange seine breiten Schultern mit den Armen und presse ihn an mich.

Mit einer geschmeidigen Bewegung hebt er mich hoch, wobei ich laut aufkeuche. Sein Schwanz ist nun genau vor meiner Mitte, bereit, in mich zu dringen. Das Glas hinter mir wird glitschig, denn meine Haut ist klamm, sodass mein Rücken über die glatte Fläche rutscht.

»Öffne dich mir«, befiehlt er, als er merkt, wie sich meine Schenkel anspannen.

Ohne zu zögern, lockere ich mich, lasse mich von ihm halten. »Kondom«, hauche ich dicht an seinem Mund, weil mir trotz aller Gier offenbar doch noch ein Quäntchen Vernunft geblieben ist.

»Ich habe keins.«

Er küsst mich weiter, und mir wird schwindlig.

»Gott, das hatte ich für heute Abend nicht geplant, Annie, du?«

Ich lasse meine Zunge um seine kreisen, bohre die Fingernägel in seine Schultern. »Ich habe auch keins. Wir sollten aufhören.«

»Nimmst du die Pille?«

»Ja, aber das macht es noch nicht richtig.« Ich küsse ihn weiter. »Wir sollten aufhören.«

»Ich weiß.«

Er nimmt meine Hände von seinen Schultern und drückt sie über meinem Kopf an die Fensterscheibe, gibt meinen Mund kurz frei, um an meiner Unterlippe zu knabbern, bevor seine Zunge erneut tief und forschend vordringt.

»Wir müssen aufhören.«

»Müssen wir«, stimme ich zu.

Er verschränkt seine Finger mit meinen und küsst sich über meine Wange zu meinem Hals vor.

»Sag mir, dass ich aufhören soll«, verlangt er matt und mit null Überzeugung, während er an meiner Haut saugt und knabbert.

»Oh Gott!« Ich stöhne, knalle den Kopf an das Glas hinter mir und spanne meine Schenkel an seinen Hüften an. »Jack, du musst aufhören.«

»Werde ich. Soll ich aufhören?«

»Nein!«

Er bewegt die Hüften nach vorne und dringt rau aufschreiend in mich ein, wobei er mir sanft in den Hals beißt. Meine ganze Welt explodiert in einer Wolke überwältigender Lust, und ich stoße einen langen, verzweifelten und gleichzeitig zufriedenen Schrei gen Decke aus. Nun hält Jack still und atmet unregelmäßig. Er ist vollständig in mir. Ihn so zu fühlen, lässt meinen Verstand verrücktspielen. Hitze schießt durch meine Adern, mein Blut scheint zu kochen, und alles kommt mir so richtig vor, dass ich außerstande bin, ihn abzuwehren. Er packt meine Hände über meinem Kopf fester, meine Beine sind wie Efeuranken um ihn geschlungen.

»Mein Herz wummert«, gesteht er, seine Hüften zittern vor Anstrengung, weil er sie so ruhig hält. »Es schlägt so verflucht schnell und es fühlt sich so verdammt gut an. Wo bist du nur auf einmal hergekommen, Annie?«

Dasselbe würde ich ihn fragen, könnte ich denn sprechen. Also schmiege ich stattdessen mein Gesicht an seins, schließe die Augen und genieße es, unsere Körper vollends vereint zu fühlen.

Fremde.

Zwei Wildfremde. Es widerspricht jedweder Vernunft, dass unsere Vereinigung so berauschend ist. Diese ganze Situation widerspricht *mir*. Ich drehe den Kopf und sehe über die Schulter aus dem Fenster. Unter uns sind die Lichter der Stadt, sind die Leute mit ihren Dingen beschäftigt. Und ich stehe hier oben über ihnen allen an diese Fensterscheibe gepresst und habe den Schwanz eines Fremden in mir.

»Alles klar?«

Jacks leise Frage bewirkt, dass ich mich dasselbe frage, denn ich denke, dass ich für immer den Verstand verloren haben könnte.

Und das ist vollkommen in Ordnung für mich.

Anstelle einer Antwort wiege ich mich auf ihm, sodass er stöhnend zusammenzuckt. Also tue ich es noch mal, sorge für so viel Reibung, wie ich kann, ohne dass Jack sich bewegt.

»Oh Mann«, murmelt er und hebt den Kopf, denn er hatte sein Gesicht an meinen Hals geschmiegt.

Nun schaut er mich mit seinen grauen Augen an, in denen Funken aufzustieben scheinen. Immer stärkeres Verlangen durchflutet mich. Meine Welt verwirbelt unkontrolliert. Er beobachtet mich, während er sich langsam und behutsam zurückzieht und einen Augenblick innehält, als nur noch die Spitze seiner Erektion in mir ist. Ich hole Luft und halte sie an, wappne mich.

Dann bewegt er die Hüften vor, und ich schreie auf. Jack keucht, doch nun ist die Dynamik vorgegeben – kein Zögern mehr, keine Gewissensbisse mehr, keine Zweifel mehr. Er stößt hart zu, dringt wieder und wieder in mich ein, erzeugt hier und da noch Reibung, und ich erahne nie, was als Nächstes kommt. Meine Lustschreie erfolgen in Endlosschleife, unser Schweiß vermischt sich. Jacks Hände umklammern fest meine, sodass meine Arme nach oben ausgestreckt sind. Es ist irrsinnig. Dies ist ein verrückter, roher, primitiver Akt, und inmitten all der berauschenden Empfindungen frage ich mich, ob mir eine Nacht dieser Leidenschaft und dieser Gefühle reichen wird. Ich beherrsche mich energisch, weil ich nicht will, dass es schon endet, und kann nur hoffen, dass Jack genauso fühlt.

»Mist!«, schreit er, lässt meine Hände los, hebt mich hoch und trägt mich quer durchs Zimmer.

Er hält mich mit einem Arm, mit dem anderen fegt er den Schreibtisch leer. Er legt mich auf die harte Holzplatte und neigt sich mit hinunter, um unsere Verbindung nicht zu unterbrechen. Ich keuche, winde mich auf dem polierten Holz, als er mich nach vorn zieht, sich aufrichtet und meine Schenkel umfasst. Ich strecke die Arme nach hinten und umklammere die Schreibtischkante.

Jack beißt die Zähne zusammen und senkt den Kopf. Er sieht mich jedoch weiter an, während er sich zurückzieht und vorstößt. Er bringt mich dazu, dass ich auf dem Schreibtisch auf und ab wippe. Unsere verschwitzten Körper prallen aufeinander, unsere Schreie und Rufe sind laut und chaotisch.

Trotzdem halte ich den sich anbahnenden Orgasmus zurück.

Das Möbelstück ächzt unter den kraftvollen Stößen, und als ich gerade denke, dass der Tisch gleich zusammenbricht, schiebt Jack einen Arm auf meinen Rücken und hebt mich hoch. Mein Oberkörper knallt an seinen, und ich schreie laut auf. Ich kralle mich an ihm fest, als er rückwärtsgeht und sich aufs Bett fallen lässt, sodass ich rittlings auf ihm lande.

»Fick mich, Annie«, befiehlt er mit einer vor Gier und Sex rauen Stimme. »Fick mich hart.«

Ich zögere nicht. Ich habe meinen Befehl. Meine Hüften übernehmen, und ich wiege mich vor und zurück. Dabei stütze ich mich mit flach ausgebreiteten Händen auf seiner Brust ab. Er hat meine Oberschenkel gepackt, sein Gesicht ist angespannt.

»Verdammt.« Er stöhnt.

Nun drängt er sich mir in dem Rhythmus entgegen, den ich vorgebe.

Sein Anblick, die Wirkung, die ich auf ihn habe, es ist süchtig machend. Ich bin erschöpft und energiegeladen zugleich, und mein Körper tut Dinge, ohne dass ich nachdenke. Ich mache weiter. Jacks Bauchmuskeln spannen sich an, und er setzt sich auf und rutscht, mich auf seinem Schoß, an die Bettkante. Dort führt er meine Beine hinter seinen Rücken, sodass sie ihn umschlingen. Er fasst mich an den Hüften, hebt mich an und zieht mich wieder nach unten, alles innerhalb eines einzigen, zittrigen Atemzugs.

Ich keuche, denn die neue Position treibt ihn noch tiefer in mich. Mein Kopf wird schwer, doch ich weigere mich, den Blickkontakt abzubrechen, als er mich immer wilder auf sich niedersinken lässt. Ich weiß nicht, wie lange ich meinen Orgasmus hinauszögern kann. Dieser Mann fordert mich auf so vielen Ebenen heraus. »Jack«, bringe ich stöhnend hervor, und mein Kinn sackt nach vorn, bis meine Stirn an seiner lehnt.

Er spürt meinen Kampf und dreht mich herum, sodass ich auf dem Rücken liege, woraufhin er rasch wieder in mich eindringt. Ich schreie. Er schreit. Ich löse mich auf, ängstige mich beinahe vor der Wucht des Höhepunkts, der mich gleich erfüllen wird. Er wird gewaltig sein. Jack stützt sich auf die Unterarme. Meine Oberschenkel umklammern seine Hüften, und er führt uns das letzte Stück hin zur Erlösung.

Er nickt, und ich erwidere diese zustimmende Kopfbewegung sofort. Bei den finalen Stößen sieht er gequält aus, verzieht das Gesicht wie ich meines gewiss auch. Die Adern an seinem Hals treten hervor, sein Schwanz schwillt an, und ich lasse los und schreie, als ich komme.

Meine Welt ist wie leer gefegt, mein Körper erschlafft, und Jack sinkt auf mich, sodass er mich tiefer in die Matratze drückt. Beide ringen wir nach Luft. Instinktiv schlinge ich die Arme um ihn, halte ihn fest, drücke ihn dichter an mich, während ekstatische Lustwellen unsere Körper durchfluten. Seine Brust hebt und senkt sich auf meiner, die Haut auf seinem Rücken ist feucht unter meinen Händen.

Ich öffne die Augen und blicke an die Decke des Hotelzimmers, lausche wie durch Watte auf die Geräusche, registriere unsere Atemlosigkeit. Jack ist auf mehr als eine Art atemberaubend.

Die Stille tut gut. Keiner von uns hat es eilig, sie zu brechen, und ich frage mich, ob er gerade dasselbe tut wie ich. Versucht er zu begreifen, was eben geschehen ist? Bemüht er sich, den extremen Irrsinn dieses unglaublichen gemeinsamen Moments zu erfassen? Meine Gedanken überschlagen sich, und ich male versonnen kleine Kreise auf seinen Rücken.

Sein leises Lachen reißt mich aus meinen Überlegungen, er zuckt auf mir. Unwillkürlich muss ich grinsen. »Bist du kitzelig?«

Erschauernd richtet er sich ein wenig auf und sieht mich an. Seine Augen. Gott, seine Augen funkeln wie verrückt.

»Normalerweise nicht. Aber deine Berührung scheint das auszulösen.«

Ich verkneife mir die Bemerkung, dass dieses Gefühl auf Gegenseitigkeit beruht, glaube jedoch, dass er es meinem Blick abliest, als er eine Hand an mein Gesicht hebt und lächelnd eine vollkommene Linie von meiner Wange bis zu meinem Kinn nachzieht. Er wirkt nachdenklich, und ich möchte zu gerne erfahren, was er denkt.

»Architektin Annie«, murmelt er und schaut mir in die Augen. »Ich bin froh, dass du nicht nach Hause gefahren bist.«

Er haucht mir einen süßen Kuss auf die Lippen, womit er mir erneut den Atem raubt.

»Du bist eine willkommene Ablenkung von der Wirklichkeit.«

Ich erwidere seinen Kuss und lasse mich auch gern durch ihn von meinem Leben ablenken.

Nur heute Nacht.

4. Kapitel

Das Laken unter mir fühlt sich fremd an. Auch der Geruch des Leinens ist nicht vertraut. Meine Muskeln schmerzen, sobald ich mich umdrehen will, und ich stöhne. Mir tut alles weh, und ich öffne schläfrig die Augen. Dann runzle ich die Stirn, verziehe das Gesicht, während ich mich bewege und mich aufzusetzen versuche. Wo zur Hölle bin ich?

Tiefe Atemzüge durchdringen meine Verwirrung, und ich sehe hinunter. Neben mir liegt ein nackter Mann. Ich betrachte die Unmenge sehniger Muskeln und arbeite mich zu seinen umwerfenden Gesichtszügen hinauf.

»Oh mein Gott!«, flüstere ich. Solch ein traumhaftes Gesicht, stoppeliges Kinn und lange Wimpern. Sein Mund ist leicht geöffnet. Ein perfekter, starker Arm ist über seinem Kopf auf dem weißen Kissen angewinkelt.

Jack.

Flashbacks.

So viele Flashbacks. Wir am Fenster, auf dem Schreibtisch, auf der Bettkante, ich rittlings auf ihm, Jack auf mir. Sein leises Lachen, als ich seinen Rücken streichelte. Seine Worte. Seine Küsse. Und dann dieser hochexplosive Sex – unter der Dusche, an der Badezimmertür, nochmals im Bett. Ich greife nach oben und fühle mein feuchtes Haar, presse die Schenkel aneinander, beiße die Zähne zusammen und ringe nach Luft, weil ich eindeutig wund bin.

Kein Kondom.

Was zur Hölle habe ich getan? Er ist ein Fremder. Ein Wildfremder. Die Tatsache, dass Jack mir in der ganzen Zeit, die wir einander erkundeten, alles andere als fremd schien, ist jetzt vergessen. Die Verbundenheit geht in einem Meer von Reue verloren.

Ein rascher Blick auf die Uhr neben dem Bett sagt mir, dass es Viertel nach vier ist. Die Sonne geht bereits auf.

Mucksmäuschenstill rücke ich an die Bettkante und suche im ersten dämmrigen Licht nach meinem Kleid. Ich entdecke es am Fenster. Auf Zehenspitzen tapse ich über den Teppich, von Kopf bis Fuß angespannt, was meinen schmerzenden Muskeln nicht bekommt. Gott, ich habe das Gefühl, von einem Bus gerammt worden zu sein. Hastig ziehe ich mein Kleid an, schlüpfe in meine Schuhe und hebe meine Unterwäsche und meine Handtasche auf.

Dann, als könne mich der Blitz treffen, sollte ich auch nur das kleinste Geräusch machen, schleiche ich mich aus dem Zimmer – dem Zimmer, für das Jack bezahlt hat, damit wir vögeln konnten – und zucke zusammen, als ich die Tür vorsichtig zuziehe. Wie eine Irre renne ich den Korridor hinunter zum Fahrstuhl und drücke den Knopf. Als die Türen aufgleiten, holen mich noch mehr Bilder ein. Ich bin an die Rückwand dieser Kabine gepresst, er küsst mich mit wahnwitziger Leidenschaft, mein Gesicht im Spiegel zeigt Ekstase pur.

Ich sperre all diese Gedanken entschlossen weg und steige in den Aufzug.

Ich habe einen verdammten Fremden gevögelt.

Zu Hause gehe ich direkt unter die Dusche. Das heiße Wasser, das die Beweise meiner sorglosen Begegnung wegspült, ist nur ein schwacher Trost. Ich kann die Erinnerungen nicht aus meinem Kopf waschen. Die Zweifel werden immer bleiben. Meine Muskeln protestieren bei jeder Bewegung, als ich mich wieder und wieder abseife und das Wasser so heftig und heiß auf mich hinabprasseln lasse, wie ich es sonst nicht aushalten würde.

Am Fenster. Sein enormer, harter Körper, der meinen überall berührt.

Ich schüttle den Kopf und seife mich heftiger ein, konzentriere mich auf meinen obsessiven Drang, mich zu schrubben, bis ich blute. Ich fühle mich schmutzig. Schäme mich, weil ich so unvorsichtig war. Schlimmer aber ist, dass ich mich von der Verbundenheit überwältigt fühle, die wir teilten, von den Emotionen, die immer noch da sind, als könnte er jetzt hier mit mir unter der Dusche stehen.

Auf dem Schreibtisch. Der Ausdruck in seinen grauen Augen.

Zähneknirschend knülle ich den Schwamm in meiner Faust zusammen und werfe ihn auf den Duschboden, greife nach dem Shampoo und drücke etwas in meine Hand. Ich massiere es schnell und energisch in mein Haar.

Hart, schnell und heftig. Wie kraftvoll er mich genommen hat.

Ich schreie auf und lehne mich mit dem Rücken an die Wand. Meine schmerzenden Muskeln geben nach, und ich sacke auf den Boden der Duschkabine. Dort sitze ich und durchlebe wieder jede einzelne irre, intensive Sekunde, die ich mit Jack hatte, wobei ich hinauf in den Duschstrahl schaue, der auf mich niederprasselt. Ich kann nur hoffen, dass mein Geist nachgibt und mich Jack vergessen lässt, wenn ich die ganze Szene noch mal von Anfang bis Ende im Kopf nachgespielt habe. Ich muss den Mann vergessen, der mich für kurze Zeit vom Kurs des wahren Lebens ablenkte.

Diese Bettwäsche erkenne ich. Wie sie sich anfühlt, wie sie riecht. Ich drehe mich um und stöhne vor Schmerz. Es scheint noch schlimmer geworden zu sein. Mein Handy sagt mir, dass es halb zehn ist. Nachdem ich mich in der Dusche mit heißem Wasser und Erinnerungen traktiert hatte, war ich ins Bett gestiegen und wieder eingeschlafen. Leider gönnten mir meine

Träume keine Pause. Ich sah seine grauen Augen, hörte seine samtige Stimme, fühlte seine weichen Lippen und diesen Körper, der für Sündiges geschaffen ist. Nur ein One-Night-Stand. Es war bloß ein One-Night-Stand.

Lautes Krachen ertönt aus der Küche, und ich schieße hoch.

»Hallo?« Ich springe aus dem Bett und werfe mir schnell ein T-Shirt über.

»Verdammt!«

Mickys Fluch beruhigt mich ein wenig, macht mich allerdings auch stutzig. Was tut er hier so früh an einem Sonntagmorgen? Ich gehe in die Küche, wo ich ihn auf dem Boden kniend vorfinde. Nur in Boxershorts. Er fegt Kaffeebohnen auf.

»Was machst du?«, frage ich und steige über die Bescherung, um ihm das Kehrblech zu holen.

»Deshalb schwöre ich auf Starbucks«, brummelt er und sieht zu mir auf.

Sein Man-Bun ist verschwunden und sein schulterlanges blondes Haar reichlich zerzaust. Prüfend verengt er ein Auge und sieht mich an, wobei er vor sich hin summt. Schließlich fragt er: »Wann bist du nach Hause gekommen, du verdorbenes Luder?«

Ich weiche einige Schritte zurück, wobei verirrte Kaffeebohnen unter meinen Füßen knirschen. »Ähm …« Ich schlucke und blicke über meine Schulter. Ja, ich habe ein sehr, sehr schlechtes Gewissen. »Wer ist das auf der Couch?«, erkundige ich mich ungläubig, da ich sehe, wie sich etwas unter einem Deckenstapel im Wohnzimmer bewegt. Ich drehe mich zu Micky um, der nun genauso schuldbewusst dreinblickt wie ich einen Moment zuvor.

»Ah … ja … na ja …« Er steht auf und zeigt mit Handfeger und Schaufel auf mich, wobei er angestrengt überlegt.

»Ich habe dir den Zweitschlüssel für Notfälle gegeben!«,

schimpfe ich genervt. »Zum Stich zu kommen, ist kein Notfall!«

»Ich war hier, weil ich mich vergewissern wollte, dass du heil nach Hause kommst!«, kontert er und plustert sich auf. »Also, wann warst du zurück?«

Blitzschnell rechne ich nach. Ich habe sie alle um halb eins in ein Taxi verfrachtet. Die Fahrt her müsste eine halbe Stunde gedauert haben. Micky und Lizzy waren so betrunken, da können sie unmöglich ...

Hier stoppen meine Gedanken jäh. »Lizzy!«, kreische ich und drehe mich um. Sie reckt den Kopf aus den Decken und blinzelt, ihr Haar völlig ruiniert.

»Hi«, bringt sie krächzend hervor und versteckt sich schnell wieder unter dem Deckenwust.

Erbost wende ich mich meinem Schlampen-Freund zu und bedenke ihn mit einem strengen, finsteren Blick. Er wirkt verlegen, was er auch tunlichst sein sollte. »Du Arschloch.«

»Letzte Nacht hat dich das nicht besonders gestört!«, erwidert er, duckt seinen halb nackten Körper zum Küchenboden und fegt Kaffeebohnen auf. »Denn du warst zu beschäftigt damit, dich über einen Tresen legen zu lassen!«

Nun sieht er mich angeekelt an, und ich schrumpfe zusammen und weiche seinem vorwurfsvollen Blick aus.

»Erzählst du mir jetzt, wann du zu Hause warst, oder was?«

»Um zwei«, lüge ich, stampfe hinüber zum Schrank, reiße die Tür auf und nehme einen Becher heraus – den größten, den ich finde.

»Um zwei war ich noch wach.«

»Dann eben um drei. Ich erinnere mich nicht. Und glaub ja nicht, dass du in der Position bist, mir Vorhaltungen zu machen«, sage ich schnippisch und schalte den Wasserkocher an.

»Ich bin ein Kerl, Annie, und kann auf mich selbst aufpassen. Du hattest keinen Schimmer, wer er war.«

»Und ich bin heil zurückgekommen, oder nicht? Außerdem erinnere ich mich nicht, dass du mich davon abhalten wolltest. Oh nein! Denn du warst ja zu sehr damit beschäftigt, mit Lizzy Salami-Verstecken zu spielen. Verdammte Lizzy!«

»Ja?« Wieder taucht ihr Kopf aus den Decken auf, und wieder blinzelt sie.

»Nichts!«, rufen wir beide im Chor, worauf sie erneut untertaucht – mit eingeklemmtem Schwanz.

»Sie hat sich eben erst von Jason getrennt! Ein Flirt, ja, aber …«

»Wir waren besoffen.« Micky sieht mich genervt an.

Ich halte dagegen, während ich an ihm vorbeigehe und die Küchentür schließe, eine Hand fest um den Griff des leeren Kaffeebechers geschlungen. Ich zittere und jetzt, da ich aufhöre zu brüllen, tut mir wieder alles weh. Alles. Wie bei einer Schlampe.

Mickys genervter Blick verwandelt sich in einen besorgten, als er mich von oben bis unten mustert.

»Alles in Ordnung?«

Ich breche zusammen. Ich knalle den Becher auf den Tresen, bedecke mein Gesicht mit beiden Händen und flenne wie eine hysterische Kuh. Dabei weine ich nie. Niemals. Nicht mal, wenn ich weiß, dass es angebracht wäre, eine Träne zu vergießen, etwa am Ende des schnulzigsten Films oder als meine Mum bei meiner Abreise zur Universität ganz gefühlsduselig wurde.

Ich. Weine. Einfach. Nicht.

»Holla!«

Micky ist sofort bei mir, nimmt mich in seine starken Arme und drückt mich. Ich glaube nicht, dass er das schon mal gemacht hat, außer vielleicht, als wir fünfzehn waren und mein Kaninchen starb.

»Was ist passiert, Annie? Erzähl mal.«

»Nichts.« Ich schluchze und schüttle den Kopf an seiner Schulter. Ich weiß nicht, was mit mir los ist. Das hier ist total lächerlich, aber ich kann die Flashbacks nicht abschütteln, ebenso wenig kann ich vergessen, was für unglaubliche Gefühle Jack bei mir hervorgerufen hat. Es ist verrückt und so verdammt frustrierend.

Micky küsst mich einige Male aufs Haar, bevor er mich auf Abstand hält und meine tränennassen Wangen ansieht. »Hat er dir was getan?«

»Nein«, versichere ich. »Es war nur …« Ich breche ab, weil ich nicht recht weiß, wie ich es ausdrücken soll. »Intensiv. Keine Ahnung. Irgendeine doofe Verbundenheit. Chemie. Wie immer man das nennen will.« Ich wische mir das Gesicht ab, schniefe meine blöden, unerwünschten Gefühle weg und lache. »Oh Mann, wir haben gestern echt einiges gekippt, stimmt's?«

Micky lacht leise und zeigt mit dem Daumen zur Küchentür, hinter der Lizzy schlummert. »Oh ja, das haben wir.«

Ich verdrehe die Augen. Diesen Gesichtsausdruck kenne ich. Es ist sein Warum-zur-Hölle-habe-ich-das-getan-Gesicht. Ich hoffe nur, dass Lizzy es genauso bereut wie Micky und dass es jetzt nicht merkwürdig zwischen uns allen wird. »Ich brauche Kaffee.« Ich seufze und halte meinen Becher hoch. »Mach mir bitte Kaffee.«

»Ich mache dir Kaffee«, verspricht er, nimmt den Becher und verpasst mir einen Klaps auf den Po, als ich mich umdrehe, um die Tür zu öffnen.

Ich gehe zur Couch, auf der meine Freundin sich versteckt, beim Hinsetzen lande ich auf ihren Füßen, doch sie gibt keinen Mucks von sich und rührt sich auch nicht. »Dir ist klar, dass du immer noch auf *meiner* Couch in *meiner* Wohnung sein wirst, mit Micky in der Küche, egal wie lange du dich da unten verkriechst.«

Stille.

Ich pikse mit einem Finger in die Decken, wo ich ihren Kopf vermute.

Keine Regung.

Nun verdrehe ich die Augen, packe die Decke und reiße sie zurück, womit ich Lizzy enthülle … die splitternackt ist.

»Hey!«, schreit sie und holt sich die Decke zurück.

»Entschuldige.« Ich lache. »Aber das ist nichts, was ich nicht schon mal gesehen habe, und jetzt gilt dasselbe für Micky.«

Sie wurschtelt sich die Decke bis unters Kinn hoch und schaut mich vorwurfsvoll aus dem Augenwinkel an, während sie zupft und zerrt und das Ganze unerträglich in die Länge zieht. »Bist du sauer auf mich?« Sie schmollt.

Ich schüttle den Kopf. Wie könnte ich? Sie trauert. »Du dumme Nuss.«

»Ich weiß.« Ihre Zustimmung kommt allzu prompt. »Also.« Sie sieht mich schräg von unten an. »Was war?«

Ich schaue weg, denn ich fürchte, dass sie alles direkt in meinen Augen lesen kann. »Ich war etwas trinken mit ihm.«

»Potenzial?«

»Nein.« Ich lache, verstumme jedoch schnell, weil ich nachdenklich werde.

Micky kommt herein, reicht mir meinen Riesenbecher und sieht mich mit diesem Blick an. Ich zucke mit den Schultern und nehme den Kaffee, während er Lizzy ebenfalls einen reicht.

»Meine Damen«, sagt er und trottet zurück in die Küche.

Ich befürchte das Schlimmste für Lizzy, so wie ihr Blick an seinem Hintern klebt. Verdenken kann ich es ihr nicht. Er hat einen klasse Hintern. Und Rücken. Und Bauch. Und Beine.

»Warum dann die Tränen?«, fragt sie, als sie sich wieder mir zuwendet.

»Ich bin müde«, murmele ich. »Verkatert, hungrig und brauche Koffein.« Ich schlürfe gierig, da höre ich mein Telefon im Schlafzimmer klingeln. Die Vorstellung, meine Muskeln einzusetzen, um von der Couch aufzustehen, ist Grund genug, sitzen zu bleiben. Also lasse ich es klingeln. Zehn Sekunden später angelt Lizzy in ihrer Handtasche nach ihrem Handy. Sie schaut aufs Display und wirft es mir hin. Ich sehe Nats Namen bedrohlich aufleuchten und blicke zu Lizzy. Sie sieht sehr selbstzufrieden aus.

»Ich könnte einen Mann erwähnt haben, als wir sie mit dem Taxi zu Hause absetzten.«

Super. »Warum siehst du mich so an?«, frage ich eingeschnappt. »Glaubst du nicht, sie will *deine* saftige Geschichte hören?« Ich zeige zur Küche, und Lizzy zieht sich erneut die Decke über den Kopf.

»Hallo!« Ich klinge wach und munter, als ich mich melde.

»Raus damit, Ryan. Und wo zum Teufel ist Lizzy?«

»Es gibt nichts zu erzählen«, antworte ich automatisch und beschließe, nie wieder darüber zu reden. Niemals. »Ich habe noch was mit ihm getrunken.« Das ist alles, und als Micky hereinsieht und grinst, weiß ich, dass mein Geheimnis bei ihm sicher ist. »Und Lizzy hat auf meiner Couch geschlafen.«

»Mit?«

»Niemandem.« Ich lüge abermals. Ich kann jetzt nicht Micky ins Spiel bringen. Nat wäre wenig entzückt.

»Wo ist Micky?«

»Zu Hause, schätze ich.« Ich bin jetzt in Fahrt, doch gerade, als ich denke, dass ich ihn vom Haken geholt und ihm eine Predigt von Nat erspart habe, stolpert er über nichts und verschüttet seinen Kaffee im hohen Bogen.

»Scheiße!«, brüllt er und hüpft in der Küche herum. »Verfluchte Scheiße, ist das heiß!«

Ich sacke auf die Couch.

»Zu Hause, ja?«, fragt Nat angesäuert. »Ich bin unterwegs zu dir. Im Ernst! Was habt ihr drei denn nur getrieben?«

»Bring Starbucks mit!«, schreie ich, als sie auflegt.

Wir gammeln den ganzen Tag in meinem Wohnzimmer herum, sehen furchtbare Sendungen im Fernsehen und essen Katerfutter. Meine Wohnung ist zum Schutzgebiet für Brummschädel geworden. Als ich auf der Couch sitze und meine Füße über Mickys Schultern baumeln lasse, der vor mir auf dem Fußboden hockt, werde ich zusehends wütender, weil ich die Ereignisse der letzten Nacht nicht aus meinem Kopf bekomme. Ich weiß nicht, wie oft ich sie in Gedanken durchspiele. Wieder und wieder, immer noch mal, bis ich beschließe, dass ich frische Luft brauche.

Ich schleiche mich leise aus der Wohnung in den Hinterhofgarten, hole tief Luft und versuche, ein wenig zur Besinnung zu kommen. Mit Betonung auf »versuche«. Ich überlege, wann er aufgewacht sein mag und was er gedacht haben mag. War er erleichtert, dass ich fort war, oder enttäuscht? Die Fragen machen mich irre.

Ein One-Night-Stand. Mehr nicht. Ich weiß, wie die funktionieren. Doch mit einem Mann, mit dem ich vorher gerade mal eine halbe Stunde gesprochen habe? Und in einem Hotel? Und ohne Schutz? Ich muss nicht bei Sinnen gewesen sein. Aber etwas an Jack machte es so leicht. Er raubte mir den Verstand. Brachte mich dazu, mich ihm zu ergeben. Das passt überhaupt nicht zu mir, und noch viel weniger passt dieses bescheuerte Zergrübeln jeder Kleinigkeit zu mir.

Ich sehe hinauf zum Himmel. Das Hotelzimmer hatte ich aus einem bestimmten Grund verlassen. Das Problem ist, dass ich nicht mehr weiß, welcher das war. Ich war wie der Blitz da draußen, sowie mein Instinkt übernahm und mich antrieb. Es wäre leicht hinzunehmen, wenn nichts gewesen wäre – kein Funke, keine Verbundenheit, keine Chemie. Aber da *war* ein Funke. Da *war* Chemie. Da war tiefe, unerklärliche Verbundenheit. Und die machte mir Angst. Es ist die einzige Erklärung für meine Flucht.

»Reiß … dich … verdammt noch mal … zusammen«, sage ich langsam und schlage mir dazu mit der Handfläche an die Stirn. Zu verschwinden, bevor er aufwachte, war die beste Entscheidung. Keine morgendliche Verlegenheit. Keine Fragen, was als Nächstes kommt. Unkompliziert. Warum mein Verstand dennoch aus dem Ganzen ein verqueres Chaos machen will, ist mir ein Rätsel.

Ich muss mit dieser albernen Grübelei aufhören, denn kein Mann, der so begnadet und so umwerfend ist, kann irgendeiner Frau guttun. *Deshalb* bin ich weggelaufen.

Ich gehe zurück in die Wohnung und direkt ins Bad, um nach meinem Gesicht zu sehen. Dort schaue ich in den Spiegel und stelle fest, dass meine Wangen immer noch rosig sind. Wie frisch gevögelt. Kopfschüttelnd gehe ich in mein Schlafzimmer und schnappe mir meine Handtasche vom Bett, um mein Handy herauszuholen. Meine suchenden Finger verharren, als ich etwas anderes ertaste. Ich ziehe die Hand heraus und starre den Budweiser-Kronkorken an, der auf meiner Handfläche liegt.

Ein Andenken an ihn.

Die letzte Nacht wird in die Geschichte eingehen. *Meine* Geschichte. Es war eine erinnerungswürdige Nacht, und leider wird sie alles sein, was mir fortan von ihm bleibt. Erinnerungen. Und ein Flaschendeckel.

5. Kapitel

Die Woche ist wie im Flug vergangen. Die Arbeit hat meine gesamte Zeit verschlungen, doch ich konnte mich immerhin einmal mit Micky zum Mittagessen treffen und einmal mit Lizzy zum Abendessen. Micky war wie immer, gleichgültig, was den Vorfall zwischen ihm und Lizzy betraf. Am nächsten Tag traf ich Lizzy und hoffte auf eine ähnliche Reaktion. Sie verdrehte die Augen, als ich das Wochenende erwähnte, und es war klar, dass sie es bereute.

»Glaub mir, es war nur eine unbedachte Nummer mit einem Freund«, sagte sie. »Ich habe das schon vergessen.«

Ich wünschte, ich könnte dasselbe tun. Jack vergessen. Aber sein Gesicht taucht ständig vor meinem geistigen Auge auf, zusammen mit sämtlichen anderen umwerfenden Teilen von ihm. Es ist, als hätte er sich in mein Gehirn eingebrannt. Täglich malträtieren mich die Erinnerungen an ihn und die Nacht – eine Nacht, die zu vergessen ich mir wohl nicht erhoffen darf. Mir tut immer noch einiges weh, eher wie der köstliche Schmerz, den ich anfangs empfunden habe. Bald wird jeder physische Beweis für meine Begegnung mit Jack fort sein. Dennoch werden die Erinnerungen so frisch bleiben wie am Morgen danach. Um Himmels willen, es ist Freitag! Fast eine ganze Woche später. Wann verzieht er sich endlich aus meinem Kopf?

»Das ist wunderbar«, bemerkt Colin Pine mit Blick auf den überarbeiteten Entwurf für die Frontansicht seiner neuen Galerie.

Er ist ein weltfremder Mann, dessen Leben um Kunst und deren Schöpfung kreist und darum, sein kreatives Hirn mit so viel Wissen zu füllen, wie er kann. Dauernd vergräbt er die Nase in irgendwelchen Fachbüchern, Zeitschriften oder Feuilleton-Artikeln.

»Und du glaubst, das lässt die Baubehörde durchgehen?«, fragt er, sieht mich an und schiebt seine Brille höher auf den Nasenrücken.

Ich stelle meinen Kaffeebecher ab und lächle. »Die Vorschriften verlangen, dass die Front zur Straßenansicht und zum Stil im Viertel passt.« Ich zeige auf die Schiebefenster in der Zeichnung. »Eigentlich verändern wir gar nicht so viel, und bedenkt man, dass das Gebäude derzeit verfallen ist, ist alles eine Verbesserung.«

Colin lacht. »Man sollte meinen, dass der Stadtrat froh wäre, dass endlich jemand das Haus renoviert, anstatt meine Pläne zu blockieren. Das Ding ist ein Schandmal.«

»Stimmt, und deshalb haben sie diese Entwürfe wohl auch durchgewinkt.«

Er sieht mich entgeistert an. »Die sind schon genehmigt?«

Ich lächle. »Nach zwei abgewiesenen Entwürfen bin ich hin und habe mir den Planungsmenschen zur Brust genommen. Diese Entwürfe hier sind genehmigt.«

»Endlich!«, ruft er aus und klatscht in die Hände.

»Und dieses Dach wird deine von allen anderen Galerien abheben.«

»Stimmt genau.« Er seufzt und schüttelt unglücklich den Kopf. »Aber die Kosten, Annie.«

Ich grinse in mich hinein. Mir war klar, dass die Kosten ein Problem sein könnten. Deshalb hatte ich ein bisschen recherchiert. »Ich hätte da einen Vorschlag.«

»Und der ist?«

»Ich hörte von diesen Leuten in Frankreich, und die habe ich angerufen. Sie haben ungefähr die Hälfte von dem veranschlagt, was der britische Hersteller verlangt, und damit wären wir innerhalb des Budgets.« Ich kann meine Aufregung kaum zügeln. »Meine einzige Sorge ist, wie wir das Material heil von Frankreich nach Dover bekommen.«

»Eine gute Spedition sollte das doch schaffen, nicht?«

»Das hoffe ich, denn falls irgendwas bei der Ankunft beschädigt ist, haut der Zeitplan nicht mehr hin, und das wiederum dürfte deine Handwerker wenig erfreuen. Dich auch nicht, vermute ich mal, da bis zur Eröffnung alles sehr eng getaktet ist.«

»Aber zum halben Preis?«

»Vorausgesetzt, die Maße stimmen, da bin ich mir jedoch ziemlich sicher. Also, ja.«

»Dann überlegen wir doch gar nicht lange.«

»Prima!«

Colin steht auf und nimmt seine Aktentasche. »Ich überlasse das deinen fähigen Händen, Annie. Sag mir nur Bescheid, was du wann haben musst. Und ich könnte eine Kopie dieser Entwürfe gebrauchen. Ich will sie meinen Handwerkern schicken, sodass ich einen endgültigen Kostenvoranschlag bekomme. Es wäre auch hilfreich, wenn du mir die Kontaktdaten der französischen Firma zukommen lässt, damit die Handwerker sich mit ihnen abstimmen können.«

»Das regle ich noch heute Abend.«

»Oder könntest du einfach alles am Montagmorgen zur Besprechung mitbringen? Ich muss um zehn beim Auktionator sein, also wie wäre es, wenn wir uns, sagen wir, um halb zehn im Bistro um die Ecke treffen?«

»Klar.« Ich raffe meine Sachen zusammen und halte ihm die Hand hin, die er fest schüttelt. »Dann bis morgen Abend.«

Colin runzelt die Stirn. »Was ist morgen Abend?«

»Ich habe dich zu meiner Einweihungsparty eingeladen!« Lächelnd hänge ich mir meine Tasche um. »Aber es ist nicht schlimm, solltest du es vergessen haben.«

»Verdammt, ich habe eine Essensverabredung mit dem Bauunternehmer, der hier alles übernimmt.« Er zeigt mit dem Daumen über seine Schulter. »Ein informelles Treffen, bevor es am Montag bei der Besprechung ernsthaft losgeht. Aber ich schleiche mich weg, sobald es geht.«

»Weißt du was? Bring ihn doch einfach mit. Ich kann auch ein bisschen Informelles vor Montag vertragen.«

»Ja, das ist eine großartige Idee!«

»Dann wäre das ja geklärt. Ich sehe dich morgen.« Lächelnd mache ich mich auf den Weg.

Ich hebe den Esslöffel an meine Lippen, schlürfe laut und lasse die Flüssigkeit durch meinen Mund schwappen. »Mehr Rum«, sage ich zu mir selbst, neige die Flasche über die Bowlenschale und rühre, während er hineingluckert. Wieder löffele ich, und diesmal verziehe ich das Gesicht. Stark. Perfekt! Ich hieve die Bowle auf den großen Esstisch und lecke mir die klebrigen Finger ab, bevor ich die Gläser aus den Schränken hole und sie auf dem Tisch aufreihe. Es soll alles bereitstehen, damit ich bei meiner Einweihungsparty nicht den ganzen Abend herumlaufen und die Gastgeberin spielen muss. Ich möchte mich amüsieren und mich hinreichend betrinken, um die Erinnerungen an Jack auszulöschen. Diesen Abend brauche ich – meine Freunde, Alkohol und ein bisschen Spaß. Es klopft, und ich renne zur Tür, um die Gang reinzulassen. Doch als ich öffne, steht da nur Lizzy. Sonst keiner, nur Lizzy. »Wo sind denn alle?«

»Unterwegs.« Sie kommt rein und geht in die Küche. »Ich wollte mit dir reden, bevor sie hier sind.«

»Warum? Was ist los?« War etwas mit Jason passiert? Ich folge ihr, entkorke einen Wein und schenke uns beiden ein Glas ein.

»*Du*, Annie. Du bist los! Die ganze Woche bist du schon komisch. Still. Also?«

Ich mache dicht und sehe in alle möglichen Richtungen. Es ist nicht zu leugnen, dass ich irgendwie neben der Spur bin. Sogar Micky ließ beim Mittagessen eine Bemerkung fallen, und als ich gestern auf Nats Textnachricht nur einsilbig antwortete, rief auch sie mich an und fragte, was los sei. »Ich habe den Kopf voll, sonst nichts«, sage ich lahm und trinke einen Schluck Wein.

»Mit was?«

Lizzy klingt misstrauisch und neugierig. Mir gefällt beides nicht.

»Der Arbeit. Und dem, was hier noch zu tun ist.«

»Blödsinn«, erwidert sie gekränkt. »Du bist schon seit letztem Samstag nicht mehr dieselbe. Was ist passiert? Und beleidige bitte nicht meine Intelligenz, indem du sagst, es war nur ein netter Drink.«

»Es war ein netter Drink«, murmele ich achselzuckend.

»Annie!«

»Okay!« Frustriert knalle ich mein Glas auf den Tisch. »Ich habe mit ihm geschlafen. Oder ihn gevögelt. Es war unglaublich gut. *Er* war unglaublich gut, aber abgesehen von seinen Fähigkeiten, war da …« Ich verstumme, während meine Freundin hörbar nach Luft schnappt. »Etwas.«

»Etwas?«, fragt sie leise. »Was meinst du?«

»Weiß ich nicht.« Ich greife wieder nach meinem Wein und nehme einen großen Schluck. »Chemie. Eine Art Verbundenheit. Etwas, das ich noch nie erlebt habe.«

»Ach du Scheiße«, flüstert Lizzy.

»Das ist nicht hilfreich.«

»Ich fasse es nicht, dass du mir das verheimlicht hast, Annie!«

»Na, mit dir und Jason …«

»Zur Hölle mit mir und Jason! Er ist ein fremdgehender Arsch. Wie ging es aus? Hast du ihm deine Nummer gegeben? Habt ihr euch verabredet?«

Ich möchte mich unter die Küchenfliesen wühlen. »Ich habe mich rausgeschlichen, als er schlief.«

»Was?«, kreischt Lizzy, und nun knallt sie ihr Glas hin. »Willst du mich verarschen?«

»Nein. Ich wünschte, es wäre so.« Ich überrasche mich selbst mit dieser Antwort und der Tatsache, dass ich, ja, bedaure, weggegangen zu sein, ohne irgendeine Kontaktmöglichkeit dazulassen. »Ich kann nicht aufhören, an ihn zu denken, Lizzy. Es macht mich komplett verrückt!«

»Wow. So gut, ja?«

Mein Geständnis hat mich geschafft, und ich sinke auf einen Stuhl. »Das ist doch bekloppt, oder?« Zum millionsten Mal frage ich mich, ob Jack noch an *mich* denkt. Ich möchte glauben, dass er ebenfalls so einen Knoten im Bauch hat wie ich, die Nacht immer wieder in Gedanken durchlebt, sich wie irre fragt, was das für eine seltsame Verbundenheit war und was sie bedeuten könnte.

»Hast du ihn gegoogelt?«

Ich lache. »Dafür reicht wohl kaum, was ich habe. Er heißt Jack und … tja, er heißt Jack.«

»*Willst* du ihn finden?«

Okay, *das* ist die Kernfrage. Im Moment schwirrt mir nichts anderes im Kopf herum. Sicher verschlossen in meinen Gedanken, wo ich die perfekte Nacht immer wieder erleben darf … auch wenn es mich langsam, aber sicher wahnsinnig macht. Ich sollte nichts Dummes tun, wie zu riskieren, dass ich alles ruiniere. Wie zu erkennen, dass Alkohol mein Urteilsvermögen getrübt hat. Wie zu entdecken, dass er kein bisschen so ist, wie ich ihn in Erinnerung habe. Und was, wenn er so ist? Was, wenn der Funke gleich wieder überspringt und die Schmetterlinge in meinem Bauch abheben?

Lizzy steht auf, und ich schaue zu ihr hoch. Sie lächelt wissend.

»Heute Abend besaufen wir uns. Und morgen toben wir durch Google und sehen mal, ob wir den Mann finden, der meiner Freundin weiche Knie beschert hat.«

Ach, was soll's. Er wird sich eindeutig nicht aus meinem Kopf verziehen. »Gut.« Ich gehe zur Tür, da es läutet, und öffne Micky, Nat und einigen anderen Leuten hinter ihnen. Alle schwenken sie Flaschen, sozusagen ihre Eintrittskarte. Lachend ziehe ich die Tür weit auf und lasse sie in meine Wohnung kommen, während sie laut ihre Begrüßungen trällern. Als Nat an mir vorbeigeht, packe ich sie am Ellbogen. »Wo ist John?«, frage ich und mustere noch mal die vielen Köpfe, um mich zu vergewissern, dass ich ihn nicht übersehen habe.

»Er ist nicht hier.«

»Aha?« Ich lasse ihren Arm los, und sie streift ihren leichten Blazer ab.

»Annie, ich komme einfach nicht mit Kindern zurecht.« Sie verdreht die Augen. »Oder mit Kaugummi. Ich bin es meinem Haar schuldig, einen klaren Schnitt zu machen.«

Ich schenke ihr einen mitfühlenden Blick, um mein Augenverdrehen zu überspielen. »Im Kühlschrank steht eine offene Flasche.«

»Super!« Sie eilt durch den Flur. »Jetzt sind wir alle Single!«, ruft sie, stürmt in die Küche und verlangt Alkohol. Grinsend folge ich ihr und lasse mich im Vorbeigehen von Lizzy auf die Wange küssen.

»Alles in Ordnung?«, fragt sie vorsichtig und wischt den rosa Lippenstift ab, den sie mir eben aufs Gesicht geschmiert hat.

»Perfekt.« Ich stoße mit den beiden an und leere das erste von vielen Gläsern Wein.

Eine Stunde später spielt Micky den DJ, und alle rufen ihm ihre Musikwünsche zu. Die Getränke fließen, und lebhaftes Geplapper und Gelächter füllen mein neues Zuhause. Ich lächle, als ich im Innenhof stehe und alle meine Freunde sehe, die sich unterhalten und trinken.

Nat kommt aus der Küche und blickt sich suchend um. Sobald sie mich entdeckt, winkt sie. »Es sind noch mehr Gäste gekommen!«, ruft sie und zeigt zum Flur, dann steuert sie auf Micky zu, angelockt von den Schnapsgläsern.

Ich laufe zur Tür, öffne sie und habe Colin vor mir. »Hi!«, begrüße ich ihn strahlend und trete zur Seite. »Willkommen. Komm rein.«

»Hi, Annie!«, sagt Colin vergnügt, tritt ein und umarmt mich freundschaftlich. »Danke für die Einladung.«

Als er mich loslässt, kommt eine hübsche Frau in einem silbernen Kleid auf mich zu, hält eine Weinflasche in die Höhe und tippt mit einem langen roten Fingernagel drauf. »Ich bringe die hier mit, weil wir quasi uneingeladen kommen.«

Colin lacht. »Annie, das ist Stephanie.«

Ich nehme die Flasche entgegen. »Freut mich, Stephanie.«

»Und dies ist ihr Mann Jack.« Colin nickt an mir vorbei. »Mein Bauunternehmer.«

Ich drehe mich zur Tür um und runzle die Stirn, weil mein Gehirn nicht mitkommt.

Jack? Bauunternehmer?

Ihr Mann?

Als ich in vertraute, intensive graue Augen blicke, wird mir eiskalt. Die Weinflasche gleitet mir aus den Fingern und zerschmettert zu meinen Füßen.

6. Kapitel

»Jack«, flüstere ich kaum hörbar. Mein Mund ist ausgetrocknet, und ich umklammere den Türknauf, um das Zittern meiner Hände zu bändigen.

»Oh nein!«, ruft Stephanie aus. »Ist alles in Ordnung?« Sie bückt sich und beginnt, Glasscherben aufzusammeln. »Ach du meine Güte, der Wein ist in alle Richtungen gespritzt!«

Ich starre nur. Und er auch. Ich weiß, dass Stephanie redet, verstehe aber kein Wort von dem, was sie sagt, weil ich nur Jacks Stimme in meinem Kopf höre, weil mich Flashbacks bombardieren, lebendiger und realer denn je.

Ich blinzle hektisch, mein Atem geht schnell und flach. Ich muss mich zusammenreißen. Sofort. Ich löse den Blick von Jack, hocke mich hin und beginne, achtlos Scherben aufzuheben. In meinem Hirn herrscht Chaos.

Er ist hier? Oh mein Gott, er ist hier! Und er ist *verheiratet*? Ich fange an zu schwitzen.

»Es tut mir so leid«, murmele ich zum Fußboden. Stechender Schmerz jagt durch einen meiner Finger. Ich lasse alle Scherben fallen, die ich ungeschickt aufgehoben hatte, ringe nach Luft und starre verständnislos auf das Blut, das aus dem Schnitt tropft. Tränen schießen mir in die Augen, einer Mischung aus Schmerz und Verzweiflung geschuldet. Stephanie nimmt meinen Arm.

»Du hast dich geschnitten.« Sie zieht mich hoch. »Lass mich mal sehen.«

Ich zittere so sehr, dass sie es fühlen muss. »Tut mir leid«, sage ich gedankenverloren und schaue sie an.

Sie blickt mir direkt in die Augen, und ich wende mich rasch ab, weil ich fürchte, sie könnte zu viel in meinem Blick lesen.

»Jack, geh du mit Annie ins Bad, um das zu versorgen«, befiehlt sie. »Und ich mache hier sauber.«

»Nein, schon gut!«, platze ich heraus, reiße meine Finger weg und fühle, wie ich noch panischer werde. »Ehrlich, es ist nur ein kleiner Kratzer. Ich wische das auf.«

»Ich übernehme es«, bietet Colin an. »Hol du dir ein Pflaster.«

»Komm mit.«

Jacks Stimme trifft mich von der Seite, seine Hand ist an meinem Unterarm.

Ich zucke zusammen wie ein verängstigtes Tier und springe zurück. Dann tue ich etwas unsagbar Blödes. Ich sehe ihn an, schaue direkt in seine besorgt dreinblickenden grauen Augen.

Er neigt den Kopf leicht seitwärts, sein Blick sagt so viel, ohne dass Jack ein einziges Wort äußert.

»Wo ist das Bad?«, fragt er.

Ich zeige den Flur hinunter, weil ich keinen Ton herausbringe. Ehe ich auch nur daran denken kann zu widersprechen, ist Jacks andere Hand an meinem Rücken, und er schiebt mich in Richtung Bad. Seine Berührung ist wie Feuer auf meinem Körper, brennt sich durch den Kleiderstoff.

Wir werden allein sein. Was wird er sagen? Was werde ich sagen? Er ist verheiratet? Er ist hier in meiner Wohnung mit seiner verdammten Frau! Und er ist Colins Bauunternehmer! Mir dreht sich der Magen um.

Er schließt nicht die Schlafzimmertür hinter uns, sondern schiebt sie nur ein wenig zu. Dann führt er mich durch das Zimmer, zieht mich hinter sich her. Nachdem er sich kurz über die Schulter umgesehen hat, macht er die Badezimmertür hinter uns zu, und obwohl ich innerlich ein Wrack bin, wird mir bewusst, wie verdächtig die geschlossenen Türen wirken müssen, sollte seine Frau nach uns sehen wollen. Ich trete vor, um die Tür zu öffnen, doch Jack blockiert sie mit seinem großen, gut gebauten Körper. Noch mehr Flashbacks, allerdings ist er in denen nackt.

Ich weigere mich, zu ihm aufzusehen. In meinem Innern ist nichts als Chaos. Ich bin verwirrt, verletzt und wütend – gleichzeitig beherrscht mich allzu vertraute Lust. Und Verlangen. Beides macht mir Angst. Es war nicht der Alkohol in jener Nacht. Es war nicht meine Einbildung. Es war real, und ich fühle es jetzt alles wieder. Was ich wirklich nicht dürfte.

Er sagt nichts, lässt die Stille andauern, die von unausgesprochenen Worten und mächtiger Sehnsucht durchwirkt ist. Ich wusste, dass ich hätte weggehen sollen! Ich *spürte*, dass es einen Grund gab, weshalb ich hätte weggehen sollen. Oh mein Gott, er ist verheiratet! Ich habe in jener Nacht nach einem Ring gesehen. Er hat keinen getragen!

»Ich muss gehen.« Ich dränge mich an ihm vorbei, doch er packt mich und hält mich fest. Er atmet schnell und angestrengt.

»Du bist Colins Architektin?«, fragt er mit dieser vollen, samtigen Stimme, allerdings klingt er angemessen besorgt.

»Ja«, antworte ich knapp. Ich lege nicht mit einer der vielen Fragen nach, die ich ihm dringend stellen sollte.

Ich muss so tun, als würde ich ihn nicht kennen. Als hätte ich ihn noch nie im Leben gesehen. Anders geht es nicht. »Warum hast du mir nicht erzählt, dass du verheiratet bist?« Die Frage kommt mir ungebeten über die Lippen.

Er drückt meine Schultern mit beiden Händen. »Ich konnte nicht«, sagt er schlicht. »Ich war physisch außerstande, diese verfluchten Worte auszusprechen, weil ich wünschte, ich wäre es nicht. Mehr als jemals zuvor, Annie.«

Mehr als jemals zuvor? Ich schüttle den Kopf, ehe mich diese Frage noch länger hier festhält. »Ich muss gehen.«

»Nein«, raunt er und schüttelt mich ein wenig.

Meine Angst schnellt in astronomische Höhen. Ich kann nur so tun, als wäre nie was zwischen uns gewesen, wenn er mich lässt. Und jetzt erzählt er mir, dass er nicht dazu bereit ist. Oder er macht sich vielleicht Sorgen, dass ich seiner Frau etwas sagen könnte. Seiner *Frau*! Seiner Frau, die gerade in meinem Flur Scherben aufwischt!

Wut steigt in mir auf, angefangen bei meinen Zehen, und ich wage es, ihn anzusehen. Der Anblick seines schönen Gesichts wirkt wie ein Fausthieb in meinen Bauch. Mir wird schlecht. »Ich werde nichts sagen, falls das deine Sorge ist.«

»Du warst weg«, flüstert er, nimmt meinen Arm und führt mich zum Waschbecken.

Er dreht den Wasserhahn auf und hält meine Hand unter den Strahl. Es tut nicht weh. Vor lauter Schock fühle ich gar nichts.

»Ich bin aufgewacht, und du warst fort«, sagt er. »Warum?«

Seine Dreistigkeit verblüfft mich. Als müsste ich mich ihm gegenüber rechtfertigen. »Das ist jetzt ja wohl verflucht egal, meinst du nicht?« Ich koche innerlich, reiße meine Hand zurück und greife nach einem Gästehandtuch, um es um meinen Finger zu wickeln.

Ich bin so blöd! Ich wette, er ist die meisten Wochenenden unterwegs, um Frauen mit seinem sündhaft guten Aussehen, den richtigen Worten, seinen blitzenden Augen und ein wenig charmantem Geplauder in Hotelzimmer zu locken. Und offenbar kommt er damit durch, denn seine Frau scheint ihm zu vertrauen. Sie hat nicht mal überlegt, bevor sie ihn mit mir allein ins Bad schickte. Was für ein Arschloch! Plötzlich bin ich so wütend auf mich, weil ich eine ganze Woche damit vertan habe, über jedes winzige Detail unserer Begegnung nachzudenken, alles zu zerpflücken und dem einen Sinn abzuringen. Wie viele Frauen hat er schon geblendet?

Er kommt näher, beugt sich leicht zu mir, und sein Duft

dringt in meine Nase. Ich halte den Atem an, um ihm auszuweichen. Mich nicht darin zu verlieren.

»Nichts an jener Nacht war belanglos, Annie. Ich denke seitdem an nichts anderes.« Er hebt eine Hand an meine Wange und lässt seinen Daumen sanft auf meiner Haut kreisen.

Mein ganzer Körper entspannt sich, als seine zärtliche Berührung meine Wut auslöscht, und ich atme wieder, bekomme eine starke Dosis seines männlichen Dufts ab. Mir wird schwindlig.

»Da ist etwas zwischen uns«, flüstert er. »Verdammter Mist, ich bin besessen davon. Ich kriege dich nicht aus dem Kopf, Annie. Jeden Abend war ich in der Bar und habe nach dir gesucht.«

Er neigt seinen Kopf näher zu mir, und sein Atem wärmt meine Wangen, als ich meine Augen schließe und in eine Trance falle.

»Du hast es doch auch gefühlt, oder? Es war nicht nur Sex. Sag mir, dass du es auch gefühlt hast.«

Er streift mit seinem stoppeligen Kinn meine Wange, und unwillkürlich stöhne ich, werde wieder zurück in das Hotelzimmer katapultiert.

»Ich dachte, ich würde dich nie wiedersehen.«

Ich schlucke, versuche, mich nicht von der Bestätigung hinreißen zu lassen, dass auch er daran gedacht hat. Das ist jetzt null und nichtig. Aber seine Berührung. Sie ist wie Feuer, weckt Erinnerungen, die ich unaufhörlich neu durchlebe.

»In jener Nacht mit dir an meiner Seite hatte ich keine Sorgen«, flüstert er. »Keine Probleme. Ich fühlte nichts, nur dich, und es war verdammt perfekt, Annie.«

Ich schlucke und kneife die Augen zu. »Perfekt, bis ich herausfand, dass du verheiratet bist.« Die Worte schmerzen, und ich befehle mir zurückzutreten, mich seiner Berührung zu entziehen, weil ich weiß, dass ich es nicht lieben sollte, ihn zu fühlen. Doch ich rühre mich nicht. Ich bleibe, wo ich bin, nicht willens und imstande, mich der fantastischen Empfindungen zu berauben, die ich mir noch einmal zu erleben erträumt habe.

»Du hast ihn behalten«, sagt Jack leise, und ich öffne meine Augen.

Er nimmt den Kronkorken vom Regal über dem Waschbecken, spielt einige Sekunden damit, betrachtet ihn, während er ihn zwischen seinen Fingerspitzen bewegt. Ich sage nichts, beobachte ihn nur.

Schließlich sieht er mich an. »Du konntest es auch nicht vergessen.«

Wir starren einander an, und Jack legt den Kronkorken zurück. Dann kommt er näher, drückt sich an mich. Explosionen. Sein Mund nähert sich langsam meinem. Im Geiste schreie ich, befehle mir, ihn wegzustoßen. Doch mein Herz flattert, und mein Körper erwacht wieder zum Leben. Seine Lippen. Seine Berührungen. Seine Stimme. Sein Gesicht. Seine Küsse. Sanfte Küsse, die härter werden. Nur noch einen dieser alles verschlingenden Küsse. Nur einen. *Bitte! Einen noch.* Zart streift er meine Lippen mit seinen, und ich sinke gegen ihn.

»Jack!«

Ich schrecke aus meiner Sorglosigkeit, als ihre Stimme ins Bad dringt, und springe zurück, genauso wie Jack. Im selben Moment geht die Tür auf, und seine Frau erscheint.

»Ist es schlimm?«, fragt sie und kommt auf mich zu.

Ihre Anwesenheit bringt mich schlagartig zur Vernunft. »Nein, nichts weiter«, versichere ich angestrengt lächelnd. »Ich habe Pflaster in der Küche.«

»Vielleicht sollte erst mal etwas antibakterielle Salbe drauf«, sagt Jack leise.

Als ich zu ihm sehe, fixiert er mich mit seinen intensiven grauen Augen.

Stephanie lacht und legt eine zarte Hand auf Jacks entblößten Unterarm. Er verspannt sich sichtlich.

»Du bist immer so klug«, sagt sie verträumt.

Mein Blick fällt auf ihre Hand an ihm. Seine starken Arme, die zu beiden Seiten meines Kopfes aufgestützt waren, als er in mich hineinstieß.

Nein!

Ich verdränge das Bild und aktiviere von irgendwoher ein bisschen Fassung. »Was für ein toller Auftakt.« Ich lache und beobachte, wie Jack seinen Arm zurückzieht und seine Frau nervös ansieht.

Ihr Blick ist nicht nervös, aber sie hat die Augen verengt. Noch mehr Anspannung.

»Gehen wir zurück zur Party.« Ich zeige zur Tür und bin froh, als Stephanie sich ein Lächeln abringt und vorausgeht. Jack folgt ihr.

Ich folge ihnen. Ihnen. Stephanie und Jack. Ein verheiratetes Paar.

Seine Schultern sind steif, und alle paar Sekunden sehe ich sein Profil, wenn er sich zu mir umschaut. Jedes Mal sehe ich weg, sterbe innerlich und werde von einer Unzahl Gefühle bombardiert. Bei keinem davon weiß ich, was ich damit anfangen soll. Die Schuld drückt am stärksten. Und dann bekomme ich erst recht Panik, denn Lizzy kommt aus dem Garten.

Oh Gott, vor lauter Schock habe ich vergessen, dass meine Freunde an jenem Abend auch in der Bar waren. Entsetzt sehe ich, wie sie stehen bleibt und direkt an Stephanie vorbei zu Jack schaut. Ihr Lächeln erstirbt. Hastig stürme ich an Jack vorbei, stoße gegen seinen Arm und dränge Lizzy zurück.

»Du kennst ihn nicht«, flüstere ich ihr zu, bevor ich mich umdrehe und mit gekünsteltem Lächeln verkünde: »Das ist Lizzy! Lizzy, das ist Jack, der Bauunternehmer meines Kunden, und das seine *Frau* Stephanie.« Ich will das Wort nicht betonen, doch für den Fall, dass Lizzy zu langsam schaltet, muss ich die Situation laut und deutlich klarmachen.

Lizzy schüttelt beiden strahlend lächelnd die Hand. Sie hat diese lässige Maske viel besser drauf als ich.

»Wie nett, euch kennenzulernen«, sagt sie begeistert und dreht sich gleich wieder zu mir. Ihre dunklen Augen sind geweitet. Sehr geweitet. Was sie wohl auch sein sollten. »Ich gehe mal die Musik wechseln.«

Sie neigt den Kopf ein wenig zur Seite, was ein stummes Signal ist. Ich lese ihre Gedanken, als hätte ich ein Skript vor mir. Sie will sicherstellen, dass mich Nat und Micky nicht in Schwierigkeiten bringen. Mist, ich hoffe, sie erkennen Jack nicht; sie waren alle ziemlich betrunken, doch ich darf kein Risiko eingehen.

»Ich denke, nur Micky wird ihn erkennen«, flüstert Lizzy mir zu, als sie an mir vorbeigeht.

Gott, das hoffe ich.

Colin erscheint an der Tür. »Geht es dir gut?«

»Ach, das ist nichts«, versichere ich ihm. »Hast du was zu trinken bekommen?«

»Ja.« Er hält ein Rotweinglas in die Höhe. »Ich habe eben nach Jack und Stephanie gesucht, wurde aber von deinem Freund Micky abgelenkt. Er ist Personal Trainer, und genau so einen brauche ich!« Colin zeigt auf seinen nicht vorhandenen Bizeps und geht hinaus in den Garten. »Holt euch zu trinken und kommt zu uns.«

»Was kann ich dir anbieten?«, frage ich Stephanie, öffne den Küchenschrank und nehme den kleinen Erste-Hilfe-Kasten heraus.

»Wein wäre reizend, danke. Weiß bitte.«

»Jack?« Ich hasse es, wie sein Namen aus meinem Mund klingt. Ich kann eindeutig ein tiefes Einatmen hinter mir hören. Hastig klebe ich ein Pflaster auf meinen winzigen Schnitt.

»Bier bitte«, sagt er. »Budweiser, falls du es dahast.«

Meine Finger erstarren. Budweiser. Im Geiste sehe ich ihn eine Flasche an seine Lippen heben, und ich sehe mich, verzaubert vom Anblick seines straffen Halses. Und den Kronkorken. Ein Andenken an ihn. »Habe ich.« Ich stelle den Erste-Hilfe-Kasten zurück in den Schrank, drehe mich um und begegne seinem Blick.

»Danke.«

Er sieht weg, und ich werde aktiv. Rasch hole ich ihnen ihre Drinks, aber nicht so rasch, dass Lizzy keine Zeit bleibt, meinen restlichen Freunden auf den Zahn zu fühlen. Als sie in der Tür auftaucht, nickt sie kaum merklich, und ich sacke beinahe auf den Boden.

»In den Garten?«, frage ich, gehe voraus und stelle Jack und seine Frau einigen Leuten vor. Währenddessen spüre ich, dass er mich ununterbrochen ansieht.

Nat hat keine Ahnung, wer Jack ist, doch Mickys Haltung verändert sich deutlich, als er ihn entdeckt. Ich starre meinen ältesten Freund an, bis er zu mir blickt, und flehe ihn stumm an, was er hoffentlich begreift. Er schüttelt den Kopf und sieht so verstört aus, wie ich mich fühle. Schließlich wendet er sich wieder Colin zu.

Man müsste schon tot sein, um die angespannte Atmosphäre in meinem Innenhofgarten nicht wahrzunehmen. Ich bin sicher, dass jeder sie bemerkt, doch als ich mich umschaue, unterhalten sich alle normal. Ich lasse Stephanie und Jack bei Nat und laufe in die Küche, um mehr Wein zu holen, weil ich weiß, dass ich gleich Gesellschaft bekomme, und zwar in …

»Was für ein Scheiß!«, zischt Lizzy und stellt sich zu mir an die Arbeitsplatte, wo ich mit zitternden Händen einschenke.

Ich nicke, hebe das Glas an meine Lippen und leere es in einem Zug zur Hälfte.

»Sag mir, dass du nichts gewusst hast.«

»Nein, habe ich nicht«, antworte ich ruhig, kein bisschen gekränkt von ihrer Frage. Ich trinke meinen Wein, drehe mich um und lehne meinen Po an die Arbeitsplatte.

Micky kommt mit aufgerissenen, sichtlich besorgt dreinblickenden Augen in die Küche.

»Annie, alles okay?«

Ich nicke und trinke noch mehr Wein. »Er ist verheiratet«, murmele ich matt und starre in mein Glas. »Mein fantastischer One-Night-Stand ist verheiratet. Er ist mit seiner verfluchten Frau bei mir zu Hause und er ist der Bauunternehmer meines Kunden.« Ich sehe zu meinen Freunden auf. »Ich muss mit ihm zusammenarbeiten.« Nun muss ich lachen. »Das könnte man sich nicht mal ausdenken!«

»Was für ein Wichser.« Micky flucht und knallt sein Glas auf den Tresen.

»Nat war zu sehr mit Tanzen und damit, Kurze zu kippen, beschäftigt, um ihn in der Bar zu bemerken«, sagt Lizzy und sieht nach draußen, eindeutig um sich zu vergewissern, dass die Luft rein ist.

»Ich glaub's einfach nicht«, sage ich. »Und was habe ich für Zeit damit vergeudet, an ihn zu denken.«

»Hier.«

Lizzy schenkt mir nach, und Micky kommt, um mir einen Arm um die Schultern zu legen.

»Ich bin so eine Idiotin.«

»Nein«, erwidern die beiden im Chor.

»Doch, bin ich. Ich habe mich ihm quasi an den Hals geworfen, und jetzt muss ich seiner Frau in die Augen sehen, während ich daran denke, dass ich mit ihrem Mann gevögelt habe.« Bei dem Gedanken meldet sich meine Panik zurück, und ich fange an zu zittern, sodass der Wein in meinem Glas schwappt.

»Es ist nicht deine Schuld«, meint Lizzy verärgert. »Sieh mich an«, befiehlt sie, und ich tue es. »Beruhige dich. Steh diesen Abend durch und morgen reden wir in Ruhe über alles.«

»Was soll ich machen?«, frage ich. »Ich kann nicht mit ihm

arbeiten!« Ich werde Colins Projekt aufgeben müssen. Es ist mein Traumentwurf, der umgesetzt wird, und ich werde ihn sausen lassen!

»Zuerst mal lässt du dir nicht von ihm deinen Abend ruinieren. Morgen werden wir …«

Alles verstummt, als wir merken, dass noch jemand im Raum ist, und wir sehen zur Tür. Dort steht Jack und nimmt die vernichtenden Blicke hin.

»Ich muss mit Annie reden«, sagt er ruhig.

»Was?« Micky lacht beinahe über diese Frechheit. »Du tauchst hier mit deiner beknackten Frau auf?«

»Ich muss mich nur einer Person erklären«, entgegnet Jack. »Fünf Minuten, Annie, bitte.« Sein Blick aus grauen Augen wirkt verzweifelt, als er mich ansieht. Ich zwinge mich, sein offensichtliches Unglück zu ignorieren, und sage mir, dass er mir eine Erklärung schuldet. Denn das tut er.

»Fünf Minuten«, antworte ich und schaue zu Micky und Lizzy. Mir ist bewusst, dass sie mich für irre halten, und wahrscheinlich bin ich das. Aber ich muss mir anhören, was er zu sagen hat. Ich brauche einen Abschluss. »Ist schon gut.«

Beide gehen sichtlich widerwillig, und kaum sind wir allein, stellt sich wieder diese Energie zwischen Jack und mir ein – die mir Angst macht. Sie ist so mächtig und bringt mich dazu, eilig möglichst viel Abstand zwischen uns zu schaffen und, eventuell, die Situation harmlos wirken zu lassen, sollte jemand in die Küche kommen. Bloß zwei Leute, die sich in der Küche über Geschäftliches unterhalten. »Na los, Jack. Erkläre.« Ich komme direkt zum Punkt.

Er zögert. »Ehe ich irgendwas erkläre, musst du wissen, dass ich meine Frau nie zuvor betrogen habe. Niemals, Annie. Nicht vor dir.«

Ich schnaube, weil ich es unmöglich unterdrücken kann. »Und deshalb ist alles prima?«

»Das habe ich nicht gesagt. Du sollst nur wissen, dass ich nicht gewohnheitsmäßig fremdgehe.«

Er tritt einige Schritte vor, und ich hebe eine Hand, damit er nicht näher kommt. Dann sehe ich über meine Schulter in den Garten. Seine Frau unterhält sich mit Lizzy. Meine Freundin lenkt sie ab, solange ihr Mann mit mir hier drinnen ist. Ich schlucke die Schuldgefühle hinunter.

»Hast du an mich gedacht?«, fragt er.

Ich blicke wieder zu ihm. »Nein.« Es zuzugeben wäre dumm.

»Lüg mich nicht an«, warnt er mich vollkommen ernst. »Tu nicht so, als hättest du es nicht gefühlt.«

»Was spielt das denn für eine Rolle?«, zische ich. »Du hast mich belogen. Wo war dein Ring?«

Er hält seine Hand hoch, die immer noch nackt ist. »Ich trage keinen. Ich habe mir bei der Arbeit einen Fingerknöchel gebrochen, seitdem kann ich ihn nicht mehr anstecken.«

»Dann hättest du es mir sagen müssen!« Ich stelle mir vor, dass sich ihm viele Frauen an den Hals werfen. Er müsste ein Zeichen auf der Stirn haben oder so, irgendeine sichtbare Warnung, dass man sich ihm nicht nähern darf.

»Es dir sagen?« Er lacht beinahe. »Wie ich bereits erwähnte, Annie, konnte ich es nicht. Ich konnte es nicht einmal *denken*. Ich sah nichts als *dich*. Dachte an nichts anderes, als dass ich *dich* wollte. Alles Übrige verblasste. Alles, was ich wahrnahm, waren deine grünen Augen, die mich ansahen. Alles, was ich fühlte, war deine Haut an meiner, dein Atem in meinem Ohr.«

»Hör auf!« Ich ignoriere die Tatsache, dass ich genauso auf ihn reagiert habe. Aber ich bin Single. Ich darf so empfinden. Er nicht. Nicht, wenn er vergeben ist!

»Nein.«

Er kommt zu mir, und ich ertappe mich dabei, wie ich wieder nervös hinter mich blicke, bevor ich ihn ansehe. Er ist zu nahe.

Das ist aus mehr Gründen als dem gefährlich, dass seine Frau hereinkommen könnte.

»Ich kann nicht aufhören, Annie.«

Ich schüttle den Kopf und gehe ein paar Schritte von ihm weg, öffne einen Schrank, aus dem ich eine Tüte mit Brezeln hole – irgendwas, um beschäftigt und lässig auszusehen. »Du bist verheiratet, das heißt, es ist vorbei«, sage ich streng und ruhig. Ich erlaube nicht, dass seine Worte meine Entschlossenheit zunichtemachen.

»Willst du, dass es das ist?«, fragt er und wirft mich damit ein wenig zurück.

Ich antworte nicht annähernd so prompt, wie ich sollte, lenke mich ab, indem ich die Brezeln in eine Schale schütte. »Schlägst du eine Affäre vor?«

»Ich frage dich, ob du neugierig auf uns bist.«

»Es gibt kein ›Uns‹«, flüstere ich und blicke mich abermals um.

»Und wenn es das geben sollte?«

Ich erschrecke, staune. »Geben sollte?«

»Ich habe die ganze Woche mit meinem Gewissen gekämpft, Annie. Ich habe mir gesagt, dass es nicht der richtige Weg ist, meiner Ehe zu entkommen. Ich habe versucht, so sehr versucht, nicht an dich zu denken, und dann passiert irgendein Mist mit Stephanie, und ich bin wieder bei null, denke immerzu an dich und welche Gefühle du bei mir geweckt hast. Wie du mich zum Lächeln gebracht hast. Was du in mir ausgelöst hast. Du überstrahlst alles.«

Mist passiert mit Stephanie? Ich hasse es, dass ich zu sehr überlege, was er meinen könnte. Ich kann nicht fragen. *Darf nicht* fragen.

»Du wirst dich von mir fernhalten.« Ich drehe mich um und verlasse die Küche, bevor Jack noch irgendetwas sagen kann, das meine Entschlossenheit angreift, und ringe mir ein Lächeln ab, als ich in den Garten trete.

Ich muss nur warten, bis der Abend vorbei ist, dann darf ich mir den Zusammenbruch gestatten, der zweifellos kommen wird. Er hat es gefühlt, genau wie ich – die Verbundenheit, die überwältigende Chemie. Doch es war nur Lust, befeuert und verstärkt von Alkohol. Und Spontaneität. Das muss ich mir weiterhin sagen. So ist es am sichersten. Ich hätte nie gedacht, dass ich ihn wiedersehen würde, habe geglaubt, dass er eine schöne, aber frustrierende Fantasie bliebe. Ein Maßstab für alle Männer, die danach kämen. Ich bezweifle, dass ich diese unvorstellbare Anziehung bei irgendwem sonst finden werde. Ich wurde herausgefordert, habe etwas Unglaubliches erlebt, nur um zu entdecken, dass ich es nie wieder haben kann. Dass ich es niemals hätte haben dürfen. Sich selbst etwas zu verbieten ist eine Sache, es verboten zu bekommen, durch einen Umstand, den man nicht kontrolliert, ist eine völlig andere. Das bewirkt, dass ich es nur noch mehr will.

Ich beobachte, wie Stephanie mit Colin redet, und Jack steht schweigend und in Gedanken versunken neben ihr. Jedes Mal, wenn sich unsere Blicke treffen, schaue ich rasch weg, zwinge mein pochendes Herz zurück, das mir in die Kehle steigt. Ich bemühe mich, mich mit Leuten zu unterhalten, doch ich bin zu unkonzentriert, sehe Münder, die sich bewegen, höre aber nicht, was sie sagen. Mein Kopf ist voll von Erinnerungen. An Dinge, die Jack zu mir gesagt hat. An die Art, wie er mich berührt hat, wie er mit mir geschlafen hat.

Verstohlen blicke ich wieder zu ihm, diesmal gilt seine Aufmerksamkeit jedoch seiner Frau, die etwas zu ihm sagt. Colin hebt die Hände, als wolle er sich ergeben, und geht auf Abstand zu dem Paar. Er kommt zu mir. Stephanie sieht ein bisschen wütend aus, doch obwohl ich versuche, ihre Lippen zu lesen, kann ich nicht erkennen, was sie zu ihrem Mann sagt. Ihr Mann. Jack. Stephanies Mann.

»Da drüben geht's rund«, verkündet Colin lachend, als er bei mir ist. Er ist ein wenig angeheitert.

»Was?«, frage ich, mime die Ahnungslose und behalte Jack nebenher im Auge.

»Jack ist ein toller Kerl, doch anscheinend stimmen die Gerüchte.«

»Welche Gerüchte?« Ich runzle die Stirn, als ich beobachte, wie Stephanie ihr Gesicht näher zu Jacks neigt und er kopfschüttelnd ein Stück zurückweicht und die Augen schließt. Er ringt um Geduld.

»Na ja«, beginnt Colin. »Ich habe die Frau erst heute Abend kennengelernt, aber ich verstehe, was die Leute meinen. Sie ist schon ein wenig … anstrengend.«

Anstrengend? Ich kann nicht aufhören hinzusehen. Jack versucht offensichtlich, Stephanie zu beschwichtigen, redet leise auf sie ein und legt eine Hand auf ihren Arm. Mein Blick gleitet zu der Hand, und wieder kann ich fühlen, wie er mich berührt. Was stimmt mit Stephanie nicht? Hat sie einen Verdacht? Hat sie die Spannung zwischen Jack und mir gespürt?

Ich sehe beide abwechselnd an, versuche zu ergründen, was los ist. Jack blickt zu mir und holt tief Luft, als Stephanie seine Hand abschüttelt und mit hämischem Grinsen ihren Wein austrinkt. Sie geht weg, um sich nachzuschenken, und ich stelle fest, dass ich nicht in der Lage bin, mich zu rühren. Ich will weg, kann aber nicht. Ich fange an zu zittern, weil mir Angst macht, wie wenig Kontrolle ich über meinen Körper habe, wenn es Jack betrifft. Und, schlimmer noch, über meinen Verstand.

»Bei Ehestreitereien bleibt man lieber auf Abstand«, sagt Colin und zeigt auf mein leeres Glas. »Einen Wein?«

Ich zwinge mich zu einem Lächeln. »Ich muss nur kurz verschwinden.« Mit aller Kraft bringe ich meine Beine dazu, mich in meine Wohnung und zu meinem Bad zu tragen. Ich schließe die Tür von innen, lehne mich dagegen und versuche, ruhig durchzuatmen.

Mir ist, als könnte ich unter dem Druck von Jacks Anwesenheit zusammenbrechen. Meine Gedanken überschlagen sich, fragen sich, ob die Spannung zwischen uns offensichtlich ist. Fragen sich, was seine Frau wütend gemacht hat. Ich bin nicht paranoid. Ich bin auch nicht irrational. Trotzdem habe ich das Gefühl, ich hätte ein Schandmal auf dem Rücken kleben, das all meine Sünden preisgibt.

»Annie?« Hinter mir klopft es an der Tür, und Lizzys besorgte Stimme dringt durch das Holz. »Alles in Ordnung?«

»Mir geht es gut.« Ich trete ans Waschbecken, tupfe mir kaltes Wasser auf die erhitzten Wangen und bemerke den Kronkorken auf dem Regal. Ich werde Budweiser nie wieder so sehen wie früher. Entschieden beiße ich die Zähne zusammen, greife mir den Korken und werfe ihn in den Mülleimer. »Komme schon.«

»Sie sind weg«, sagt sie leise hinter der Tür.

Ich drehe mich um und atme erleichtert aus. »Sind sie?«

»Ja, eben. Seine Frau wirkte ein bisschen betrunken.«

Ich öffne die Tür, sehe die geschürzten Lippen meiner Freundin, versuche zu lächeln und scheitere grandios. »Ein bisschen?«

»Na gut, total abgefüllt.« Lizzy betrachtet mich aufmerksam. »Allerdings hat sie den Wein auch wie Wasser gekippt.«

Ich verziehe das Gesicht. »Ich glaube, die haben sich gestritten. Was ist, wenn sie Bescheid weiß?« Erneut setzt das Zittern bei mir ein.

»Sie weiß nichts, Annie, beruhige dich.«

Ich versuche, ruhig zu atmen, und Lizzy nimmt meinen Arm. »Komm mit.«

Sie zieht mich aus dem Bad, wo ich mich gerne für den Rest meines Lebens versteckt hätte.

»Micky hat Kurze parat, und ich denke, du brauchst zehn von denen.«

Den restlichen Abend verbringe ich damit vorzutäuschen, ich würde bei Unterhaltungen zuhören, während ich mich ununterbrochen frage, was Jack denkt, was er tut und was er seiner Frau sagt.

Micky und Lizzy erfinden einen Vorwand, noch zu bleiben, als alle anderen gehen, doch das Verhör, das mir blüht, macht mir weniger Angst, als es eigentlich sollte. Ich brauche ihre Unterstützung, und außerdem hat Lizzy einen Großteil des Abends mit Stephanie verbracht. Was hat sie herausgefunden? Muss ich das wissen? Oder, was noch entscheidender ist, *will* ich irgendwas über die zwei wissen? Denn sie sind eine Einheit. Ein Paar. Verheiratet.

Ich schließe die Tür hinter den letzten Gästen, drehe mich um und finde mich Micky und Lizzy gegenüber. Beide sind nüchtern und warten auf … keine Ahnung was. Also zucke ich bloß mit den Schultern und lasse die Ereignisse sacken – und mich von ihrem Gewicht erdrücken.

»Ich glaube es nicht«, sagt Lizzy kopfschüttelnd.

»Was für eine gelungene Einweihungsparty«, murmele ich und schlurfe auf sie zu. Sie machen Platz, um mich ins Wohnzimmer zu lassen, wo ich einige Kissen aufhebe und sie auf meinem Weg in die Küche auf die Couch werfe. Ich schenke mir einen Schlummertrunk in Form eines großen Glases Wein ein und nehme einen kräftigen Schluck, wobei ich aus dem Küchenfenster blicke. »Na, das war spaßig«, sage ich ernst.

Lizzy räuspert sich und stellt sich neben mich. Micky tritt an meine andere Seite, als ahnten sie, dass ich Halt brauche. Ich schaue sie beide an und lächle unglücklich.

»Geht es dir einigermaßen, Zuckerschnute?« Micky legt eine Hand auf meine Schulter und drückt sie.

»Mir geht es gut«, antworte ich resolut. »Ehrlich.« Ich schüttle den Kopf über mich selbst, trinke meinen Wein aus und hoffe, dass er mich von meinem Elend erlöst, indem er mich in komatösen Schlaf versetzt.

Beide beäugen mich zweifelnd, wozu sie allen Grund haben. Mir geht es nicht gut. Ich klinge auch nicht so, und garantiert sehe ich nicht so aus. Meine stabile, kontrollierte Existenz wurde in ihren Grundfesten erschüttert, und ich habe Angst. Mehr als mich die überwältigende Verbundenheit ängstigte, die zwischen uns war.

Denn jeder wünscht sich, was er nicht haben kann.

7. Kapitel

Der Montagmorgen ist viel zu schnell da, und ich fühle mich alles andere als frisch, als ich in mein Meeting mit Colin und seinem Bauunternehmer gehe. Jack.

Gestern Abend habe ich ein bisschen über seine Firma recherchiert und entdeckt, dass Joseph Contractors 2009 von Jack gegründet wurde, als er erst achtundzwanzig war. Ich rechnete nach, dass er folglich fünfunddreißig sein musste. Er hat jahrelang auf dem Bau gearbeitet, was seinen umwerfenden Körper erklärt – ein Körper, den er sich eindeutig erhalten will –, bevor er seine eigene Baufirma aufmachte, die seither nur Erfolge verbucht hat. Aus dem, was ich herausfand, war zu schließen, dass sich jeder Architekt freuen sollte, mit ihm zusammenzuarbeiten. Und ich? Ich habe schlicht eine Todesangst.

Ich habe endlos gegrübelt, wie ich mit der Zusammenarbeit klarkommen soll. Im Geiste habe ich Colins Projekt zehnmal abgeblasen, um es gleich wieder zu übernehmen. Die Aussicht, dieser Chance Lebewohl zu sagen, gibt mir das Gefühl, leer und schwach zu sein. Und ich bin nicht schwach. Vor allem werde ich keinem Mann erlauben, mich schwach zu machen. Ich schulde es meiner Karriere, voranzukommen. Ich schulde es *mir*.

Jack ist der Bauunternehmer. Nur der Bauunternehmer. Und ich werde nicht zulassen, dass seine Lügen und seine Täuschung gefährden, wofür ich mich krummgearbeitet habe.

Daher ziehe ich mein blassgraues Kleid mit dem Bleistiftrock an, lasse mein Haar offen und wellig, schnappe mir Colins Mappe und breche auf.

Auf dem Weg zur U-Bahn rufe ich Lizzy an und hoffe, dass sie mich ein bisschen aufbaut.

»Ich bin in zwei Minuten dran mit Bikinizonen-Wachsen«, sagt sie, als sie abnimmt. »Also direkt zum Wesentlichen. Wie willst du dich beim Meeting ihm gegenüber verhalten?«

»Ich werde so tun, als hätte ich ihn vor Samstagabend noch nie gesehen«, antworte ich. Meine Stimme klingt nicht mehr ganz so sicher, wie ich mich bei diesem Plan gefühlt hatte. »Er ist ein Lügner und Ehebrecher, und, ehrlich, ich hasse ihn. Es sollte nicht schwierig werden, alles rein geschäftlich zu halten.«

»Braves Mädchen.« Ich höre einige hektische Geräusche im Hintergrund, und Lizzy flucht mehrmals. »Mist! Ich habe eben heißes Wachs verschüttet und muss Schluss machen. Viel Glück!«

Ich lege auf, straffe meine Schultern und gehe zum Meeting.

Mein Plan war, dass ich früh da bin, mir einen Kaffee hole und mich an einen Tisch setze, bevor die Männer ankommen, um mich notfalls ein bisschen zu beruhigen. Doch als ich in das Bistro komme, sitzen beide schon hinten an einem Tisch.

Sie unterhalten sich, sehen sich einige Unterlagen an. Ich bin nur noch wenige Schritte entfernt, da dreht Jack sich langsam zu mir um, als hätte er gespürt, dass ich in der Nähe bin. Meine Lunge schrumpft bei seinem Anblick, und meine Schritte verlangsamen sich, ich ringe nach Atem. Seine Miene zeigt nicht, was für einen Empfang ich zu erwarten habe, was mich umso nervöser macht.

Seine Brust, die sich über mir hebt und senkt, während er stetig in mich hineinstößt.

Ich reiße mich energisch aus dem unerwünschten Flashback, und ein kurzer Blick zu Jack verrät mir, dass ihm nichts entgangen ist. Er sieht mich fragend an.

Ich hole tief Luft und zwinge mich weiterzugehen.

»Annie! Nimm Platz.« Colin zeigt auf den Stuhl neben Jack, doch ich entscheide mich für einen auf der anderen Seite des Tisches. Nicht zu nahe.

»Guten Morgen«, begrüße ich sie und lächle Colin zu, während ich meine Mappe auf den Tisch lege. »Jack«, sage ich förmlich, ohne ihn anzusehen.

»Annie«, antwortet er genauso förmlich und nimmt seine Kaffeetasse auf, um sie an seine Lippen zu heben. Ich bemerke ein leichtes Zittern seiner Finger, worauf mein Blick unweigerlich der Tasse zu seinem Mund folgt. Ich denke an ihn, wie er jene Flasche Budweiser trinkt, den Hals gereckt, der praktisch darum bettelt, dass ich ihn ablecke. *Und wie er mich über den Tresen legt, seine großen Hände an meinen Hüften.*

»Das war eine tolle Party!«, sagt Colin und holt mich zurück ins Bistro.

Jack beobachtet, wie ich ihn beobachte.

Ich zwinge mich zurück zu meinem Meeting, ermahne mich, konzentriert zu sein, mich nicht von ihm ablenken zu lassen. »War es. Vielen Dank, dass du da warst.« Ich lächle und beschließe, dass ich nie wieder an jenen Abend denken will.

Der Kellner kommt, und ich bestelle einen großen Caffè Latte, lehne aber dankend ab, als mir Gebäck angeboten wird. Ich könnte überhaupt nichts bei mir behalten, denn mein Magen vollführt einen Purzelbaum nach dem anderen, und ich werde schon wütend, weil ich das nicht kontrollieren kann.

Colin sieht auf seine Uhr. »Ich muss in einer halben Stunde bei einer Auktion sein, also stimmen wir kurz die Zeitplanung ab.« Er zeigt auf meine Unterlagen. »Hast du die überarbeiteten Zeichnungen für Jack?«

»Ja, habe ich.« Ich ziehe sie aus der Mappe und schiebe sie über den Tisch zu ihm, wobei ich jeden Blickkontakt vermeide, was schwer ist, da ich fühle, dass er mich anstarrt. Dies hier ist so schräg. Ich habe mit dem Mann eine Nacht im Hotel verbracht, die fantastischste Nacht meines Lebens, und jetzt benehme ich mich, als hätte ich ihn noch nie gesehen, von seinem nackten Körper ganz zu schweigen.

All die Förmlichkeiten, die Distanziertheit kommen mir widernatürlich vor. Dagegen fühlte es sich *so* richtig an, vollständig von Jack eingenommen zu werden, so richtig und leicht – ihn anzusehen, ihn zu bewundern, mit ihm zu reden, ihm zuzuhören. Das alles fühlte sich natürlich an. »Die Kontaktdaten der französischen Dachfabrikanten sind da auch drauf.«

»Danke.« Jack faltet meine erste Zeichnung auseinander und überfliegt sie. »Ich nehme die mit ins Büro und gehe sie mit Richard durch. Er ist mein Bauleiter und wird die Arbeiten beaufsichtigen.«

»Gut zu wissen.« Ich beschließe, mir Richards Namen zu merken.

»Morgen kommen diverse Maschinen an, sodass wir anfangen können, die Baustelle vorzubereiten.«

Jack faltet die Zeichnung wieder zusammen und legt sie zu den anderen auf den Tisch. Dann sieht er mich an und hält den Blick.

»Wir gehen davon aus, dass es einige Wochen dauert, alles so weit abzureißen, bis nur noch das da ist, was bleiben soll.«

Bis nur noch das da ist, was bleiben soll. Meine Haut kribbelt vor Hitze, und ich sehe von ihm weg auf meine Notizen. »Okay. Dann hättet ihr alles für den Baubeginn nach meinen Entwürfen bereit bis …«

»… Woche drei.«

Jack beendet den Satz für mich, sodass ich aufblicke. Er lächelt, und ich muss tief einatmen und mich zwingen, wieder auf meinen Notizblock zu sehen. Ich fahre fort: »Und in der vierten Woche hättet ihr …«

»… die Gruben für die Fundamente ausgehoben.«

Mein Stift schwebt über der Seite. »Gut«, sage ich leise. »Demnach müsste die Betonplattengründung für den Boden fertig sein bis …«

»Woche fünf«, murmelt Jack.

Ich schließe kurz die Augen und wünsche mir, dass er aufhört, so sehr am Ball zu sein. Es ist ein ideales Szenario, wenn Architekt und Bauunternehmer bei einem Projekt so gut abgestimmt sind, aber jetzt, zwischen Jack und mir, hilft es mir nicht, ihn zu hassen.

»Das war es doch, woran du gedacht hattest, nicht wahr?«, fragt er fast nachdenklich.

Mein Lächeln fühlt sich angespannt an. »Ja, war es.«

»Gut.«

Jack holt einen Terminkalender aus seiner Tasche und schlägt eine Jahresplanerseite darin auf, die er mir und Colin zeigt. Dann übernimmt er, schildert die Details zur Zeitplanung, beschreibt die einzelnen Projektphasen von Woche fünf an und geht eine Zeitachse für die nächsten Monate bis zur Übergabe durch. Ich hasse es, dass jeder Schritt, jedes winzige Detail, das er aufgeschrieben hat, genau das ist, was ich mir zu diesem Projekt vorstelle. Jedes Mal, wenn er zögert, kann ich seinen Satz beenden, und wir reden bereits über leichte Änderungen, um die Planung noch besser zu machen. Wir sind komplett aufeinander eingestimmt.

Mir schießt das Bild unserer verschwitzten Körper durch den Kopf, die sich vollkommen synchron bewegen. Unsere Herzen, die im gleichen Takt schlagen. Ich zucke auf meinem Stuhl zusammen und beiße auf meinen Stift. Perfekt aufeinander abgestimmt. In *jeder* Hinsicht. Ich konzentriere mich auf das, was Jack tatsächlich sagt, anstatt auf den Klang seiner

Stimme, und kämpfe dagegen an, dass mir das tiefe Timbre unter die Haut dringt. Kämpfe dagegen an, dass seine Worte in meinen Gedanken zu anderen werden – zu jenen, die er mir in der Nacht gesagt hatte. Richtig gut mache ich das nicht. Zu viele Erinnerungen, zu mächtig und zu lebendig, kreisen durch meinen Kopf. Nicht auf seine Hände zu sehen, als er redet, schaffe ich genauso wenig. Und das ist der Todesstoß schlechthin! Diese Hände haben jeden Teil meines Körpers erkundet. Ebenso wie sein Mund.

Hör auf!

»Kann ich eine Kopie davon haben?«, frage ich ihn, meine Stimme zittert, als ich auf den Zeitplan in seinem Kalender zeige.

»Sicher.« Jack sieht mich an, den Kopf leicht zur Seite geneigt. »Ich scanne das und schicke es dir später. Du müsstest mir nur deine E-Mail-Adresse geben.«

Ich beiße mir auf die Unterlippe und ziehe eine Visitenkarte aus meiner Tasche, die ich ihm hinschiebe, wobei ich nicht daran denken will, dass er damit meine sämtlichen Kontaktdaten bekommt.

»Dann haben wir alles geklärt?«, fragt Colin und steht auf.

»Haben wir«, bestätigt Jack.

Ich sehe über den Tisch zu ihm, lese zwischen den Zeilen.

»Oder nicht?« Er schluckt. »Ich weiß, wo ich stehe.«

Er weiß, wo er steht. Ja, die Botschaft ist laut und deutlich angekommen. »Alles klar«, sage ich, schlucke ebenfalls und danke ihm im Geiste, weil er dies hier nicht schwieriger als nötig macht.

Er nickt und klappt seinen Terminkalender zu.

»Super!« Colin nimmt eine große Kunstmappe auf. »Ich fühle schon, dass ihr zwei ein Traumpaar seid!«

Er rauscht aus dem Bistro, und ich starre ihm völlig entgeistert nach, während Jack in seinen Kaffee hüstelt.

Dann sieht er mich mit ausdrucksloser Miene an. »Ein Traumpaar.«

Ich erlaube mir nicht, in den Tiefen seiner blitzenden Augen zu versinken. »Beruflich vielleicht«, sage ich, nehme meine Tasche von der Stuhllehne und verkneife mir die Bemerkung, weshalb wir unmöglich ein Traumpaar sein können ... weil er verheiratet ist. Bei dem Gedanken revoltiert mein Magen, und ich öffne den Reißverschluss meiner Tasche, um mein Portemonnaie herauszuholen.

Jack zückt seine Geldbörse aus der Innentasche. »Lass nur, ich übernehme das.«

Er greift über den Tisch und hält meine Hand fest, die ich in die Tasche schieben will. Ich fahre so heftig zusammen, dass mein Stuhl tatsächlich ein Stück nach hinten rutscht.

Hastig zieht Jack seinen Arm zurück. »Entschuldige, ich wollte dich nicht erschrecken.«

Er klingt ernst, und ich komme mir furchtbar blöd vor. Doch seine Berührung ... Oh Gott, seine Berührung!

»Danke für den Kaffee.« Ich stehe auf, halte den Blick jedoch auf den Tisch gerichtet.

»Kein Problem. Kann ich dich irgendwohin mitnehmen?«

Ich muss lachen. »Nein, aber danke für das Angebot.«

»Was ist so witzig?«

Er steht auf, überragt mich deutlich, und wieder sucht mich ein Flashback heim. Von ihm, nackt über mich gebeugt, wie er mich fragt, ob ich bereit für ihn bin.

Ich schiebe den Gedanken weg und atme tief ein. »Nichts.« Ich reiche ihm meine Zeichnungen, während ich weit, *weit* weg an ihm vorbeisehe. »Vergiss die nicht.«

Langsam, *zu* langsam, hebt er die Hand und nimmt die Blätter.

»Ich verspreche, dass ich es professionell halte, Annie«, sagt er ernst.

»Gut.« Meine Stimme zittert fürchterlich; Adrenalin rauscht durch meinen Körper und lässt mein Herz wie verrückt pumpen. Ich fühle, dass er mich ansieht, und so schwer es auch sein wird, befehle ich mir, ihn *niemals* anzusehen. Zumindest, ihm nicht in die Augen zu schauen. Ich gehe an ihm vorbei und aus dem Bistro, wobei ich die ganze Zeit seinen Blick spüre. Er mag versprochen haben, es geschäftlich zu halten, doch ändert das nichts daran, wie meine gesamte Wahrnehmung auf ihn reagiert. Und es löscht die Erinnerungen nicht aus.

Als ich wieder in meinem Arbeitszimmer bin, fahre ich meinen Laptop hoch, hole mir einen Kaffee und mache die Bauanträge fertig, um sie per E-Mail zu verschicken, bevor ich den Berg eingegangener E-Mails durchsehe und mein Eingangsfach ordne. Ich trinke meinen Kaffee, notiere mir Wichtiges in meinem Kalender und bestätige einige Treffen mit potenziellen Kunden. Die kommenden Wochen bin ich ausgebucht, und das ist gut. Ich muss beschäftigt sein.

Als es auf Mitternacht zugeht, bekomme ich glasige Augen. Ich markiere meine letzte E-Mail und lenke den Cursor bereits in die Ecke oben rechts, um das Programm zu schließen, da ertönt ein leises »Ping«, und eine neue Nachricht leuchtet unten rechts auf. Mein Herzschlag wird zu einem unangenehmen Pulsieren, als mir der Absender entgegenblinkt:

jack.joseph@josephcontractors.co.uk

Ich rücke langsam vom Laptop ab, stelle den Becher auf den Schreibtisch und lege die Hände in den Schoß. *Es ist nur eine bescheuerte E-Mail.* Es sind nur Worte, sage ich mir. Ich klicke die Nachricht an.

Annie,
anbei die Arbeitsplanung mit Einzelheiten zu den vier Bauabschnitten an Colins Projekt. Falls du noch Fragen hast, sag Bescheid. Richard und ich sind die überarbeiteten Zeichnungen durchgegangen. Er hat ein paar Fragen. Könntest du dich morgen mit ihm auf der Baustelle treffen, um sie durchzugehen?
Gruß
Jack
CEO, Jack Joseph Contractors

Ich lehne mich auf dem Stuhl zurück und lese die E-Mail ein zweites Mal. Es ist fast Mitternacht. Ich frage mich, warum er so spät noch arbeitet, erinnere mich allerdings daran, dass ich es ja ebenfalls noch tue. Seine E-Mail ist formell. So formell. Genau, wie es sein sollte. Wieso also hämmert mein Herz so nervös?

Meine Finger zittern, als ich anfange, eine Antwort zu schreiben, sodass ich dauernd die falschen Tasten antippe. »Verflucht«, schimpfe ich, ziehe meine Hände weg und atme eine Weile durch, um mich zu beruhigen. Das ist so albern!

Jack,
danke für den Arbeitsplan. Ich wäre morgen um 10:00 Uhr frei, falls das passt.
Grüße
Annie
A. R. Architects Ltd

Gruß? Grüße? Es ist vollkommen lächerlich, bedenkt man, was Jack und ich getan haben. Wir haben jeden Zentimeter des anderen erkundet, haben das Intimste geteilt, und jetzt benehmen wir uns, als wäre es nie geschehen. Wieder macht es »Ping«.

Annie,
ich würde dich ja fragen, warum du so spät noch arbeitest, aber das wäre nicht rein professionell, nicht? Morgen um zehn passt gut. Ich sehe mir gerade die Entwürfe des Landschaftsarchitekten für den Garten an. Online fand ich diese riesigen Glaskästen (Link hänge ich dir an) und dachte, dass einige von denen an der Wand zum Anbau klasse aussehen würden, und sie passen perfekt zu deinem Dach. Sag mir, was du davon hältst, bevor ich es Colin vorschlage.
Gruß
Jack
CEO, Jack Joseph Contractors

Ich ziehe eine Braue hoch angesichts seines kleinen Scherzes und klicke den Link an. Sofort bin ich hingerissen von der schlichten Schönheit der hängenden Glaskästen mit Aluminiumrahmen. »Wow«, murmele ich und sehe mir die Abmessungen genauer an.

Jack,
stimmt.
Was die Glaskästen angeht, ich finde sie wunderbar, und sicher sieht Colin es ebenso. Großartige Idee. Ich sehe Richard dann morgen auf der Baustelle.
Grüße
Annie
A. R. Architects Ltd

Ich klappe meinen Laptop zu und gehe ins Bett, froh, dass ich den Tag in einem Stück überstanden habe und es beim Geschäftlichen belassen konnte. Doch ganz gleich, wie professionell ich mich äußerlich gebe, innerlich bin ich immer noch das reinste Chaos, und das wegen Jack Joseph.

8. Kapitel

Ich bin ein Nervenbündel, als ich am nächsten Tag auf der Baustelle ankomme. Die halbe Nacht habe ich mich wegen dieses Treffens zur Räson gerufen, mir gesagt, dass ich das schaffe. Ich *schaffe* das. Ich treffe Richard, nicht Jack, und ich hoffe, dass ich bei diesem Projekt hauptsächlich mit ihm zu tun haben werde.

Colin kommt mir entgegen, als ich die Einfahrt hinaufgehe. Er strahlt übers ganze Gesicht.

»Hier ist die Frau des Jahres!«, sagt er und nimmt seine Aktentasche von den Stufen auf, die ins Gebäude führen. »Ich muss noch zu einem Meeting, also lasse ich dich mit Richard allein.«

Er zeigt an mir vorbei, und ich drehe mich um. Nun sehe ich einen großen, blonden Mann in einer Sicherheitsweste, der einen Absetzkipper von der Straße aufs Grundstück winkt. Mein Herz verpasst einige Schläge, als ich ihn erkenne.

»Richard«, wiederhole ich unsinnig.

»Er ist Jacks rechte Hand.«

Er ist auch der Typ, der an jenem Abend mit Jack in der Bar war. »Okay.« Ich atme und versuche, meinen Herzschlag zu bändigen. »Kein Jack?« *Bitte sag Nein!*

»Nicht dass ich wüsste. Richard ist auf dem Laufenden. Da solltet ihr zurechtkommen. Oh, pass auf!« Colin zieht mich am Arm zur Seite und aus dem Weg des rückwärtsfahrenden Lastwagens.

Richard schlägt an die Tür des Führerhauses, als der Wagen ächzend anhält, und kommt zu uns. Ich weiß, dass er mich wiedererkennt, als er den Kopf zur Seite neigt.

»Hey, wir kennen uns doch.«

Ich schaffe es zu lächeln, obwohl meine Gedanken durcheinanderschwirren. Hat Jack ihm alles haarklein erzählt, oder bin ich nur eine Frau in einer Bar, mit der er sich unterhalten hat? Da ich keine Ahnung habe, achte ich darauf, nicht schuldbewusst zu wirken, und schalte auf professionell – was mir zusehends schwerer fällt. »Hi, ich bin Annie.« Ich reiche ihm die Hand, und er schüttelt sie männlich fest.

»Freut mich, dich kennenzulernen. Jedenfalls offiziell«, ergänzt er.

Seine Freundlichkeit sagt mir, dass er nichts von Jack und mir weiß, was auch logisch wäre, denn immerhin ist Jack *verheiratet*.

Colin lächelt und marschiert die Einfahrt hinunter. »Ich überlasse euch alles. Ruft mich an, falls ihr mich braucht.«

»Schönen Tag«, rufe ich ihm nach und suche nach den Autoschlüsseln in meiner Tasche. »Ich muss nur meinen Helm und die Weste holen.«

Richard schlendert zu einem Wagen in der Nähe und öffnet die Kofferraumklappe. »Hier, du kannst die nehmen.« Er holt eine Signalweste und einen passenden Helm heraus. »Wahrscheinlich bisschen groß, aber für heute geht es.«

»Danke.« Ich greife danach und ziehe sie über. »Hast du die Zeichnungen?«

»Ja, ich habe sie eben noch mal durchgesehen.« Er zeigt zum Eingang des baufälligen Hauses, das bald in eine wunderschöne Kunstgalerie verwandelt sein wird. »Ich habe einige Fragen. Wollen wir?«

»Klar.« Ich steige mit Richard die Eingangsstufen hinauf, da höre ich Reifen auf den Kies der Einfahrt schlittern. Wir beide schauen uns um, doch ich wette, dass sich nur *mein* Herz fast aus dem Brustkorb boxt, als wir sehen, woher der Lärm kommt: von einem silbernen Audi S7 mit Jack am Steuer.

Oh Mist! Ich schlucke und fange sofort an, gegen die aufsteigende Panik anzuatmen. Ruhe bewahren, ermahne ich mich. Ich bin aus einem Grund hier, und der ist nicht Jack.

Er scheint ewig hinterm Steuer sitzen zu bleiben und mich anzustarren.

»Was denn?«, murmelt Richard. »Will er den ganzen Tag dasitzen und uns beobachten?«

Richards rhetorische Frage rauscht an mir vorbei, die Mappen in meinen Händen beginnen zu flattern. Obwohl ich weiß, dass ich ins Haus gehen und loslegen sollte, wollen meine Beine einfach nicht kooperieren.

Schließlich steigt Jack aus dem Wagen. Er sieht nervös aus. Ein bisschen zerzaust. Hinter seiner versteinerten Miene nehme ich noch etwas wahr – Stress. Dieser Eindruck wird verstärkt, als er sich verärgert mit der Hand durchs Haar fährt und die Autotür unnötig kraftvoll zuknallt.

»Ach du Scheiße, nicht schon wieder«, murmelt Richard und geht auf ihn zu.

Ich löse meinen Blick von Jack und sehe zu Richard, der sichtlich genervt wirkt. *Nicht schon wieder?* Was soll das heißen? Jack macht einige Schritte auf seinen zweiten Mann zu und zupft an seinem Anzugjackett, den Kopf hält er gesenkt. Der Abstand ist zu groß, als dass ich verstehen könnte, was Richard ihm zuflüstert, doch es ist klar zu erkennen, dass etwas mit Jack nicht stimmt. Geht es um mich?

Ich drehe mich weg, unterdrücke meine Neugier und gehe ins Gebäude. *Arbeit. Mach einfach deine Arbeit.*

Ich entdecke den alten Tisch, auf dem Richard die Zeichnungen ausgebreitet hat, und sehe sie mir an, um irgendwas zu tun zu haben.

»Entschuldige die Verspätung.«

Jacks Stimme trifft mich von hinten und bewirkt, dass sich meine Nackenhaare aufstellen.

»Du hattest nicht gesagt, dass du kommen wolltest.« Ich fixiere weiter die Pläne und lasse meine Taschen neben dem Tisch auf den Boden fallen. Seine braunen Budapester tauchen in meinem Blickfeld auf, dieselben Schuhe wie in jener schicksalsschwangeren Nacht. Ich schließe die Augen und strenge mich an, ruhig zu bleiben.

»Hatte ich nicht?«, erwidert er.

Er weiß sehr wohl, dass er es nicht hatte.

»Weiß Richard Bescheid?« Ich muss wissen, womit ich es zu tun habe.

»Nein.«

Erleichtert atme ich auf. Stiefelschritte nähern sich auf dem Estrichboden hinter mir.

»Okay, fangen wir …« Richard bricht ab, als sein Handy klingelt. »Ja? Mist, ja, ich komme raus.« Er flucht leise. »Die Gerüstbauer sind hier, und der Lastwagen steht im Weg. Fangt schon mal an. Ich muss einigen Leuten das Autofahren beibringen.«

Ich reiße die Augen auf und finde ein Paar vertraute Hände gespreizt auf dem Tisch vor mir. Große, fähige Hände. Hände, die mich voller Selbstvertrauen, Autorität und Behutsamkeit berührt haben. Ich blicke auf, direkt zur Ziegelmauer vor mir, und zermartere mir das Hirn, was ich Arbeitsbezogenes sagen könnte. Da ist nichts. Kein Wort, nur lauter Kopfbilder aus jener Nacht. Das hier sollte doch leichter werden, nicht schwerer!

»Wie geht es dir?«, fragt Jack leise.

»Super, danke«, antworte ich viel zu übertrieben und würde mich am liebsten ohrfeigen, weil es so komplett gekünstelt klingt. »Und dir?« Warum frage ich ihn das?

»Ich kämpfe mich durch.«

Sein Arm streift meinen. Ich mache einen Satz zur Seite, beende die Tuchfühlung mit ihm und deute auf den Plan vor mir.

»Ich würde gerne diese Zahlen mit dir durchgehen.« Dabei zeige ich nicht mal auf irgendwelche Zahlen. Ich zeige auf einen dämlichen Fensterentwurf.

Jack streckt eine Hand aus und legt seinen Finger neben meinen an der Fensterskizze. Ich höre, wie er tief einatmet. Es entsteht eine lange, beklemmende Pause, bis er endlich das Schweigen bricht.

»Diese Zeichnungen faszinieren mich, Annie. Richard und ich haben sie schon gestern bewundert.«

»Danke.« Ich wimmle das Kompliment knapp ab, richte mich auf und sehe zu ihm – oder vielmehr an seiner Schulter vorbei. »Wollen wir uns die Baustelle ansehen? Ich habe auch noch ein paar Fragen.«

»Warum kannst du mich nicht anschauen?«

Ich senke den Blick, und im Geiste schreie ich ihn an, Wort zu halten. Er hat es versprochen. Er versprach, alles rein geschäftlich zu halten! »Hier entlang«, sage ich und gehe gen Rückseite des Gebäudes. »Da ist ein Baum, von dem ich fürchte, dass er heikel für das Glasdach werden könnte.«

»Klar.«

Jack seufzt, bevor ich höre, dass er mir folgt. Als ich durch die alten Terrassentüren aus PVC-U trete, deute ich auf die riesige Kastanie, die ein Viertel des Innenhofbereichs überschattet.

Jack schlendert um den Stamm herum und schaut nach oben. »Haben wir geprüft, ob dieses Ding geschützt ist?«

»Ist es nicht«, antworte ich. »Aber offensichtlich sollten wir den Baum nicht fällen, wenn wir es irgendwie vermeiden können. Doch damit das Dach richtig zur Geltung kommt, müssen wir einige Äste absägen.«

»Stimmt.«

Jack streicht mit einer Hand über die Rinde, und ich beobachte die Bewegung, während mein verfluchter Körper reagiert, als würde er mich berühren. Ich sehe auf und begegne seinem Blick, wende mich jedoch schnell ab, denn ich weiß, dass er meine Gedanken liest.

»Ich hole einen Baumchirurgen hinzu«, sagt er leise.

»Danke.«

»Kein Problem. Wir müssen auch auf die Wurzeln aufpassen, wenn wir hier für das Fundament des Anbaus graben. Die sind ganz schön groß.« Er legt den Kopf in den Nacken und schaut erneut nach oben.

Ich verziehe das Gesicht und schaue weg, doch mein Blick schweift direkt zurück zu seinem Hals und verharrt darauf. Ich blinzele. Was hat er dort?

»Wie kommen wir voran?«

Richard erscheint, und Jack sieht zu ihm, sodass ich die Male nicht mehr sehen kann. Oder waren es Schatten?

»Wir müssen auf diese Baumwurzeln aufpassen, Alter«, sagt Jack und tippt mit der Schuhspitze gegen den Stamm. »Und wir müssen einen Baumchirurgen herholen, damit er einige Äste entfernt.«

»Alles klar«, bestätigt Richard. »Kann ich Annie für einen Moment ausleihen? Ich habe ein paar Fragen zu den Stahlelementen.«

Ja! Bitte leih mich aus! Bring mich hier weg!

»Sicher«, antwortet Jack leise.

Ich gehe bereits zurück ins Gebäude. Dabei fühle ich, wie er mir den ganzen Weg hinterherblickt, was meine Körpertemperatur in unschöne Höhen schnellen lässt.

»Bin ich es, oder ist es heute so warm?«, frage ich Richards Rücken und ziehe die schwere Sicherheitsjacke vorn auf.

»Das bist du.« Er lacht und weist zu einer Mauer, die zwei Räume teilt. »Das hier ist eine tragende Wand.«

»Richtig. Und die Wand im Stockwerk oben auch, also benötigen wir soliden Stahl. Die Berechnungen sind in der

Zeichnung. Ich vermute, dass wir den eigens anfertigen lassen müssen.«

»Ich rede mit dem Hersteller.« Richard greift in seine Tasche und zieht eine Karte hervor. »Die wirst du brauchen.«

»Sehr gut.«

»Und diese.« Noch eine Karte erscheint, nun zwischen den Fingern von Jacks großer Hand.

»Danke.« Ich nehme sie, ohne ihn anzusehen, und stecke beide Karten in meine Hosentasche.

»Es wird fantastisch aussehen«, bemerkt Richard.

In jeder anderen Situation hätte ich gewissen Stolz empfunden, doch momentan bin ich viel zu durcheinander und nervös dafür.

»Hat Colin dir vom Dachmaterial erzählt?«, frage ich.

Richard lacht. »Ja, du hast echt Mut! Sollte das Teil hier auch nur mit einem einzigen Kratzer oder einem Sprung ankommen, platzt die ganze Zeitplanung.«

»Ich habe eine Frage.«

Jack tritt vor, und ich kann nicht umhin, ihm in die Augen zu sehen. Das leuchtende Grau, an das ich mich erinnere, ist umwölkt und stumpf, nicht funkelnd wie sonst. Er leidet definitiv, und ich bin außerstande, deshalb schadenfroh zu sein. Auch ich leide.

»Was?«, frage ich zögerlich. In meinem Kopf wirbeln lauter Fragen umher, die er im Sinn haben könnte, und keine von ihnen bezieht sich auf die Arbeit.

Er streckt einen Arm vor und zeigt auf meinen Oberkörper. »Darf ich meine Jacke wiederhaben?«

Richard fängt an zu lachen, und ich versteife mich, als ich an mir hinabsehe. »Das ist deine?« Hastig streife ich sie ab und reiche sie Jack verlegen lächelnd.

Er nimmt sie an und hebt abermals den Arm in meine Richtung. Ich ertappe mich dabei, wie ich kaum merklich zurückweiche. Mein Blick folgt seiner Hand, die sich auf meinen Kopf zubewegt. Was macht er?

»Und den«, sagt er leise und zieht mir den Helm herunter.

Meine angespannten Muskeln lockern sich, als er die Hand wieder zurückzieht. »Danke, dass du sie mir geliehen hast.«

»Habe ich nicht.«

Er wirft sich die Jacke über, hält allerdings inne, als er mit einem Arm hineingeschlüpft ist, senkt den Kopf ein wenig zum Kragen und runzelt leicht die Stirn. Ich weiß, dass es ist, weil er gerade eine Note meines Parfüms gerochen hat.

»Das war Richard«, ergänzt er und sieht ihn an, als würde er ihn hassen.

Ich habe das Gefühl, dass diese Jacke extraheiß gewaschen werden wird, sobald er zu Hause ist, um sämtliche Spuren von meinem Duft zu vernichten. Vielleicht wirft er sie sogar weg. Er richtet den Kragen, streckt seinen Nacken, und ich sehe es wieder. Da sind Male, doch diesmal bin ich sehr viel näher und erkenne, dass es vier parallele Linien sind. Kratzer?

»Was hast du da gemacht?«, platze ich heraus, bevor ich mich bremsen kann, und hebe unwillkürlich eine Hand, um sanft unter einer der verschorften roten Streifen entlangzustreichen.

Jack erstarrt, und seine großen Augen richten sich glühenden Strahlen gleich auf meine. Sekundenlang herrscht Stille; nicht einmal Richard sagt etwas.

»Das ist nichts.« Jack tritt einen Schritt weg und geht hinüber zu den Zeichnungen. »Haben wir hier auch die genauen Abmessungen für die Falttüren?«, fragt er.

Ich sehe Richard an und lasse meinen Arm sinken. Er betrachtet mich mit leicht zusammengekniffenen Augen und schüttelt den Kopf. Sein Mund ist zu einer wütenden Linie verkniffen.

»Unten rechts in der Ecke«, antwortet er für mich.

»Die haben sich verändert. Auf meinem Entwurf sind die fünf Meter breit.«

»Colin wollte mehr Licht«, sage ich leise. Mir ist schwindlig. Was passiert hier?

»Besorg neue Kostenvoranschläge«, befiehlt Jack knapp, und Richard nickt. »Ich muss noch woanders hin.«

Ohne einen zweiten Blick in unsere Richtung zu werfen, stürmt Jack hinaus, Richard und ich bleiben schweigend zurück. Ich weiß, dass es mir nicht zukommt zu fragen, und ich sollte es wirklich nicht, aber …

»Frag nicht«, sagt Richard und geht hinter Jack her. Verblüfft stehe ich einen Moment da, doch sobald ich mich wieder bewegen kann, nehme ich meine Tasche und die Unterlagen und mache mich auf den Weg zur Haustür.

Jacks Wagen steht noch in der Auffahrt, er sitzt hinterm Steuer, und Richard lehnt in der offenen Fahrertür. Obwohl sie leise sprechen, sehe ich, dass sie sich streiten. Richard legt eine Hand auf Jacks Schulter. Es ist eine bestärkende Geste, die meine Neugier weckt, so sehr ich mich auch bemühe, sie zu verdrängen. Ich stehe da und beobachte sie stumm.

Jack senkt den Kopf mit jeder Sekunde mehr. Doch auf einmal schießt sein Blick hoch, und er ertappt mich, wie ich zu ihnen schaue. Seine stoische Miene und sein hartes Starren machen es mir unmöglich, mich zu rühren. Also halte ich den Blickkontakt, ebenso wie er. Die Spannung zwischen unseren um einiges voneinander entfernten Körpern ist beinahe mit Händen zu greifen. Wieder sehe ich alles vor mir, jeden Augenblick jener Nacht, lebendig und detailliert. Ich beginne, langsam zu atmen, und bemerke, dass sich auch Jacks Brustkorb hebt und senkt.

Erst, als Richard zurücktritt, reißt es uns beide aus unserer Trance. Jack packt die Autotür und knallt sie zu. Die Reifen drehen auf dem Kies durch, als er aus der Einfahrt prescht. Ich stehe verwirrt da, und Richard schüttelt verzweifelt den Kopf, während er zurück zum Haus kommt.

»Alles in Ordnung?«, frage ich, als er an mir vorbeigeht. Ich kann meine unangebrachte Sorge nicht unterdrücken.

»Private Probleme«, brummelt Richard und verschwindet durch die Tür.

Als ich am Mittwochabend in die Vororthölle fahre, sehe ich meinen Vater schon von Weitem im Vorgarten, wo er die Hecke trimmt. Das Garagentor steht offen, und sein alter Jaguar parkt in der Auffahrt und funkelt wie neu, obwohl er inzwischen zwanzig Jahre alt ist. Ich halte unten vor der Einfahrt, doch mein Vater schaut auf und schwenkt sofort seine Heckenschere in meine Richtung.

»Stell den nicht da ab!«, ruft er. »Dann sieht die Sackgasse so heruntergekommen aus!«

Ich verdrehe die Augen und hebe beide Arme. »Wo soll ich denn parken?«

Schnaufend und grummelnd stampft er zu seinem Jaguar. »Hinter Jerry.«

»Jerry, der beknackte Jaguar«, murmele ich, lege den ersten Gang ein und jage die Einfahrt hinauf. Das Gesicht meines Vaters verzerrt sich vor Entsetzen, als ich quietschend nur Zentimeter vor der Stoßstange seines geliebten Besitzes bremse. Ich springe gerade aus dem Wagen, als meine Mutter aus der Haustür gelaufen kommt. Sie hat eine Schürze umgebunden, um ihren Volant-Rock zu schützen, und hält eine Rührschüssel und einen Holzlöffel in den Händen. »Hi, Mum!«

»Annie, Liebes!«, trällert sie, sichtlich begeistert, mich zu sehen.

Ich werfe die Autotür zu und gehe an meinem Vater vorbei, der immer noch die Stoßstange seines Jaguars anstarrt, als hätte er Angst, mein schmutziger Golf könne die Zunge rausstrecken und den blitzblanken Lack verunstalten. »Wie geht es euch?«, frage ich und küsse meine Mutter auf die Wange.

»Wunderbar!«

Sie kommt mir nach in die Küche, und ebenjener Geruch, von dem ich mal dachte, ich wäre froh, ihn nie wieder riechen zu müssen, dringt in meine Nase. Ich bleibe stehen und inhaliere ihn. »Brathühnchen«, flüstere ich.

»Du weißt, dass dein Vater Braten liebt, Schatz.« Sie stellt die Rührschüssel auf die Arbeitsplatte und wischt sich die Hände an der Schürze ab. »Es dauert den ganzen Tag, den Vogel vorzubereiten. Ich muss auch noch den Teig für den Yorkshire-Pudding zusammenrühren.«

Sie verdreht die Augen, als wäre das eine Zumutung. Ich weiß nicht, warum, denn sie lebt, um ihren Mann zu verwöhnen.

»Ich bin am Verhungern«, sage ich und schalte den Wasserkocher ein. Dies hier brauche ich, ein Essen von meiner Mutter gekocht. Trostessen.

»Schön!«

Ich habe ihr den Tag versüßt. Jetzt darf sie zwei Leute umsorgen.

»Und ich habe Crumble gemacht!«

Mir läuft das Wasser im Mund zusammen. Die Obst-Streusel-Desserts meiner Mutter sind der Wahnsinn. »Ich kann es gar nicht erwarten!«

Sie sieht mich ein wenig skeptisch an. »Du wirkst gestresst.«

Ich halte meine Unterlagen in die Höhe. »Die Arbeit.« Eine Lüge, meine Arbeit stresst mich nie. Ich liebe sie. Mich stressen verheiratete Männer, die zu erwähnen vergessen, dass sie verheiratet sind. »Darf ich meinen Laptop am Esstisch aufladen?«

Sie lächelt, und ihr misstrauischer Blick verschwindet. Sie lässt sich so leicht täuschen, geborgen in ihrer perfekten kleinen Welt, die nur aus Backen und der Umsorgung meines Vaters besteht. Sie würde in Ohnmacht fallen, wüsste sie, was ihre Tochter getan hat. Ehebruch. Die Sünde schlechthin.

»Ich räume ihn dir frei.« Sie huscht ins Esszimmer. »Aber

du musst an diesem Ende bleiben, damit ich fürs Abendessen decken kann.«

»Danke, Mum. Kann ich dir helfen?« Ich hole einige Teetassen aus dem Schrank und finde die Teekanne, bevor meine Gedanken wieder ins Reich meiner Sünden abschweifen.

»Mach du den Tee, Schatz. Und denk dran, dass dein Vater einen halben Teelöffel Zucker nimmt.«

»Gott stehe mir bei, sollte ich auch nur ein Körnchen zu viel hineintun«, sage ich zu mir selbst, als ich genau einen halben Teelöffel abmesse und ihn in eine der Tassen schütte.

»Wie bitte?«

»Nichts!«, rufe ich und wundere mich, wie ich das vergangene Jahr mit ihnen ausgehalten habe. Dann frage ich mich zum ersten Mal, ob meine Mutter wirklich genießt, ihr Leben lang meinen Vater von vorne bis hinten zu bedienen. Es ist ihr einziger Lebensinhalt, erst recht, seit er seine Firma verkauft hat und im Ruhestand ist. Umsorgen. Sie hatte keine Träume, keinen beruflichen Ehrgeiz, außer Hausfrau und Mutter zu sein. Jetzt, da ich erwachsen bin, verbringt sie den ganzen Tag damit, im Haus herumzuwuseln, im Garten herumzuwuseln, um meinen Vater herumzuwuseln und um mich, wenn ich zu Besuch komme. Ich sehe wie meine Mutter aus – dunkles Haar, grüne Augen –, aber damit erschöpfen sich die Ähnlichkeiten auch schon. Sie umsorgt. Sie ist bodenständig. Ich bin weder noch. Ich steige mit verheirateten Männern ins Bett.

»Du solltest dich was schämen!«, schimpft mein Vater, als er mit der Heckenschere bewehrt in die Küche kommt.

Ich zucke zusammen. Hat er meine Gedanken gehört? Oh Gott, er weiß es. Er weiß, was ich getan habe! Mir bricht der Schweiß aus – vor Scham. Sie werden mich enterben.

»Dein Wagen ist eine wahre Schande!«, fährt er fort.

Ich klatsche beide Hände auf die Arbeitsfläche, um mich abzustützen. Mist, ich bin paranoid.

»Du darfst ihn waschen, wenn du willst«, flüstere ich, fange mich, gieße den Tee auf und reiche ihm seinen. Misstrauisch sieht er in die Tasse, und ich weiß, dass er es tut, weil nicht meine Mutter ihn gemacht hat. »Halber Löffel Zucker«, bestätige ich, ehe er fragen kann.

Er legt die Heckenschere zur Seite, was meiner Mutter einen entsetzten Aufschrei entlockt.

»Stanley, Grundgütiger!« Sie schießt herbei und reißt die Heckenschere weg. »Jetzt muss ich alles noch mal putzen!«

Mein Vater rollt mit den Augen und macht auf dem Absatz kehrt. »Ja, es ist ja auch schon mindestens eine Stunde her, seit du alles zuletzt desinfiziert hast, June. Ich bin in der Garage.«

»Ist gut, Schatz«, flötet meine Mutter und zeigt nicht einmal einen Anflug von Verärgerung ob der Unleidlichkeit meines Vaters.

Ich weiß nicht, wie sie das anstellt. Seit er im Ruhestand ist, ist er unausstehlich.

»Ich bin dann im Esszimmer«, sage ich und lasse meine Mutter allein, die bereits die Arbeitsfläche zu schrubben beginnt. Ich setze mich an den dunklen Holztisch, der aus den 1990ern sein dürfte, schließe meinen Laptop an und drifte in Gedanken ab, während er hochfährt. Keine gute Idee, doch diese Male an Jacks Hals gehen mir nicht aus dem Kopf, und nun assoziiere ich sie mit Jacks Gesicht *und* dem seiner Frau.

»Du arbeitest zu viel.« Meine Mutter geht hinüber ans Sideboard und tupft ein winziges Staubpartikelchen von der glänzenden Oberfläche.

»So werden Leute erfolgreich, Mum.«

»Und was ist mit den anderen Dingen im Leben?«

»Die da wären?«

»Mann und Kinder. Wann machst du mich zur Großmutter?«

Enkelkinder? Ich lache vor mich hin. Noch mehr Leute, die sie umsorgen kann. »Kommt schon noch, Mutter.«

»Na ja, du wirst bald dreißig.« Sie nickt zu den Zeichnungen, die ich vor mir auf dem Tisch ausgebreitet habe, obwohl ich sie ungläubig ansehe. »Macht dich das wirklich glücklich, Annie?«

Ich schlucke und sehe wieder auf meinen Laptop. »Ja, sehr glücklich.«

Ich höre sie seufzend gehen.

»Vielleicht denkst du an anderes als die Arbeit, wenn dir der Richtige begegnet.«

Ich schließe die Augen, schrumpfe auf dem Stuhl. Ich denke bereits an anderes als die Arbeit. Nur dass er nicht der *Richtige* ist.

Nach einem netten Abendessen mit meinen Eltern packe ich meine Sachen, küsse sie beide zum Abschied und verspreche, am Wochenende wieder vorbeizukommen. Ich scrolle durch meine E-Mails, als ich zu meinem Wagen gehe, suche nach Nachrichten, die mich bis spätabends beschäftigt halten könnten. Eine von der französischen Firma, die mein fantastisches Glasdach fertigen soll, springt mir ins Auge. Beunruhigt öffne ich die E-Mail und hoffe, dass die Produktion nach wie vor im zugesagten Zeitrahmen liegt.

»Oh Scheiße«, flüstere ich und lese die E-Mail durch. »Nein, nein. Nein!«

Ich öffne die Wagentür, werfe meine Taschen hinein und sinke auf den Fahrersitz.

»Wie könnt ihr euch derart beim Gewicht verrechnen?«, frage ich mein Handy, wobei ich in einer der Taschen nach meinem Taschenrechner und den Zeichnungen krame.

Hastig tippe ich alle Zahlen ein, weil ich unsinnigerweise hoffe, dass sie mit der Vermutung falschliegen, sie hätten sich geirrt. Wenn das Dach zweihundert Kilo schwerer ist, als sie bisher veranschlagt haben, sind sämtliche Fertigungskostenvoranschläge null und nichtig.

»Scheiße!« Ich knalle meinen Kopf an die Kopflehne, als das Ergebnis auf meinem Taschenrechner exakt zu dem in der überarbeiteten Kalkulation in der E-Mail passt. »Ihr verdammten Trottel!«

Ich lasse den Wagen an, setze rückwärts auf die Straße und verabschiede mich von der Aussicht, früh schlafen zu gehen.

Als ich auf der Baustelle vorfahre, hat die Dämmerung bereits eingesetzt, und die Einfahrt ist zu beiden Seiten mit Sicherheitsgittern versperrt. Ich parke an der Straße und greife mir meine Sachen, wobei ich immer noch überlege, wie ich ausgleichen kann, dass mir soeben ein Knüppel zwischen die Beine geworfen wurde. Mir fällt nichts ein, und der Gedanke, dass ich mich womöglich von dem Glasdach verabschieden muss, *meinem* Glasdach, bringt mich fast zum Heulen.

Natürlich pfeife ich auf all die Warnschilder, die Baustelle nicht zu betreten, und ziehe die Schutzfolien zur Seite, um durch den Spalt zu schlüpfen. Ich schließe mir selbst auf und eile zum hinteren Gebäudeteil, an den der Anbau anschließen soll. Ich schalte das Licht ein, nehme meine Entwürfe hervor und finde die Berechnungen, die ich brauche, zusammen mit dem neuen, aktuellen Gewicht meines Dachs. Es dauert ungefähr zehn Sekunden, bis ich zu dem Schluss komme, dass mein Dach keine Chance hat, von den geplanten Stahlelementen gehalten zu werden, ohne dass es zusätzlich auf einer tragenden Wand aufliegt. Und es gibt keine verfluchte tragende Wand, auf die ich ausweichen kann. Es ist alles vorbei! Ich greife mir an die Stirn und reibe die Kopfschmerzen weg, die sich sofort einstellen.

Krrschh!

Ich zucke zusammen und drehe mich um. Unwillkürlich bewegt sich meine Hand zu meiner Brust. Was war das? Ich sehe mich ängstlich um. »Hallo?«

Krrschh!

Ich nehme mein Handy und bewege mich auf das Geräusch zu, das von draußen kommt.

Krrschh!

Es wiederholt sich gleichmäßig, und ich bleibe stehen, denn ich frage mich, was in aller Welt ich hier tue, indem ich mich darauf zubewege. Ich sollte die Polizei rufen. Doch als ich gerade zurückweichen und gehen will, höre ich einen leise ausgestoßenen Fluch. Diese Stimme bringt mich dazu, wieder auf das Geräusch zuzugehen, und ich biege um die Ecke. Dort steht die Tür zum Garten offen. Mir stockt der Atem, als ich die Quelle des Geräusches erkenne, und ich muss mich am Türrahmen abstützen.

Krrschh!

Jack sticht einen Spaten in den Boden und stemmt einen Fuß darauf, hebelt das Spatenblatt nach oben und schleudert Erde beiseite. Mein Körper erschlafft, das Handy gleitet mir aus den Fingern und landet mit einem dumpfen Plumps zu meinen Füßen. Jack dreht sich ruckartig zu mir um. Ihn im Dämmerlicht in seiner schmutzigen alten Jeans zu sehen, die Brust entblößt und verschwitzt, der muskulöse Oberkörper glänzend vor Schweiß, haut mich fast um. Sein Haar ist feucht, sein Gesicht schmutzverschmiert. Herr, hab Erbarmen mit mir!

»Annie?« Jack tritt blinzelnd vor, als wäre er nicht sicher, ob er richtig sieht.

Ich schlucke und schaue weg von seinem verlockend nackten Oberkörper und dem perfekt verschmutzten Gesicht. »Tut mir leid, ich wusste nicht, dass jemand hier ist.«

»Ich mache nur …« Er verstummt, und ich blicke zu ihm auf. »Eine Probegrabung.«

»Hast du keine Mitarbeiter für so etwas?«, frage ich, während ich denke, dass niemand beim Graben so gut aussehen kann wie Jack.

Er blickt hinunter auf den Erdhaufen, den er aufgeschüttet hat, und rammt den Spaten neben sich in den Boden.

»Hin und wieder mache ich mir gerne die Hände schmutzig«, sagt er leise.

Er sieht mich an, als ich mich nach meinem Handy bücke.

»Was tust *du* hier?«

Erneut fallen mir die Kratzer an seinem Hals auf, auch wenn sie blasser sind als gestern Morgen. »Es gibt ein Problem mit dem Dach.«

Sein umwerfendes Gesicht nimmt einen verwirrten Ausdruck an.

»Was für ein Problem?«

»Ach, es ist nichts.« Ich tue die Frage ab und weiche zurück. Mir ist klar, dass ich gehen muss. Es ist schon schwer genug, überhaupt in seiner Nähe zu sein, aber jetzt hier, wenn er halb nackt und verschwitzt ist und ich sein Muskelspiel vor Augen habe, ist es mehr als gefährlich. »Ich musste nur einige Maße überprüfen.«

»Um acht Uhr abends?«

Ein kleines Lächeln umspielt seine Lippen. Es ist nur eine Andeutung von dem, das ich gesehen und geliebt habe, aber immer noch wundervoll. Einladend. Beruhigend. Und es macht es allzu leicht, sich ihm anzuvertrauen.

»Eigentlich ist es *nicht* nichts«, gestehe ich seufzend und frage mich, warum ich es ihm erzählen will. Ich sollte gehen. Rauslaufen. Mich aus dieser Situation befreien. »Die Hersteller haben gewaltigen Mist gebaut.« Ich zucke die Achseln. »Nun suche ich nach einer Lösung, viel fällt mir leider nicht ein.«

Jack kommt auf mich zu, und instinktiv weiche ich zurück.

Er bleibt stehen und sieht mich aufmerksam an. »Möchtest du es mir zeigen?«

»Ja.« Ich antworte, ohne zu zögern, was mich überrascht, und er lächelt, diesmal breiter, was das blendende, typische

Jack-Joseph-Lächeln schon besser trifft. Ich merke, wie ich es unwillkürlich erwidere. »Bitte«, ergänze ich.

Er lässt den Spaten los und schreitet auf mich zu. Die ganze Zeit klebt mein Blick an ihm, und mein Magen vollführt Purzelbäume, bis Jack wenige Schritte vor mir ist.

»Nach dir«, murmelt er.

Ich drehe mich schnell um und gehe hinein, wobei ich ihn dicht hinter mir spüre. Mir ist, als würde ich vollständig aufleuchten. Ich schließe die Augen und bete still um Kraft. Wieso habe ich sein Angebot angenommen? Ich sehe über meine Schulter, als wir den großen rückwärtigen Raum betreten, und begegne seinem Blick. »Du solltest dir ein T-Shirt überziehen«, sage ich aus heiterem Himmel. Meine Gedanken purzeln mir aus dem Mund.

»Sollte ich?« Er sieht auf seine Brust. »Lenkt es dich ab?«

Sein Grinsen, als er durch die Wimpern zu mir schaut, löst einen Trommelwirbel in meinen Adern aus.

Ich schüttle den Kopf und blicke wieder nach vorn, wild entschlossen, ihm nicht noch mehr Futter zu liefern. »Sehr niedlich.«

»Du bist selbst ziemlich niedlich.«

Seine Worte, die gleichen wie in jener Nacht, lassen meine Schritte so stark stocken, dass er es bemerken muss. Ignoriere es, warne ich mich im Geiste, reiße mich zusammen und konzentriere mich darauf, beherrscht zu bleiben. Ich erreiche den Tisch, auf dem meine Pläne ausgelegt sind, und zeige mit zittrigem Finger auf den vom Dach. »Sie haben sich beim Gewicht der Dachkonstruktion verrechnet.«

Jack umfängt mein Handgelenk, und mein Körper fühlt sich an, als würde er in Flammen aufgehen. Ich sehe zu ihm, während sich jeder meiner Muskeln anspannt und sich gegen die Hitze sträubt.

»Warum zitterst du?« Er drückt mein Handgelenk.

»Weil du mich nervös machst«, sage ich ehrlich und bereue es sofort. »Ich meine …« Weiter komme ich nicht, denn es gibt sowieso kein Zurück. »Jack, bitte«, flehe ich ihn an. »Können wir einfach beim Geschäftlichen bleiben?«

Langsam lässt er mich los und stützt beide Hände auf den Tisch. »Gut. Zum Geschäftlichen«, sagt er und sieht sich die Zeichnung an. »Um wie viel haben sie sich verrechnet?«

Stumm danke ich ihm, dass er sich professionell verhält. Allerdings übergeht er meine Bitte, seinen fantastischen Brustkorb zu verhüllen. Aus dieser Nähe ist sein Geruch überwältigend; sein Körper berührt beinahe meinen. »Zweihundert Kilo.«

Mit einem leisen Pfiff bestätigt er, dass ich tief in der Patsche sitze. »Ich bin kein Statiker, aber sogar *ich* begreife, dass uns das richtig in die Scheiße reitet.«

Meine Schultern sacken herab. »Ja, weiß ich.«

»Das wird alles erheblich verlangsamen.«

»Weiß ich.« Ich sacke noch mehr in mich zusammen.

»Und wir haben nur vier Monate bis zu Colins Eröffnung. Das ist so schon eng.«

Ich klatsche die Hände auf den Tisch und lasse den Kopf hängen. »Kannst du nicht irgendwas sagen, das mich beruhigt? Ich hatte auf ein Wunder gehofft.«

Er lacht unbeschwert und wunderbar. »Ich bin Bauunternehmer, kein Zauberer, Annie.«

Ich schmolle, weil mir sekündlich mulmiger wird. »Ich könnte heulen.« Mein sagenhaftes Projekt ist ohne dieses Dach nur noch durchschnittlich.

»Du siehst bezaubernd aus, wenn du schmollst«, sagt Jack leise.

Sofort schürze ich die Lippen. »Du siehst immer bezaubernd aus.« Ich blicke mich erschrocken um. Wer hat das gesagt?

Jack lacht, und bei diesem Klang scheint sich mein Problem zu verflüchtigen. Für einen Moment verblasst alles, und es zählt nur, seinem Lachen zu lauschen.

»Bleib bitte beim Geschäftlichen«, scherzt er.

»Du hast angefangen.« Ich schüttle den Kopf und nehme mir vor, meinen Hirn-an-Mund-Filter umgehend zu reparieren. Ich fühle, dass Jack mich von der Seite ansieht, und blicke verstohlen zu ihm, mustere ihn, sauge den Anblick in mich auf. »Weshalb bist du wirklich so spät noch hier?«, frage ich. Die Filterreparatur schiebe ich offenbar ein wenig auf. Ich glaube ihm nicht, dass er sich hin und wieder gerne die Hände schmutzig macht. Da ist mehr dran, und obwohl ich mich dafür verfluchen möchte, kann ich nicht umhin, mir lauter Fragen über Jack und seine Frau zu stellen.

»Ich musste aus dem Haus.«

Seine Antwort klingt ausweichend, und ausnahmsweise sieht er mich nicht an, sondern nach unten auf die Zeichnungen. Was meine Neugier nur befeuert. »Um frische Luft zu schnappen?«

»So in der Art.«

Ich betrachte sein Profil, und meine rechte Hand, die anscheinend einen eigenen Willen entwickelt, gleitet zu seinem Hals, von dem mir die Kratzer entgegenleuchten. Jack fängt sie ab, bevor ich seine Haut berühre, was zur Folge hat, dass ich ihm in die Augen schaue. In den grauen Iris ist wieder ein wenig Funkeln zu sehen, als er meinen Blick und meine Hand hält, während sich seine Finger sanft um meine schlingen.

Ich ertappe mich dabei, wie ich unsere miteinander verschränkten Finger betrachte und sich das Bild in das unserer verschlungenen Körper in einem Hotelbett verwandelt, wo wir uns in wilden Küssen verlieren und unser Stöhnen den Raum ausfüllt. Ich schwelge in diesen Gedanken, bis mein Körper alles erneut fühlt.

»Du bist wieder in dem Hotel, stimmt's?«, flüstert Jack, der sich vorneigt, um meinen Blick einzufangen. »Durchlebst die Nacht noch einmal, wie ich es in jeder verdammten Minute seither tue.«

Ich kann nicht sprechen. Mich nicht bewegen. Die Gefühle, die auf mich einprasseln, lähmen mich, liefern mich der Gnade dieses Mannes aus, der mein Denken, meinen Körper und meine Seele beherrscht, seit er mich in der Bar entdeckte.

»Ich sehe es in deinen Augen, Annie.«

Er tritt vor, und die Hitze seines Atems, der auf mein Gesicht trifft, verbreitet sich einem Lauffeuer gleich in meinen Adern. Er nimmt mich gefangen, vertreibt jede Vernunft.

Seine Frau! Was tue ich hier?

Energisch ziehe ich meine Hand weg, drehe mich um und umklammere die Tischkante, um Halt zu haben. In meinem Kopf wirbelt alles durcheinander, obwohl ich auf die Zeichnungen schaue. »Du hast es mir versprochen.«

»Oh Mann, Annie, wie zum Teufel machst du das? Bei dir sieht es so leicht aus.«

»Weil es das ist«, sage ich zum Tisch. »Weil da für mich nichts ist, also hör auf, irgendwas finden zu wollen. Du verschwendest deine Zeit.« Bei meinen vernichtenden Worten zucke ich selbst zusammen, doch ich muss stark bleiben.

Leicht? Er denkt, dass es leicht ist? Das macht mich wütend.

»Tut mir leid«, flüstert er, Schmerz schwingt in seiner Entschuldigung mit.

Was wiederum meine Willenskraft zunichtemacht. Es ist schon schmerzlich schwer, ihm beruflich zu begegnen. Schmerzlich, jedoch machbar. Ich fühle mich von Schuldgefühlen gemartert, schäme mich. Aber dies ist unmöglich. Diese unterschwellige Verbundenheit ist immer noch vorhanden, egal, wie sehr ich mich anstrenge, sie zu bekämpfen. Doch das bedeutet nicht, dass ich ihr nachgeben muss.

»Ich sollte gehen.« Ich stemme mich vom Tisch ab, bin vollends aufgewühlt und vergesse meine Arbeitsprobleme, weil ich dringend dieser Situation entkommen muss, die all mein Denken beherrscht. Ich greife nach meinen Taschen, lasse die Pläne jedoch liegen, weil es zu lange dauern würde, sie zusammenzufalten. Ich muss hier raus, ehe die Anziehung und mein Verlangen mich überrumpeln. Ehe ich unter dem Druck dieses Kampfes einknicke, weil es so leicht wäre, wieder in seine Arme zu fallen. Trotzdem werden die Nachwirkungen unerträglich sein.

Ich eile weg, will dringend nach Hause und mir ein wenig Vernunft und Stärke einreden.

»Annie, warte!«, ruft Jack mir nach.

Ich achte nicht auf sein Flehen, gehe weiter, denn ich weiß, dass ich verloren bin, wenn ich mich von ihm aufhalten lasse.

»Annie!«

Ich bin draußen und renne die Stufen hinunter, bleibe aber abrupt stehen, als Jack mich überholt und sich mir in den Weg stellt. »Jack, bitte nicht.« Meine Atmung ist angestrengt, und das nicht bloß, weil ich gelaufen bin, um ihm zu entkommen.

»Werde ich nicht, versprochen.« Er tritt zurück, lässt mir Raum und hält beide Hände in die Höhe. »Es tut mir leid.«

Ich bedenke ihn mit einem strengen Blick. »Dann. Lass. Mich. Gehen«, sage ich betont und beobachte, wie er tief Luft holt. Nach einer gefühlten Ewigkeit macht er endlich einen Schritt zur Seite, um mich durchzulassen.

Ich eile weg, kämpfe gegen die Anziehung an, die mich zurück zu ihm zieht.

Und der ich mit jeder Sekunde schwerer widerstehen kann.

9. Kapitel

Ich sehe Micky vor dem Café, laufe hinüber und lande mit einem dumpfen Aufprall auf meinem Stuhl. Ein verdammt langer Tag ist mit technischen Zeichnungen und Berechnungen zum Dach von Colins Galerie vergangen ... und dem vergeblichen Versuch, nicht dauernd an Jack Joseph zu denken. Ich bin ausgelaugt, mein Verstand ist mehr als verwirrt. Und letzte Nacht habe ich kein Auge zugetan, weil mir weder seine Worte noch sein nackter, verschwitzter Oberkörper aus dem Kopf wollten. Dieser Anblick hat mich ständig geplagt. Tut er nach wie vor.

»Alles gut?«, fragt Micky und mustert mich.

»Mein Gehirn ist Matsch.« Ich seufze und lasse meine Tasche auf den Stuhl neben mir fallen. »Ein Problem bei der Arbeit, das ich irgendwie zu lösen versuche.«

»Du arbeitest zu viel. Wann hast du das letzte Mal Urlaub gemacht?«

Ich überlege ... und überlege ... und überlege.

»Genau das meine ich.« Er hebt beide Arme gen Himmel und zuckt mit den Schultern. »Du siehst müde aus. Nimm dir mal frei und entspanne. Tu nichts. Deine Firma wird nicht gleich zusammenbrechen, weil du dir mal eine Pause gönnst.«

Er irrt sich. Sie würde definitiv zusammenbrechen. Außerdem, selbst wenn nicht, würden Urlaub und Nichtstun nur bedeuten, dass ich zu viel denke, und momentan will ich nicht denken, weil es nur ein Thema gibt, auf das sich mein Verstand nervigerweise konzentrieren will. »Vielleicht nächstes Jahr«, murmele ich und sehe an Micky vorbei in die Ferne.

»Oh nein.«

Ich reiße mich aus meinem kurzen Tagtraum und stelle fest, dass Micky mich besorgt ansieht. »Was?«

»Dieser Blick. Woran denkst du?«

»Nichts.« Ich lache und spiele mit dem Löffel auf dem Gedeck.

»Annie …«

Er spricht meinen Namen sehr gedehnt und warnend, und ich lache wieder, weil ich nichts anderes tun kann. Micky kennt mich mein ganzes Leben. Ihm mache ich nichts vor.

»Sag schon.«

»Da gibt es nichts zu sagen.« Ich winke betont gleichgültig ab und bete, dass er nicht nachhakt. »Bei der Arbeit ist es gerade verrückt.«

»Und hast du ihn gesehen?«

»Eigentlich nicht«, antworte ich matt und hasse mich, weil ich nicht überzeugender klinge. Ich bin zu müde, um die Energie dafür aufzubringen.

Micky rutscht langsam auf seinem Stuhl nach hinten und beäugt mich prüfend. »Sag mir bitte, dass ihr nicht wieder dabei wart.«

Ich klappe den Mund zu und wende den Blick von ihm ab. »Nein.« Auch wenn ich nicht physisch dabei war, war ich es eine Million Male in meinem Kopf, weshalb ich mich genauso mies fühle.

»Das will ich hoffen.« Micky beugt sich über den Tisch, wohl, damit ich sehe, wie streng er dreinblickt. »Weil er nämlich verdammt *verheiratet* ist!«

»Sei still!«, zische ich ihn an und schaue mich nervös um. Allmählich leide ich unter Verfolgungswahn. »Es ist nichts passiert, und ich habe auch nicht vor, es dazu kommen zu lassen.«

Micky wirft sich bedrohlich ein Stück weiter über den Tisch, und ich weiche besorgt zurück. So wütend habe ich ihn noch nie erlebt.

»Mir gefällt das nicht. Stellt er dir nach?«

»Nein.« Ich lüge aus Furcht, mein lebenslanger Freund könnte eingreifen. Momentan sieht er aus, als würde er das wirklich bringen.

»Stellst du ihm nach?«

»Nein.« Das ist keine Lüge, denn ich tue es nicht. »Ich arbeite mit ihm, Micky. Es ist nicht schwierig, jemanden zu sehen, wenn man gezwungen ist, mit ihm zusammenzuarbeiten.«

»Keiner zwingt dich zu irgendwas.«

»Meinst du etwa, dass ich meinen Traumjob hinwerfen soll, weil mich irgendein Arschloch an der Nase herumgeführt hat?« In diesem Moment vibriert mein Handy auf dem Tisch, und Jacks Name leuchtet uns entgegen. Ich greife hin und drücke den Anruf sehr energisch weg. Dann sehe ich meinen Freund an, der die Lippen geschürzt hat.

»Ich kenne dich, Annie. Ich erkenne es, wenn dich etwas belastet, und ich weiß, dass es nicht die Arbeit ist.« Er schüttelt besorgt den Kopf. »Warum nimmst du das nicht an?«, fragt er und zeigt auf das Handy. »Wo es doch rein beruflich ist.«

»Weil ich gerade mit dir Kaffee trinke.«

»Er ist verheiratet«, sagt er schlicht und bohrt das metaphorische Messer tiefer in mich. »Lass dich nicht darauf ein, Annie. Denk nicht mal daran!«

»Tue ich nicht.« Ich knirsche mit den Zähnen. »Es ist Arbeit, sonst nichts.«

Seine Züge werden weicher, als er über den Tisch nach meiner Hand greift. »Du verdienst mehr. Lass dich nicht in diesen Mist hineinziehen. Es geht nicht gut aus.«

Ich senke den Kopf und fühle mich noch erschöpfter als bei meiner Ankunft. »Ich wollte dich auf einen Kaffee und zum Plaudern treffen, nicht um mir eine Predigt anzuhören.« Ich ringe mir ein Lächeln ab und drehe meine Hand, sodass ich seine halte, während ich ihm zunicke. »Es hat mich eiskalt erwischt. Die ganze Situation. Aber mir geht es gut, ehrlich. Du kennst mich doch.« Ich schaue auf, als der Kellner mir einen Kaffee hinstellt. »Danke.«

»Hätte ich etwas Stärkeres bestellen soll?«, fragt Micky ernst.

Ich schnaube, denn das hätte er wahrlich sollen. »Wahrscheinlich. Was macht deine Arbeit?«, frage ich. »Vor allem die neue Kundin?« Ich ziehe eine Braue hoch.

Mein ältester Freund rümpft auf die blasierteste Art die Nase und spielt lässig mit seiner Serviette. Doch genauso, wie Micky mich kennt, kenne ich ihn und sehe, dass ihm die neue Kundin unter die Haut geht.

»Ganz gut.«

»Nur ganz gut?«

»Ich habe vorgeschlagen, dass sie eine zusätzliche Stunde die Woche nimmt.«

Ich lache und trinke einen Schluck Kaffee, ich brauche dringend Koffein. »Natürlich braucht sie die.«

Micky hält die Tasse an seine Lippen und grinst über den Rand hinweg. »Übrigens habe ich gestern Jason getroffen.«

»Wie nett. Hast du ihm erzählt, dass du seine Ex gevögelt hast?«

»Nein!« Micky verdreht die Augen. »Lizzy und ich waren ein alkoholbedingter Ausrutscher.«

»Ja, sicher. Und was wollte er?«

»Er will anfangen zu trainieren.«

Ich lache sarkastisch. »Was? Um sich für die Einundzwanzigjährige in Form zu bringen, mit der er Lizzy betrogen hat?«

Micky zuckt mit den Schultern. »Geht mich nichts an.«

Wieder lache ich, diesmal allerdings innerlich. Ich wünschte, er würde dieselbe Haltung zu meiner verkorksten Situation einnehmen. Seufzend sehe ich auf mein Handy. »Ist es tatsächlich schon vier?«, frage ich das Display und wappne mich, meinen Hintern zurück in mein Arbeitszimmer zu schwingen, damit ich weiter an meinem Problem verzweifeln kann. Und ich meine das Dachproblem. Bald muss ich meine Niederlage eingestehen, sämtliche Pläne überarbeiten und Colin die schlechte Nachricht mitteilen.

»Vier? Mist!« Micky springt auf und wirft einen Zehner auf den Tisch. »Ich habe eine Session mit Charlie.« Er gibt mir einen Kuss auf die Wange. »Bis dann.«

»Viel Spaß!«, rufe ich ihm nach, raffe meine Sachen zusammen und mache mich auf den Weg. Mein Telefon klingelt noch dreimal, bevor ich bei der U-Bahn bin – jedes Mal ist es Jack –, und ich drücke sämtliche Anrufe weg. Nach gestern Abend hat ihn zu meiden oberste Priorität bei mir.

Kurz vor meinem Haus schaue ich auf und werde langsamer, weil ich einen silbernen Audi auf der anderen Straßenseite bemerke. Was soll das?

Die Fahrertür geht auf, Jack steigt aus und streckt sich zur vollen Höhe. Ich verbringe zu viele Sekunden damit, ihn anzusehen, als müsste ich mich erinnern, wie umwerfend er ist. Er hat die Ärmel seines hellblauen Hemds aufgekrempelt, sodass seine muskulösen Unterarme entblößt sind, und der offene Kragen erlaubt freien Blick auf seinen Hals.

Ich beachte ihn nicht, tue so, als wäre er nicht da, und beeile mich, die Haustür zwischen uns zu bekommen.

»Hey.«

Jacks sanfte Stimme ertönt auf dem Weg hinter mir und löst Panik bei mir aus, als sie näher kommt. Hektisch krame ich nach den Schlüsseln in meiner Tasche.

»Annie?«

Wo zur Hölle sind meine Schlüssel? Plötzlich ist seine Hand auf meinem Rücken, und ich drehe mich ungeschickt um, presse mich an die Holztür. »Was willst du?«, platze ich heraus. Dabei klinge ich genauso ängstlich, wie ich mich fühle.

Jack neigt den Kopf zur Seite und schüttelt ihn leicht, als versuche er, geduldig zu sein.

»Warum nimmst du meine Anrufe nicht an und antwortest nicht auf meine Mailbox-Nachricht?«

»Ich halte es für das Beste, wenn ich künftig nur mit Richard zu tun habe.«

Er wirkt auf einmal verärgert, seine Nasenflügel blähen sich.

»Und wieso das?«

»Weil …« Ich will es nicht laut sagen. Ich will nicht zugeben, dass das, was auch immer zwischen uns sein mag, mich langsam zerbricht und ich, sollte ich es nicht bald abstellen, vielleicht tun werde, was keine Frau tun sollte. »Weil ich es einfach für das Beste halte.«

»Ich nicht«, erwidert er knapp.

Entsetzt starre ich ihn an. »Was du denkst, spielt keine Rolle.«

Er verengt seine grauen Augen zu Schlitzen. »Ich habe versucht, dich zu erreichen, weil ich mir etwas ausgedacht habe.«

»Was?«, frage ich misstrauisch.

»Eine Lösung für dein Problem.«

»Welches Problem?«, entgegne ich scharf und ohne nachzudenken, worauf er ein wenig zurückweicht. Mist! Ich muss ernsthaft diesen Filter reparieren.

»Ich bezog mich auf das Dach.« Er sieht mich neugierig an. »Warum? Gibt es noch ein anderes Problem?«

Er provoziert mich, versucht, Knöpfe bei mir zu drücken und mich zu einem Geständnis zu zwingen – zuzugeben, dass ich nicht aufhören kann, an ihn zu denken, dass sich mein Körper nach ihm verzehrt. Soll er ruhig!

»Nein, gibt es nicht.« Er weiß so gut wie ich, dass wir mehr als ein Konstruktionsproblem haben, und das müssen wir schnellstens lösen. Sofern es sich überhaupt lösen lässt. »Was ist deine Lösung?«

»Für welches Problem?«, fragt er ernst.

Ich hole tief Luft und bete um Geduld. Und vielleicht auch um ein wenig Widerstandskraft. »Mein Dachproblem«, antworte ich ernst.

»Ach, das Problem!« Der Anflug eines Lächelns – eines wissenden Lächelns – umspielt seine Lippen.

»Das ist nicht witzig, Jack.«

»Ich lache nicht, Annie.« Er zeigt zu seinem Auto. »Ich denke, ich weiß eine Lösung für unser Dachproblem. Ich zeige sie dir.«

Ich sehe so skeptisch, wie ich sein sollte, zu seinem Wagen und zurück zu Jack. »Was zeigst du mir?«

»Eines unserer Projekte aus dem letzten Jahr. Ein Museum.«

Ich runzle die Stirn, und er fährt fort: »Die Konstruktion war nicht stabil genug, um das Dach zu halten.«

Nun stelle ich mich gerader hin. »Und was habt ihr gemacht?«

Er seufzt erschöpft und tritt zurück, um mir Raum zu geben. »Darf ich es dir zeigen?« Er bittet nicht direkt, aber es kommt dem nahe. »Ich will dein Dach genauso sehr umgesetzt sehen wie du, Annie. Ich möchte dir helfen.«

Ich versuche, seine Körpersprache zu lesen, ihn zu ergründen, und bin völlig hin- und hergerissen. Es ist nicht zu erkennen, ob er mich absichtlich in Versuchung führen oder mir ehrlich helfen will. Das kann ich nur auf eine Weise herausfinden.

»Ich fahre hinter dir her«, sage ich und hoffe, dass ich keinen riesigen Fehler mache.

Die Fahrt dauert rund zwanzig Minuten, in denen ich seinem silbernen Audi mit meinem Golf folge, und die ganze Zeit schwanken meine Gedanken zwischen meinem Arbeitsproblem und meinem privaten hin und her. Aber sobald ich an die Arbeit denke, drängt Jack sich in den Vordergrund, und mir gehen so viele Fragen durch den Kopf. Fragen zu seiner Frau, ihrer Beziehung, den sogenannten Gerüchten über sie. Doch so schnell, wie diese Fragen auftauchen, verschwinden sie auch wieder, wenn ich mich ermahne, dass sie mich weder etwas angehen, noch meine Sorge sind. Konzentration, Annie. Konzentrier dich auf die Arbeit.

Ich halte neben Jacks Wagen vor einem Gebäude im edwardianischen Stil und steige aus. »Das ist es?« Ich blicke an der Backsteinfassade hinauf.

»Es ist hinten.« Er geht vor. »Hier entlang.«

Ich folge ihm in einigem Abstand zur Rückseite, wo ich mich in einem wunderschönen Garten wiederfinde. »Und das ist ein Museum?«, frage ich, als ich ein paar Stufen hinuntergehe und mich wieder dem Gebäude zuwende.

»Es ist einem hiesigen Künstler gewidmet, der in den 1950ern starb.« Jack zeigt nach oben, und mein Blick folgt seinem Finger Richtung Dach. »Es ist nicht aus Glas, aber ein ziemliches Schwergewicht.«

»Und wie habt ihr das sicher abgestützt?«

Er geht auf ein Fenster zu und zeigt hinein. »Komm her.«

Neugierig stelle ich mich zu ihm ans Fenster, doch es ist zu hoch, und ich bin zu klein, um hineinsehen zu können. »Ich kann nichts … oh!« Ich werde hochgehoben. »Jack!«

»Siehst du die hintere Wand?«, fragt er und ignoriert meinen panischen Aufschrei.

Ich bemühe mich, seine großen Hände an meiner Taille nicht zu beachten, und blicke ins Innere. »Ja«, quieke ich förmlich.

»An der Stelle endet das ursprüngliche Gebäude. Die Original-Mauer war zu alt und schwach, um das Dach des Anbaus zu halten, also haben wir sie quasi abgebaut und in doppelter Stärke wieder hochgezogen, wobei wir alte Steine verwendeten. So mussten keine Stützsäulen eingezogen werden, und der Raum blieb offen.«

»Und du denkst, das könnten wir auch bei Colins Projekt so machen?«, frage ich und strenge mich an, meine Begeisterung einzudämmen, solange wir es nicht sicher wissen.

»Wir brauchen einen Statiker, der uns das bestätigt.« Er lässt mich herunter und nimmt seine Hände weg.

Ich zupfe an meinem Kleid, um mich möglichst unbeeindruckt davon zu geben, dass er mich anscheinend mühelos hinaufheben konnte.

»Aber ich wüsste nicht, wo das Problem sein sollte.«

Nun kann ich meine Begeisterung nicht mehr zügeln und sehe zu ihm auf. »Wirklich?«

Jack lächelt, und diesmal ist es das volle, atemberaubende Jack-Lächeln.

»Du bist wieder im Rennen, Annie.«

Vor lauter Erleichterung vergesse ich mich, werde von einer Fülle von Gefühlen überrollt, die ich nicht mal zu deuten wage, und werfe mich in seine Arme, denn ich bin unendlich dankbar für seine Hilfe. »Vielen Dank«, flüstere ich und drücke seine Schultern.

Er legt seine starken Arme um mich, hebt mich hoch und neigt seinen Kopf zu meinem Hals. »Jederzeit«, antwortet er leise.

Es wäre angemessen, uns jetzt wieder voneinander zu lösen, doch keiner von uns macht Anstalten, den anderen loszulassen. Wir beide fühlen uns in dieser Umarmung wohl. Ich kann seinen Herzschlag spüren, das Heben und Senken seiner Brust an meiner. Sein Duft, Jack pur, füllt meine Sinne vollständig aus. Ich beginne, mich allen berauschenden Elementen von Jack Joseph hinzugeben, merke, wie ich in seinen Armen schwach werde.

»Machst du so Geschäfte?«, fragt er nach einer Ewigkeit und atmet an meinem Hals. »Falls ja, müssen wir künftig sehr viel häufiger zusammenarbeiten.«

Ich muss unwillkürlich grinsen. »Entschuldige.« Widerwillig löse ich mich von ihm und vermeide es, ihn anzusehen. »Ich habe mich ein bisschen hinreißen lassen.«

»Und das solltest du auch.«

Er verschränkt die Arme vor seiner breiten Brust, und flüchtig frage ich mich, ob er es tut, damit er mich nicht gleich wieder umarmt.

»Du bist sehr begabt, Annie. Ich wünschte, alle Architekten, mit denen ich zu tun habe, wären so dynamisch und kreativ wie du.«

Jedes Mal, wenn Jack meinen Namen sagt, passiert etwas in mir. Etwas Elektrisierendes. Und wenn er mich so lobt wie jetzt, inspiriert es mich, spornt mich an, so viel mehr tun zu wollen. Ich schlucke den Kloß in meinem Hals herunter und zeige über meine Schulter. »Ich sollte nach Hause fahren«, sage ich, und er nickt. »Vielen Dank, Jack.«

Seine Augen. Oh, seine Augen sprechen eine Million Dinge aus, obwohl sein Mund stumm bleibt.

Langsam drehe ich mich um und gehe zitternd weg. Allerdings zittre ich nicht vor Aufregung, sondern eher, weil ich mich bremsen muss, nicht zurück in seine Arme zu stürmen, in denen meine erschütterte Welt für einen herrlichen Moment wieder stabil war.

Ich sacke auf den Fahrersitz meines Wagens und atme mehrmals ein. Dann blicke ich mich zu dem Gebäude um, warte, dass Jack erscheint. Doch das tut er nicht, und ich frage mich, was er da hinten macht. Was er denkt. Er hat mir geholfen. Er fand eine Lösung für mein Problem, und sein Gesichtsausdruck, als er meine Erleichterung sah, hätte mich beinahe umgeworfen. Er hat sich für mich gefreut. Er will, dass ich Erfolg habe.

»Fahr nach Hause, Annie«, befehle ich mir und drehe den Zündschlüssel. Der Motor dröhnt wenige Sekunden lang auf und geht aus. »Ach, komm schon!« Wieder versuche ich es. Diesmal geschieht gar nichts. Kein Pieps. »Na super!« Ich werfe mich auf dem Sitz zurück, da taucht Jack neben dem Gebäude auf, den Kopf gesenkt und die Hände tief in die Taschen geschoben. Er sieht aus, als laste das Gewicht der Welt auf seinen Schultern, und als er aufblickt und mich entdeckt, neigt er fragend den Kopf. Ich hebe hilflos beide Hände.

Er kommt rüber und öffnet die Fahrertür. »Was ist los?«

»Er springt nicht an.« Ich drehe den Zündschlüssel, um es zu demonstrieren.

»Mach mal die Motorhaube auf«, sagt er.

»Wie?«

Kopfschüttelnd lacht er leise und greift in den Wagen, neben meine Beine. Ich halte den Atem an und ziehe rasch meine Knie weg, als er sie mit seinem harten Unterarm streift.

»Hier.« Er wirft mir einen wissenden Blick zu und zieht an dem verborgenen Hebel.

Ich lächle verlegen. Mein Kopf ist leer gefegt, als er langsam seinen Arm zurückzieht. Ich fange erst wieder an zu atmen, nachdem er außer Berührungsweite ist und nach vorn zum Motor geht. Dort hebt er die Haube an, sodass ich ihn nicht mehr sehe.

Ich steige aus und bleibe so weit auf Abstand, dass es keine Berührungen geben kann, ob unabsichtlich oder nicht. »Kennst du dich mit Autos aus?«

»Nur Grundwissen«, antwortet er, leckt sich die Finger an und berührt eine Metallnoppe. »Die Batterie ist tot. Und ich habe keine Starthilfekabel.«

»Was ist das, und wo bekomme ich die her?«

Erneut lacht er, nun lauter, und sieht mich sehr amüsiert an. »Mit denen *könnte* man deinen Wagen vielleicht wieder in Gang bringen, aber hier in der Gegend und um diese Zeit findest du keine.«

»Oh. Was mache ich jetzt?«

»Du lässt dich von mir nach Hause fahren.«

Ich sehe ihn erschrocken an. »Jack, ich glaube wirklich nicht …«

Er nimmt meine Hand, ehe ich weiterreden kann, und zieht mich zu seinem Audi. »Dass es eine gute Idee ist?«, beendet er meinen Satz. »Warum nicht?«

Mist, meine ganzen guten Vorsätze lösen sich in Rauch auf. Ich sehe nach unten auf seine große Hand an meinem schmalen Unterarm und weiß, dass ich keine Chance habe, mich loszureißen. Er bleibt stehen und dreht sich unvermittelt zu mir, sodass ich in ihn hineinlaufe. Ich pralle gegen seine Brust, mache einen Satz rückwärts und starre auf seinen offenen Hemdkragen. Ich darf nicht in sein Gesicht sehen. Ich. Darf. Nicht. In. Sein. Gesicht. Sehen.

Meine Zunge wird bleiern, doch ich schaffe es, einige Worte herauszubringen: »Na gut, du kannst mich nach Hause fahren.«

»Das stand nie zur Debatte.« Er öffnet die Beifahrertür und schiebt mich auf den Sitz.

10. Kapitel

Die Spannung im engen Innenraum von Jacks Wagen ist mit Händen zu greifen. Während der gesamten Fahrt zapple ich auf meinem Sitz und rede in Gedanken unentwegt auf mich ein, ja nichts Blödes zu tun. Wie mich auf die andere Seite zu stürzen und mir das zu nehmen, von dem ich weiß, dass er es mir geben kann. Von dem ich weiß, dass er es *will*. Oder etwas Blödes zu sagen, wie beispielsweise, dass ich immerzu an ihn denke. Oder wie sehr ich mit dem Wunsch ringe, mich von ihm einnehmen zu lassen.

Als er vor meiner Wohnung hält, stürze ich buchstäblich aus dem Wagen, renne die Treppe zur Haustür hinauf und öffne hektisch das Schloss, um hineinzukommen. Meine Haut kribbelt entsetzlich, so stark ist der Drang, zu ihm zurückzulaufen.

Verheiratet!

Ich knalle die Wohnungstür zu und gehe durch zur Küche. Unterwegs streife ich meinen Mantel und meine Schuhe ab und beschließe, dass ein Wein in Ordnung ist, um mich zu beruhigen. Wein und vielleicht ein Bad. Heute Abend wird nicht mehr gearbeitet. Nicht mehr gegrübelt.

»Oh nein!«, kreische ich, packe die Küchentür und kletterte praktisch am Rahmen nach oben. »Oh mein Gott!«

Ich spüre, wie mir sämtliche Farbe aus dem Gesicht weicht, während ich in ein Paar Knopfaugen starre, die mich vom Küchenboden aus beobachten – Augen, die zur größten Maus gehören, die ich je gesehen habe. Mein Herzschlag gerät ins Stolpern, und ich klammere mich oben ans Türblatt, um meine

Füße vom Boden wegzuhalten. Das Vieh schaut mich vollkommen ungerührt an, rotzfrech.

»Oh mein Gott, oh mein Gott, oh mein Gott!«

Wir glotzen uns gegenseitig an, ich an der Tür baumelnd, die elefantengroße Maus mitten auf dem Küchenfußboden. Plötzlich bewegt sie sich, und ich sehe schreiend zu, wie sie über den Fußboden huscht und hinter einem Schrank verschwindet.

»Maus!«, kreische ich, lasse mich auf den Boden fallen und renne wie eine Verrückte in den Flur und zur Haustür. Die reiße ich auf, sodass sie gegen die Wand knallt, was laut durch die Nachtluft hallt. Dann hetze ich den Weg hinunter und auf die andere Straßenseite, so weit weg von meiner Wohnung, wie ich nur kann. Mäuse! Oh Gott, ich hasse Mäuse! Meine Atmung geht schnell. Ich hyperventiliere.

Von Kopf bis Fuß schlotternd blicke ich mich auf der Straße um. Was nun?

»Annie?«

Auf Jacks besorgte Frage hin schaue ich nach rechts, wo er neben seinem Audi steht. Er ist immer noch hier?

Ich zeige zur Haustür. »Maus«, murmele ich matt.

Er sieht mich entgeistert an. Und dann lacht er. Er lacht! Ich weiß nicht, warum. Das hier ist ungefähr so witzig wie ein fieser Hautausschlag. Ich bedenke ihn mit einem Blick, der alle bisherigen in Sachen Finsternis ausstechen dürfte, und schaffe es, trotz aller Angst und Verärgerung zu begreifen, dass er sich krümelig lacht, sich den Bauch halten muss. Dabei sieht er so unfassbar gut aus. Absolut umwerfend. Die Tatsache, dass er hier ist, reicht schon, dass ich erneut dahinschmelze. Sein ansteckendes Lächeln und der Klang seines Lachens bringen mich in Schwierigkeiten. Jack … und eine Maus. Zwei solche Großereignisse zugleich werden mich wahrscheinlich killen.

Er betrachtet meine zitternde Gestalt von der anderen Straßenseite aus, grinst breit, das Gesicht strahlend vor Heiterkeit, und meine Welt wirbelt wild durcheinander.

Innerlich schreie ich. Ich breche praktisch zusammen, und die Maus ist nur zur Hälfte der Grund. Jack, die Maus … und diese vertraute elektrisierende Spannung zwischen uns. Schließlich fängt er sich wieder, und es wird ihm offensichtlich klar, was hier vor sich geht. Diese Szene, er auf der einen Straßenseite, ich auf der anderen. Wir sehen einander an. Spannung. Verlangen.

Die Stille hält unangenehm lange an. Ich kann damit nicht umgehen, doch bevor ich den Mund aufbekomme, kommt Jack mir zuvor.

»Wo im Haus soll ich nachsehen?«

Ich bin sagenhaft froh, dass er es sozusagen rein professionell hält, und atme tief ein. »Sie ist hinter den Küchenschrank mit den Doppeltüren gelaufen.«

»Ist es okay für dich, alleine hier draußen zu bleiben?«, fragt er.

Ich erkenne so viel mehr als das, was er sagt, in seinen grauen Augen und bete, dass er es nicht ausspricht.

»Ich denke, es ist sicherer, wenn ich draußen warte«, antworte ich leise. Zweifellos versteht er die unausgesprochene Botschaft. Jack in meiner Wohnung macht sie zu einer unkalkulierbaren Gefahrenzone.

Ich bleibe, wo ich bin, als er durch die offene Tür hineingeht und ohne zu zögern den Flur hinunterschreitet.

Sein Rücken.

Breit und fest.

Meine Fingernägel, die über seine Haut streichen, während er in mich stößt …

Ich hebe beide Hände an meinen Kopf und kratze mir den Schädel, als könnte ich so die Bilder ausradieren. Er ist in meiner Wohnung. Ich drehe mich weg von der Haustür und blicke gen Himmel. Dabei kämpfe ich um die Kraft, mich nicht komplett aufzulösen. Diese Woche war so verflucht anstrengend. Wäre sie doch endlich vorbei, damit ich mich am Wochenende betrinken und meine Willensstärke aufstocken kann, ehe sie restlos zerbröselt und ich mich auf verbotenes Terrain bewege.

Es fühlt sich an, als würde ich Stunden warten. Stunden, in denen ich mich an mein Gewissen klammere. Stunden, in denen ich mich nicht vom Fleck rühre und meine Gedanken bändige. Stunden, in denen ich im Geiste jeden Grund durchgehe, weshalb ich Jack nicht anfassen darf. Nicht an ihn denken darf. Ihn nicht bewundern darf.

Ich schlinge die Arme um meinen Oberkörper und wende mich der Eingangstür zu. Aufmerksam horche ich auf irgendeinen Knall, der mir den Tod der Maus signalisiert. Doch ich höre nichts. Ich stehe in einem dünnen Sommerkleid auf der Straße, habe nicht mal Schuhe an! Die Temperaturen sind ein wenig gefallen, und ich fröstele.

Schließlich erscheint Jack in der Tür. »Weg«, sagt er schlicht, aber diese Nachricht entspannt mich nicht so, wie sie sollte, weil immer noch eine andere Gefahr lauert.

»Hast du sie getötet?«

Er nickt und fixiert mich mit seinem harten Blick.

»Vielen Dank«, sage ich leise, sehe ihn an und erkenne eindeutig, dass er tief in Gedanken ist. Frag nicht, frag nicht, frag nicht!

Ich muss zurück in die Wohnung, ohne mit ihm in Berührung zu kommen, was sich als schwierig erweisen könnte, da er den Eingang versperrt und mich ansieht, als hätte er nicht vor, zur Seite zu treten.

Ich überquere die Straße mit festen, ausholenden Schritten und hoffe, dass er so klug ist, sich zu bewegen, bevor ich an der Tür bin. Ist er nicht. Wenn überhaupt, stellt er seine Beine weiter auseinander, sodass er den Eingang vollständig ausfüllt.

»Vielen Dank für deine Hilfe«, sage ich höflich und zwinge mich, ihn anzusehen, damit er meine Entschlossenheit erkennt. Wie immer ist das ein Fehler, doch ich strenge mich sehr an, mich zu beherrschen und nicht auf sein schönes Gesicht zu achten.

»Annie«, flüstert er. »Ich kämpfe so sehr.«

»Ich mache das nicht.« Ich schlucke und dränge mich an ihm vorbei. Er packt mich am Oberarm und hält mich fest. »Lass mich los, Jack.«

»Ich habe dir bereits gesagt, dass ich das nicht kann. Annie, ich ertrinke. Ich verliere den Verstand, und je mehr Zeit ich mit dir verbringe, desto schlimmer wird es. Dich zu hören, mit dir zu reden, diese Leidenschaft mit dir zu teilen, die *weit* über die fantastische Nacht hinausgeht, die wir im Bett hatten …«

»Das musst du vergessen!«, brülle ich. Mir ist klar, dass Wut der einzige Weg nach vorn ist. Wütend auf ihn sein, mich von der Wut dominieren lassen, denn die Alternative jagt mir eine Todesangst ein.

Er schiebt mich in den Flur, knallt die Tür hinter uns zu und drängt mich rückwärts weiter. »Nein«, sagt er ruhig und gefasst. »Nein«, wiederholt er, tritt noch einen Schritt vor, und diesmal weiche ich nicht zurück. Weil ich es nicht kann. Weil er mich mit diesen grauen Augen bannt, die jetzt wieder strahlen. Blitzen, auch wenn es vor Wut ist. Er knöpft sein Hemd auf, streift es ab und wirft es auf den Boden. Enthüllt die nackte Brust, deren Anblick mich verfolgt.

Rasch sehe ich zu dem Haufen Stoff, und meine Gedanken spielen verrückt. Seine Brust. Seine verdammte, perfekte Brust. »Was machst du denn?«

»Ich habe nicht den blassesten Schimmer.«

Er streckt einen Arm aus und legt die Hand in meinen Nacken, um mich an sich zu ziehen. Unsere Oberkörper treffen sich, und meine Entschlossenheit, ihn abzuweisen, schwindet angesichts dieser Nähe. Falsch verwandelt sich in richtig. Konflikt in körperliches Sehnen.

»Ich bekomme dich nicht aus meinem Kopf, Annie.« Er lehnt seine Stirn an meine, während seine Hand meinen verspannten Nacken massiert und mich lockert, bis ich mich entspanne. »Ich will dich noch einmal, und ich finde nicht mal die Willenskraft, mich darum zu sorgen, wie viel mehr ich mich danach nach dir verzehren werde.« Er atmet auf mich herab. »Ich habe unsere Nacht in einer Endlosschleife durchgespielt. Davon geträumt, dich wieder in meinen Armen zu halten. Ich verzehre mich nach dem Klang deiner Stimme, nach deiner Berührung, deinen weichen Lippen auf meinen. Ich weiß, dass ich dich nicht wollen dürfte. Aber das tue ich. Nichts hat mich je so wahnsinnig vor Verlangen gemacht. Nichts hat je so viel Platz in meinem Kopf eingenommen. Ich kann verdammt noch mal nichts dagegen tun, Annie.«

Der Blick aus seinen grauen Augen senkt sich in meine, und mein Herzschlag wird zu einem gleichmäßigen Pochen. Während er kaum merklich den Kopf schüttelt, bewegt Jack seine gespreizte Hand auf meinem Nacken nach oben und schiebt sie in mein Haar.

»Ich will nichts dagegen tun«, raunt er. »Ich will dich, und mir ist egal, wie falsch das ist.« Er ballt die Hand in meinem Haar zur Faust, sodass er es fester hält. »Ich weiß, dass ich dir nicht aus dem Kopf gehe, seit ich dich in dem Hotelzimmer auf jede denkbare Weise hatte. Hör auf, es zu leugnen. Beleidige mich nicht, indem du behauptest, dass du dich nicht nach jenem fantastischen Gefühl sehnst. Ich erkenne es jedes Mal in deinen Augen, wenn ich dich ansehe. Du. Willst. Mich.«

Ich bin es, die sich als Erste rührt. Nur ich. Ich springe vor und presse meine Lippen auf seine, denn die magische Anziehung gewinnt. Seine Worte gewinnen. Jack gewinnt. Mein Herz gewinnt. Ich verlocke ihn mit einem gierigen Kuss, sich mir zu öffnen. Ja, leider habe ich meinen Verstand an ein Begehren verloren, das zu mächtig ist, um es zu unterdrücken. Und, wie bei Jack, ist mir egal, wie falsch das ist.

Ich bin verloren.

Und dennoch fühle ich mich wie wiedergefunden, als er mich zurückdrängt, bis mein Rücken an die Wand stößt.

Ich schreie auf und Jack stöhnt. Wir sind ungeschickt und verzweifelt. Er hält mich mit der Kraft seiner Küsse fest, ehe er uns umdreht, bis er es ist, der mit dem Rücken zur Wand steht. Es ist wieder wie in jenem Aufzug. Die Atmosphäre britzelt und zischt. Ich scheine in Flammen zu stehen. Er hebt mich hoch, drückt mich an sich und trägt mich ins Schlafzimmer. Ich bin ganz auf ihn konzentriert. Nur auf ihn und die Wiederkehr der Gefühle, von denen ich seit jener unvergesslichen Nacht fantasiert habe. Alle Schuldgefühle sind wie weggeblasen, und ich erlaube es, bin nicht bereit, mich von irgendetwas aufhalten lassen, das Verbotene zu tun.

Er lässt mich hinunter, ohne den Kuss zu unterbrechen, und knöpft seine Hose auf, während ich am Bund zerre, weil ich sie ihm dringend ausziehen will.

»Ganz ruhig«, murmelt er dicht an meinen Lippen.

Er ist wesentlich gefasster als zuvor, wohl, weil er weiß, dass er mich hat. Wir sind uns einig. Keiner von uns ist bereit, es bei dem einen Mal zu belassen. Es hat uns unersättlich gemacht. Neckt uns. Steigert das Verlangen und die Vorfreude auf das, von dem wir wissen, dass es uns erwartet. Jetzt wissen wir, dass uns das Bevorstehende auf die bestmögliche Weise den Verstand rauben wird. Nun wissen wir, dass die Gleichung Jack plus ich auf eine fantastische Summe hinausläuft. Ich kann ihm nicht widerstehen. Das habe ich versucht. Und wie ich es versucht habe! Ich will ihn. Brauche ihn.

Er umfängt sanft meine forschenden Hände und hält sie zwischen uns, während er den Kuss beendet, was mich dazu bringt, mich auf die Zehenspitzen zu recken, um die Verbindung aufrechtzuerhalten. Seine grauen Augen leuchten voller Verlangen und Verzweiflung.

»Ich möchte es langsam angehen«, flüstert er, streift mir das Kleid ab und wirft es zur Seite. »Ich will mir Zeit lassen und genießen, dass ich dich wiederhabe.«

Er neigt den Kopf an meine Schulter, küsst sie sanft und jagt damit eine Million Hitzestrahlen in meinen Schoß.

Ich stöhne laut und schließe die Augen, als er seine Lippen über meine Haut gleiten lässt. Mit den Händen wandert er seitlich an meinem Körper hinauf und verharrt an meiner Taille.

»Ich habe mir selbst etwas versprochen, Annie. Ich habe mir versprochen, dass ich dich nicht mehr gehen lassen würde, sollte das Schicksal dich zu mir zurückbringen.« Er hebt mich hoch an seine Brust und trägt mich zum Bett. Dabei sieht er zu mir hoch, und ich schlinge die Arme um seinen Nacken. »Und jetzt bist du hier.«

Er legt mich behutsam hin, richtet sich wieder auf und zieht seine Hose aus, wobei er sich sehr viel Zeit lässt, als wolle er meine Geduld auf die Probe stellen. Ich blockiere sämtliche Gedanken, die sich in meinen Kopf zu drängen versuchen. Zu groß ist meine Furcht vor den Schuldgefühlen, die jetzt nicht da sind, sich aber jederzeit einstellen können und mich davon abhalten würden, ihn mir zu nehmen.

»Beeil dich«, flüstere ich und beobachte, wie er sich mir langsam enthüllt. Ich liege auf dem Bett und werde völlig nachgiebig, bin verzaubert von seinem Anblick. Mein Blick gleitet träge über ihn und nimmt jedes winzige Detail auf. Hatte es jemals eine Hoffnung gegeben, Jack Joseph zu widerstehen, ist die jetzt null und nichtig. Mein Verstand macht lauter Bilder von ihm und speichert sie sorgsam ab. Sein nackter Körper, der zum Dahinschmelzen ist, ist über mir, seine pochende Erektion auf mich gerichtet.

Sein Brustkorb hebt und senkt sich, und Jack kniet sich auf die Matratze, um eine Faust neben meinem Kopf aufzustützen. Als er den Blick zwischen meine Oberschenkel schweifen lässt, fängt er an zu zittern und schluckt angestrengt. Einen flüchtigen Moment lang fürchte ich, er überlegt es sich anders, aber dann schiebt er seine andere Hand zwischen meine Beine und ermuntert mich, mich ihm zu öffnen.

»Streck deine Arme nach oben«, befiehlt er mir sanft und sieht mich an.

Ich gehorche, obwohl ich ihn berühren, ihn fühlen will. Er greift zwischen seine Schenkel, nimmt seinen Schwanz in die Hand, und ich folge fasziniert seinen Bewegungen, als er sein samtiges Glied mit wenigen Strichen so weit erregt, dass Lusttropfen herausströmen. Ich lecke mir die Lippen.

»Sieh hin«, flüstert Jack, der seine feuchte Eichel über meine Scham bewegt. Ich schreie auf und bäume mich ihm ruckartig entgegen. »Sieh hin, Annie.«

Ich beginne zu stöhnen, als er sich an mir reibt und meine Schamlippen spreizt. »Jack!« Ich muss meine Arme zwingen, über meinem Kopf zu bleiben.

»Sieh nur hin«, wiederholt er, und mein Blick gleitet zwischen meine Beine, wo er seine Erektion festhält. »Sieh dir an, wie ich in dir versinke.« Er dringt ein kleines Stück weit in mich ein. »Wir beide wissen, wie verdammt fantastisch es sich anfühlt, wenn ich tief in dir bin.«

Gequält stöhne ich auf, und meine Muskeln ziehen sich heftig zusammen, schreien danach, dass er vollständig in mich eindringt. »Jack, bitte …«

Er schaut mich mit vor Verlangen leuchtenden Augen an. »Sag mir, wie sehr du mich willst.«

»Jack!«

»Sag es, Annie.«

Er zieht sich zurück und streicht mit der befeuchteten Spitze seiner Erektion über meine empfindliche Scham. Ich schreie auf, verliere die Beherrschung. Jack nickt, erkennt meine Verzweiflung.

»Ich muss hören, wie sehr du mich willst. Sag es und du kannst mich haben.«

»Ich will dich!«, schreie ich. »Ich will dich, Jack. Unbedingt. Mehr, als ich jemals irgendwas gewollt habe.«

»Dann bin ich nicht verrückt?«

»Nein!«

»Wusste ich es doch!« Seine Züge verhärten sich, als er sich etwas erhebt und mit einem tiefen Stoß in mich eindringt. »Mist!«, stöhnt er, sinkt auf seine Unterarme und kneift die Augen zu. Er zittert furchtbar, bebt auf mir.

»Ist alles in Ordnung?« Ich widersetze mich seiner Anweisung, die Arme nach oben ausgestreckt zu behalten, und lege sie um seine Schultern, weil ich das Gefühl habe, ihn festhalten zu müssen.

Er schluckt, fängt sich. »Mir geht es gut«, flüstert er, dreht den Kopf ein wenig und küsst mich zärtlich auf die Wange. »Bei dir fühle ich mich so lebendig.«

Unweigerlich muss ich lächeln, obwohl seine Worte von einem Hauch Traurigkeit eingefärbt sind. Denn wenn man sich so lebendig fühlt, gibt es nur einen Weg, den man einschlagen kann.

Mein Blick fällt auf die Kratzer an seinem Hals, und das Gesicht seiner Frau drängt sich in meinen Kopf. Ich schlucke, weil meine Gedanken mal wieder mit mir durchgehen.

»Denk nicht daran.« Jack holt mich in die Gegenwart zurück. »Bitte denk an nichts als das Hier und Jetzt.«

Sein Mund findet meinen, und er küsst mich bedächtig, während er seine Hüften bewegt, um sich tief in mir zu reiben, sich zurückzuziehen und erneut in mich zu dringen. Ich ringe nach Luft und halte den Atem an, als Jack genau den Punkt erkundet, dessen Berührung mich bald den Schmutz vergessen lässt, der den Moment trübt, und beweist, dass es wirklich möglich ist. In seinen Armen, mit all seiner Aufmerksamkeit auf mich fixiert, ist es möglich.

Unsere Körper bewegen sich in vollkommener Harmonie, als würden sie sich in- und auswendig kennen. Dabei spielen unsere Zungen träge miteinander. Jack dreht uns herum, hebt mich auf seinen Schoß und murmelt kopfschüttelnd vor sich hin, als ich mich fest auf ihn senke und fühle, wie er ganz tief in mir ist. Mit starken Fingern umklammert er meine Schenkel und bläht schwer atmend seine Wangen, während seine grauen Augen beobachten, wie ich ihn langsam reite. Er hebt eine Hand in meinen Nacken und zieht mich hinunter an seinen Mund. Ich halte den Rhythmus, umklammere Jacks Hüften mit den Oberschenkeln und küsse ihn, als gäbe es kein Morgen. Den Gedanken abzuschütteln, dass es das tatsächlich nicht gibt, fällt mir schwerer, als ich eingestehen möchte, denn das hieße, mich der Realität zu stellen. Er ist nicht mein. Ich nehme mir, was mir nicht gehört.

»Annie«, presst er heiser hervor, als könne er meine Gedanken lesen.

Er drängt mich rückwärts auf die Matratze und taucht rasch wieder in mich. Sein Gesichtsausdruck ist streng, seine Miene angespannt.

»Hör auf.« Er vollführt den perfekten Stoß und hält sich tief in mir, schaut zu, wie ich unter ihm dahinschmelze. »Konzentriere dich auf das Jetzt. Auf dies hier. Auf uns.«

Ich schreie meinen Frust heraus, biege den Rücken durch, während ich gegen die unerwünschten Gedanken ankämpfe. »Bring mich dazu, zu vergessen!«, brülle ich, werfe die Arme um ihn, kralle die Finger in seinen Po und schmiege mein Gesicht an seinen Hals.

»Verdammt, Annie.«

Er wird schneller, erstickt meine Gewissensbisse mit einer Lustwelle nach der anderen. Ich reiße die Augen auf, recke ihm die Hüften entgegen.

»Da ist sie ja«, murmelt Jack, als ich von meinem Versteck an seiner Halsbeuge zu ihm hochschaue, und drückt seinen Mund auf meinen, um mein Stöhnen zu dämpfen. Er senkt die Zähne in meine Unterlippe, hebt den Kopf wieder und sieht mich an. »Dein Gesicht ist wie ein Gemälde.«

»Jack«, flüstere ich, konzentriere mich auf den verräterischen Druck, der sich in meinem Unterleib aufbaut. »Schneller.«

Er erhöht das Tempo, bewegt die Hüften vor und zurück, und unser Liebesakt bekommt etwas Hektisches, da wir beide dem Höhepunkt entgegenfiebern.

»Verdammt!«, brüllt Jack und stemmt sich mit den Armen auf, um mehr Druck in seine Stöße zu bringen. Schweiß rinnt ihm übers Gesicht, seine grauen Augen sind weit aufgerissen vor Staunen.

Ich fühle, wie er in mir anschwillt, und die Anspannung wird zu groß. Jack wirft den Kopf in den Nacken, schreit gen Zimmerdecke und hält plötzlich ganz still über mir. Dann stößt er abermals zu, und das Pochen seines Schwanzes, gefolgt von einem rauen Seufzen, verrät mir, dass er gekommen ist. Er atmet tief ein und verzieht das Gesicht, als er aus mir herausgleitet und langsam wieder in mich dringt. Diese eine Bewegung reißt mich mit ihm in die Ekstase. Ich umklammere ihn mit den Beinen und schlinge die Arme um ihn, dabei spannen sich meine inneren Muskeln rhythmisch an, vollführen ein gleichmäßiges Ziehen. Im Chor stöhnen Jack und ich erfüllt auf. Es dauert eine ganze Weile, bis unsere Körper erschlaffen und wir beide um Atem ringen.

Ich fühle mich total überwältigt, beinahe erleichtert, dass es so war, wie ich es in Erinnerung hatte. Kraftvoll, emotional und berauschend. Prompt holen mich meine Gedanken ein. Ich sollte nicht erleichtert sein. Ich müsste in Panik geraten, weil die Vorstellung, ihn gehen zu lassen, ungeheuer schmerzlich ist.

Erneut schmiege ich mein Gesicht an seinen Hals und lege meine Arme um seine Schultern, halte mich an ihm fest. Es fühlt sich so natürlich, so richtig an, und als er reagiert, unterwürfig seufzt und mich festhält, strömen mir Tränen der Hoffnungslosigkeit über die Wangen.

»Nicht«, flüstert Jack, der klingt, als wäre er genauso von Gefühlen überwältigt wie ich. »Bitte weine nicht.«

Ich schüttle den Kopf und versuche, es zu stoppen, doch ich bin überfordert, zu unsicher und so verletzlich. Diese Empfindungen sind neu für mich, und ich habe keine Ahnung, wie ich mit ihnen umgehen soll. Ohne Zweifel habe ich meine Situation soeben noch schwieriger gemacht. Ich weiß, dass ich ihm hätte widerstehen sollen. Ich hätte ihn abweisen und hart bleiben müssen, aber meine Integrität und meine moralischen Grundsätze knicken ein, sobald ich Jack sehe. Mein Verlangen nach ihm, vielleicht sogar meine Gier, macht es unerträglich schwer, ihn abzuweisen, wenn er vor mir steht. Nicht dass er mich ließe. Ich stürze zurück in ein schwarzes Loch aus Hoffnungslosigkeit, und obwohl mir bewusst ist, dass ich mich da rausziehen muss, bevor ich mich für immer darin verliere, fürchte ich, dass ich niemals imstande sein werde, ihm zu widerstehen. Ich habe panische Angst, dass ich süchtig nach Jack bin und dass ich mich von nichts und niemandem abhalten lassen werde, mir alles zu nehmen, was ich von ihm kriegen kann. Weder von meiner Moral noch von meinem Gewissen … nicht einmal von seiner Frau.

Das Schweigen zieht sich zu lange hin, bietet zu viel Stille, in der ich mich selbst quäle. Ich kann weggehen. Kann das hier jetzt beenden. Doch meine Arme wollen Jack nicht loslassen, bis er sich aufstützt, seinen Leib von meinem schält und langsam die Hüften hebt. Sein halb erigierter Schwanz gleitet aus mir, und Jack rollt sich neben mir auf den Rücken, was bewirkt, dass ich mich verlassen und gekränkt fühle. Ich sehe zu ihm hinüber und stelle fest, dass er an die Decke starrt, einen Arm über dem Kopf angewinkelt, den anderen auf seinem Bauch. Ich möchte wissen, was er denkt. Und ich will es auch *nicht* wissen. Ehe meine Neugier mich übermannen kann, stehe ich auf, gehe ins Bad und schließe die Tür hinter mir.

Ich betrachte meinen nackten Körper im Spiegel, berühre meine klammen Wangen. Meine Brustwarzen sind rosig dunkel von Verlangen, auf meinen Oberschenkeln glänzt der Beweis unseres gemeinsamen Orgasmus. Ich mustere mein Gesicht und erkenne Verzweiflung in meinen grünen Augen. Noch dazu glaube ich, massenhaft Worte in der Luft um meinen Kopf herum aufscheinen zu sehen. *Ehebrecherin. Schwach. Unmoralisch. Herzlose Schlampe.* Ich greife nach dem Waschbeckenrand und lasse den Kopf hängen, weil ich den Anblick meines Gesichts nicht mehr ertrage. Ich kenne diese Frau nicht. Was ist aus mir geworden?

Leises Klopfen an der Badezimmertür unterbricht meine von Selbstekel getragenen Gedanken, und ich blicke auf.

»Annie?«

Ich höre an Jacks Stimme, dass er genau weiß, was ich hier drinnen tue. Ich mache mich fertig, reiße mich in Stücke.

»Darf ich reinkommen?«

Weil ich einen Kloß im Hals habe, bin ich nicht in der Lage, zu sprechen, also nicke ich bloß idiotisch, obwohl er es gar nicht sehen kann. Es ist eine mehr als blöde Idee, ihn hereinzubitten, doch anscheinend zeichne ich mich dieser Tage vor allem durch Blödheit aus. Leise geht die Tür auf, und Jack streckt nervös seinen schönen Kopf herein, sieht mich an. Sein braunes Haar ist zerzaust, und seine grauen Augen strahlen noch. Es ist nur Minuten her, seit ich ihn zuletzt gesehen habe, dennoch fühlt es sich wieder wie das erste Mal an. Das Pochen meines Herzens, der Anstieg meiner Körpertemperatur. Ich starre ihn im Spiegel an, will nicht wegsehen. Oder kann es nicht. In seinen Zügen spiegelt sich ein Verständnis, das mich beinahe zusammenbrechen lässt. Er macht die Tür ganz auf, kommt auf mich zu, dreht mich herum und reißt mich kraftvoll an sich.

Meine Gefühle gehen mit mir durch. »Das bin ich nicht.« Ich schluchze an seiner Brust. Der Duft seines sauberen Schweißes hat etwas Beruhigendes, doch er katapultiert mich zurück in die Nacht, von der ich fürchte, dass sie mich für immer verfolgen wird.

»Ich auch nicht, Annie.«

»Warum sind wir dann hier?«

Er umfängt mich sicher. »Weil ich weiß, dass ich hier sein *sollte*«, flüstert er fast feierlich.

Mein Herz verkrampft sich schmerzhaft in meinem Brustkorb. Ich denke an all die Menschen auf diesem Planeten, die Jack widersprechen würden. Er sollte bei seiner Frau sein. Nicht bei mir. Und dieser Gedanke belastet mich. Ich verstehe nicht, was mit uns geschieht. Das ist so irrsinnig. Für mich ist er buchstäblich immer noch ein Fremder, und trotzdem ist die Vorstellung, ihn nicht wiederzusehen, unerträglich. *Was jetzt?* Diese Frage liegt mir auf der Zunge, doch etwas hält mich davon ab, sie auszusprechen. Furcht.

»Komm«, raunt er mir zu, stellt mich wieder hin und nimmt meine Hand. »Ich brauche Koffein.« Er führt mich durch meine Wohnung in die Küche, dort zeigt er auf einen der Hängeschränke. »Becher?«

Ich grinse und versuche, nicht darauf zu achten, wie perfekt er nackt in meiner Küche aussieht. »Ja.«

Er erwidert mein Grinsen und nimmt zwei Becher heraus. »Frag mich, woher ich das wusste.«

»Du bist hier eingebrochen und hast meine Schränke und Schubladen durchwühlt?«

Leise lacht er und öffnet das Fach, in dem ich den Kaffee aufbewahre. »Ich wusste es, weil es exakt der Platz ist, an dem ich die Becher lagern würde. Und den Kaffee.« Er greift nach der Besteckschublade. »Und die Löffel sind hier, stimmt's?«

»Stimmt. Und, jetzt staune, die Milch steht im Kühlschrank.«

Er stößt die Schublade mit dem Hintern zu und tippt mit dem Teelöffel auf seine Handfläche, während er mich ansieht. Dann tritt er einen Schritt vor, und ich trete einen zurück. Er schmunzelt. Ich schmunzle. Schließlich macht er einen drohenden Satz nach vorn, und ich quieke, als er mich packt, mich mit einem Arm umklammert und mich mit seiner freien Hand kitzelt. »Jack!«, japse ich und sträube mich. Es ist sinnlos, sein Gewicht und seine Stärke werden immer gegen mich gewinnen. »Jack, hör auf!«

»Machst du dich darüber lustig, dass ich ein gutes Gespür für Kücheneinrichtung habe?«

»Nein, ich liebe es, dass du so ein gutes Gespür für Kücheneinrichtung hast!« Ich muss selbst über meine Worte lachen und genieße seine Albernheit, genieße es, ihn nackt an mir zu fühlen und die Tatsache, dass er die Kaffeebecher auch in diesen Schrank gestellt hätte.

Schließlich gibt er mich mit einem Klaps auf den Po frei. »Mach du den Kaffee, Süße. Ich muss zur Toilette.« Er geht aus der Küche. »Wetten, dass ich weiß, wo du deinen Klopapiervorrat lagerst?«

Ich lache, bereite den Kaffee zu und gehe ihm nach. »Jack?«

»Hier drinnen!«, ruft er, und ich folge seiner Stimme, bis ich an der Schwelle meines Arbeitszimmers ankomme. Dort steht Jack nackt über meinen Zeichentisch gebeugt, und ich stelle mich zu ihm. Er sieht sich die Zeichnungen für Colins Anbau an. Dann blickt er zu mir auf und lächelt.

»Annie, die Architektin.«

Ich lache leise, denn ich erinnere mich, dass er dasselbe an dem Abend gesagt hat, als ich ihn kennenlernte. »Jack, der Witzbold.«

Jack lacht ebenfalls, wobei seine Augen blitzen. »Du mochtest meinen Scherz.«

Ich kann es nicht leugnen, also tue ich es auch nicht. »Was siehst du dir an?«

»Ich frage mich nur, warum du für den Anbau innen kahle Backsteinwände vorgesehen hast.«

»Colins Kunst ist sehr modern, beinahe industriell. Das Gebäude ist aus dem frühen neunzehnten Jahrhundert, deshalb dachte ich …«

»… der Kontrast von Altem und Neuem wäre klasse«, beendet er den Satz, als würde er meine Gedanken lesen.

»Genau.« Mir wird ein wenig mulmig, als Jack sanft lächelnd zu mir aufsieht.

»Zwei Seelen …«

»Zwei Seelen«, wiederhole ich leise und reiche ihm seinen Kaffee. Es sind nicht nur unsere Körper, die vollkommen harmonieren, sondern auch unsere Art zu denken. Mir macht Angst, wie ideal dieser Mann für mich ist. Wie er mich weit über unsere Chemie beim Sex hinaus reizt.

Jack nimmt seinen Kaffee und scheint in einen Tagtraum zu versinken. Ich würde gern wissen, ob ihm dasselbe durch den Kopf geht wie mir, spreche es jedoch nicht aus.

Statt mich danach zu erkundigen, sage ich: »Warum?« Womit ich ihn aus seinem Tagtraum reiße, ich muss die Frage nicht näher ausführen.

»Ganz ehrlich?«, erwidert er, worauf ich nicke.

Jack runzelt die Stirn und verbringt die nächsten Sekunden damit, an seinem Kaffee zu nippen. Mir ist bewusst, dass er Zeit gewinnen will, um sich zu überlegen, ob er ehrlich sein soll.

»Ich musste etwas Dampf ablassen.«

Ich spucke fast meinen Kaffee aus und zwinge ihn so, schnell fortzufahren: »Ich wollte nicht so abstürzen. Also im Sinne von besoffen abstürzen. Nur so, dass ich vergessen kann, was …« Er verstummt und sieht mich an. Dann seufzt er und schaut wieder auf den Zeichentisch.

Ich trete zurück und mustere seine plötzlich niedergeschlagene Haltung. »Bist du glücklich?«

»Wenn ich mit dir zusammen bin, bin ich unfassbar glücklich. Das habe ich dir schon gesagt.«

»Du weißt, dass ich das nicht meine.«

Er lächelt, doch es ist ein trauriges Lächeln.

»Nein, bin ich nicht. Aber macht das die Tatsache, dass ich nicht aufhören kann, an dich zu denken, akzeptabel?«

Seine Frage erschreckt mich, so einfach die Antwort auch sein mag. Einfach, jedoch schmerzlich. »Nein«, gestehe ich und sehe weg. Nichts würde es akzeptabel machen.

Innerhalb von Sekunden hat Jack mir meinen Becher abgenommen und mich in seine Arme geschlossen. Es fühlt sich so gut an, so geborgen, als würde ich diese Schuld nicht allein tragen. Seufzend sinke ich an ihn und denke, dass ich ewig so bleiben und glücklich sein könnte.

»Mein Telefon«, murmelt Jack leise und lässt mich widerwillig los.

Jetzt höre ich sein Handy klingeln und beobachte, wie er nackt durch die Tür verschwindet. Ich folge ihm zurück ins Schlafzimmer, um mir meinen Morgenmantel zu holen. Jack bückt sich, hebt seine Hose auf und zieht das Handy aus der Tasche. Ich weiß schon, wer es ist, bevor er aufs Display sieht und die Schultern hängen lässt. Es ist, als würde alles Leben auch aus mir entweichen.

»Stephanie«, sagt er, als er den Anruf annimmt.

Er klemmt sich das Telefon zwischen Ohr und Schulter,

während er seine Boxershorts und die Hose anzieht und in den Flur geht, um sein Hemd aufzuheben. Dabei sind seine Züge angespannt. Und nun höre ich, dass Stephanie am anderen Ende ihn anschreit. Ich trete zurück, möchte diesem Privatgespräch entkommen. Jacks Nasenflügel blähen sich, und er kneift für einen Moment die Augen zu.

»Tut mir leid. Ich bin so schnell wie möglich da«, antwortet er ruhig. »Entschuldige mich bitte bei deinen Eltern für die Verspätung.«

Er drückt das Gespräch weg, und ich stehe stumm in der Tür, während er sein Hemd zuknöpft. Meine Gedanken überschlagen sich. Er hat sich nicht mal gegen ihr Gezeter gewehrt. Da war nichts. Keine Gefühlsregung irgendeiner Art. Mein Blick fällt auf meine Füße, auf den Teppich, und die Fragen werden quälender. Ich kann nur eins aus meinem Verhalten schließen, und diese Schlussfolgerung ängstigt mich, weil sie mein unmoralisches Gewissen noch mehr korrumpieren könnte.

Ich hasse seine Frau.

Wie sie eben mit ihm geredet hat, dafür hasse ich sie. Dabei steht es mir nicht zu, sie zu hassen. Ich habe ihren Mann gevögelt. Zweimal.

Nachdem Jack sich angezogen hat, steht er für einen Moment ruhig da und sieht mich an. Mein Herz fleht ihn an, nicht zu gehen. Doch mein Verstand wirft ihn raus und fordert ihn auf, mich in Ruhe zu lassen.

»Bis morgen«, sagt er, was keine Frage, sondern eine Feststellung ist.

Ich schaue ihn nur an, kann nicht, will nicht antworten. Was ich dringend möchte, ist, ihn nach seiner Ehe fragen, dabei sollte ich mich keinesfalls in diese Richtung vorwagen. Was lächerlich anmutet. Es ist ja nicht so, als würde ich mich nicht bereits auf gefährlichem Terrain bewegen. Dennoch habe ich das Gefühl, was immer ich von Jack hören könnte, wäre nur eine weitere Rechtfertigung, die ich für mein Handeln anführen würde. Zu wissen, dass es in seiner Ehe schon vor meinem Auftauchen nicht rosig aussah, hilft nicht. Es macht meine Argumentation nur fadenscheinig und wirkt so verflucht billig. Nein, ich kann hier nicht gewinnen. Also tue ich das, was am klügsten ist, und halte den Mund. Je weniger ich weiß, desto besser.

»Annie«, flüstert er. »Antworte mir.«

Erneut senke ich den Blick zum Fußboden und merke, wie meine Augen von Tränen geflutet werden. »Es klang nicht wie eine Frage«, entgegne ich leise. Er muss gehen, denn ich will nicht, dass er sieht, wie ich mal wieder zusammenbreche. Und ich spüre, dass ich kurz davor bin. Ich beginne zu zittern vor lauter Anstrengung, die Beherrschung zu wahren.

Als ich höre, wie seine Schritte näher kommen, schließe ich die Augen und atme Stärke ein. Sanft berührt er meine Wangen und streichelt sie für wenige Sekunden zärtlich, ehe er sich zu mir neigt und mich auf die Stirn küsst. Dann dreht er sich um und geht.

Und ich sacke auf dem Boden zusammen, um zu schluchzen, wie ich noch nie geschluchzt habe.

Weil er gesagt hat, sollte uns das Schicksal jemals wieder zusammenführen, würde er nicht weggehen.

Dennoch hat er es eben getan.

Ist zu seiner Frau gegangen.

11. Kapitel

Wie kann man so sehr an etwas hängen, mit dem man so wenig Berührung hat? Die Antwort ist so simpel wie unerträglich. Ich habe das Gefühl, dass Jack eigens für mich erschaffen wurde, und dass ich ihn nicht haben darf, kommt mir grausam vor. Schlicht grausam. Er ist verboten. Ich hätte ihn überhaupt nie haben dürfen. Ich hätte ihn *definitiv* nicht das zweite Mal haben dürfen. Und ich bin so wütend auf mich. In der Bar mag ich fehlgeleitet gewesen sein, seinen unglaublichen Reizen erlegen, aber gestern Abend wusste ich haargenau, worauf ich mich einließ. Das ist unverzeihlich.

Ich liege im Bett und falte mich im Geiste zusammen. Die Schuldgefühle verzehnfachen sich. Ich habe versucht, mir nicht die Frage zu erlauben, wieso er seiner Frau am Telefon nicht Paroli geboten hat, weil meine Schuldgefühle viel zu groß sind. Ich habe versucht, ihn mir nicht so unterwürfig vorzustellen, so duldsam gegenüber ihrem Gezeter, selbst wenn er es verdiente. Stephanie weiß allerdings nichts von mir. Weshalb schrie sie ihn dann an? Nur, weil er zu spät zum Dinner war?

Ich habe kein Auge zugemacht, weil meine Gedanken keine Ruhe geben wollten, aber ich bin zu einem klaren Schluss gekommen. Es muss enden. Ob Jacks Ehe kriselt, spielt keine Rolle. Ich habe in seinem und Stephanies Leben nichts zu suchen. Ihre Probleme sind nicht meine, und ich sollte sie auch nicht zu meinen machen.

So blöd bin ich nicht.

Gegen sechs Uhr morgens gebe ich den Versuch auf einzuschlafen, steige unter die Dusche und mache mich für einen langen Arbeitstag fertig. Ich bereite mir einen großen Cappuccino zu, trinke ihn, tätige einige Anrufe und maile dem Statiker, um ein Treffen zur Besprechung des Dachproblems zu koordinieren. Er antwortet schnell und sagt, er habe um zwei eine halbe Stunde, ansonsten sei er für den Rest der Woche ausgebucht. Mir bleibt keine andere Wahl, als den Termin anzunehmen und meine restlichen entsprechend zu verschieben.

Eine Stunde später beiße ich auf meinem Stift herum, während ich einige Zahlen nachrechne, da meldet mein Handy den Eingang einer E-Mail. Ich nehme es auf und notiere ein Ergebnis, wobei ich auf das Display sehe. Sein Name leuchtet mir entgegen, was mein Herz zu der inzwischen fast üblichen Reaktion provoziert. Und natürlich setzen gnadenlos die Flashbacks ein, nur dass es jetzt mehr Szenen gibt, mehr Gefühle, mehr Bilder. Mehr Worte, an die ich mich klammern könnte. Ich lese die erste Zeile seiner E-Mail und stelle fest, dass sie nichts mit der Arbeit zu tun hat. »Verdammt, Jack.« Ich höre auf zu lesen und lösche die Mail. Wir haben zweimal eine Grenze überschritten. Das darf nicht wieder passieren.

»Absolut machbar«, sagt der Ingenieur einfach so. »Ich mache die Neuberechnungen fertig und schicke sie Ihnen noch vor Feierabend morgen.«

»Sie sind ein Heiliger!« Ich falte meine Hände zum Gebet. »Vielen Dank!«

Er lächelt, holt seinen Block hervor und macht sich Notizen. Als ich durch die Flügeltür in den Garten gehe, sehe ich Richard, der in die Krone der Kastanie deutet. Er bemerkt mich und winkt mich zu sich.

»Annie, das ist Wes. Er wird die störenden Äste für uns los.«

»Hi.« Ich schüttle Wes die Hand.

»Welche sollen denn abgeästelt werden?«, fragt er mit Blick nach oben.

»Abgeästelt?«, frage ich lachend.

»Ich bin ein echter Fan von Fachjargon.«

»Klar.« Ich bemerke Richards Grinsen und zeige ebenfalls nach oben. »Der da und der daneben.«

»Und der«, sagt Jack, der durch den Garten auf uns zukommt.

Ich verkrampfe mich und sehe schnell weg, bevor ich eine Chance habe zu bewundern, wie gut er in seinem Anzug aussieht.

»Das halte ich nicht für nötig«, erwidere ich förmlich. »Die beiden anderen werden reichen.«

Wes und Richard blicken zwischen uns hin und her.

»Da bin ich anderer Ansicht.« Jack ist bei uns und deutet auf den untersten Ast. »Nimmt man den weg, ist die Stütze für den darüber weg, und man hat wieder dasselbe Problem.«

Ich presse die Lippen zusammen und atme tief ein, um die Beherrschung zu wahren. Er ist genervt. Das erkenne ich an seinem angespannten Hals und seinem Tonfall. Und ich weiß, warum. Ich habe nur einen winzigen Blick auf jede der fünf E-Mails geworfen, die er mir geschickt hat, und sie sofort gelöscht, als ich sah, dass sie nichts mit der Arbeit zu tun hatten. Deshalb habe ich sie auch nicht beantwortet, und seine Anrufe habe ich weggedrückt. »Und wenn wir *den* Ast entfernen, sieht man vom Garten aus auf die umliegenden Gebäude«, sage ich.

»Tja.« Er verzieht den Mund. »Ich habe dir heute mehrmals dazu gemailt, aber du hieltest es offenbar nicht für nötig zu antworten.«

Ich werfe ihm einen erschrockenen Blick zu und setze an, um energisch zu widersprechen, klappe den Mund jedoch gleich wieder zu, weil wir nicht allein sind. Er hat nichts über Bäume oder irgendetwas Arbeitsbezogenes gemailt, und das weiß er. »Ich war beschäftigt«, antworte ich knapp. »Aber jetzt ist alles geklärt.« Ich gehe weg. Wes und Richard bleiben verwundert zurück, Jack ist sichtlich aufgebracht. »Der Ast bleibt«, rufe ich.

Jack holt mich ein, ehe ich im Gebäude bin. »Warum ignorierst du meine E-Mails?«, zischt er mir zu. Er ist dicht hinter mir. »Und meine Anrufe.«

»Weil es bei denen um uns ging.« Wütend drehe ich mich zu ihm um. »Und das eben war deine Art, mich dafür abzustrafen. Du stellst mich vor Kollegen als inkompetent dar, weil ich nicht geantwortet habe? Weil dein Ego angekratzt ist?«

»Denkst du, das hat *irgendwas* mit meinem Ego zu tun?«

»Ja!«, fauche ich.

»Da liegst du verdammt falsch. Der Ast muss weg!«, blafft er kindisch.

»Er bleibt!«

Er knurrt, kommt auf mich zu, sodass ich gezwungen bin, zurückzuweichen, bis ich in einer Ecke lande. *Nein. Oh nein, nein, nein!*

»Es ist leicht, mich zu ignorieren, wenn ich nur am anderen Ende einer Nachricht bin, nicht wahr?« Seine Stimme ist leise und bedrohlich. »Was jetzt, Annie?« Er packt meine Hand und drückt sie auf seinen Schoß. »Was soll ich hiermit machen?«

Er ist hart. Er ist wütend und verdammt hart. Ich schlucke, bekomme Angst. Er irrt sich. Es ist nicht leicht, wenn er am anderen Ende einer E-Mail ist. Es ist nicht so schlimm wie das hier, aber immer noch ein Kampf, den ich verliere. Oder habe ich ihn schon verloren?

»Und hiermit?« Er bewegt meine Hand zu seiner Brust und drückt sie dort auf sein Herz, das wahnsinnig schnell klopft. Genauso wie meins. »Was fange ich hiermit an?«

»Warum fragst du nicht deine Frau?« Innerlich krümme ich mich über meine leise Erwiderung, während Jack *richtiggehend* zusammenzuckt, meine Hand loslässt und zurücktritt. Purer Ekel spiegelt sich in seinem Gesicht.

Er atmet ein und deutet mit dem Zeigefinger auf mich. »Das zu sagen, kommt dir nicht zu. Nicht nach letzter Nacht.«

»Du vergisst.« Mein Kiefer droht zu brechen, so sehr beiße ich die Zähne zusammen. »Dass ich sagen kann, was ich will, denn ich gehöre keinem. Und ganz sicher nicht *dir*.«

Seine Züge verzerren sich, er wirkt noch angeekelter, und langsam legt er eine Hand an meine Hüfte.

»Ach nein, Annie? Rede dir das ruhig weiter ein.«

»Ähm ... Jack?«, unterbricht Richard uns.

Er klingt unsicher, und ich gehe rasch auf Abstand zu Jack, bewege mich mit zittrigen Beinen auf den Tisch mit den Zeichnungen zu.

»Was?«, fährt Jack ihn an.

Erschrocken sehe ich zu ihnen.

Richard zuckt nicht mal mit der Wimper. »Ich glaube, du musst mal mit nach draußen kommen, Alter.« Richard sieht ihn entschuldigend an, und auf einmal erkenne ich Furcht in Jacks Zügen. Dann höre ich es: eine schreiende Frau.

Ich schaue zur Vorderseite des Hauses und frage mich, was dort los sein mag. »Jack!«, kreischt eine Frau. »Jack!«

Jack rauft sich mit beiden Händen die Haare und brüllt los, ein primitiver, frustrierter Laut. Er sieht mich an, Feuer lodert in seinem Blick. Ich verwandle mich auf der Stelle in Staub und weiche zurück. Dann geht er hinaus.

Ich schaue zu Richard, und er sieht mich an.

»An deiner Stelle würde ich vorerst nicht da rausgehen.«

Was natürlich bewirkt, dass ich sofort rausgehe. Ich bin neugierig. Zu neugierig. Gefährlich neugierig. Jack steht in der Mitte der Auffahrt, wo seine Frau wild mit den Armen fuchtelt, sie sieht völlig irre aus. Diverse Arbeiter sehen sich das Schauspiel an. Was soll das?

»Warum nimmst du meine Anrufe nicht an?«, kreischt sie.

Jack hebt beschwichtigend die Hände, seine Körpersprache ist nun eine ganz andere als noch vor wenigen Momenten.

»Ich bin beschäftigt, Stephanie. Ich führe eine Firma.« Er klingt ruhig.

»Ja, bei dir geht es immer bloß um die Arbeit! Was ist mit mir? Was ist mit unserer Ehe?«

Ich beobachte gebannt, wie er sie zu beruhigen versucht und ihren Arm nimmt. Sie reißt sich los und versetzt ihm einen Stoß, doch Jack rührt sich kaum.

»Daddy sagt, *ich* muss bei dir an erster Stelle kommen! Er sagt, dass du egoistisch bist, und ich glaube das auch!« Ihre Beleidigungen bringt sie ein bisschen lallend heraus.

Ist sie betrunken? *Daddy?*

»Es reicht, Stephanie. Das ist peinlich.« Jack packt ihre Arme und führt sie zu seinem Wagen, doch sie schubst ihn wieder weg und stolpert auf den hohen Absätzen im Kies. Ja, sie ist eindeutig betrunken.

»Ich kann selbst einsteigen«, schreit sie und plumpst auf den Beifahrersitz.

Jack sieht sich zu mir um. Stress spiegelt sich in seinem Gesicht. Er schüttelt leicht den Kopf und sagt stumm: *Das ist noch nicht vorbei.*

Ich trete einen Schritt zurück und stütze mich am Türrahmen ab, um nicht einzuknicken.

Auf dem Heimweg gehe ich in den Supermarkt, um mir etwas zum Abendessen zu holen. Während ich durch die Gänge wandere und überlege, wonach mir ist, meldet mein Handy den Eingang einer Textnachricht. Ich greife nach einer Paella und tippe die Nachricht an.

Wir müssen reden. Triff mich. Jack

Mir wird schlecht. Es braucht kein Genie, um zu begreifen, dass es nicht um Geschäftliches geht. Und es ist nicht mal eine Frage. Ich grüble, was er sagen will, und meine Gedanken überschlagen sich, egal, wie sehr ich mich bemühe, sie abzustellen. *Das ist noch nicht vorbei.*

Meine Lippen sind trocken, und mir dreht sich der Magen um. Hastig lösche ich die Nachricht, um nicht etwas Dummes zu tun … wie antworten. Warum macht er das? Ich muss Colins Projekt aufgeben. Es bringt mich um, doch ich muss. Ich kann nicht mit ihm arbeiten. *Darf* nicht mit ihm arbeiten. Ich muss eben mehr Aufträge annehmen, irgendwas, das meine gesamte Zeit in Anspruch nimmt und mich von meinen gefährlichen Gedanken ablenkt.

Das ist der Plan. Ich hoffe bei Gott, dass er aufgeht, denn jedes Mal, wenn ich Jack sehe, intensiviert sich der Schmerz tief in mir. Mein Verlangen wird größer, mein Herz bricht, wenn er geht. Und wenn er mich in den Armen hält, träume ich davon, dass er das jeden Tag tut, mich jeden Tag ermutigt, jeden Tag inspiriert. Zum ersten Mal in meinem Leben stelle ich mir meine Welt mit einem Mann darin vor. Ich male mir aus, einiges von meiner Unabhängigkeit aufzugeben, um Raum für Jack zu schaffen. Denn mit ihm fühlt es sich gar nicht an, als würde ich etwas aufgeben – nur hinzugewinnen. Ich male mir aus, wie er mit mir über Entwürfe spricht, mich berät, mir immerzu sagt, wie stolz er auf mich ist. All diese Träume zu ignorieren, schlaucht mich. Ich habe keine Widerstandskraft mehr.

Ich lasse meinen halb vollen Einkaufskorb stehen, gebe meinen Plan auf, etwas zu essen, und eile nach Hause, damit ich mich in meinem Arbeitszimmer verstecken und in die Arbeit abtauchen kann. Ich beende Zeichnungen, schicke sie per E-Mail ab, rufe den Statiker an, um seine Meinung zu einigen Punkten einzuholen … und entwerfe eine E-Mail an Colin. Darin empfehle ich ihm ein paar Kollegen, die gern für mich übernehmen würden und das Projekt bis zur Fertigstellung begleiten könnten.

Ich nehme einen Anruf von einem potenziellen Kunden an und vereinbare einen Termin. Sein Projekt kommt dem von Colin nicht einmal nahe, aber es bietet mir etwas, in das ich mich vertiefen kann. Ich rufe meine Eltern an und frage, wie es ihnen geht, antworte auf eine Textnachricht von Micky und schreibe ihm, dass es mir gut geht, *richtig gut*. Ich putze sogar das Badezimmer. Es ist ein sehr produktiver Tag. Das Einzige, was ihn noch hübsch abrunden würde, wäre, bei Colins E-Mail auf »senden« zu drücken.

Doch während der Cursor über dem Icon schwebt, kann mich nichts von dem, was ich mir sage, überzeugen, es anzuklicken. Ich schließe die Augen und befehle meinem Finger zu tippen. *Klick endlich das Symbol an, und deine Probleme verschwinden.* Ich lehne mich auf dem Stuhl zurück und starre rund zehn Minuten auf den Bildschirm, will die Kraft und die Vernunft aufbringen, das Richtige zu tun.

Pling!

Ich sehe hinunter auf mein Handy und lese Jacks Namen. Obwohl mir alles sagt, dass ich seine Nachricht nicht öffnen soll, zögert mein doofer Finger nicht, *dieses* Symbol anzutippen.

Du kannst mich nicht ignorieren, Annie.

Eine Sekunde später beginnt das Handy zu klingeln, und ich rolle mit dem Stuhl vom Schreibtisch weg, um Abstand zu bekommen. »Geh weg, Jack«, flüstere ich.

Sobald das Klingeln aufgehört hat, wähle ich Lizzys Nummer und atme gegen die Panik an.

»Hey, was gibt's?«

»Hast du Lust auf einen Kaffee?«, frage ich.

»Sicher. Ich bin gerade fertig. Die übliche Adresse, in zwanzig Minuten?«

»Ja, bis gleich.«

Ich sehe, wie Lizzy sich ihren Weg zwischen den Tischen hindurchbahnt, und beobachte sie, bis sie auf dem Stuhl mir gegenüber landet.

»Was macht die Arbeit? Alles in Ordnung?«

»Ja, alles gut. Eigentlich sehe ich ihn kaum.« Dass ich lüge, war nicht geplant. Ich brauche Ablenkung! Niemals könnte ich Lizzy erzählen, dass ich wieder mit ihm geschlafen habe, erst recht nicht nach dem, was sie mit Jason durchgemacht hat. Ich kann es *niemandem* erzählen. Ich bin eine Schande, eine schwache, erbärmliche Frau. Und ich kann Lizzy auch nicht erzählen, dass ich Colins Projekt abgebe. Sie würde sofort wissen, warum.

Also pappe ich mir ein Lächeln ins Gesicht und gaukle Normalität vor. »Außerdem biegt nichts die Dinge so nachhaltig gerade wie eine Ehefrau, oder?«

Lizzy lacht laut, und zum ersten Mal erkenne ich die witzige Seite dieses Debakels. Denn eigentlich ist es wirklich zum Brüllen. Noch nie hat mich das Zusammensein mit einem Mann überwältigt, und als es endlich passiert, ist der Mistkerl verheiratet.

»Ist die Ehe denn etwa gar nicht mehr heilig?«, frage ich ehrlich erschöpft.

»Die meisten Ehen gehen in die Brüche.« Lizzy nimmt ihren Teelöffel und deutet damit auf mich. »Und meistens wegen Untreue. Ich bin noch glimpflich davongekommen. Und ich werde nie heiraten.«

»Ich auch nicht«, stimme ich ein, wobei ich das Gefühl habe, dass ich mich unbewusst genauso von meinem Traum vom Glück verabschiede wie von meinem Traumprojekt.

»Zum Teufel mit Kaffee«, sagt Lizzy. »Betrinken wir uns. Ruf die anderen an.« Sie schnappt sich die Karte und beginnt, Alkohol in Mengen zu bestellen.

»Jetzt?«

»Ja, jetzt. Und hoffentlich wirst du noch flachgelegt.«

Sie hat recht. Ich muss wieder in den Sattel steigen. »Und du kannst ebenfalls eine gute Nummer vertragen.«

Sie reißt die Augen weit auf.

»Mit jemand anderem als Micky«, ergänze ich und hole mein Handy hervor, um die anderen anzurufen. Bei der Aussicht auf den Mojito, der bald vor mir auf dem Tisch stehen wird, läuft mir das Wasser im Mund zusammen.

Ungeplante Besäufnisse sind die besten. Und dass dieses an einem Wochentag stattfindet, macht es umso prickelnder. Wir landen in einem Biergarten in Camden, es ist acht Uhr abends, und wir sind beide beschwipst. Nicht betrunken, bloß angenehm angeheitert. Wir haben über alles Mögliche geredet, und mein Hirn ist perfekt mit Alkohol und meiner guten Freundin beschäftigt.

»Das hat mir gefehlt«, sagt Lizzy und sieht an mir vorbei zu einer Gruppe von Männern hinten im Biergarten.

Ich folge ihrem Blick und grinse. »Dir hat gefehlt, Männer zu begaffen?«

»Nein.« Sie schwenkt ihren Wein zwischen uns hin und her. »Das hier. Du hast so viel gearbeitet, und das verstehe ich auch, aber mir fehlen unsere Mädelsabende.«

»Mir auch«, gestehe ich und beobachte, wie Lizzy ein strahlendes Lächeln aufsetzt. Offenbar konnte sie die Aufmerksamkeit der Männergruppe auf sich lenken. »Hey, komm schon. Wir machen uns einen netten Abend ohne Männer«, sage ich und gebe ihr einen Klaps auf den Arm.

Dann sehe ich an ihr vorbei und entdecke Micky, der den

Biergarten betritt. Ich kann förmlich hören, wie um uns herum Eierstöcke explodieren. Micky genießt es und kommt auf uns zu.

»Mist, wie viel Vorsprung habt ihr schon?«, fragt er und mustert uns.

Lizzys Antwort ist ein Rülpser, und ich fange an zu lachen. »Ich hole uns mehr Drinks.« Ich nehme meine Tasche und gehe zur Bar. »Und behaltet eure Hände bei euch, solange ich weg bin«, sage ich, wobei ich Micky einen warnenden Blick zuwerfe, der sofort beide Hände hebt.

»Schon verstanden!«

Ich mache einen Abstecher auf die Toilette, um mich aufzuhübschen, ehe ich unsere Getränke hole. Bis ich wieder im Garten bin, hat auch Nat zu uns gefunden. Alle jubeln mir entgegen und stürzen sich auf die Gläser, sobald ich das Tablett abstelle.

»Wow«, ruft Nat und prostet mir zu. »Es ist ein stinknormaler Abend, und Annie sitzt nicht in ihrem Arbeitszimmer! Was ist passiert?«

Ich ignoriere ihren Sarkasmus und umarme sie. »Trink«, befehle ich. »Wir drei haben schon Vorsprung.«

»Auf das Single-Dasein!«, jubelt Nat, und wir alle stoßen an und kippen unsere Drinks.

Das war dringend nötig – der Alkohol, die Freunde, so gut wie keine Chance, meine Gedanken weiter abschweifen zu lassen als zu dem Gelächter im Biergarten. Ich fühle mich wieder normal, klar im Kopf, selbst in angeheitertem Zustand.

Micky setzt mich mit einem Taxi gegen elf zu Hause ab, und mir wird bewusst, wie viel ich getrunken habe, als ich im Zickzack meine Haustür ansteuere.

»Hey, Annie!«, ruft Micky vom Taxi aus. »Morgen früh laufen?«

Ich schnaube sehr unattraktiv und zeige ihm den Mittelfinger, worauf er lachend die Wagentür zuschlägt und das Taxi wegfährt. Meinen Schlüssel in das Schloss zu bekommen, erweist sich als schwierig. Ich kneife ein Auge zu und ziele, erwische aber immer nur das Holz, sodass ich den Lack zerkratze. »Geh schon rein«, lalle ich und lehne mich an die Tür. Vor Konzentration strecke ich die Zungenspitze raus.

»Klappt nicht so richtig, was?«

Erschrocken drehe ich mich so schnell um, dass ich beinahe das Gleichgewicht verliere. Hinter mir steht Jack.

Lächelnd zeige ich auf ihn. »Na, wenn das nicht der Verheiratete höchstpersönlich ist!«, trällere ich, schlage mir sofort linkisch eine Hand vor den Mund und kichere idiotisch. »Ups«, sage ich in meine Handfläche. Ich mag betrunken sein, aber er sieht mich eindeutig grimmig an, und selbst ich bin noch imstande, das als beleidigend zu empfinden. »Hast du mich eben tadelnd angeguckt, Jack Joseph?«

»Du bist betrunken«, murmelt er und kommt näher.

Mit etwas unscharfem Blick mustere ich ihn. Er sieht in seiner alten Jeans und dem grauen T-Shirt entzückend aus. Seine Bizepse wölben sich.

»Ja!« Ich stolpere ein wenig und stoße mit dem Rücken gegen die Tür. »Ich bin betrunken, und es geht dich nichts an.«

Er packt mich am Oberarm, schiebt mich zur Seite und nimmt mir den Schlüssel ab, um die Tür zu öffnen. Wärme durchdringt meine Haut, sodass ich stirnrunzelnd auf die Stelle sehe, an der er mich berührt. »Warum passiert das?«, frage ich meinen Arm.

»Was?«, murmelt Jack gereizt.

Er hat schlechte Laune. Innerlich lache ich hysterisch. Was denn? Hatte er mal wieder Streit mit seiner Frau? Gut! Ich hoffe, sie hat herausgefunden, dass er ein untreues Arschloch ist.

»Mir wird ganz komisch, wenn du mich anfasst.« Ich erschauere.

Er sieht mich an, während er die Tür aufschiebt. »Komisch würde ich es nicht nennen.«

»Und wie dann?« Ich ziehe meinen Arm weg, doch Jack ergreift ihn gleich wieder, da mein hastiger Rückzug bewirkt, dass ich nach hinten stolpere.

»Diese Unterhaltung führe ich nicht mit dir, wenn du betrunken bist.« Er schiebt mich in den Flur und folgt mir.

»Nein, du gehst lieber zurück zu deiner Frau!« Ich lache, reiße meinen Arm los und sacke gegen die Wand.

»Hör auf, Annie«, warnt er mich, stemmt eine Hand neben meinem Kopf an die Wand und beugt sich dicht zu mir. Zu dicht. »Warum antwortest du nicht auf meine E-Mails und auf meine Anrufe?«

»Weil ich nichts mit dir zu tun haben will«, sage ich streng, und er weicht erschrocken zurück. Der Mann hat Nerven!

»Hör auf, mich zu belügen, verdammt!«

Ich atme tief ein, ringe um Fassung, damit ich ihn nicht schlage. Zu spät. Mein Arm schnellt linkisch vor, doch ich verfehle Jacks Wange um eine Meile, sodass meine Hand an seiner Schulter vorbeifliegt. Er zuckt nicht mal, wohingegen ich den Halt verliere und vorwärts torkle. »Ich hasse dich«, fauche ich, als er mich in seine Arme nimmt und einen Fluch murmelt. »Ich hasse dich, hasse dich, hasse dich!«

»Sei still, Annie!«, sagt er streng und hebt mich hoch. »Und schlag mich ja nie wieder!«

»Warum?« Ich versuche, mich ihm zu entwinden.

»Weil es nicht zu dir passt!«

Als wir durch die Tür in mein Schlafzimmer gehen, zapple ich noch mehr, doch Jack hält mich bloß fester. »Lass mich los!« Ich fuchtele mit den Armen, was jedoch keinerlei Wirkung hat, denn er hat mich an sich gedrückt.

»Lass es!«, warnt er mich mit einem bedrohlichen Unterton.

»Nein!«

Er setzt mich auf das Bett, doch ich rapple mich gleich wieder auf, was eine schlechte Idee ist, denn nun bin ich direkt vor ihm. Beim Anblick seiner umwerfenden Züge wird mir noch schwindliger. Ich schließe die Augen, verliere erneut das Gleichgewicht und falle aufs Bett. Ich bin hinüber. Nutzlos. Erbärmlich.

»Geh einfach«, bitte ich ihn und schlage mir die Hände vors Gesicht, um mich vor ihm zu verstecken. »Lass mich in Ruhe.«

Mein Magen dreht sich um, und mein Mund wird wässrig. Oh nein! Ich springe vom Bett und renne ins Bad, wobei ich gegen alles stoße, ob es mir im Weg ist oder nicht. Dann beuge ich den Kopf über die Toilettenschüssel und übergebe mich laut würgend. »Oh Gott.« Ich stöhne und klammere mich erschöpft an die Schüssel.

Ich fühle Finger, die durch mein Haar streichen, es nach hinten halten, und eine warme Hand, die über meinen Rücken gleitet. Ich stütze mich auf die Arme und schließe die Augen.

»Bitte hass mich nicht«, murmelt Jack.

Dann bin ich weg.

12. Kapitel

Man weiß, dass es übel wird, wenn einem der Schädel schon brummt, bevor man ihn überhaupt bewegt hat. Und wenn einem alles wehtut, sobald man versucht, sich bequemer hinzulegen. Und wenn der Mund trockener ist als die Wüste Gobi, man sich aber nicht entscheiden kann, ob man weiter regungslos liegen bleibt und sich mit der Dehydration abfindet, oder versucht, in die Küche zu gehen und zu riskieren, dass man auf dem Weg dahin kotzen muss. Das ist übel.

Vielleicht ist es der schlimmste Kater, den ich jemals hatte, und das will einiges heißen, da ich noch nicht mal aufgestanden bin.

Stöhnend versuche ich, mich zu strecken, ächze und suche nach einem kühlen Flecken auf dem Laken. Mühsam öffne ich die Augen und sehe meinen Nachttisch, auf dem ein Glas Wasser steht.

Am Glas lehnt ein Zettel mit der Aufschrift: »Flüssigkeitszufuhr.«

Stirnrunzelnd setze ich mich auf und entdecke zwei Tabletten auf einem weiteren Zettel mit der Aufschrift: »Schmerzmittel.«

Was hat das zu bedeuten? Ich versuche, mich an die letzte Nacht zu erinnern. Oh Gott. Langsam blicke ich über meine Schulter, wobei ich den Kopf einziehe und mich für das wappne, was ich finden könnte.

Was auf meinem Bett ausgestreckt ist, beschert mir einen verdammten Herzinfarkt, und ich schieße hoch, muss jedoch sofort meinen Kopf halten, weil ich fürchte, dass er sonst abfällt. Zischend und fauchend falle ich zurück auf die Matratze. Ich bin unfähig, der Situation den nötigen Ernst beizumessen, nicht mit diesem Kater. »Jack.« Ich stöhne und strecke ein Bein zur Seite, um ihn anzustupsen. Was habe ich getan?

Er stöhnt, bleibt aber auf dem Rücken liegen, und mein Blick gleitet gierig an seinem nackten Körper nach unten bis zu seinem Schwanz. Auch dort ist ein Zettel: »Frühstück.«

»Jack!«

Seine Lider heben sich flatternd und enthüllen dunkelgraue, anbetungswürdig schläfrige Augen.

»Guten Morgen«, raunt er heiser und kein bisschen verstört, mich zu sehen.

»Was machst du hier?« Ich werde für uns beide panisch.

Er streckt eine Hand aus und legt sie auf meine Hüfte. Die nackt ist.

»Wie geht es deinem Kopf?«

»Verwirrt«, gestehe ich und rücke weg von ihm, bevor seine Berührung eine Chance hat, mich noch mehr durcheinanderzubringen. Er sieht zu meiner Hüfte, die nun von seiner Hand befreit ist, und wieder zu mir auf. »Wir haben doch nicht …« Ich bewege einen Finger zwischen uns hin und her und strenge mich an, irgendeine Erinnerung aus meinem dumpfen Gehirn abzurufen. »Du und ich haben nicht …«

»Nein«, sagt er leise, beinahe vorsichtig.

Ich bin froh, begreife aber nach wie vor nicht, warum zum Teufel er in meiner Wohnung ist. »Was machst du hier?«

»Du hast meine Nachrichten und meine Anrufe nicht beantwortet.«

»Und da dachtest du, du brichst einfach ein?«

»Ich bin nicht eingebrochen. Als ich zum Reden herkam, fand ich dich betrunken draußen, wo du versucht hast, die Tür aufzuschließen.«

Ich schlucke meine Wut herunter und rücke bis an die Bettkante. »Ich habe dir nichts zu sagen.« Ich hole tief Luft, um den Schwindel zu vertreiben, und stehe auf. Mehrere Sekunden lang vergewissere ich mich, dass ich nicht der Länge nach hinschlage, ehe ich in die Küche gehe, um Wasser zu trinken. Das Glas, das Jack mir netterweise hingestellt hat, beachte ich nicht, weil ich *ihn* nicht beachten darf.

»Geh bitte, Jack«, rufe ich.

Ich lasse das Wasser laufen, während ich mir ein Glas hole, es zweimal fülle und den Inhalt hinunterstürze. Dann knalle ich das Glas auf das Abtropfbrett und drehe mich um, um die Küche zu verlassen. Es ist unvermeidlich, Jack zu streifen, als ich rausgehe, weil er die halbe Türöffnung versperrt.

Sobald sich unsere Haut berührt, ringe ich nach Luft und werde langsamer. Doch ich zwinge mich weiterzugehen. Weit komme ich nicht. Jacks Hand schnellt vor und umfängt mein Handgelenk.

»Tu das nicht, Annie«, sagt er, knurrt buchstäblich und drückt meinen Unterarm. »Wag es ja nicht, Annie.«

Ich entwinde ihm meinen Arm und beiße die Zähne zusammen. Aber ich schweige. Mein wütender Gesichtsausdruck muss alles sagen. Ich gehe weiter, mein Unterkiefer schmerzt vom Druck.

»Annie!«, ruft Jack, dessen nackte Füße auf dem Holzboden klatschen, als er mir nachläuft.

»Raus hier.«

Ich hetze ins Bad, schließe die Tür und verriegle sie. Gleich darauf trommelt er mit den Fäusten von draußen gegen das Holz. Ich ignoriere ihn und drehe die Dusche auf. Nachdem ich mir gründlich die Zähne geputzt habe, stelle ich mich unter den Wasserstrahl und schrubbe mir den Gestank von abgestandenem Alkohol ab. Jack hat kein Recht, hier zu sein. Er mag meinen Zustand nicht wirklich ausgenutzt haben, irgendwie aber doch.

Ich shampooniere mir grob das Haar und vertreibe alle Gedanken und Fragen, die sich in meinen schmerzenden Kopf drängen wollen. Nachdem ich mein Haar ausgespült und mich abgeduscht habe, stelle ich das Wasser ab, greife mir ein Handtuch vom Gestell und horche auf Bewegungen hinter der Badezimmertür. Da ist nichts.

Während ich mich abtrockne und ein T-Shirt überstreife, plane ich im Geiste meinen Tag. Ich muss einige Entwürfe überarbeiten. Vielleicht könnte ich Mickys Angebot annehmen und eine Laufrunde einschieben. Es wäre ein guter Stressabbau. Ich sollte auch die Mädels anrufen und hören, ob sie in besserer Verfassung sind als ich. Und das meine ich katerbezogen. Nicht verdammter-verheirateter-Mann-mäßig.

Nachdem ich mein Haar trocken gerubbelt habe und gerade den Kopf hebe, fliegt die Tür auf, und das Schloss springt aus dem Holzrahmen. Ich fahre herum und sehe Jack in der Tür. »Raus hier!«, schreie ich fassungslos.

»Nein.«

Ich drehe mich weg und tue alles, was ich kann, um nicht im Spiegel seinem Blick zu begegnen, denn ich darf nicht riskieren, mich in die glühende Tiefe seiner Augen locken zu lassen. Die Schlacht könnte ich nicht gewinnen. Eine unsichtbare Kraft lenkt meinen Blick dennoch zu seinem Spiegelbild. Mein Rücken wird steif. Jack steht einfach da, regt sich nicht, verzieht keine Miene, und doch ändert es nichts an meiner unkontrollierten Reaktion auf ihn. Einer Reaktion, die ich nicht haben sollte, gegen die ich aber nichts tun kann.

»Deine Frau«, sage ich. »Sie verdient das nicht.« Keine Frau verdient es, egal, wie. Ich bin ihr nur wenige Male begegnet, habe ihr Verhalten erlebt und die Gerüchte gehört, das macht es jedoch nicht richtig.

Seine Nasenflügel beben, während er mich nachdenklich ansieht. Vielleicht überlegt er, was für ein egoistisches Arschloch er ist. In was für eine furchtbare Lage er mich bringt.

»Glaub nicht, dass du eine perfekte Ehe zerstörst, Annie. Tust du nicht.«

»Es ist immer noch eine Ehe«, murmele ich schwach. »Perfekt oder nicht, ich habe darin nichts verloren.«

»Das stimmt nicht. Du *hast* einen Platz in ihr, weil du das Einzige bist, das mich aus ihr retten kann.«

Ich merke, dass ich die Stirn runzle. »Dich aus ihr retten?«

Ein kleines Lächeln huscht über seine hübschen Züge. »Stephanie ist …« Er verstummt und hat sichtlich Mühe zu formulieren, was er sagen will. »Sie ist launisch.« Er seufzt. »Unsere Ehe ist vorbei. Ich weiß es, sie weiß es, aber sie weigert sich, es zu akzeptieren.« Jack schüttelt den Kopf und kneift die Augen zu, eindeutig frustriert. »Ich kann so nicht mehr leben, Annie. Für mich gibt es kein Zurück.« Er öffnet die Augen und sieht mich entschlossen an. »Ich *will* keinen Weg zurück finden. Schon gar nicht jetzt. Schon gar nicht, seit ich dir begegnet bin.« Wieder schüttelt er frustriert den Kopf. »Ich will dich wiedersehen«, fordert er leise.

»Bist du irre?«, frage ich entgeistert. Ich habe nur wenig Zeit mit ihm verbracht, trotzdem fühlt es sich an, als würde ich ihn seit Jahren kennen. Noch mehr gemeinsame Stunden wären ein monumentaler Fehler. Und ich bin schon blöd genug.

Er kommt auf mich zu und bleibt hinter mir stehen. Zwar berührt er mich nicht, doch er hält den Blickkontakt im Spiegel.

»Gut möglich«, antwortet er schlicht.

Ich schlucke und verneine stumm, er kontert mit einem Nicken, als vertraue er auf seine Erklärung. Ich spüre, wie ich mal wieder aus der Sicherheit meines Gewissens gleite. »Nein«, flüstere ich.

»Doch«, erwidert er und beobachtet mich, während er den Kopf senkt und seine Lippen auf meine Schulter presst.

Ich zucke zusammen und stütze mich am Waschbecken ab, aber ich weiche nicht aus. Dumm, wie ich bin, lasse ich ihn an mich heran, erliege innerhalb einer Sekunde seiner Macht über mich.

Er drückt seine Lippen sanft auf meinen Nacken, nimmt meine Hand und küsst sich meinen Arm hinunter bis zu den Fingerspitzen. Meine Haut glüht, mein Kopf sinkt nach hinten und ist mal wieder leer gefegt. Es gibt nur noch Jack. Ich lasse meine Hand seinen Arm hinaufgleiten und krümme sie in seinem Nacken, wo ich ihm durch leichten Druck signalisiere, näher zu kommen. Er gibt sich nicht triumphierend, sondern dreht mich behutsam zu sich um. Nun legt er eine Hand an meine Wange und senkt seinen Mund auf meinen.

Ich bin verloren, zurück an jenem besonderen Ort, an den er mich bringt, wo Leidenschaft und Verlangen alles überschatten.

Doch plötzlich sehe ich Stephanies Gesicht vor mir und stoße Jack weg. »Nein«, schreie ich, drehe mich um und gehe, wobei ich die Hände an meine Schläfen lege und versuche, ihr Bild aus meinem Kopf zu zwingen. Es steckt dort fest, quält mich, straft mich. Ich darf nicht wieder einknicken. Ich darf nicht nachgeben! »Raus hier.«

»Annie, geh nicht …«

»Raus hier!«, schreie ich und fahre in blinder Wut herum. Jack bleibt abrupt stehen, sobald er mein zorniges Gesicht sieht. »Ich will dich nicht!«, schreie ich wütend, hebe seine Jeans und sein T-Shirt auf und schleudere ihm beides entgegen.

Er lässt sie abprallen, sodass sie auf den Boden fallen.

»Lüg mich verdammt noch mal nicht an!«, brüllt er und kommt auf mich zu. »Hör auf zu sagen, was dein Kopf dir befiehlt, und fang an, auf dein Herz zu hören, Annie!«

»Mein Herz sagt nichts!« Ich kämpfe dagegen an, habe panische Angst, von ihm festgehalten zu werden, denn ich fühle, wie er mich mit jeder Sekunde, die er mich berührt, mehr bricht.

»Und warum kann ich es dann verdammt noch mal hören?«, brüllt er. »Laut und verflucht klar. Es sagt exakt dasselbe wie meins.«

Ich entwinde mich ihm und gehe schwer atmend auf Abstand. »Lass mich verdammt noch mal in Ruhe und geh zurück zu deiner Frau. So einfach ist das.«

»Einfach?«, fragt Jack ernst und schwenkt vorwurfsvoll eine Hand vor mir auf und ab, ehe er die Faust an seine Brust knallt. »Und warum zum *Teufel* tut es dann so höllisch weh, wenn ich daran denke, dich nicht wiederzusehen? Erklär es mir, Annie, denn ich werde wirklich noch wahnsinnig!«

Ich schrumpfe zusammen vor Schreck, dabei verstehe ich vollkommen, was er meint. Auch ich verliere den Verstand und ich leide definitiv. Ich beginne zu zittern, teils vor Wut, teils vor Angst.

»Raus hier.« Ich muss diese irrsinnige Chemie beiseitelassen und die Schmetterlinge vertreiben. Ich darf mich nicht wieder von Lust blenden lassen. »Geh einfach, Jack«, sage ich und senke den Blick zum Fußboden. Ich darf ihn nicht noch mehr auf mich einwirken lassen, auch nicht die Erinnerungen. Sein Gesicht, mein Gesicht, unsere Körper. Ich kneife die Augen zu und drücke die Handballen an die Stirn.

»Es funktioniert nicht«, sagt er leise. »Ich habe es versucht.«

Ich schüttele den Kopf, und meine Wangen werden feucht von Wuttränen.

»Nichts funktioniert, Annie. Kein Kopfschütteln, kein Ablenken, nichts.«

»Hör auf.« Ich wimmere hilflos.

»Ich kann nicht aufhören«, zischt er und macht einen Schritt auf mich zu. »Es war schon schlimm genug, dich dauernd hier oben zu haben.« Er tippt sich fest gegen die Schläfe und verzieht das Gesicht. »Inzwischen hast du mich total verkorkst. Ich kann nicht mehr essen, nicht mehr schlafen.«

Er kommt noch einen Schritt näher, und ich weiche wieder zurück, bemühe mich, die Distanz zwischen uns zu halten.

Ihm so nahe zu sein, ist gefährlich. Es macht meine Entschlossenheit zunichte, frisst sich durch mein Gewissen.

»Du bist verheiratet«, sage ich wütend. Ich bin so wütend! »Ich habe einen schrecklichen Fehler gemacht. Verschwinde aus meiner Wohnung.«

Er starrt mich nur stumm an, und ich erkenne, dass er versucht, meinen Geisteszustand einzuschätzen. Er sucht diese kleine Lücke in meinem Schutzwall, durch die er mich treffen kann, aber die gebe ich ihm nicht preis. Ich gebe nicht nach. Nicht wieder.

»Ich sagte, geh«, wiederhole ich fest. »Ich will dich nie wiedersehen.«

»Colins …«

»Ich gebe das Projekt ab.«

Jack schreckt zurück, wirkt gekränkt, vielleicht sogar verzweifelt, doch ich weigere mich, mich davon beeinflussen zu lassen. Ich achte darauf, eine entschlossene Miene zu wahren, und beobachte, wie sich seine Züge verhärten, bis es aussieht, als könnte sein Kiefer knacken.

»Willst du das?«, fragt er.

»Ich sehe keine andere Möglichkeit.«

»Ich schon.« Auf einmal wirkt Jack entschlossen. »Du hast recht. Ich kann dich nicht jeden Tag sehen und wissen, dass du dich selbst genauso belügst wie mich.« Er streift seine Jeans über und schiebt wütend die Füße in seine Stiefel. »Aber du wirfst nicht hin. Dieses Projekt bedeutet dir zu viel, und ich werde nicht der Grund sein, aus dem du es aufgibst.«

Nun weiche ich zurück. »Was meinst du?«

»Ich bin bis spätestens morgen Abend raus.« Er dreht sich um und geht aus dem Schlafzimmer, wobei er sein T-Shirt überzieht. Sekunden später höre ich, wie die Haustür mit lautem Knall ins Schloss fällt.

Meine Atmung wird flach und angestrengt, und meine Kehle

ist wie zugeschnürt. Was ist eben geschehen? Er steigt aus. Jack löst mein Problem für mich. Ich werde ihn nie wiedersehen.

Ich mache mit meinem Leben weiter, als wäre ich ihm nie begegnet.

So ist es das Beste. Ich weiß, dass es das Beste ist.

Wie bisher kann es nicht weitergehen. Ich hänge in der Luft, bin verzweifelt ohne ihn, verzweifelt mit ihm. Mir ist, als würde ich ständig zwischen Stärke und Unsicherheit schwanken, nie wissend, was mich gerade erwischt.

Ich werde Jack nie wiedersehen. Ihn nie wieder hören. Nie wieder fühlen.

Bei diesen Gedanken geben meine Knie nach, und ich sacke zu einem Trauerkloß auf dem Boden zusammen. Ich werde ihn nie wiedersehen. Tränen schießen mir in die Augen und machen alles um mich herum verschwommen. Ihn nie wieder fühlen, hören, riechen. Meine flache Atmung schrumpft förmlich zu nichts, und mein gekrümmter Körper erbebt unter Schluchzern.

Ich weiß, dass es so das Beste ist. Warum fühlt es sich dann an, als würde ich langsam sterben?

Er geht, damit ich es nicht muss. Weil er weiß, was mir dieses Projekt bedeutet. Schluchzend stemme ich mich vom Boden hoch.

Ich weiß nicht, was ich tue, doch alles sagt mir, dass ich es tun soll. Wegen meiner Tränen sehe ich wie durch einen Schleier, als ich zur Tür stolpere. Panisch suche ich draußen nach seinem Auto und entdecke es weiter unten, wo er eben einsteigen will. »Jack!«, schreie ich, und er blickt auf, hält mit einer Hand die obere Türkante. Ich stehe da, nur im T-Shirt und barfuß, mein Gesicht zweifellos ein tränenüberströmtes Katastrophengebiet. »Ich will nicht, dass du es machst!« Ich schluchze und breche vollends zusammen. »Ich will nicht, dass du gehst.«

Er knallt die Wagentür zu und kommt sichtlich besorgt zu mir gerannt. Er ist gerade rechtzeitig bei mir, um mich aufzufangen, als ich zusammensinke. Er hebt mich in seine Arme und drückt mich an seine Brust. Ich umklammere ihn, mein Herz sagt mir, dies hier ist richtig. Er und ich. Das ist so richtig.

»Es muss nicht so schwer sein«, flüstert er, als er die Stufen hinauf und in den Flur geht.

Mit einem Fuß tritt er die Tür zu. Er löst mich von sich und legt eine Hand an meine Wange. Von dort strahlt die Wärme seiner Berührung in meinen ganzen Körper aus. Mächtige, alles verschlingende Gefühle übernehmen. Nur eine Berührung. Er hebt meinen Kopf an, sodass mein Gesicht dicht an seinem ist, während er seine andere Hand an meine Hüfte legt. Wir sehen einander in die Augen. Ich lese so viel Schmerz in dem bezaubernden Grau. Und so viel Leben.

»Zwing mich nicht, dich aufzugeben, Annie«, murmelt er leise, seine Stimme kippt.

Meine Kehle geht endgültig zu, und wieder treten mir Tränen der Hoffnungslosigkeit in die Augen. »Ich kann nicht mehr kämpfen.«

»Das ist gut, denn ich bin es verflucht leid, dagegen anzukämpfen.«

Er neigt den Kopf und nimmt sanft meinen Mund ein, spürt offenbar, wie zerbrechlich ich bin. Seine Hand gleitet in mein Haar und hält mich fest.

Ich falle.

Ich erwidere seinen Kuss. Da sind keine Fragen mehr, keine Kämpfe, kein Zögern. Alles geschieht langsam, akzeptierend und liebevoll. Und auf einmal ist alles besser.

Dann bekommt unser Kuss etwas Verzweifeltes. Hektisches. Jack stöhnt wieder und wieder, und ich schlucke jedes Stöhnen. Unsere Zungen bewegen sich schneller, bis wir uns mit einer Dringlichkeit begegnen, die uns dazu bringt, uns die Sachen vom Leib zu reißen, durch den Flur zu stolpern und laut keuchend gegen Wände zu stoßen. Unsere Verzweiflung steigert sich. Wir hinterlassen eine Spur aus Kleidung, als wir ins Schlafzimmer taumeln.

Jack schiebt mich nicht aufs Bett, wie ich erwartet habe. Stattdessen drückt er mich an die Wand, unsere Hände sind überall. Ich verliere mich in ihm und habe nicht den geringsten Wunsch, mich wiederzufinden. Ich muss ihn haben, und solange er mich mit solcher Überzeugung und solcher Zuversicht überwältigt, darf ich nicht mal hoffen, es aufhalten zu können. Und will es auch gar nicht.

Das Verbotene ist zu unwiderstehlich. Es besitzt einen gefährlichen Reiz und eine Anziehungskraft, gegen die ich mich nicht zu wehren vermag. Es wird gewiss Schmerz und Seelenqual bereiten. Für mich widerspricht es jedweder Vernunft, dass ich mich freiwillig derart einnehmen lasse. Mich einem Mann hingebe, der einer anderen gehört. Aber ich kann nichts gegen mein Herz tun. Ich will ihn. Mein Verstand wird so oder so leiden, egal, welchen Weg ich wähle. Ich bin verdammt.

Jack zieht uns auf den Boden. Unsere Körper reiben sich an all den richtigen Stellen aneinander, während er mich hält und meine Arme über meinem Kopf fixiert. Ich schreie, winde mich unter ihm und biege mich ihm drängend entgegen. Sein Mund ist überall auf mir, jeder Kuss voller Feuer, jede Berührung seiner Zunge wie ein Energieschub, der durch mich schießt. Er fängt eine meiner Brustwarzen mit seinen Lippen ein, saugt kräftig daran, leckt und knabbert an der Spitze.

»Jack!«, schreie ich und zucke verzweifelt unter ihm. Ich werde auf die beste und die schlimmste Weise gequält.

Er hört nicht auf. Weiterhin hält er meine Arme über den Kopf fest, er bewegt sich auf mir, küsst mich überall, bis sein

Mund endlich meinen findet und mich förmlich verschlingt. Die Bewegungen seiner Zunge sind tief und er knabbert an meinen Lippen. Ich verliere den Verstand. Er zieht an meiner Unterlippe, öffnet die Augen und beobachtet, wie ich mich auflöse, gibt meine Lippe frei und küsst sich hinunter bis auf meinen Bauch. Unsere Blicke treffen sich, verschmelzen, als er meine Arme herunternimmt und meine Handgelenke umfasst, damit er mit seinem Mund …

»Oh Gott!« Ich werfe den Kopf nach hinten und drücke den Rücken durch, um meine Hände zu befreien. Doch die können nirgends hin. Ich versuche, mich zu entspannen, dieses unbeschreibliche Wohlgefühl auszukosten. Dabei beobachte ich Jack, stöhne, als seine Zunge mich spreizt und mich schwindlig macht. Ich sinke zurück, halte den Atem an und fühle, wie sich der Druck schnell steigert.

»Jack!«, schreie ich, da mich ein Orgasmus erfasst, mich in einen Nebel aus Sternen und weißen Blitzen stürzt. Mein Körper bebt heftig unter ihm. Das Gefühl dauert an, durchfährt mich wie ein unglaublicher Tornado, löscht alles andere in mir aus. Alles – die Schuldgefühle, mein quälendes Gewissen, die Fähigkeit, mich zu sorgen. Ich verliere mich in dem Rausch, den Jack mir beschert.

Es fühlt sich an, als würde ich mich verflüssigen, und ich sacke auf dem Boden zusammen, während Jack weiter mit der Zunge meine Klitoris umkreist und daran saugt. Ich bin vollkommen entkräftet, und meine Arme sinken herunter. Keuchend atme ich aus, fühle, wie Jack sich auf mich schiebt, bis seine Lippen über meinen sind und er wieder meinen Mund erkundet, diesmal sanft. Ich schlucke sein Stöhnen, atme ihn ein, genieße sein Gewicht auf mir. Sein zuckender Schwanz an meinem Bein entlockt mir ein Lächeln.

»Wie war es für dich?«, fragt er und knabbert an meiner Unterlippe.

Ich muss unweigerlich grinsen. Wahrscheinlich ist es unangebracht, aber mein Gott! Mir ist, als hätte ich gerade eine Million Orgasmen auf einmal gehabt und meine erschütterte Welt hätte sich dabei wieder zusammengefügt.

»Gut«, gestehe ich und schmiege meine Nase an sein stoppeliges Kinn. Noch nie habe ich mich so befriedigt gefühlt. Kaum, dass ich wieder ein wenig bei Kräften bin, lege ich meine Arme um seine Schultern und summe glücklich.

»Klingt, als wäre jemand zufrieden«, sagt er, küsst mich noch einmal auf den Mund und weicht zurück.

»Ist das ein Wink?« Ich sehe ihn an, wobei ich eine Braue hochziehe.

»Apropos Wink ...«

»Ach, dein niedlicher Zettel?«

Er grinst, und dieses zum Gotterbarmen bezaubernde Grinsen habe ich schon viel zu lange nicht mehr gesehen. Es ist ein Grinsen, das ich nie bei ihm gesehen habe, wenn er mit seiner Frau zusammen war. Ich mache ihn glücklich.

»Du hast ihn nicht beachtet.«

»Ich stand unter Schock.« Mein Blick fällt auf seinen Hals, und automatisch lege ich eine Hand auf die Male dort.

Nun ist Jacks Lächeln traurig. Er zieht meine Hand weg an seinen Mund und küsst meine Fingerknöchel.

»Sie schlägt manchmal.«

Er sieht völlig ungerührt aus, und das ist das Schlimmste daran. Für ihn ist es normal. Dieser große, starke Mann. Plötzlich habe ich ein Bild von mir im Kopf, wie ich letzte Nacht betrunken nach ihm geschlagen habe und wie wütend er deswegen war. Ich schäme mich und schwöre mir hier und jetzt, es nie wieder geschehen zu lassen, egal, wie frustriert ich bin. »Warum hast du nichts gesagt?«

»Weil ich bei dir frei bin, Annie. Ich zerreiße mich nicht innerlich mit Fragen, was in meiner Ehe so verflucht schiefgegangen ist oder wieso Stephanie so ist, wie sie ist. Ich grüble nicht immerzu über Schuld nach und wen welche trifft. Und ich bin nicht gefangen und elend. Ich bin wieder ich selbst.«

Ich habe Tränen in den Augen, deshalb wende ich den Blick von seinem schönen Gesicht ab. »Warum lässt du das zu?«

»Was soll ich denn machen? Zurückschlagen? Ich könnte sie mit einem Fausthieb umbringen.«

»Verlasse sie«, flüstere ich heiser. Meine Kehle brennt. Die Vorstellung, dass sie ihn physisch verletzt, entsetzt mich. Egal, wie fähig er ist, wie groß und stark, muss er es einfach hinnehmen? »Verlasse sie.« Nun laufen meine Tränen über. Jack dreht sich auf die Seite und stützt sich auf einen Ellbogen auf.

Zärtlich wischt er meine Tränen ab und neigt sein Gesicht zu meinem. »Weine nicht meinetwegen.«

Sein sanfter Befehl hat die gegenteilige Wirkung, und ich beginne zu schluchzen, schmiege mein Gesicht an seinen Hals. Wie kann er das hinnehmen? Der Gedanke, dass ihn jemand körperlich verletzt, zerstört mich innerlich.

Jack zwingt mich aus meinem Versteck, indem er sich auf mich legt, sodass wir einander ansehen.

»Sie verletzt mich nicht, Annie. Der einzige Mensch auf der Welt, der mich verletzen kann, bist *du*. Verstehst du, was ich meine? Ich bin unberührbar, wenn ich dich habe.«

Er beginnt, mein tränennasses Gesicht mit Küssen zu bedecken, wischt meine Tränen mit seinen Lippen fort.

»Du musst sie verlassen.« Ich lege meine Arme um seine Schultern und halte ihn, als könnte ich ihn vor ihr beschützen. Ihn aus diesem Albtraum holen.

»Vertrau mir, das werde ich, sobald ich kann.« Er hebt den Kopf, sieht mich an und streicht mir das Haar aus der Stirn. »Du hast mir ein Ziel gegeben. Einen echten Grund, da herauszukommen. Mein eigenes Glück reichte nicht, um zu gehen. Ich war den Schmerz und die Nachwirkungen einfach nicht wert. Dein Glück *ist* genug, und ich weiß, dass ich dich glücklich machen kann. Genauso, wie ich weiß, wie glücklich ich mit dir sein kann.«

Seine Worte treffen mich, jedes einzelne von ihnen. Er muss sie nicht nur verlassen, er will es auch. Für mich. Sobald er kann, wird er es tun. »Wann wäre die richtige Zeit?«, frage ich leise, denn nun mache ich mir Sorgen, was das *wirklich* bedeutet. Es heißt, dass die Leute es erfahren. Es heißt, dass *sie* es erfahren wird.

»Weiß ich nicht.« Er sieht mich traurig an. »Vor zwei Wochen, bevor ich dich kennenlernte, hätte ich gesagt, nie. Jetzt werde ich alles daransetzen, den richtigen Zeitpunkt zu erwischen. Aber ich muss vorsichtig sein. Und du musst mir vertrauen, dass ich es auf die bestmögliche Weise tue. Bitte, gib mir nur Zeit.«

Ich sollte weggehen. Ihn jenen Teil seines Lebens regeln lassen, ehe ich auch nur daran *denke*, dies hier fortzusetzen. Das ist es, was ich *sollte*. Das heißt jedoch nicht, dass ich es kann. »Du willst deine Frau wirklich verlassen?«, frage ich, um der Klarheit willen. Und sei es nur, damit ich es ihn noch einmal sagen höre.

»Ja«, antwortet er, ohne zu zögern. »Ich muss da raus, um meine körperliche wie geistige Gesundheit zu retten. Ich verlasse sie, weil ich noch einen Rest Leben in mir behalten muss, Leben, das ich dir geben will. Noch ist etwas in mir lebendig, Annie, und du hast es gefunden.«

Ich ziehe ihn herunter zu mir und drücke ihn. Ich wollte ihn, ehe ich wusste, dass ich ihn nicht haben kann. Und mein Verlangen hat sich um ein Millionenfaches gesteigert, egal, wie viele Schuldgefühle es zu kaschieren versuchen. Noch nie habe ich etwas so sehr gewollt, dass ich dafür meine Integrität opferte. Und ich hätte auch nie verlangt, dass er meinetwegen seine Frau verlässt. Er muss es von sich aus tun, wenn er es für das Beste hält. Bis dahin bekomme ich ein wenig von ihm. Ich *brauche* ein wenig von ihm. Und sei es um meiner geistigen Gesundheit willen. Ich muss mich endlich der Tatsache stellen, dass ich in einen verheirateten Mann verliebt bin. Ich habe versucht wegzulaufen, doch ich kam nicht weg. Nicht nur, weil Jack mich nicht lässt. Mein Herz lässt mich ebenso wenig. Er hat mich um Zeit gebeten, und auch wenn mich die meisten Leute für absolut wahnsinnig halten würden, bin ich bereit, sie ihm zu geben, weil er das Warten wert ist. Ich vertraue ihm. Vor allem will ich sein Leben nicht noch schwieriger machen, als es schon ist.

Ich küsse ihn auf den Hals, zeichne Kreise auf seinen Rücken und verdränge die Gedanken, die alles zu ruinieren drohen. Jetzt gerade gehört er mir. In diesem Moment ist er mein.

»Ich vertraue dir«, flüstere ich.

Er hebt den Kopf und küsst mich mit einer unglaublichen Intensität. »Danke«, murmelt er.

Seine Lippen gleiten über mein Gesicht, und ich lächle traurig. Denn ganz gleich, wie sehr ich versuche, mir etwas vorzumachen, nur ein Teil von Jack ist nicht das, was ich will, und es wird ein Punkt kommen, an dem ich damit nicht mehr zufrieden sein werde. Ich hoffe bloß, dass Jack die nötige Kraft gefunden hat, seine Frau zu verlassen, ehe es so weit ist.

13. Kapitel

Wir haben uns den ganzen Tag geliebt. Langsam, sanft und bedeutungsvoll. Er sah mich an, unser Atem vermischte sich, unsere Hände erkundeten den jeweils anderen, und Jack drang wieder und wieder in mich, fest und tief. Es war göttlich. Mehr als unglaublich. Danach war ich benommen und hatte Mühe, die Augen offen zu halten. Was gut war, denn so fehlte mir die Kraft, in Tränen auszubrechen, als er sich letzte Nacht mit einem zarten Kuss auf meine Stirn verabschiedete.

Ich fiel in tiefen Schlummer und träumte von Jack. Es war der erholsamste Schlaf, den ich je erlebt habe. Das Einzige, was es noch besser machen könnte, wäre, die ganze Nacht in Jacks Armen zu liegen. Doch da ich mich auf dies hier einlasse, muss ich akzeptieren, dass *das* nie passieren wird. Es fühlt sich wie ein geringer Preis an nach der Zeit, die wir eben gemeinsam verbracht haben, voller Akzeptanz und vollkommener Hingabe. Nur ein geringer Preis. Vorerst.

Beim Duschen fühle ich mich lebendig und energiegeladen. Es ist seltsam, aber ich empfinde unbeschreibliche Erleichterung, als wäre mir ein Gewicht von den Schultern genommen. Als hätte ich jemanden, der mir hilft, die Last meiner Entscheidungen mitzutragen.

Ich stehe vor dem Spiegel und sehe mich an, von oben bis unten in Sportkleidung. Meine Wangen haben einen gesunden rosigen Glanz, mein dunkles Haar schimmert, und meine grünen Augen leuchten. Außerdem fühle ich köstliche Schwere zwischen meinen Beinen. Mir geht es gut, und so dumm es scheinen mag, stelle ich diesen Zustand nicht infrage.

Ich schnappe mir meinen iPod, lade eine Playlist und ziehe los. Ich laufe. Ich habe keine Ahnung, woher dieser Impuls gekommen ist, aber ich werde ihn nutzen, solange ich im Schwung bin. Die Sonne scheint mir warm auf den Rücken, als ich mich auf den Weg zum Hyde Park mache, und ich fühle mich frisch und verjüngt. Das mag nach einigen Meilen anders aussehen, doch momentan bewegen sich meine Beine mühelos, und meine Atmung geht ruhig und regelmäßig. Was ein Wunder ist, denn ich habe über ein Jahr keinen Sport mehr getrieben. Und ich lächle. »Sun & Moon« von Above & Beyond klingt in meinen Ohren und spornt mich an, als ich durch den Park laufe, den Blick starr nach vorn gerichtet.

Jack ist ständig in meinem Kopf, nur dass ich mich jetzt nicht mehr anstrenge, ihn daraus zu verdrängen. Er hat sich in meine Gedanken gebrannt, und ich mag ihn da. Sein Grinsen, seine funkelnden Augen. Seine Stimme, sein Lachen, seine spöttischen Bemerkungen. Seine Begeisterung für meine Arbeit und seine Ermutigungen. Alles an ihm. Unsere gemeinsamen Momente waren nur gestohlene Zeit, doch ganz gleich, wie kurz sie sein mochten, sind sie immer noch unglaublich mächtig, und die Gefühle bleiben. Ich hoffe, es macht die Phasen ohne ihn erträglicher.

Lächelnd nehme ich eine scharfe Biegung nach rechts in Richtung Serpentine. Die frische Morgenbrise weht über meine Haut. Aus dem Augenwinkel bemerke ich eine Bewegung und blicke über die Rasenfläche. Dort entdecke ich Micky, der mir aufgeregt zuwinkt. Ich ziehe die Stöpsel aus meinen Ohren und winke zurück.

»Was ist denn in dich gefahren?«, ruft er und hebt die Arme gen Himmel.

»Mir war nach Laufen!«, antworte ich und halte mein Tempo.

Er lacht laut, ehe er sich der Frau zuwendet, die vor ihm auf Händen und Knien ist. Ihr langes blondes Haar streift das Gras. Ich grinse wie irre, als ich sehe, wie er neben ihr auf ein Knie geht, ihre Hüften nimmt und zu mir schaut, wobei er eine Faust in die Höhe stemmt. »Schlampe«, sage ich leise und folge dem Weg an ihm vorbei. Ich beobachte, wie er die Frau in diverse Positionen bringt.

»Guten Morgen.«

»Mist!« Ich quieke auf und mache mitten im Laufen einen Satz, denn Jack trabt neben mir her. Ich blinzle mehrmals, weil mich seine schillernde Schönheit wie ein Hammer trifft. Verdammter Mist; er sieht unwirklich aus. Meine Atmung, die eben noch perfekt war, ist hinüber. Ich bekomme keine Luft. »Was machst du hier?«

»Ich laufe jeden Morgen.« Er vollführt eine schnelle, gekonnte Drehung und läuft rückwärts vor mir her. »Aber ich hatte noch nie so eine fantastische Aussicht.« Er schürzt die Lippen und gibt mir einen Luftkuss.

Ich lache kurzatmig, und mein Blick fällt auf diese wunderbare, riesige, *harte* Brust. »Läufst du immer mit freiem Oberkörper?«, frage ich und wende den Blick mühsam von der aufregenden Ansicht ab.

»Nur, wenn ich Eindruck schinden will.«

Er dreht sich wieder nach vorn und hält sich neben mir, und ich fühle, dass er mich ansieht. Aus dem Augenwinkel schaue ich zu ihm. Er zwinkert mir zu.

Ich grinse. »Ja, ich bin beeindruckt.«

»Ich auch«, entgegnet er und verfällt in einen langsameren Laufschritt, während er mich gelassen mustert. »Wirklich beeindruckt.«

Plötzlich spüre ich mehr Blicke und schaue hinüber zum Rasen, wo Micky steht und uns misstrauisch beobachtet. Mist. »Micky ist hier«, sage ich, konzentriere mich auf den Weg vor uns und strenge mich an, nicht schuldbewusst zu wirken. Es ist nur ein angenehmer Morgenlauf mit einem Kollegen. Dem Kollegen, der mich um Sinn und Verstand vögelt. Dem Kollegen, der verheiratet ist und mit dem ich nun eine Affäre habe. »Sieh nicht hin!«, zische ich, als ich bemerke, dass Jack sich umblickt. »Er flippt ernsthaft aus, wenn er das von uns erfährt.«

»Bieg hier nach links«, sagt Jack.

Ich sehe zu der Weggabelung vor uns und tue, was er sagt. Dann schaue ich mich um und stelle fest, dass Micky nicht mehr in Sicht ist. »Jack, wir dürfen nicht zusammen gesehen werden.« Ich keuche, denn nun kämpfe ich mit meiner Atmung, eventuell ist es auch leichte Panik.

Er dreht sich mitten im Laufen zu mir, packt mich und trägt mich hinter einen Baum, eine Hand auf meinem Mund. Sobald er mich an den Baumstamm gedrückt hat, nimmt er seine Hand weg und ersetzt sie durch seine Lippen. Ich bin umgehend überwältigt, erwidere seinen gierigen Kuss. Meine Hände entwickeln eine Eigendynamik, streichen über seine nackte Brust.

»Hmm, du schmeckst verdammt gut.«

Ich grinse und schiebe eine Hand in sein Haar. »Ich bin verschwitzt.«

»Und ich möchte dir den Schweiß ablecken. Überall.«

Jacks Zunge gleitet von meiner Wange zu meinem Ohr und zeichnet die Muschel nach, sodass ich atemlos erschauere und mich an ihn drücke.

Er knurrt, drängt seine Hüften an meinen Unterleib. »So verdammt gut.«

»Du hast ein Faible fürs Lecken, stimmt's?«

Er hebt den Kopf und sieht mich versonnen lächelnd an. »Beschwerst du dich?«

»Nein!« Meinetwegen darf er mich lecken, bis nichts mehr von mir übrig ist.

Er streicht mit einer Fingerspitze über meinen Nasenrücken und schaut mich zärtlich an. »Was machst du heute?«

»Einige Zeichnungen fertigstellen, einen Antrag abschicken und hinter einem anderen hertelefonieren.«

Er unterdrückt ein Gähnen, sieht weg, verliert komplett das Interesse. »Klingt sehr spannend.«

»Hey!« Ich versetze ihm einen Klaps auf den Arm, was Jack ein niedliches Lachen entlockt.

Dann legt er die Hände an meine Wangen und drückt sie, bis meine Lippen wie beim Schmollen vortreten.

Er macht mich grinsend nach. »Ich weiß nicht, wie ich es finde, mit einer Frau zusammen zu sein, die möglicherweise begabter ist als ich.«

»Möglicherweise?«, murmele ich mit Schmollmund.

»Na ja«, sagt er achselzuckend. »Über deine Schlafzimmertalente berät die Jury noch.«

Ich ringe empört nach Luft, und auch das ahmt Jack nach, macht sich über mich lustig. Ich runzle die Stirn, und er runzelt seine. Ich rümpfe die Nase; er rümpft seine. Also strecke ich ihm kindisch die Zunge raus, um ihm zu zeigen, wie beleidigt ich bin. Grinsend lässt er meine Wangen los, zieht mich an seine Brust und drückt mich. »Übrigens finde ich deine Arbeitseinstellung klasse. Nur wenige Leute können behaupten, ihren Job zu lieben. Du bist eine der Glücklichen, die mehr als nur Geld für das bekommen, was sie tun.«

Ich erwidere Jacks Umarmung. »Und was ist mit deinem Job? Zählst du zu den Glücklichen?«

»Ich schätze schon«, antwortet er in mein Haar. »Obwohl meine Arbeit dieser Tage eher eine gute Ablenkung ist.« Er hebt eine Hand an mein Gesicht und verharrt eine Weile dort, streicht eine Strähne aus meiner Stirn. Ich bin nicht sicher, wie ich diese Bemerkung deuten soll, also lasse ich es.

»Bereit?«

»Ja.« Ich laufe neben ihm her zurück zum Hauptweg. »Verhalte dich normal«, sage ich, denn mir ist klar, dass jeden Moment wieder Micky in Sichtweite ist.

»Klar«, antwortet Jack munter. »Wie war dein Tag gestern?«

Ich werfe ihm einen ungläubigen Blick zu. »Was?«

»Ich mache Konversation.«

»Im Ernst?«

»Ja, ich möchte wissen, wie dein Tag gestern war.« Er verkneift sich ein Schmunzeln und sieht nach vorn, nicht in meine leicht zusammengekniffenen Augen.

»Fantastisch«, gestehe ich, denn ich spiele mit, wenn ihm nach Quatsch ist. »Allerdings habe ich nicht viel geschafft. Und bei dir?«

»Ich habe eine *Menge* geschafft.« Er grinst. »Und es war der beste Tag aller Zeiten.«

Ich lächle zu ihm auf, und er sieht mich an. Seine grauen Augen strahlen wie noch nie. Und der Gedanke, dass ich der Grund für dieses wunderschöne Bild bin, stellt Merkwürdiges mit meinem Herzen an.

Wieder wirft er einen Kuss in die Luft. »Ich muss los. Wir telefonieren später, Süße.«

Er sprintet davon, und ich habe das Vergnügen, seinen schweißfeuchten, nackten Rücken ansehen zu dürfen, wenn auch leider nur kurz, denn ich werde bereits langsamer und bleibe schließlich stehen, während er verschwindet.

»Was wollte *er* denn?«, fragt Micky, der über den Rasen auf mich zukommt.

»Nichts.« Ich hebe die Arme und dehne mich, fest entschlossen, cool zu wirken.

»Belästigt er dich?«

»Nein.«

»Und was wollte er?«

»Ich habe ihn zufällig getroffen, sonst nichts«, sage ich und strecke die Arme nach unten, wobei ich zu ihm aufsehe. »Da läuft nichts, Micky. Das habe ich dir doch schon gesagt.«

Er schnaubt wie ein aufgebrachter Bär, was ihn jedoch nicht davon abhält, seine Handfläche auf meinen Rücken zu drücken.

»Mach deinen Rücken gerade«, befiehlt er. »Wenn du dich dehnen willst, dann anständig.«

»Dein Man-Bun ist verrutscht«, spotte ich und fauche, als meine hinteren Oberschenkelmuskeln brennen. »Das tut weh!«

»Jammer nicht.«

Ich richte mich auf und werfe ihm einen schmutzigen Blick zu. »Geh deine Kundin strecken.«

Er runzelt die Stirn und sieht zu der Frau, die gegenwärtig alle viere von sich gestreckt im Gras liegt. »Ich arbeite daran.«

Ich lache. »Ist das Charlie?«

»Ja.«

»Du verlierst deine magischen Kräfte, Micky.«

Er schnaubt wieder, schlingt einen Arm um meinen Nacken und zieht mich an sich. »Tue ich nicht.« Dann führt er mich zu seiner Kundin, wobei er meinen Pferdeschwanz verwuschelt. »Und sollte ich es je, musst du mich töten.«

»Das wäre unfair gegenüber all den weiblichen Augen überall.«

»Stimmt«, pflichtet er mir bei. Er lässt mich los, als wir in seinem Workout-Bereich sind. »Charlie, das ist Annie.«

Sie lächelt scheu, und ihr hübsches Gesicht rötet sich. »Ich habe viel von dir gehört.«

»Das wette ich«, sage ich lachend und ziehe mich zurück. »Dann lasse ich euch mal weitermachen. Ich muss an die Arbeit. Hat mich gefreut, Charlie.«

»Mich auch.«

Ich schenke Micky einen zustimmenden Blick, bevor ich mich umdrehe und nach Hause jogge.

Ich trinke ein großes Glas Wasser, werfe meinen iPod in die Obstschale, öffne die Flügeltür zum Garten und inhaliere frische Luft. Dann gehe ich unter den Zweigen der Weide hindurch in den kleinen Winkel nach ganz hinten und lande auf dem Liegestuhl, wo ich die Beine ausstrecke und mein Handy hervorhole. Es ist eine Textnachricht von Jack da, die ich schnell anklicke.

Mit einem Steifen zu laufen ist verflucht schmerzhaft.

Ich lache laut und entspanne mich auf dem Stuhl. Einige Minuten lang versinke ich in einem Tagtraum, indem ich den gestrigen Tag und den heutigen Morgen Revue passieren lasse. Jack läuft jeden Morgen, was bedeutet, dass ich es vielleicht auch muss. Wird eine halbe Stunde jeden Tag Teil unseres gemeinsamen Ablaufs? Ich möchte mich darüber beklagen, kann es aber nicht, wenn es heißt, dass ich erstens Jack sehe und zweitens fit werde. Wir müssten uns eventuell nur überlegen, wo wir laufen können, ohne von Bekannten zusammen gesehen zu werden. Ich beginne, eine Antwort an ihn zu tippen, werde jedoch mittendrin unterbrochen, als mein Telefon klingelt.

Ich erkenne die Nummer nicht. »Annie Ryan«, melde ich mich.

»Miss Ryan, hier ist Terrence Pink, CEO von Brawler's.«

»Ah, hallo!« Ich setze mich auf und frage mich, weshalb eine weltbekannte Hightech-Firma bei mir anrufen sollte. »Was kann ich für Sie tun?« Ich platze vor Neugier.

»Wir expandieren und bauen neu, und wir haben von Ihnen gehört. Ich würde gerne einen Termin mit Ihnen machen, um alles zu besprechen.«

Sie haben von mir gehört? »Natürlich!« Ich flitze in die Küche und greife nach meinem Terminkalender. »Wann würde es Ihnen passen?«

»Je eher, desto besser. Heute?«

Ich verziehe das Gesicht. Mein Tag ist voll ausgebucht, zumal ich gestern genau gar nichts geschafft habe. »Ginge es auch morgen?«

»Bedaure, nein. Mir ist klar, dass es kurzfristig ist, aber wir haben schon mit anderen Architekten gesprochen und möchten möglichst schnell eine Entscheidung treffen, damit es mit dem Projekt losgehen kann.«

Ich beiße in den sauren Apfel. Diese Chance ist einfach zu groß. »Um zwei?«

»Zwei ist gut. Wir sind am Churchill Place 25, 10. Stock, Canary Wharf.«

Ich notiere es mir. »Dann sehe ich Sie um zwei.« Ich lege auf, und die halbfertige Textnachricht an Jack erscheint auf dem Display.

Morgensex wäre ein Heilmittel gegen …

Doch anstatt sie zu beenden und abzuschicken, lösche ich die Nachricht. Sie würde ihn bloß daran erinnern, dass es keinen Morgensex in dieser Beziehung geben wird, und ich will nicht, dass er deshalb genauso enttäuscht ist wie ich. Schmollend halte ich das Handy an meinen Mund und knabbere an der Ecke. Noch keinen Morgensex, aber wann? Kein Kuscheln im Bett und einfaches Zusammensein. Ich verdränge diese Gedanken und laufe ins Arbeitszimmer, um Brawler's zu googeln, damit ich ein bisschen auf das Meeting vorbereitet bin.

14. Kapitel

Ich betrete das Gebäude, in dem Brawler's seinen Sitz hat, und blicke mich in der eindrucksvollen Eingangshalle um. Immer noch kann ich nicht ganz glauben, dass ich hier bin. Jeder weiß, dass Brawler's der Gigant in der Hightech-Welt ist. Dass sie einen verblüffend neuen Ansatz vertreten, was Marketing und Entwicklung betrifft. Was ich nicht wusste, war, dass dieses Projekt, die neuen Büros, die Folge einer Partnerschaft mit einer der größten Social-Media-Plattformen der Welt ist. Zu behaupten, dass ich ein wenig nervös bin, wäre untertrieben. Aber, wie ich mir unzählige Male gesagt habe, die mögen Experten in Hightech sein, doch ich bin Expertin, wenn es um das Entwerfen von Gebäuden geht. Und deshalb bin ich hier.

Ich trete mit einem Mann zusammen in den Fahrstuhl und überfliege die Liste der Firmennamen an der Seitenwand.

»Welcher Stock?«, fragt er.

»Zehn bitte«, antworte ich. Mein Blick erstarrt, als ich die Namen der anderen Firmen im zehnten Stock sehe. »Was?«, rutscht es mir laut heraus, und mein Mund wird trocken. Ich blicke nach oben und stelle fest, dass wir bereits den achten Stock hinter uns lassen. »Oh nein.« Ich wende mich den Türen zu, als sie schon aufgleiten und ein riesiges silbernes Firmenschild in mein Blickfeld gerät, auf dem JACK JOSEPH CONTRACTORS steht, direkt über einem mit der Aufschrift BRAWLER'S. Sie teilen sich ein Stockwerk?

»Alles in Ordnung?«, fragt der Mann, der wartet, dass ich aussteige.

Nein. Nein, nichts ist in Ordnung.

Ich zwinge mich, den Aufzug zu verlassen, sehe mich vorsichtig um und fasse es nicht, dass ich in Jacks Büro bin. Es ist modern, elegant und eindrucksvoll. Genau wie Jack.

Ich melde mich am Empfang von Brawler's und setze mich in den Wartebereich, kann aber nicht aufhören, mich immer wieder nervös umzuschauen. Vielleicht ist er gar nicht hier. Er könnte irgendwo anders in einem Meeting sein. Abermals blicke ich mich um, und weil ich keine Luft bekomme, greife ich nach dem geblümten Schal, den ich mir umgebunden habe. Ich kann nicht leugnen, dass ich ihn sehr gern sehen würde, allerdings kann ich nicht versprechen, dass ich meine Hände bei mir behalten könnte. Ist er hier?

Als hätte er meine Frage gehört, öffnet sich die Tür gegenüber dem Wartebereich, und Jack kommt heraus. Im Gehen knöpft er sein Jackett zu. Gütiger Himmel, er sieht einfach umwerfend aus. Der graue Anzug, die perfekt geknotete Krawatte, das Haar sexy zerzaust. Verdammt! Er sieht mich direkt an, als hätte er gewusst, dass ich komme. Und in diesem Moment wird mir klar, er *hat* gewusst, dass ich hier sein würde!

Jack schreitet auf mich zu und bleibt vor mir stehen. Er reibt sich über die Bartstoppeln und starrt mich an. »Annie«, raunt er, was bewirkt, dass mein Herzschlag galoppiert und mein Bauch flattert. Er reicht mir die Hand. »Schön, dich zu sehen.«

Für einen Moment schließe ich die Augen, um mich zu fangen. Er muss aufhören, meinen Namen auszusprechen, und ich sollte nicht auf seine ausgestreckte Hand reagieren, denn jeder Körperkontakt wäre fatal. Ich habe so schon Mühe, meine steigende Körpertemperatur zu kontrollieren, die droht mich zu seinen Füßen in Flammen aufgehen zu lassen. »Gleichfalls.« Ich richte mich auf und schüttle ihm die Hand, aber nur, weil die Empfangssekretärin es seltsam fände, würde ich es nicht tun. Ich erstarre, als er meine Hand sanft drückt und mich aus blitzenden grauen Augen ansieht.

»Erwischt«, flüstert er.

Mein Mund geht ein wenig auf, und ich ziehe rasch meine Hand zurück und schaue zur Seite, damit ich mich nicht verrate. »Sag das nicht«, warne ich ihn ernst. Ich verbrenne gleich. Als ich wieder zu ihm sehe, grinst er verhalten. »Du wusstest, dass ich hier sein würde.«

»Ich habe dich empfohlen«, erklärt er achselzuckend, als wäre es nichts.

»Warum?«

Er neigt sich vor, bis sein Gesicht dicht vor meinem ist. »Weil ich dich unter einem Vorwand herlocken wollte, damit ich dich auf meinem Schreibtisch vögeln kann.«

Mir steht der Mund offen vor Entsetzen, panisch blicke ich mich um. »Ich sollte dich ohrfeigen«, kontere ich empört, nachdem ich mich vergewissert habe, dass niemand in Hörweite ist.

Er lacht leise. »Ich habe dich empfohlen, weil du eine sagenhafte Architektin bist und weil ich einfach *weiß*, dass du es klasse hinbekommen wirst. Außerdem übernimmt meine Firma die Bauarbeiten, was bedeutet, dass ich dich häufiger sehe.«

Misstrauisch beäuge ich ihn. »Demnach ist es keine rein *selbstlose* Tat?«

»Wir sind alle Gewinner.« Frech grinsend zeigt er einen Korridor hinunter, und ich kann nicht anders, als gleichfalls zu grinsen. Allerdings fasse ich immer noch nicht, dass er das getan hat.

»Wir sind im Konferenzraum von Brawler's, die letzte Tür rechts.«

Ich gehe voran in die Richtung, in die Jack gezeigt hat.

»Und nach der Besprechung will ich dich auf meinem Schreibtisch«, flüstert er mir ins Ohr, worauf mir ein wohliger Schauer über den Rücken läuft.

»Kommst du mit in das Meeting?« Ich bin zunehmend beunruhigt. Muss ich etwa vor ihm ganz und gar professionell sein? Oh Gott, das versuche ich schon, seit ich herausfand, dass er Colins Bauunternehmer ist, und sonderlich erfolgreich war ich nicht.

»Ja, ich komme mit.«

Oh Gott. »Dann sieh mich bitte nicht an.«

»Du verlangst Unmögliches von mir, Annie«, sagt er ernst und bleibt stehen, als die Angestellte vom Empfang erscheint und ihn verlegen ansieht.

»Mr. Joseph, Ihre Frau ist am Telefon.«

Ich beiße die Zähne so fest zusammen, dass es schmerzt, und schaue verstohlen zu Jack. Seine Züge spannen sich sichtlich an.

»Sagen Sie ihr, dass ich in einer Besprechung bin.« Er räuspert sich und hält mir die Tür zum Konferenzraum auf.

Im Vorbeigehen sehe ich zu ihm auf. Er lächelt, doch es wirkt verhalten und angestrengt. Ich hasse es, dass allein die Erwähnung seiner Frau jenes Leuchten aus seinen Augen vertreibt, das ich so sehr liebe. Am liebsten würde ich ihn packen und mit ihm weglaufen, ihn fortbringen von der Quelle seines Elends. Und nun auch meines.

Der Konferenzraum ist groß, dominiert von einem riesigen Tisch, an dem mindestens dreißig Chefsessel stehen. An der gegenüberliegenden Wand befindet sich ein Großbildmonitor und darunter ein langes Sideboard voller Wasserflaschen und Kuchenteller. Am Tisch sitzt Jacks Kollege Richard neben drei Männern in Anzügen und einer Frau.

»Annie, Richard kennst du ja bereits«, sagt Jack. »Und das ist Terrence. Ich glaube, mit ihm hast du telefoniert.«

Terrence nickt, sieht mich strahlend an und reicht mir die Hand. »Freut mich, Annie«, sagt er breit grinsend. »Jack hat uns wunderbare Sachen über Sie erzählt.«

Ich lache ein wenig verlegen und merke, dass ich rot werde. Ja, ich wette, dass er das hat. »Sehr erfreut, Terrence.« Ich schüttle ihm die Hand. Er mustert mich entzückt, und ich sehe zu Jack, da ich ein tiefes, kehliges Knurren aus seiner Richtung höre. Mit zu Schlitzen verengten Augen fixiert er Terrence.

»Dies sind meine Partner, Dick und Seth und ihre Assistentin, Lydia.« Terrence deutet zu den beiden Männern und auf die Frau neben ihm.

Ich schüttle ihnen die Hand und setze mich, während Lydia uns Wasser einschenkt und einige Teller mit Kuchen zwischen uns auf den Tisch stellt. Sie hat ein freundliches Lächeln, und ihre Brille im Fünfzigerjahre-Stil passt hervorragend zu ihrem herzförmigen Gesicht.

Jack zieht sein Jackett aus und hängt es über eine Stuhllehne – direkt mir gegenüber. Dann setzt er sich und beginnt, mit seinem Stift auf das ledergebundene Notizbuch vor sich zu tippen.

Sein Lächeln ist so blendend echt, dass ich unweigerlich auch lächeln muss. Du hast schon gewonnen, sagt er stumm zu mir.

Und prompt verfliegt meine Nervosität. Auf einmal macht mich die Tatsache, dass er hier ist, ruhig und sicher. Ich habe mich soeben noch ein bisschen mehr in ihn verliebt.

»Leute.« Jack sieht die Männer von Brawler's an. »Wir arbeiten zum ersten Mal mit Annie zusammen an einer neuen Kunstgalerie in Clapham.« Er schiebt ihnen die Zeichnungen über den Tisch, und alle betrachten sie, wobei sie zustimmend murmeln.

Als hätte er meine Gedanken gelesen, blickt Jack zu mir, hinter seinem professionellen Äußeren verbirgt sich ein heimliches Lächeln.

»Sie ist vielseitig, außergewöhnlich begabt und mit Leidenschaft bei dem, was sie tut.«

Ich schmelze in meinem Sessel dahin. Jack holt Luft und hält meinen Blick vielleicht ein wenig länger, als für Geschäftskontakte angemessen wäre.

»Sie wird euch nicht enttäuschen.« Er räuspert sich und schaut wieder zu den anderen. »Das kann ich euch versichern.«

Ich starre in stummer Ehrfurcht über den Tisch, beobachte, wie sich sein Mund bewegt. Er sieht so verdammt sexy aus, wie er entspannt dasitzt und Worte von sich gibt, die mich nur noch verliebter in ihn machen. Er hat mich empfohlen. Er hat dies hier arrangiert, mir diese fantastische Möglichkeit eröffnet.

Er nimmt sein Handy aus der Tasche und dreht es in seiner Hand. »Also, Leute.« Jack schwenkt das Telefon zwischen mir und den Repräsentanten von Brawler's hin und her. »Jetzt seid ihr dran. Dies ist ein großes Projekt, dementsprechend langfristig. Deshalb brauchen wir den bestmöglichen Start.«

Flüchtig treffen sich unsere Blicke, und ich sehe ihn fragend an. *Langfristig. Bestmöglicher Start.* Meine Gedanken drohen abzuschweifen, doch ich zügle sie rasch. Ich darf mir nicht erlauben, über heute hinaus zu denken.

Hüstelnd konzentriere ich mich wieder und komme zum Thema. »Erzählen Sie mir von dem Projekt«, sage ich und schenke den anderen im Raum meine ungeteilte Aufmerksamkeit. »Ihre Partnerschaft mit einem großen Social-Media-Unternehmen bedeutet Expansion.«

»Ja. Wir haben ein Grundstück in Blackfriars gekauft«, sagt Terrence und schiebt mir ein Portfolio hin. »Es liegt eine Baugenehmigung für ein zehnstöckiges Gebäude vor, unseren neuen Firmensitz.«

Ich öffne die Mappe und überfliege die Daten – die Grundstücksgröße, umliegende Bauwerke etc. – und bin froh zu sehen, dass moderne Bauten in unmittelbarer Nähe stehen. »Sie wollen gewiss herausstechen.« Das ist eine Feststellung, denn ich weiß es bereits. Brawler's hat ein Ego so groß wie sein Aktienwert. Verdammt riesig.

Terrence lächelt. »Können Sie dafür sorgen, dass wir auffallen?«

»Sie meinen so, dass sämtliche anderen Firmen in der Gegend neidisch werden?«, frage ich und klappe die Mappe zu.

Ich höre Jack leise lachen. Richard grinst, ebenso Terrence.

»Wenn Sie es so ausdrücken wollen.« Terrence verschränkt die Finger und legt sie auf seinen breiten Bauch. Sein Lächeln wird strahlender.

Ich erwidere es. »Es ist unsinnig, um den heißen Brei zu reden, nicht wahr, Terrence?«

Jack hüstelt und ich blicke zu ihm. Er legt eine Hand fest um sein Wasserglas und hebt es an seine Lippen, während er zu mir sieht, den Mund verkniffen.

»Was sind Ihre Prioritäten für den neuen Firmensitz?«, frage ich und wende mich wieder dem Team zu, das ich überzeugen muss. Jack fühlt sich bedroht, und obwohl das recht amüsant ist, darf ich mich nicht ablenken lassen.

»Licht und Raum«, antwortet Dick. »Klinisch sauber und modern. Innen möchten wir offene Arbeitsbereiche, sodass alle miteinander kommunizieren können, aber mit klaren Unterscheidungen der einzelnen Abteilungen. Das dürfte Ihnen ein ungefähres Bild geben, was uns vorschwebt. Wir sind gespannt, was Ihnen einfällt.«

Ich lächle und beginne, mir Notizen zu machen, wobei ich in Gedanken schon den Firmensitz entwerfe. »Außenanlagen?«

»Unbedingt. Man soll die Arbeit mit nach draußen nehmen können.«

Ich stelle mir ein Atrium vor, das alle vier Gebäudeseiten verbindet und von jedem Teil des Gebäudes aus einsehbar ist. »Wollen Sie es möglichst nachhaltig und energieeffizient?«

»Natürlich.«

Ich nicke, denn die Antwort gefällt mir. »Ich müsste noch die

Umgebung recherchieren, was die anderen Anlagen, die Ausrichtung und so weiter angeht.«

»Wir können uns vor Ort treffen, kein Problem«, sagt Terrence. »Darf ich Ihnen nun einige Fragen stellen, Annie?«

»Nur zu.« Ich lächle wieder und mache mich bereit, mich gut zu verkaufen.

Ich bin regelrecht berauscht, als uns die Leute von Brawler's verabschieden und aus dem Konferenzraum begleiten.

»Super gemacht, Annie«, sagt Richard im Weggehen. »Die wären blöd, dir das Projekt nicht zu geben.«

»Danke, Richard.« Ich drehe mich um und will mich professionell von Jack verabschieden, doch als ich gerade Luft hole, wird mein Arm gepackt, und ich werde eilig den Korridor entlanggezogen. »Was machst du denn?«, japse ich und sehe mich ängstlich um.

»Wir müssen eine Nachbesprechung abhalten.«

»Müssen wir?«

»Oh ja. Und ob!«

Sofort zittere ich vor Verlangen, und mein Verstand wird irre vor Sorge. »Jack, was ist, wenn uns jemand sieht?«

Er öffnet eine Tür, schiebt mich hindurch und schließt sie hinter uns. Als ich mich umdrehe, löst Jack seinen Gürtel und kommt auf mich zu. Er sieht angespannt aus, als würde er gleich platzen, und mein Körper reagiert. Mein Herz wummert, mein Bauch verkrampft sich, und zwischen meinen Oberschenkeln setzt ein Pochen ein. Ich ringe nach Luft, als Jack mich in der Taille fasst und mich zu einem Schreibtisch trägt. Dort setzt er mich auf die Holzplatte, drückt mich nach hinten, schiebt mein Kleid hoch und spreizt meine Beine. Oh Gott! Er tritt näher, legt die Hände an meine Wangen und verschließt meine Lippen in einem gierigen Kuss. Meine Körpertemperatur schießt in die Höhe, und ich bin sofort dabei, taste mich zu seiner Hose vor und öffne sie.

»Das war die schlimmste Stunde meines verfluchten Lebens«, murmelt er und leckt und knabbert an meiner Wange.

»Noch schlimmer, als mit einem Steifen zu laufen?«, frage ich und ziehe seine Hose hinunter auf seine Schenkel, ehe ich eine Hand oben in seine Boxershorts schiebe. Ich umfasse seinen Schwanz und drücke ihn, genieße die Hitze und die Härte unter der glatten Haut.

Jack zuckt stöhnend zusammen und lehnt seine Stirn an meine. Dann blinzelt er träge.

»Ich leide, wann immer wir uns nicht berühren«, sagt er leise und streicht mit dem Daumen über meine geschwollene Unterlippe. Als ich seine Erektion reibe, schließt er die Augen, Schweißperlen treten auf seine Stirn.

»Hast du eine Ahnung, was für Gefühle du bei mir auslöst?«

Ich lächle innerlich und frage mich, ob er sich bei mir so lebendig fühlt wie ich mich bei ihm. »Ich glaube ja«, antworte ich, lasse meinen Daumen über seine Schwanzspitze gleiten und verteile die Feuchtigkeit.

Er packt meine Hand für eine Sekunde, nimmt sie weg und rückt an die Schreibtischkante. »Lässt du mich dich jetzt auf meinem Schreibtisch vögeln?«

Er schiebt meinen Slip zur Seite und stupst mit seiner Erektion gegen meine feuchte Mitte. Die Hitze ist beinahe unerträglich.

»Habe ich eine Wahl?« Mein Kopf sackt nach hinten, und als er in mich eindringt, kralle ich meine Finger in das Haar in seinem Nacken.

»Nein«, gesteht er mit einem langen Ausatmen und stößt ein wenig härter.

»Gott, das fühlt sich gut an«, flüstere ich.

Jack tut das mit mir. Er lässt mich alles andere vergessen, nimmt mich so sehr ein, dass ich nicht mal mehr meinen Namen weiß. Er umfängt meinen Po mit beiden Händen und zieht mich nach vorn, bis wir vollständig und tief verbunden sind. Ich neige den Kopf zu ihm, bis meine Stirn erneut an seiner lehnt. Langsam stellt Jack die Beine weiter auseinander, zieht sich zurück und stößt wieder vor. Diese Bewegung wiederholt er stetig und fließend. Das Wohlgefühl der Reibung in meinem Innern lässt keinen Platz für irgendwas anderes als unbeschreibliche, atemberaubende Lust. Ich verschränke meine Knöchel hinter seinem Rücken.

»Fühlst du dich gut, Baby?«

Seine leisen Worte sind wie ein Streicheln, und ich nicke, weil ich keine Luft holen kann, um zu antworten. Jack erwidert mein Nicken, wiegt sich an mir, während seine Hände meinen Po halten und mich gezielt nach vorn bewegen, sodass ich ihm im Takt entgegenkomme. Wir sind uns so nahe, dass die Kleidung zwischen uns nichts von der Intimität mindert.

Ich lasse meine Hände über seinen klammen Nacken gleiten, knete und drücke seine Haut sanft.

»Du pulsierst«, flüstert er.

Offensichtlich fühlt er, wie ihn meine Unterleibsmuskeln umklammern.

»Du musst leise sein, wenn du kommst, Annie.«

Meine Atmung wird unregelmäßig, als sich mein Orgasmus ankündigt. »Küss mich«, fordere ich und presse meine Lippen ungeduldig auf seine.

»Langsam«, befiehlt er und schiebt seine Zunge zart und im Rhythmus mit seinen Stößen in meinen Mund.

Meine Beine an seinen Hüften spannen sich an, mein Rücken wird gerader, und ich drücke mich an ihn. Er knabbert an meiner Zungenspitze, dann schmiegt er sein Gesicht an meinen Hals. Ich mache es ihm nach, neige meinen Kopf in seine Halsbeuge und atme schwer in sein Hemd. Wir halten uns fest. Jacks Arme sind nun um meine Taille geschlungen, meine um seine Schultern, während er uns beide zum Höhepunkt bringt.

»Verdammt«, murmelt er dicht an mir, erstarrt und bleibt tief in mir.

Ich stöhne unterdrückt und lange, und mein Körper erbebt in Jacks Umarmung, sowie der Druck in einem köstlichen, befriedigenden Pulsieren aus mir weicht. Ich klammere mich an Jack, verborgen an seinem Hals, und liebe es, wie nahe wir uns sind. »Oh wow«, flüstere ich. Mein Gesicht ist verschwitzt. Ich merke, wie er lachend ein wenig zuckt und mich so fest drückt, dass ich keine Luft mehr bekomme.

»Das war eine sehr willkommene nachmittägliche Erfrischung«, sagt er und bringt mich damit zum Grinsen.

Ich klopfe auf seinen Rücken und löse mich aus seiner Umklammerung, verziehe jedoch das Gesicht ein wenig, als er aus mir gleitet. Er gibt mir einen zarten Kuss auf einen meiner Mundwinkel, während er einatmet, und ich blicke mich in dem eindrucksvollen Büro um.

»Hier arbeitest du also?«

»Hier arbeite ich«, bestätigt er lächelnd und lässt mich los, um seine Hose zu richten, dann gibt er mir ein Taschentuch.

»Danke.« Ich rutsche vom Schreibtisch, wische mich zwischen den Oberschenkeln ab und zupfe meinen Slip und mein Kleid zurück in Form. Stirnrunzelnd blicke ich auf das Taschentuch, worauf Jack es mir lachend abnimmt und es in den Papierkorb neben seinem Schreibtisch wirft. Nun nehme ich meine große Tasche auf und hänge sie mir über die Schulter. »Das war ein bisschen riskant.«

Seine hübschen grauen Augen verengen sich ein wenig, sodass er beinahe verärgert wirkt.

»Tja, es hieß, entweder hier oder auf dem Konferenztisch vor allen anderen.« Er schließt seinen Gürtel und kommt auf mich zu. »Obwohl es Terrence vielleicht gefallen hätte.« Lächelnd streicht er mit den Daumen über meine geröteten Wangen.

Ich kneife den Mund zusammen. »Hast du geknurrt, Jack Joseph?«

»Er findet dich scharf. Da werde ich ihn im Auge behalten.« Er küsst mich auf den Mund und will mich zur Tür begleiten, doch als die Klinke sich bewegt, erstarren wir beide vor Schreck. Ich sehe zu Jack auf, weil ich hoffe, dass er ahnt, wer das ist, damit ich einschätzen kann, wie panisch ich sein muss. Er wirkt jedoch ratlos.

»Jack?«

Stephanies Gebrüll trifft mich wie eine Kugel in die Schläfe. Jack steht der Mund offen, und ich beginne zu zittern.

»Jack, bist du da drin?«

»Oh Scheiße«, stößt er aus und blickt zur Tür, wo sich die Klinke weiter auf und ab bewegt.

Ich kneife die Augen zu und versuche, meine Panik wegzuatmen.

»Hier rein«, sagt er leise, nimmt meinen Arm und dirigiert mich durch sein Büro zu einer Tür. »Ich wimmle sie ab. Gib mir zwei Minuten.«

»Wir arbeiten zusammen, Jack«, wispere ich. »Wir könnten schlicht eine Besprechung haben.«

»Hinter verschlossener Tür?«, fragt er und zieht mich weiter.

Er hat recht, das würde sehr seltsam aussehen, und eigentlich will ich Stephanie nicht begegnen. Wahrscheinlich würde ich zittern vor Angst, vor Schuldgefühlen und einer Million anderer Sachen.

Er öffnet die Tür und schiebt mich hindurch. Hinein in völlige Dunkelheit. Ich drehe mich wütend zu ihm um. »Ein Wandschrank?«, stoße ich empört aus, kann mich aber auch nicht weigern.

Er schaut mich gequält an – bedauernd –, ehe er die Tür schließt und ich allein im Dunkeln bin. Na super!

»Jack?«, höre ich Stephanie wieder schreien, und sein Telefon fängt an zu klingeln. »Ich weiß, dass du da drin bist!«

Ich halte den Atem an, um still zu bleiben. Dann wird die Bürotür geöffnet.

»Hi«, begrüßt Jack sie extrem munter. Und schuldbewusst.

»Was ist los?«

Stephanie klingt beleidigt, und ich vergehe vor Angst, rechne damit, dass sie jeden Moment angestürmt kommt und die Tür aufreißt, hinter der ich mich verstecke.

»Hier herrscht heute Chaos«, antwortet Jack gelassen. »Ich habe versucht, in Ruhe einige Zahlen durchzugehen.«

Ich sacke gegen die Wand.

»Verstehe«, höre ich Stephanie sagen.

Vor meinem geistigen Auge schaut sie sich misstrauisch im Büro um. Vor Angst ersticke ich beinahe, bleibe totenstill und sterbe innerlich.

»Was führt dich her?«, fragt Jack, und seine Schritte werden lauter.

Geht er zu seinem Schreibtisch? *Gütiger Gott! Führ sie nicht da hin!*

»Es war so ein stressiger Vormittag!«, beschwert sie sich.

»Was ist passiert?« Er seufzt förmlich.

Da ist kein Anflug von Sorge.

»Ich war mit Tessa zum Essen verabredet.«

Stephanies Stimme wird ebenfalls lauter, also muss sie Jack zum Schreibtisch gefolgt sein. Ich schließe die Augen, obwohl ich im Dunkeln bin. Ein Stuhl knarrt. Sie hat sich hingesetzt.

»Aber sie hat abgesagt!«

»Und das ist furchtbar?« Jack holt hörbar Luft.

»Ja, sicher!«, antwortet Stephanie spitz. »Sie hat gemeint, dass sie einen Termin vergessen hatte, dabei weiß ich, dass sie mit ihrer neuen Freundin aus dem Yogakurs essen gegangen ist.«

»Stephanie, sie hat wahrscheinlich abgesagt, weil sie wirklich einen anderen Termin hat.«

»Ich bin nicht blöd, Jack. Ihre neue Freundin mag mich nicht. Sie will Tessa ganz für sich.«

Verwundert öffne ich die Augen und starre in die enge Finsternis. Stephanie klingt völlig absurd. Für einen Moment bleibt es still, und in der Zeit male ich mir aus, wie sie Jack über seinen Schreibtisch hinweg anstarrt.

»Und was soll ich jetzt tun?«, fragt Jack schlicht.

»Na, das weiß ich doch nicht!«, blafft Stephanie. »Tessa ist *meine* Freundin, und ich lasse mich nicht von so einer Hergelaufenen ausbooten!«

Ich stutze. Wer immer Tessa sein mag, sie tut mir leid. Ich höre, wie Jack abermals Luft holt, eindeutig um Geduld ringt.

»Sie darf mehr als eine Freundin haben.«

»Nein, darf sie nicht, Jack! Es waren immer sie und ich.«

»Stephanie, ich habe keine Zeit, auf deine Freundschaften aufzupassen.«

»Nein, du hast für nichts Zeit, abgesehen von deiner Arbeit, oder?«

»Wie soll ich sonst das Leben finanzieren, an das du dich gewöhnt hast? Such dir einen Job, irgendwas anderes, das dich beschäftigt, außer der Sorge, mit wem deine Freundinnen sonst noch befreundet sein könnten.«

Sie schnappt entsetzt nach Luft. »Ich soll arbeiten? Kommt nicht infrage! Was würden die Leute denken?«

Ich sehe verblüfft zur Tür.

»Jedenfalls«, fährt sie fort, und das war es offenbar zu dem Thema, »habe ich gedacht, dass du früher Schluss machen kannst. Und wir gehen irgendwo schön essen.«

Sie klingt hoffnungslos. Ich schließe die Augen, und so wenig ich es will, lasse ich mich von Schuldgefühlen überrollen, die erbarmungslos mein Inneres aufwühlen. Denn egal, wie ich es betrachte, was ich tue, ist falsch. Was Jack tut, ist falsch. Wie wir empfinden, ist falsch. Mir wurde soeben eine heftige Dosis Realität in die Kehle gerammt. Und ich hoffe, ich ersticke daran. Das verdiene ich. Resigniert blicke ich mich in meinem Gefängnis um, fühle mich widerlich und unmoralisch.

»Klar«, antwortet Jack. »Das wäre nett.«

»Super!«

Sie klingt so glücklich, dabei hörte sich Jack alles andere als begeistert an.

Ein Messer bohrt sich in meine Brust und dreht sich mehrmals darin um. Und ich akzeptiere die Qual. Weil ich sie verdiene. Weil ich mir nichts vormache. Doch zu wissen, dass man etwas furchtbar Falsches tut, macht es nicht automatisch leicht, damit aufzuhören.

15. Kapitel

Ich kuschle mich unter die Decke auf meinem Sofa und starre an die Wand. Gegenwärtig bin ich im Himmel und zugleich in der Hölle. Ich fliege und ertrinke. Ich kann ihn nicht aufgeben. So einfach ist das, aber auch verflucht schrecklich kompliziert. Vielleicht muss ich mich schlicht an die Schuldgefühle gewöhnen. Zumindest verraten sie mir, dass ich immer noch ein Gewissen habe. Es ist ein schwacher Trost und mag unerheblich sein, da ich nicht vorhabe, danach zu handeln. Das würde bedeuten: kein Jack, und kein Jack ist keine Option. Ich habe mich schnell, intensiv und unglaublich in ihn verliebt. Unaufhaltsam. Endlich liebe ich einen Mann – und der ist tabu. Ein Mann, den ich nicht haben dürfte.

Um die Grübelei über meine vertrackte Situation einzustellen, greife ich nach meinem Laptop und versuche, mich auf die Arbeit zu konzentrieren. Bald komme ich in Fahrt, recherchiere die Gegend von Blackfriars, in der Brawler's das Grundstück gekauft hat, und mache mir endlos Notizen, während das Bild ihres neuen Firmengebäudes in meinem Kopf Form annimmt.

Als ich ein leises Klopfen an der Tür höre, sehe ich nach der Uhrzeit und stelle erstaunt fest, dass ich fast drei Stunden gearbeitet habe. Ich öffne und finde mich Jack gegenüber, der sichtlich vor meinen Augen in sich zusammenfällt, als er mich betrachtet.

»Sollst du nicht irgendwo sein?«, frage ich und halte ihm die Tür auf.

»Ist alles in Ordnung?«

Da ist keinerlei Gereiztheit, weil ich ihn daran erinnere, dass er ein romantisches Abendessen mit seiner Frau geplant hatte.

Ich schüttle den Kopf, meine Unterlippe zittert. Das ist noch etwas, das ich mir versprochen habe. Ich wollte nicht mehr vor ihm weinen, doch ich fühle mich zu angespannt, zu hoffnungslos und zu erschöpft, um es zu verhindern. Ich war auf Wolke sieben, begehrt von Jack auf seinem Schreibtisch, und dann stürzte ich in die tiefsten Abgründe der Hölle, eingesperrt in einen Wandschrank und mit meinem Gewissen ringend.

Der Konflikt macht mich jetzt schon fertig. Eine einzelne Träne läuft mir über die Wange und tropft auf meinen Arm. »Tut mir leid.« Ich seufze matt und schaue weg. Er sieht genauso erschöpft und niedergeschlagen aus, wie ich mich fühle.

»Oh Gott, Annie.«

Er kommt herein, schließt die Tür hinter sich und legt die Arme um mich, sodass ich an seine Brust gedrückt bin. Ich weiß, dass es nicht so sein sollte, aber seine Nähe und die Wärme trösten mich, geben mir das Gefühl, sicher und unantastbar zu sein. Als wäre es jedes Trauma wert, solange er mich hinterher in den Armen hält.

Er küsst mich aufs Haar und atmet hinein. »Ich muss mich entschuldigen. Ich hätte nie riskieren dürfen, dich in so eine Situation zu bringen.«

Vielleicht hat er recht, doch ich habe nichts dagegen unternommen, dass er mich in sein Büro mitnahm. Ich habe nichts gesagt und ihn nicht abgewiesen. Es muss so sein, dass ich mir hier und da Momente mit ihm stehle, wenn ich kann, und das war solch einer. Ein fantastischer Moment … bis seine Frau aufkreuzte. »Wo ist Stephanie?«, frage ich leise.

»Bei ihren Eltern.« Er löst sich von mir, nimmt meine Hand und führt mich in die Küche.

Bei ihren Eltern? Was ist aus dem Abendessen mit ihrem Mann geworden?

»Setz dich«, bittet Jack mich und bugsiert mich zu einem Stuhl.

Ich beobachte, wie er den Wasserkocher einschaltet und sich mühelos in meiner Küche zurechtfindet. Als gehöre er hierher. Zu mir. Er setzt sich und schiebt mir einen Becher Tee hin. Ich lächle dankbar und umfasse den Becher mit beiden Händen.

»Rede mit mir«, bittet er sanft.

»Was soll ich denn sagen?«

»Erzähl mir, was du denkst.«

Ich sehe weg, um seinem prüfenden Blick zu entkommen, doch er streckt eine Hand über den Tisch, um mein Kinn zu umfangen und mich zu zwingen, ihn anzuschauen. Als er fragend beide Augenbrauen hochzieht, zucke ich lahm mit den Schultern.

»Annie, ich verstehe, wie schwer das für dich ist.«

»Tust du das?«

»Ja, natürlich. Du bist eine umwerfende junge, ungebundene Frau. Du könntest heute Abend ausgehen und hättest die freie Wahl unter Tausenden von Männern.«

»Ich will keinen von den Tausenden da draußen«, gestehe ich leise, spreche es aus, wie es ist.

»Willst du mich?«

Ich sehe ihn an und frage mich, worauf er hinauswill. Bittet er mich zu verlangen, dass er auf der Stelle seine Frau verlässt? Das kann ich nicht. Man nenne mich blöd, aber den Schritt muss er von sich aus machen. »Ich verstehe nicht, was du von mir erwartest.«

»Willst du mich?«

»Ja.« Ich zögere nicht.

Jack nickt erleichtert und drückt meine Hand. »Ich musste es nur noch mal von dir hören.«

Er schluckt, und mir gefällt nicht, wie tief er Luft holt, als müsse er sich wappnen, mir etwas zu sagen.

»Ich will dich nicht mit allen verkorksten Details meines Mists belasten, Annie, aber ich habe entsetzliche Angst, dass du dir einreden könntest, du müsstest mich verlassen.«

Alle verkorksten Details? Das hört sich unheimlich an. Außerdem weiß ich genug. »Ich denke, je weniger ich weiß, desto besser«, sage ich, da ich meine Verbindung zu seiner Frau und zu seinem Leben ohne mich so eingeschränkt wie möglich halten will.

Er sieht mich flehend an. »Aber ich möchte, dass du es verstehst, Annie.«

Ich widerspreche nicht, da ich ihm ansehe, dass er es erklären muss.

Seufzend lehnt er sich auf seinem Stuhl zurück. »Mir ging es so gut mit dem Aufbau meiner Firma. Stephanies Vater war einer meiner ersten Auftraggeber, und bei dem Projekt lernte ich sie kennen.« Er zuckt mit den Schultern. »Sie war ganz nett. Ihr Vater wollte uns unbedingt zusammenbringen. Er war ein wertvoller Kunde mit einem gigantischen Ego. Stephanie und ich trafen uns, und es dauerte nicht lange, bis sie auf eine Heirat drängte. Mein Geschäft war der perfekte Vorwand, es aufzuschieben. Ich sagte ihr, dass ich eine solidere Grundlage haben wolle, weil ich nicht wusste, was ich wollte. Ich war nicht sicher, ob sie die richtige Frau für mich ist. Dann bot ihr Vater mir Geld für eine Investition an und …« Er schüttelt den Kopf. »Tja, das Problem war gelöst. Heute ist mir bewusst, wie rückgratlos ich war. Ich wäre auch ohne das Geld ihres Vaters da, wo ich jetzt bin. Dennoch ließ ich mich überfahren.«

Er lächelt, was jedoch traurig wirkt. Und es bricht mir das Herz, allein weil er so sichtlich voller Reue ist. Ich kann nicht umhin, mir auf eine furchtbar verdrehte Art wie seine Rettung vorzukommen.

»Also hast du sie geheiratet.«

Schluckend sieht er in seinen Becher. »Ja, ich habe sie geheiratet. Ich ließ mich von den ganzen Arrangements übertölpeln, redete mir ein, dass ich das Richtige tat. Schon wenige Monate danach erkannte ich meinen Fehler. Ich zahlte ihrem Vater das Geld zurück, das er mir geliehen hatte, aber es war zu spät, ihm seine Tochter zurückzugeben. Ihre Launen, ihr Kontrollwahn, ihr verschwenderischer Lebensstil. Meine Firma wurde zu meiner Zuflucht. In sie floh ich vor Unterdrückung, Kontrolle und …« Er verstummt und atmet tief ein. »Und vor meiner Frau. Es gibt keinen goldenen Mittelweg mit ihr. Keine erträgliche Übereinkunft. Sie hat …«

»Was hat sie?«, hake ich nach. Mir behagt nicht, wie sehr er mit sich kämpft, es mir zu erzählen. »Sag es mir, Jack. Was hat sie getan?«

Er sieht weg, als müsse er von irgendwoher Kraft schöpfen. Und er wirkt ausgebrannt.

»Ich wollte dir die schmutzigen Details ersparen.«

Nun schaut er wieder zu mir, und in seinen Augen erkenne ich eine Million Probleme. Millionenfaches Leid. Und ich weiß, dass ich hassen werde, was ich gleich höre.

Er muss mir ansehen, was ich mich frage, denn er fährt von sich aus fort: »Ich habe sie schon einmal verlassen.«

Mir klappt die Kinnlade herunter. »Und du bist zu ihr zurück?«

»Ja, nachdem ich sie aus dem Krankenhaus abgeholt habe.«

Ich runzle die Stirn.

»Sie hatte sich die Pulsadern aufgeschnitten.«

»Oh mein Gott!«, flüstere ich und weiche auf meinem Stuhl zurück. »Das ist emotionale Erpressung, Jack!«

»Kann sein. Ich liebe diese Frau nicht, aber ich will auch nicht, dass ihr etwas zustößt.« Er sackt in sich zusammen und reibt sich das sehr müde Gesicht. »Ich wollte es dir nicht erzählen, weil ich weiß, dass es dir nur zusätzliche Gewissensbisse bescheren wird. Es wäre nur noch ein Grund für dich, mich zu verlassen.«

Zusätzliche Gewissensbisse? Meint er das ernst? Weil ich noch nicht genug davon habe? Ich verliere jede Zuversicht. »Du bist gefangen«, flüstere ich.

Wir sind gefangen. Es gibt keinen Ausweg. Stephanie hat ihn in der Hand, und er kann sich nicht von ihr trennen, weil sie sich etwas antun könnte. Ich würde nicht wollen, dass er es riskiert. Das würde mich zu einem Unmenschen machen, und trotz allem, was ich getan habe, allem Falschen, bin ich kein schlechter Mensch. Ich wünsche ihr auch nichts Böses. Täte ich es, könnte ich damit nicht leben.

Jack sieht mich an, und ich erkenne die Qualen in seinen Augen. Und die Schuld. Sie ist immer noch da. Schuld, weil er sich so fühlt. Schuld, weil er seine Frau nicht liebt.

Fest ergreift er meine Hände und beißt die Zähne zusammen. »*Du* machst mich glücklich«, sagt er. »So verflucht glücklich!«

Er wird wütend, und es ist beunruhigend, ihn so frustriert zu sehen. So hoffnungslos. Seine Frau weiß genau, was sie tun muss, um ihn zu halten. Weil es schon einmal funktioniert hat.

Ich klammere mich so gut wie möglich an meine Gefühle. Meine Situation hat sich nicht verändert. Sie ist noch dieselbe, nur hat sich der Einsatz erhöht. Ich kann mir nicht vorstellen, was Stephanie tut, falls sie von uns erfährt … was bedeutet, dass ich es unbedingt verhindern muss.

Tränen der Verzweiflung schießen mir in die Augen, und ich wende meine gesamte Kraft auf, um sie zurückzuhalten. Ich werde nicht weggehen. Das habe ich bisher nicht getan und werde es erst recht jetzt nicht tun.

An dem Abend, als ich Jack begegnete, versprach er mir, dass er nicht noch einmal gehen würde, sollte mich das Schicksal zu ihm zurückführen. Tja, es führte mich zu ihm zurück, und das muss einen Grund haben. Ich kann meine Gefühle für ihn nicht kontrollieren, kann sie nicht abstellen. Er sollte mein sein. Ich muss ihn aus seinem Albtraum befreien, und das nicht aus egoistischen Gründen, sondern weil er es verdient. Er sollte haben, was er sich wünscht, und wenn ich alles bin, was er sich wünscht, dann muss ich ihm helfen, mich zu bekommen.

»Wir werden zusammen sein, Annie«, schwört er. »Egal, was geschieht.«

Ich stehe auf, gehe zu ihm und setze mich auf seinen Schoß, um ihm zu zeigen, wo ich stehe. Zu ihm. Immer zu ihm. Und ich glaube ihm. Wir *werden* zusammen sein. Doch um welchen Preis?

16. Kapitel

Vier Monate später …

Ich hätte nie gedacht, dass ich mich mal mit dem Zweitbesten zufriedengeben würde, und nur einen Teil von Jack zu haben, ist das Zweitbeste. Doch es ist ein Opfer, das ich vorerst bringen muss. Mit dem ich umzugehen gelernt habe, bis wir beide bereit sind, uns dem Shitstorm zu stellen, der auf uns einprasseln wird, wenn er Stephanie verlässt.

Bis dahin nutzen wir kurze Momente hier und da, treffen uns nachmittags in Hotelzimmern und joggen morgens gemeinsam. Das Laufen bedeutet, dass es keine Berührungen gibt, was hart ist, aber vor allem liebe ich es, bei ihm zu sein. Zu reden, zu lachen und die Realität zu vergessen, sei es nur für eine halbe Stunde.

Es ist eine ständige Herausforderung, bei der Arbeit unsere Beziehung geheim zu halten – die Blicke, die wir wechseln, der verzweifelte Wunsch, jeden aus dem Weg zu scheuchen und uns aufeinander zu stürzen, darauf zu pfeifen, ob irgendwer uns sieht. Die verstohlenen Berührungen, die privaten Scherze.

Ich habe meinen Job schon früher geliebt. Jetzt, mit Jack an meiner Seite bei unseren gemeinsamen Projekten, ist er wahrhaft fantastisch. Ich stelle fest, dass ich ihn gern um Rat bitte, ihn nach seiner Meinung frage, wenn ich nicht sicher bin, ob sich meine Ideen umsetzen lassen. Zu wissen, dass es Jack ist, der so viele neue Entwürfe von mir Wirklichkeit werden lässt, macht sie zu viel mehr als *bloß* Projekten. Sie alle sind nun Teil unserer Geschichte. Wir bauen mehr auf als Gefühle und Liebe.

Ich habe den Auftrag für Brawler's bekommen. Jack sorgte dafür, indem er bei jeder sich bietenden Gelegenheit ein Loblied auf mich sang. Und ich wollte ihn nicht enttäuschen. Die Entwürfe gingen mit nur wenigen, geringfügigen Änderungen hin und her, und Jack überbrachte mir die gute Nachricht, bevor ich offiziell die Zusage bekam. Er rief mich an, als ich unterwegs zum Meeting war, und zu hören, wie sehr er sich für mich freute, rührte mich zu Tränen. Heulend stand ich am Eingang der Warren Street Station.

Dies ist mein bisher größtes Projekt und eine gewaltige Bereicherung für mein Portfolio. Dieser Tage scheine ich immerzu vor Freude überzuquellen ... bis ich an *sie* denke und daran, wie sie mein Glück beschmutzt.

Wir reden nicht darüber, was als Nächstes passiert oder wann. Wenn Jack und ich zusammen sind, wollen wir uns nicht mit deprimierenden Themen befassen ... wie seiner Frau. Oder damit, wie sein Tag war. Ich muss nicht fragen, denn ich sehe es ihm verlässlich in jenem flüchtigen Moment an, bevor er tief Luft holt und mich in die Arme nimmt. Und in dem Augenblick ist alles wieder besser.

Ich richte mich nach Jack, vertraue ihm ... Weil ich so hoffnungslos in ihn verliebt bin. Und ich kann es ihm nicht schwerer machen, als es bereits ist.

So sehr ich versuche, es nicht zu sein, werde ich immer abhängiger von Jack, von den Gefühlen, die er bei mir auslöst, von seiner Ermutigung und Unterstützung. Auch von der Hingabe, mit der er mich überschüttet. Aber er gehört nicht ganz mir. Ich habe mir geschworen, ihm nie ein Ultimatum zu stellen. Ich will nicht fordern, keinen Druck ausüben. Er hat schon so genug Druck auszuhalten. Außerdem will mein allzeit pessimistisches Ich nicht, dass er mir eines Tages entgegenschleudern kann: *Ich habe meine Frau für dich verlassen!* Man nenne mich dickköpfig. Man nenne mich widersinnig. Es ist mir egal. Eventuell bin ich süchtig nach Strafe. Oder ich schütze das letzte bisschen Integrität, das ich noch besitze.

Ich habe es geschafft, die Tatsache vor meinen Freunden geheim zu halten, dass ich einen verheirateten Mann liebe. Sie würden es nicht verstehen. Ich habe die Reaktion der Leute gesehen, die von Affären erfuhren. Sie scheren jeden Ehebrecher, jede Ehebrecherin über denselben Kamm.

Mir ist bewusst, dass viele Affären auf nichts als Sex gründen – etwas Aufregendem und Gewagtem in einem Leben voller Langeweile und Unzufriedenheit. Doch was ist mit den Menschen, denen das Besondere zu spät im Leben begegnet und die etwas ganz Eigenes teilen, so wie Jack und ich? Sollen wir jene Person aufgeben, uns von jemandem abwenden, der unsere Seele anspricht und sie berührt?

Im Grunde meines Herzens weiß ich, dass Jack mein Seelenverwandter ist. Er ist der fehlende Teil von mir. Ohne ihn wäre ich inzwischen verloren. So einfach ist das. Man nenne es falsch. Man nenne es sündig. Ich kann mich nicht von dem Mann abwenden, den ich liebe. Das kann ich ihm nicht antun und mir selbst auch nicht. So sieht meine Realität aus. Und ich akzeptiere sie.

Ich bin damit beschäftigt, bei all meinen Projekten auf dem Laufenden zu bleiben. Heute bin ich auf Colins Baustelle, denn das spektakuläre Glasdach soll aufgesetzt werden. Jede einzelne Scheibe wurde in Frankreich zugeschnitten und über den Ärmelkanal verschifft. Ich bete, dass sie unbeschädigt eintreffen, doch als ich auf der Straße stehe und sehe, wie der Lkw ankommt, runzle ich die Stirn. »Ich dachte, wir hatten einen Wagen mit Hydraulikkran angefordert«, sage ich und schaue zu Bill, einem der Arbeiter, der neben mir steht. Er ist ein mürrischer Typ, aber jedes Mal, wenn ich mich bei Jack über ihn beschwere, erinnert er mich daran, dass er ein guter Arbeiter ist und weiß, was er tut.

»Der Kranwagen hat in Dover den Geist aufgegeben.« Er geht auf den Lastwagen zu und lotst ihn durch die enge Straße.

»Super«, murmele ich und folge ihm. »Dann müssen wir die Glasscheiben auf dem Lkw lassen, bis der Kran hier ist.«

»Geht nicht, Schätzchen.«

»Doch, geht sehr wohl!«, widerspreche ich entrüstet. »Diese Glasscheiben kosten ein Vermögen!«

Er beachtet mich gar nicht und pfeift dem Fahrer eines kleinen Gabelstaplers zu. »Nach hinten, Alter!«

»Sie wollen doch nicht dieses Dach mit dem Ding bewegen!« Ich starre Bill mit einer Mischung aus Panik und Wut an. »Und wo ist der verdammte Kran?«, brülle ich. Ich verliere die Fassung.

»Der steckt in Westminster im Stau«, sagt Bill, den mein hysterischer Ausbruch nicht im Mindesten verstört.

»Bill, ich glaube, Sie verstehen mich nicht.« Ich beruhige mich und versuche, vernünftig mit ihm zu reden. »Dieses Dach ist etwas Besonderes.«

»Und ich glaube, Sie verstehen mich nicht, Annie«, entgegnet er ruhiger als ich. »Dieser Lkw blockiert die Straße, und das gibt hier Krieg. Der Kran könnte noch Stunden brauchen. Wir müssen die Scheiben abladen und die Straße räumen.«

Ich blicke hinauf zu dem verpackten Glas und bete zu jedem Transportgott, den es gibt, dass sie in einem Stück sind. Sollte das Dach neu bestellt werden müssen, sind der Zeitplan *und* das Budget im Eimer. »Wenn das hier schiefgeht, wird sich der Spediteur ernsthaft wünschen, er wäre mir nie begegnet.« Was rein hypothetisch gemeint ist, klar, denn die Spediteure *sind* mir nie begegnet.

Bill lacht so sehr, dass sein dicker Bauch wippt. »Keine Bange.« Er zieht seine Sicherheitshandschuhe an. »Los!«, ruft er dem Gabelstaplerfahrer zu.

Mit angehaltenem Atem beobachte ich, wie die erste Scheibe hinten vom Lkw gehoben wird und ein Dutzend Männer sie zum Gehwegrand dirigieren. »Sie wollen die hier abstellen?«, frage ich ungläubig. »Wie Sperrmüll am Straßenrand?« Ach du Schande, das ist gar nicht gut.

»Was schlagen Sie denn vor, wo wir sie lassen?«

»Auf dem verdammten Dach!«

»Ich glaube nicht, dass der Kran von Westminster bis hierher reicht, Schätzchen.«

Frustriert aufschreiend greife ich nach meinem Handy und rufe den Kranverleih an. »Annie Ryan«, melde ich mich und gehe hinüber zur ersten Scheibe, die auf den Boden gelassen wird. »Ich sollte vor zwei Stunden einen Kran in Clapham haben, und der ist nicht hier.«

»Er steckt fest in West…«

»Ich weiß, dass er in Westminster feststeckt«, sage ich angespannt. »Aber das nützt mir nichts, oder?«

»Auf den Verkehr in der Innenstadt habe ich keinen Einfluss, meine Gute.«

»Kommen Sie mit nicht mit ›meine Gute‹! Wann ist der Wagen denn losgefahren?« Am anderen Ende herrscht Stille, und ich merke, wie sich meine Miene verfinstert. »Und erzählen Sie mir nichts von Staus, wenn Sie es nicht geschafft haben, den Fahrer rechtzeitig loszuschicken.« Ich weiß, wie diese Firmen arbeiten. »Ich habe ein maßgeschneidertes Glasdach, das die Straße blockiert. Das muss heute noch installiert werden, und sollte das nicht passieren, bin ich bei Ihnen.« Ich lege auf, bevor er etwas entgegnen kann, und verziehe das Gesicht, als ich sehe, dass Bill etwas von der Verpackung abzieht. »Sagen Sie mir, dass sie in einem Stück ist«, flehe ich.

»Eine geschafft, noch zwei übrig.« Er dreht sich lächelnd zu mir um, und ich falte die Hände vorm Gesicht und schaue gen Himmel.

Im nächsten Moment zucke ich zusammen, als ich etwas an meinem Ohr spüre.

»Sicherheit geht vor, Annie. Wo ist dein Helm?«

Jacks Stimme wischt neunzig Prozent meines Stresses weg, obwohl sie ein wenig kritisch klingt.

»Es gibt eine Katastrophe mit dem Dach.« Ich wende mich ihm zu und sehe mich flüchtig nach Beobachtern um, um einzuschätzen, wie *freundlich* ich sein darf. Als ich gerade denke, die Luft sei rein, entdecke ich Richard, der die Straße entlangkommt und eindeutig interessiert wirkt. Ich trete einen Schritt zurück und schlucke. Jack hat Richard ebenfalls bemerkt und einen Schritt rückwärts gemacht.

»Wo ist der Kran?«, fragt Jack. Er räuspert sich.

»Hängt in Westminster im Stau.«

Aus dem Augenwinkel bemerke ich, dass Richard etwas in den Container wirft und wieder ins Gebäude geht.

Jack atmet leise auf, als er außer Sicht ist. »Du hast mir diese Woche sehr gefehlt«, sagt er ein wenig niedergeschlagen.

Wie immer, wenn er erschöpft wirkt, frage ich mich, was er aushalten musste, um so entmutigt zu klingen. Doch das tue ich höchstens für eine Sekunde, weil ich versuche, nicht an seine Frau zu denken und mich darauf zu konzentrieren, Jack aufzuheitern.

Wir beide hatten eine anstrengende Woche, allerdings waren wir nicht mit uns, sondern beruflich oder privat beschäftigt gewesen. Das nervte richtig. Es war nicht direkt sehr lange, fühlte sich aber dennoch wie eine Million Jahre an. Das ist das Problem, vor dem ich mich jetzt fürchten lerne. Ich will ihn jeden Tag, jede Stunde, jede Minute.

»Schaffst du es heute um halb fünf ins St. James's Hotel?«, fragt er hoffnungsvoll.

»Ja«, sage ich, als gäbe es keine andere Antwort. »Ich steige in den Anbau hoch und decke selbst das Dach, wenn es sein muss.«

Er lacht auf diese tiefe, sexy Art, die mir verlässlich ein riesiges Lächeln ins Gesicht zaubert. Jacks Lachen ist wie flüssige Schokolade – weich und süchtig machend. Ich kann nicht genug davon bekommen.

»Nicht nötig.« Er klatscht in die Hände, pfeift Bill zu und zeigt die Straße hinunter.

Ich schaue über meine Schulter und ringe nach Luft. »Der Kran!«, kreische ich, als ich den Lkw um die Ecke biegen sehe. »Mein Kran ist hier!«

»Dann setzen wir mal das Dach auf, Baby«, sagt Jack leise und läuft dem Kranwagen entgegen.

Ich grinse, als ich beobachte, wie er auf Chef umschaltet und laut Anweisungen ruft. Gott, was würde ich für eine Minute allein mit ihm geben! Ich blicke auf mein Telefon und zähle die Minuten bis um halb fünf.

Ich laufe die Stufen zum Hotel hinauf, nicke im Vorbeigehen dem Pagen zu und sehe auf meinem Handy nach der Zimmernummer, die Jack mir geschickt hat. An der Tür klopfe ich genauso verzweifelt, wie ich mich fühle, und streiche über mein Haar und mein schwarzes Etuikleid. Ich habe nicht ansatzweise genug Zeit, meine Kleidung halbwegs zu richten. Die Tür schwingt auf, Jack fasst mich am Handgelenk, zerrt mich hinein und knallt die Tür hinter uns zu. Vor Schreck stoße ich einen spitzen Schrei aus, als er mich an sich zieht. Alles geht so schnell, dass ich ihn noch gar nicht richtig gesehen habe.

»Du bist zwei Minuten zu spät.«

Er greift nach meiner Tasche, wirft sie zur Seite und hebt mich in seine Arme. Wieder stoße ich einen hohen Schrei aus, woraus ein Kichern wird, als er mit mir durch den Sitzbereich rennt und hochspringt.

»Jack!«, rufe ich und kralle meine Fingernägel in seine Schultern, die, wie ich jetzt feststelle, unverhüllt sind. Wir landen auf dem weichsten Bett, das ich kenne, und sofort ist sein Mund auf meinem. Ich hatte noch keine Chance, sein Gesicht zu betrachten oder die Tatsache zu würdigen, dass er nackt ist. Doch kaum finden seine Lippen meine, nehme ich diesen Verlust in Kauf. Ich umschlinge ihn und küsse ihn mit aller Leidenschaft, die ich empfinde, fülle meine Sinne mit seinem Duft. Glücklich seufzend sinke ich auf die Matratze, lege beide Hände an sein Gesicht und halte ihn fest.

»Verdammt, habe ich dich vermisst«, sagt er dicht an meinem Mund und streift mit seinen Lippen über meine Wange bis zu meinem Ohr.

Er reckt mir die Hüften entgegen, ich fühle, wie seine Erektion gegen meinen Oberschenkel drückt. »Das merke ich.«

Er beißt in mein Ohrläppchen und stützt sich auf die Knie, um meine Arme von seinem Hals zu lösen und sie über meinen Kopf zu führen, wo er sie festhält. Sein Oberkörper ist über mir, und jetzt habe ich sein Gesicht im Blick. Ein Feuerwerk blitzt in seinen grauen Augen auf, und sein Lächeln bricht sämtliche Strahlrekorde.

»Hallo«, sagt er schlicht, allerdings tief, rauchig und voller Verlangen. Nur ein Wort.

Wir sehen einander eine endlose Weile an, Jack über mir, seine Schenkel seitlich von meinen Hüften und seine Hände, die meine nach unten halten. Wir grinsen beide und genießen es, uns einfach nur zu bewundern. Als er die Augenbrauen hochzieht, mache ich es ihm nach. Als er spielerisch mit seiner Erektion gegen meinen Bauch stößt, erwidere ich, indem ich ihm meine Hüften entgegenhebe. Und als er verführerisch seine Lippen benetzt, benetze ich meine. Wir grinsen immer breiter.

»Das mit dem Dach hast du gut gemacht, Baby«, sagt er und hält mich weiter fest.

Ich lächle. »Sieht es nicht klasse aus?«

»Fantastisch.«

»Aber ich bin nicht hier, um über Dächer zu reden«, stelle ich klar. »Wie lange hast du Zeit?«

»Wie lange willst du mich?«

Ich blicke ihn prüfend an. Mir brennt *für immer* auf der Zunge, es will ausgesprochen werden. Doch ich halte es zurück, weil ich uns die kostbare gemeinsame Zeit nicht mit dem Schmerz der Ungewissheit verderben will. Außerdem bin ich sicher, dass er es bereits weiß. »Lange genug, um dich zu verschlingen.«

Er nickt leicht. Ich denke, er will mir bedeuten, dass er sowohl die Antwort verstanden hat, die ich aussprach, als auch die, die ich mir verkniff.

»Bevor wir zum Verschlingen kommen, habe ich etwas für dich.« Er küsst mich zart auf den Mund, gibt meine Arme frei und steht auf, um zum Sitzbereich zu gehen.

Ich stütze mich auf die Ellbogen und schaue ihm nach, bin fasziniert von seinem breiten, nackten Rücken und seinem perfekten Hintern.

»Komm«, ruft er.

»Aber ich finde es hier gemütlich«, beklage ich mich schmollend.

Jack sieht zu mir, wie ich ausgestreckt auf dem Bett liege, grinst und befiehlt mir mit einem Kopfschwenk, zu ihm zu kommen. Ich gehe hin, denn nun bin ich neugierig, was er für mich hat. Ich tapse in den separaten Sitzbereich, setze mich neben ihn und sehe ihn fragend an. Er präsentiert mir eine Selfridges-Tüte.

»Was ist das?« Ich nehme sie vorsichtig.

»Für dich.« Er lehnt sich entspannt zurück. »Mach auf.«

Ich grinse hinunter auf die Tüte und beginne, die Schleife zu lösen, wobei ich abwechselnd Jack und die gelbe Geschenktüte ansehe. Sobald sie offen ist, spähe ich hinein und entdecke ein in Seidenpapier gewickeltes Päckchen. Ich ziehe es heraus, lege die Tüte beiseite und das Päckchen auf meinen Schoß. Als ich das Seidenpapier auseinanderfalte, habe ich einen kleinen Haufen schwarze Spitze vor mir.

»Hast du mir Unterwäsche gekauft?«, frage ich und halte den BH in die Höhe.

»Gefällt er dir?« Er klingt unsicher.

Ich betrachte den wunderschönen Balconette-BH aus zarter schwarzer Spitze, den ich mit beiden Händen an den Trägern halte. »Er ist umwerfend.«

»Und der Slip?« Er greift danach und hebt ihn hoch. Es handelt sich um Panties mit einem kleinen goldenen Talisman in der Mitte des Bunds vorn.

»Ich liebe ihn«, antworte ich.

Ich spüre seine Erleichterung und schließe daraus, dass Jack bisher keine Dessous für eine Frau gekauft hat. Diesen Gedanken finde ich überaus angenehm. Mir ist egal, ob die Sachen passen oder meinem Stil entsprechen. Jack hat sie mir gekauft!

»Und dann wäre da noch dies hier.« Er holt eine kleine Schachtel hinter seinem Rücken hervor und reicht sie mir.

Ich nage an meiner Unterlippe und betrachte die Schachtel. »Gibt es einen besonderen Anlass?«, frage ich, während ich sie im Auge behalte.

»Es ist auf den Tag genau vier Monate her, seit ich dich betrunken in einer Bar fand und dich ableckte.«

Rasch sehe ich zu ihm. »Ist es?« Ich bin nicht sicher, warum ich so erschrocken klinge. Die Zeit ist wie im Flug vergangen, ja, trotzdem fühlt es sich schon viel länger an. Mir kommt es vor, als würde ich ihn ewig kennen. »Und ich war nicht betrunken.«

Er lacht, seine grauen Augen blitzen. »Natürlich nicht. Mach auf.«

Er wirft mir die Schachtel zu, und ich nehme sie genauso vorsichtig an wie die Tüte mit den Dessous.

»Ich habe kein Geschenk für dich«, sage ich und bekomme ein schlechtes Gewissen.

»*Du* bist mein Geschenk, Annie.« Er schmiegt eine Hand an meine Wange.

Ich schmelze dahin und werfe mich in seine Arme, weil ich nicht widerstehen kann, ihn fest zu drücken. »Danke!«

Er lacht und hält mich, während er seine Lippen auf meinen Kopf presst. »Du weißt ja noch nicht, was es ist. Vielleicht findest du es doof.«

»Werde ich nicht«, widerspreche ich. Er lässt mich los und schiebt mich zurück auf meine Seite der Couch. Ich ziehe die Schleife auf, öffne langsam die Schachtel und blinzle, als es mir entgegenfunkelt. Mir stockt der Atem beim Anblick des Armbands. Es glitzert auf dem schwarzen Samt, und in der Mitte sind zwei Worte mit Diamantsplittern geformt. Eins ist »Ich«, das andere ist »Du«. Sie sind von einem winzigen Herz getrennt. Ich presse die Lippen zusammen, als ich es anschaue, weil ich nicht schon wieder losflennen will, bin aber doch ein bisschen überwältigt.

»Es ist aus Platin und Diamanten«, erklärt er leise.

»Es ist wunderschön«, flüstere ich und streiche über das kostbare Edelmetall.

»Ich habe einen Extra-Sicherheitsverschluss anbringen lassen.« Er zeigt auf den kleinen Riegel. »Damit du es nicht verlierst.« Langsam und vorsichtig legt er mir das Armband am rechten Handgelenk an und verschließt es. Es passt perfekt, nicht zu locker, nicht zu stramm, mit gerade genug Spielraum, dass ich zwei Finger zwischen meine Haut und das Platin schieben kann. Mir fällt etwas ein, und ich sehe zu ihm auf. »Du hast mein Handgelenk vermessen«, sage ich, was sich ungewollt vorwurfsvoll anhört. »Letzte Woche, als wir im Bett lagen, hast du es immer wieder umfasst.«

Er hebt eine Hand und formt mit Mittelfinger und Daumenspitze einen Kreis. »Ungefähr fünf Zentimeter weniger Durchmesser als das hier.«

»Gerissen«, rufe ich und werfe mich abermals in seine Arme. »Ich liebe es!«

»Du und ich, Annie«, flüstert er und umarmt mich. »Du und ich.«

Die Glückstränen, die ich zurückgehalten habe, gewinnen und rollen mir über die Wangen und tropfen auf seine Schulter. Ich hoffe, dass er sie nicht fühlt, aber als er mich von sich hält, fürchte ich, er hat es doch. Mir bleibt keine Zeit, sie abzuwischen, zumal er meine Handgelenke festhält. Vergeblich versuche ich, den Kopf zu senken und mein Gesicht zu verbergen.

»Warum bist du traurig?«, fragt er ernstlich besorgt.

»Nein, ich bin nur so glücklich«, gestehe ich kopfschüttelnd und bin wütend auf mich. Denn nun wirbeln meine Gedanken wie verrückt herum, verirren sich in Gefilde, in die ich mir geschworen habe, sie nicht abschweifen zu lassen. Wenn ich so glücklich mit nur einem Teil von ihm bin, wie glücklich wäre ich erst, hätte ich ihn *ganz* für mich! Doch ich schaffe es nicht, ihn zu fragen, ob das möglich wäre. Ich will keinen Druck auf ihn ausüben. Ich tanze zwischen zwei sehr feinen Linien, von denen beide verschwimmen. Alles ist so verzerrt, und ich bin durcheinander. Ich bin nicht sicher, was wann für wen das Beste ist.

Und genau deshalb versuche ich, nicht daran zu denken. Es drückt meine Stimmung und lässt meine Gedanken sich im Kreis drehen. Ich frage nie nach Stephanie oder nach seinem Leben zu Hause. Darüber will ich nichts wissen, und mir ist klar, dass Jack es mir auch nicht erzählen will. Alles, was ich weiß, ist, dass er zu absurden Zeiten arbeitet und dass er nie aufhört zu lächeln, wenn wir zusammen sind. Was geschieht, wenn wir es nicht sind, darüber kann ich einfach nicht nachdenken.

Er umfängt mein Kinn und zwingt mich, ihn anzusehen.

Dann beugt er sich vor und legt seine Lippen an meine. »Geh dir deine neue Unterwäsche anziehen«, raunt er mir zu.

Ich grinse innerlich und bin dankbar, dass er mich aus meinen Gedanken holt. Ich habe ihn nie annähernd lange genug für mich, und das Letzte, was ich will, ist, in der Zeit, *die* mir bleibt, über unsere vertrackte Situation zu reden. So ist es einfacher. Unser eigenes privates Glück, das niemand mit Vorwürfen kaputt machen kann. Oder mit Selbstmordversuchen.

Ich nehme die Dessous, gebe Jack einen Kuss auf die Wange und mache mich auf den Weg durchs Schlafzimmer ins Bad. Dieser Raum besteht aus schwarzem Marmor und einer riesigen Wanne, die mit dampfendem Schaumwasser gefüllt ist. In die eine Wand ist ein Fernseher eingelassen. Wir werden ein Bad nehmen. Jacks nackte Haut überall auf mir. Die Vorfreude lässt mich erschauern, als ich mich ausziehe und meine neuen Dessous anprobiere, die wie angegossen passen. Plötzlich ertönt Musik im Bad, und ich lächle, als ich den Auftakt von Klangkarussells *Sonnentanz* erkenne.

»Fick mich«, raunt Jack, der im Spiegel hinter mir auftaucht. Seine Augen sind tellergroß. »Dein Po sieht verflucht fantastisch aus.«

Keck strecke ich ihn in seine Richtung und lache, als er mir einen Klaps auf die linke Backe gibt. »Autsch!« Ich werde gepackt, herumgewirbelt und mit dem Rücken gegen den großen Spiegel gedrückt. Jack zieht an meinem Haar und nimmt meine Lippen ein. Ich schmelze dahin und spreize meine Beine, sowie er ein Knie zwischen meine Oberschenkel drängt. Dann werde ich an der Taille hochgehoben, sodass mein Rücken am Spiegel hinaufgleitet, was bei der Kondenswasserschicht für so gut wie keine Reibung sorgt.

Jacks Kuss ist erbarmungslos und gierig, sein Stöhnen und seine Knurrlaute haben etwas Verzweifeltes. Mein hübscher Slip wird zur Seite gerissen, während er mich auf seine Höhe bringt und unerbittlich in mich stößt, wobei er mich am Spiegel noch weiter hochdrückt. Ich fasse in sein Haar, weil ich mich festhalten muss. Ihn tief in mir zu fühlen, wirbelt meine Welt durcheinander.

Jack ist zu verzweifelt, um es ruhig anzugehen. Und ich bin es auch. Ich küsse ihn fest, und er lässt locker, treibt sich mit unausgesetzten Rufen in mich. Ich knabbere an seinen Lippen, ziehe an seinem Haar und stöhne bei jedem festen Stoß auf. Wir sind laut und hektisch, inbrünstig und chaotisch. Die Tiefe, die er erreicht, ist gleichzeitig wunderbar und schmerzhaft. Ich werfe den Kopf nach hinten und schreie gen Decke, fühle seine Finger, die sich hart in meine Oberschenkel bohren. Immer wieder knallt mein Rücken gegen den Spiegel, rutscht meine Haut quietschend über das Glas, wenn er sich zurückzieht, um sich erneut heftig in mich zu schieben. Ich schließe die Augen und konzentriere mich auf meinen nahenden Orgasmus, denn ich spüre, wie sich der Druck schnell aufbaut.

»Oh Gott!«, rufe ich bei einem besonders kraftvollen Stoß.

»Soll ich aufhören?«, fragt er, ohne langsamer zu werden. Er dringt weiter in mich ein wie ein Irrer.

»Nein!« Ich lasse den Kopf sinken und hebe mühsam die Lider. Ich sehe, dass sein Blick genauso irre ist wie sein Tempo. Ich gebe einen Laut von mir, der einem Fauchen nahekommt, und ich reiße an seinem Haar.

Grinsend beschleunigt er das Tempo und krallt seine Finger energischer in meine Oberschenkel. »Bist du bald so weit?«

»Ja!« Mein Orgasmus erwischt mich überraschend, ist wie eine Explosion zwischen meinen Beinen und raubt mir den Atem. Mein Körper verkrampft sich unkontrolliert, und ich höre fast nichts mehr, so sehr pocht mein Puls in meinen Ohren. Meine Nackenmuskeln versagen, und mein Kopf fällt nach vorn an Jacks Schulter. Lust durchpeitscht mich in intensiven, gnadenlosen Wellen. Es ist beinahe zu viel. Ich lehne erschlafft an ihm, werde weiterhin an der Wand nach oben geschoben, während mich sein warmer Samen füllt, bis Jack sich nur noch sanft an mir wiegt und nach Atem ringt.

»Wow, das war heftig.« Er keucht und sackt mit mir auf sich auf den Boden.

Ich strecke mich auf ihm aus, meine Wange an seiner Brust und eine Hand auf seinem Bauch. Eine halbe Ewigkeit bleiben wir auf dem Badezimmerboden liegen, ein Durcheinander von Armen und Beinen. Wir atmen beide schwer, und ich fühle mich benommen, vollkommen ausgelaugt.

»Baden?«, fragt er atemlos und spielt mit einer meiner Locken. Ich nicke halbherzig zustimmend, kann mich aber nicht bewegen.

»Dann komm.«

Er zieht mich mit sich hoch und hält mich mit einem Arm aufrecht, während er mir mit der freien Hand die Unterwäsche auszieht. Anschließend legt er mich in die Wanne, und ich sinke zufrieden seufzend ins Wasser. Die Wärme entspannt meine Muskeln sofort.

»Rück mal ein bisschen«, meint Jack, der hinter mir in die Wanne steigt. Er spreizt seine Beine, schlingt die Arme um mich und lehnt sein Gesicht an meinen Nacken. »Das war gut.«

Ich nicke, denn ich bin immer noch atemlos. Jack lacht leise, neigt sich nach hinten und ermuntert mich sanft mit einer Hand an meiner Stirn, ihm zu folgen. Seine Fingerspitzen gleiten an meinen Oberschenkeln hinauf und über meinen Bauch zu meinen Brüsten. Die Spitzen verhärten sich prompt unter seiner Berührung.

»Froh, mich zu sehen?«, scherzt er und lässt seine Finger über die dunkleren Ränder kreisen.

»Ich bin immer froh, dich zu sehen.« Ich erschauere, lege die Hände auf seine Beine und streiche über das dunkle Haar dort. »Das ist schön«, murmele ich und schließe die Augen.

Es ist entspannt und friedlich. Absolut herrlich. »Danke für die Geschenke.«

»Und ich danke dir für meins«, erwidert er, und ich lächle blind vor mich hin. »Ich habe nachgedacht.«

»Worüber?«

»Darüber, mir ein ganzes Wochenende mit dir zu sichern.«

Ich reiße die Augen auf. »Wie?«, frage ich und versuche, die Freude nicht mit mir durchgehen zu lassen. Ein ganzes Wochenende mit Jack? Allein der Gedanke macht mich kribbelig vor Begeisterung.

»Übernächstes Wochenende findet eine Fachtagung statt. Ich bin angemeldet, aber eigentlich muss ich da nicht hin.«

Ich drehe mich um, sodass ich bäuchlings auf ihm liege. Er soll mir ansehen, wie aufgeregt ich bin. »Wo?«

»In Liverpool. Von Freitagabend bis Montagmorgen. Meinst du, du kannst mitkommen?« Er streicht mir einige nasse Haarsträhnen aus der Stirn.

Im Geiste gehe ich meinen Terminkalender durch, mir fällt nichts allzu Wichtiges ein, das anstünde. Ich kann den Mädels und Micky sagen, dass irgendwo eine Architekturausstellung ist oder so. Sie würden es nicht überprüfen, und garantiert würde keiner von ihnen freiwillig mitkommen wollen.

»Und was machen wir dann?«, frage ich, wobei ich bereits plane. Wir werden wie ein normales Paar sein. Kein Herumschleichen, nicht ständig aufpassen, dass uns niemand sieht. Ich bin von Sekunde zu Sekunde aufgeregter.

»Wir gehen essen und shoppen.« Er erwidert mein Lächeln. »Wir werden einfach zusammen sein.«

Ich fühle mich wie ein Kind zu Weihnachten. Solange Jack bei mir ist, würde ich mich auch für zwei volle Tage in einem Hotel verstecken. »Jede Menge Zuneigung?«

Sein Lächeln wird zu einem Lachen, und er schiebt die Hände unter meine Arme und zieht mich höher auf seine Brust. Unsere Nasenspitzen treffen sich, und wir sehen einander lange in die Augen.

»Haufenweise Zuneigung.«

»Dann bin ich dabei.« Ich besiegle es mit einem Kuss, obwohl mein breites Grinsen sich nicht abstellen lässt. »Ich kann es nicht erwarten.«

»Ich auch nicht, Süße.« Jack saugt an meiner Unterlippe und gibt sie schnalzend wieder frei. »Richard weiß Bescheid über uns.«

Diese Bemerkung kommt überraschend, allerdings habe ich es schon manches Mal vermutet, so wie er uns beide bisweilen ansieht.

Mein Herz stottert ein wenig, und plötzlich bin ich besorgt. »Hast du es ihm erzählt?«

»Das musste ich nicht.«

Ich senke den Blick und schaue zur Seite. »Wir sind nicht unvorsichtig.«

Jack hebt mein Kinn an und lächelt. »Ich arbeite sehr eng mit ihm zusammen, Annie. Und ich kann mein Glück nicht verbergen, wenn du in der Nähe bist.«

Ich erwidere sein Strahlen nur matt, denn ich sorge mich. »Er würde doch nichts sagen, oder?«

»Oh Gott, nein.« Er lacht über diesen Gedanken. »Er ist ein netter Kerl, und er weiß …« Jack muss den Satz nicht beenden. Richard weiß, wie Stephanie ist. Das wollte er sagen. Ich erinnere mich an einige Gelegenheiten, bei denen Richard eine Bemerkung fallen ließ oder leise vor sich hin murmelte, wenn Jacks Frau verstört auf einer Baustelle aufkreuzte.

Jack holt tief Luft und küsst mich auf die Nasenspitze. »Unser Geheimnis ist bei ihm sicher. Jetzt erzähl mir von deiner Woche.«

Unser Geheimnis. Wie sehr wünschte ich mir, wir wären kein Geheimnis. Ich lasse zu, dass Jack mich umdreht und die

Arme um meine Schultern legt, sodass mein Gesicht dicht neben seinem ist. Über eine Stunde liegen wir da, während ich ihm von meinen Projekten erzähle. Hin und wieder lässt er etwas Wasser ab und heißes nachlaufen, damit wir warm bleiben. Er hört mir zu, stellt Fragen und klingt keine Sekunde gelangweilt. Ich liebe es, wie er mich endlos über Konstruktionen und technische Dinge reden lässt und mich nur unterbricht, wenn er einen Vorschlag oder eine Meinung äußern möchte. Umgekehrt geht es genauso. Ich könnte von Jack jedes Fachchinesisch ertragen, nur um seine Stimme zu hören. Nur um zu wissen, dass er mir nahe ist.

Nachdem wir aus der Wanne gestiegen sind, uns abgetrocknet und angezogen haben, verändert sich die Atmosphäre spürbar. Wir unterhalten uns nicht mehr so unbekümmert. Ich beobachte Jack, während ich meine Haare föhne. Er sitzt auf der Couch, sieht auf sein Handy, wirkt jedoch nicht sehr konzentriert, ihn umgibt eine Aura von Resignation. Ich frage mich, woran er denkt, als er gedankenverloren an die Wand starrt.

Schließlich sammle ich meine Sachen ein und gehe zu ihm. »Bereit?«

Langsam steht er auf. Ich sehe ihm an, dass es ihn einige Anstrengung kostet, als würde ein Gewicht auf seinen Körper drücken.

»Bereit«, bestätigt er und steckt sein Handy ein. Dann kommt er auf mich zu, nimmt mich in die Arme und hält mich fest – womöglich fester als je zuvor. »Ich hasse diesen Teil«, flüstert er.

Ich lächle traurig. Gelangt er an eine Weggabelung? Ist er im Begriff, den Schritt zu machen, der unsere geheime, glückselige Blase in Herzschmerz und Kummer verwandelt? Was wir haben, ist leicht. Abgesehen von der begrenzten Zeit, die wir zusammen verbringen können, ist eigentlich alles recht leicht. Zu leicht, was es umso schwieriger macht, jene Schritte zu tun, die das zweifellos ändern werden. Ich weiß nicht, ob ich schon so weit bin, mich dem Ansturm zu stellen, der mir ohne Frage blüht.

Welche Frau, die bei Verstand ist, lässt sich auf eine Affäre ein? Welche Frau, die einen Funken Selbstachtung und Integrität besitzt, würde so etwas tun? Eine verliebte Frau. Genau die. Es heißt, dass man keinen Einfluss darauf hat, in wen man sich verliebt. Das glaube ich inzwischen hundertprozentig.

Ich erinnere mich, wie weh es tat, gegen diese Gefühle anzukämpfen, Jack wegzustoßen und dichtzumachen. Und ich habe schreckliche Angst vor dem Moment, in dem er Stephanie sagt, dass er sie verlässt. Ich habe Angst, dass sie ihn überreden wird, zu bleiben und an ihrer Ehe zu arbeiten. Dass ihre emotionale Erpressung wieder siegt. Das jagt mir die größte Angst ein.

Im Geiste sehe ich sie vor mir, hysterisch und verzweifelt, wie sie ihn anfleht, nicht zu gehen. Dabei hält sie ein Messer an ihre Pulsader. Ich fühle mich schuldig. Jack wird sich schuldig fühlen. Schuld hat ihre eigene Art, unsere Entscheidungen zu beeinflussen. Es ist leichter, sich ihr zu ergeben und zu missachten, was das Herz einem sagt.

»Wir sehen uns am Freitag bei Colins Eröffnung«, flüstert er gedämpft. »Danach unternehmen wir noch was, ja?«

Ich nicke an seiner Schulter, unfähig, mich darauf zu freuen. Der nächste Freitag scheint mir Lichtjahre entfernt.

Jack hält mich in seinen Armen, anscheinend nicht gewillt, mich freizugeben. Also löse ich behutsam die Umarmung, strecke mich und küsse ihn auf die Wange. »Bis dann«, sage ich und gehe. Ich fühle, wie er jeden meiner Schritte beobachtet, bis ich die Tür hinter mir schließe.

Reiß dich zusammen, ermahne ich mich. Atme dich da durch. Ich verlasse das Hotel, und als ich zu einer niedrigen Mauer gelange, hocke ich mich hin, um mich zu sammeln. Ich weiß nicht, wie lange ich Jack noch so treffen kann. Wie viel länger ich es schaffe, hinterher einfach wegzugehen.

»Annie?«

Ich blicke nach rechts und erkenne, dass Lizzy auf mich zukommt. »Hey!« Ich springe zu schnell auf und klinge auch viel zu begeistert, sie zu sehen. Panisch schaue ich mich um. »Was machst du denn hier?«

Sie runzelt die Stirn, und ich bemühe mich, mir trotz meines schlechten Gewissens ein Lächeln abzuringen.

»Ich bin zum Essen verabredet.«

»Hier?«, frage ich. Von allen verdammten Hotels in London hat sie ihre Verabredung ausgerechnet hier? Ausgerechnet jetzt?

»Ja, hier.« Sie lächelt, runzelt die Stirn aber gleichzeitig noch mehr. »Was tust du hier?«

»Ich hatte ein Meeting mit einem Kunden«, platze ich achselzuckend heraus. Ich benehme mich seltsam, und es kann ihr unmöglich entgehen.

»Ist alles in Ordnung?«

»Ja, mir geht es gut.« Oh Mist, sie muss in das Hotel! Wie stehen die Chancen, dass sie Jack begegnet? Ich weiß es nicht, aber ich darf es nicht riskieren. Andererseits habe ich keinen Schimmer, wie ich es verhindern soll.

In diesem Augenblick sehe ich Jack die Stufen vorm Hotel herunterkommen und schreie ihn im Geiste an, sofort umzudrehen und wieder reinzugehen. Er blickt auf und lächelt, als er mich nur wenige Meter entfernt sieht. Ich schaue auffällig zur Seite, um ihm zu bedeuten, dass er aufpassen soll, wer bei mir ist.

Seine Schritte werden langsamer, und sein Lächeln erstirbt. Doch meine Warnung kommt zu spät, und Lizzy dreht sich bereits um.

»Jack?«, fragt sie.

Jacks Gesicht ist ein Bild für die Götter! Es ist so offensichtlich, dass Lizzy die Situation schlicht nicht missverstehen kann. Wie in aller Welt komme ich aus dieser Nummer raus? Es ist ein zu großer Zufall, dass Jack und ich gleichzeitig hier sind, selbst wenn wir zusammenarbeiten. Warum sollten wir uns hier treffen?

Jack fängt sich schnell. »Hi, Lizzy. Und Annie ist auch hier! Seid ihr zwei zum Essen verabredet?«

Mich macht sprachlos, wie cool er ist. Wie schafft er das?

»Nein«, sagt Lizzy matt und sieht mich an. Ich lächle. »Wir haben uns gerade erst getroffen.« Ihr Blick ist vorwurfsvoll, und ich sterbe innerlich. »Wie wahrscheinlich ist, dass ihr beide zufällig in demselben Hotel seid?« Fragend neigt sie den Kopf zur Seite.

Ich hüstle und zucke mit den Schultern, zwinge mich, irgendwie die Kraft aufzubringen, so cool wie Jack zu sein. »Wie gesagt, ich hatte bis eben eine Besprechung mit einem Kunden.«

Jack fängt an, seine Anzugjacke zuzuknöpfen. »Entschuldigt mich kurz.« Er dreht sich zum Pagen um und schiebt ihm einen Geldschein in die Hand. »Meine Frau, Mrs. Joseph, müsste gleich rauskommen. Winken Sie ihr bitte ein Taxi ran, wenn sie so weit ist.«

»Ja, Sir.« Der Page nickt geistesgegenwärtig.

»Danke.« Jack wendet sich strahlend wieder zu uns um.

Das ist frei erfunden! Seine Frau auf dem Weg nach draußen? Sicher war das gut improvisiert, nur wird sie nicht erscheinen.

Er holt sein Handy aus der Tasche und sieht aufs Display. »War nett, euch zu sehen«, sagt er, hält sich sein Telefon ans Ohr und geht lächelnd rückwärts. »Ach, und wir sind immer noch im Zeitplan bei der Galerie, Annie. Colin hat gesagt, dass du nachgefragt hast.«

Ich nicke ihm zu, als er sich umdreht und weggeht. Dann wechsle ich schnell das Thema: »Und mit wem bist du verabredet?«, frage ich betont verzückt.

»Oh, ich muss wirklich los. Ich bin schon spät dran.« Plötzlich wirkt Lizzy verlegen und rennt buchstäblich die Stufen zum Hotel hinauf.

»Aber mit wem willst du essen?«, rufe ich ihr nach.

Sie ignoriert meine Frage erneut, was mir ehrlich gesagt nicht viel ausmacht. Ich will nur einfach weg.

»Ich melde mich!«, trällert sie.

Ich sacke förmlich zusammen, nehme jedoch gleich wieder Haltung ein, als sie sich zu mir umdreht.

»Am Freitag unternehmen wir was!«, verkündet sie.

Auch wenn ich nicht enttäuscht bin, dass ich da nicht kann, gaukle ich es vor, denn Lizzy sollte das tunlichst denken. »Da ist die Eröffnungsparty in Colins Galerie. Ich melde mich bei dir, falls ich früh genug wegkomme.« Natürlich könnte ich da rechtzeitig rauskommen, doch ein Treffen mit der Gang würde heißen, Jack nicht zu sehen. Mit meinen Freunden kann ich jederzeit ausgehen, aber die Gelegenheiten, Zeit mit Jack zu verbringen, sind rar. Nichts könnte mich dazu bewegen, sie zu versäumen.

»Ist gut, ich ruf dich an!«

Sie rauscht ins Hotel, und ich schlurfe völlig erledigt in Richtung Hauptstraße.

Wie lange ich das noch durchhalte, weiß ich wirklich nicht.

17. Kapitel

Die Tage vor Colins Eröffnung vergehen erstaunlich schnell, Gott sei Dank. Meistens bin ich in seiner neuen Galerie, überwache den Dachaufbau und lasse ihn von der Bauprüfung abnehmen. Überall herrscht Chaos, und die Innenarchitekten und Landschaftsgärtner arbeiten praktisch die Nächte durch, damit alles zur Eröffnung fertig ist. Alle sind mit Verve dabei, und wir schaffen es pünktlich.

Ich gehe zum Tesco Express am Ende meiner Straße, um mir eine Flasche Wein zu kaufen, an der Kasse plane ich im Kopf schon den Abend. Ein ausgiebiges Bad. Ein Glas Wein, während ich mich bereit mache. Ich habe für acht ein Taxi bestellt, also bleiben mir zwei Stunden, um mich in Ruhe herzurichten, ehe ich zur Galerie-Eröffnung fahre. Ich stopfe die Weinflasche zusammen mit einer Flasche Champagner für Colin in meine riesige Umhängetasche, bezahle und mache mich auf den Weg nach Hause.

»Hey, Annie!«

Kurz vor meiner Haustür erstarre ich, und meine Hand in der Tasche, mit der ich nach dem Schlüssel krame, tut es ebenfalls. Ich erkenne die Stimme. Ich will sie aber nicht erkennen, und für einen flüchtigen Moment hoffe ich, dass ich Halluzinationen habe. Als ich mich langsam umdrehe, stirbt diese Hoffnung jedoch. Meine Muskeln verkrampfen sich, und das Armband, das Jack mir geschenkt hat, brennt an meinem Handgelenk. Ich sehe besorgt nach unten und vergewissere mich, dass der Ärmel meines Trenchcoats es verdeckt.

»Hi, Stephanie«, sage ich und ziehe den Schlüssel aus dem Schloss, allerdings erst, nachdem ich aufgeschlossen habe, sodass ich schnell nach drinnen fliehen kann, wenn wir unsere Nettigkeiten ausgetauscht haben. Was zur Hölle macht sie hier? Noch dazu vor meiner Wohnung? Panik packt mich, und ich versuche, nicht schuldbewusst zu wirken. Sie sieht mal wieder wie aus dem Ei gepellt aus und hat ihre Nägel passend zum Lippenstift blutrot lackiert. Diese verfluchten Fingernägel! Am liebsten würde ich ihr die mit einer Bügelsäge absäbeln!

»Mein Wagen steht gleich da unten«, sagt sie in einem Singsang und zeigt dabei die Straße hinunter. »Jacks Reinigung ist in der Hauptstraße, und da ist es gruselig mit dem Parken.« Sie hält einen Kleidersack in die Höhe. »Ich wusste, dass du es sein musst.«

Ich werfe ihr ein angestrengtes Lächeln zu. »Wie geht's?«, frage ich, während meine Gedanken Amok laufen.

»Oh, bestens. Ich habe nur einiges zu erledigen. Jack braucht den hier für irgendeine geschäftliche Sache, zu der er nachher fährt.« Sie verdreht die Augen, und ich grinse wie ein Kaninchen im Scheinwerferlicht. »Hast du schon was vor?«

»Nur mit Freunden etwas trinken«, antworte ich. Mir bricht der Schweiß aus. Mist! Weiß sie von Colins Eröffnung heute Abend? Ich hätte erwähnen sollen, dass ich hingehe. Warum habe ich nicht gesagt, dass ich hingehe?

»Trink bloß nicht zu viel!« Sie lacht hysterisch. »Ich muss bis morgen warten, ehe ich locker werde. Jack und ich gehen nett essen und auf ein paar Cocktails.«

»Klingt super. Da wünsche ich euch einen schönen Abend.« Ja, das ist furchtbar gelogen, denn eigentlich hoffe ich, dass sie sich irre in die Haare kriegen und Stephanie erkennt, wie wenig Liebe ihr von Jack entgegengebracht wird und dass *sie ihn* verlässt. Dann wäre das Problem gelöst.

»Oh, den werden wir haben.« Sie richtet den Taschenriemen

an ihrer Schulter. »Hey, wir müssen mal zusammen Mittag essen!«, ruft sie melodiös. »Wie wäre es mit nächster Woche?«

Ich lächle angespannt und bekomme Angst. Was soll das? »Klar«, murmele ich und gehe langsam in den Flur. »Das wäre nett.«

»Super.« Winkend macht sie sich auf den Weg die Straße hinunter. »War schön, dich zu sehen, Annie!«

»Ja, hat mich auch gefreut«, rufe ich, schließe die Tür und lehne mich vollkommen erschöpft von innen dagegen. Mist, ich brauche einen Drink! Sie war so verflucht glücklich, und ein unvernünftiger Teil von mir fragt sich, ob sie und Jack sich auf einmal gut verstehen. Das darf ich nicht denken. Ich schlurfe in die Küche, um mir einen Wein zu holen, und schenke mir ein, während ich Lizzys Nummer wähle. Ich muss mit einer Freundin reden, um mich abzulenken von … allem, selbst wenn diese Freundin keine Ahnung hat, was in meinem Leben los ist. Ablenkung. »Hey.«

»Bonjour!«, antwortet sie. *»Comment allez-vous?«*

»Warum sprichst du Französisch?«

»Weil ich heute einen französischen Kunden hier hatte, und *oh, là là*, war der nett anzusehen.«

»Oho, Franzose, ja?« Ich trinke einen Schluck Wein und gehe ins Badezimmer, dessen Tür inzwischen repariert wurde, um mir ein Bad einzulassen.

»Verflucht heiß.«

»Und hast du ihn merken lassen, dass du interessiert wärst?«

»Er ist verheiratet. Verbotene Zone.«

Ich verschlucke mich beinahe an meinem Wein und danke Gott, dass ich diese Unterhaltung nicht von Angesicht zu Angesicht mit Lizzy führe. Ich muss knallrot sein, Schuldgefühl trieft mir aus sämtlichen Poren. Ich stelle den Wein auf den Wannenrand und drehe den Wasserhahn auf. »Was für ein Jammer.«

»Nicht für seine Frau.«

Sie lacht, und auch ich ringe mir ein Lachen ab. Ich schwöre, das Handy heizt sich mit mir auf. Es glüht beinahe an meinem Ohr.

»Hey, hast du deinen neuen Mann mal wiedergesehen?«, frage ich. Anscheinend war die erste Verabredung gut verlaufen, und seither hatte es noch zwei weitere gegeben. Allerdings war Lizzy bislang sehr sparsam, was Einzelheiten angeht.

»Das erzähle ich dir heute Abend.«

»Vielleicht schaffe ich es nicht. Heute ist die Galerie-Eröffnung, schon vergessen? Erzähl es mir jetzt. Du hast bisher nicht mal seinen Namen verraten.«

»Kannst du dich da nicht früher wegschleichen?«

»Ich will nicht unhöflich sein, Lizzy.« Ich schütte etwas Schaumbad ins Wasser und verdränge mein schlechtes Gewissen, weil ich sie belüge. Ich lüge, und ich werde allmählich viel zu gut darin, worauf ich nicht stolz bin. »Wenn ich kann, melde ich mich.«

»Ist gut«, sagt sie gedehnt seufzend. »Ich wünsche dir viel Spaß bei deiner schicken Galerie-Eröffnung.«

»Werde ich haben«, antworte ich, und nun weicht jede Schuld echter Vorfreude. Nach der Eröffnung werde ich noch einige Zeit mit Jack verbringen. Ich muss mich lediglich zusammenreißen, solange wir in der Galerie sind. Doch danach wird jede Zurückhaltung abgelegt. Zusammen mit jedweder Kleidung.

Ich beende das Gespräch, werfe mein Handy beiseite und ziehe mich aus. Als mir einfällt, dass Lizzy schon wieder keinen Namen genannt hat, runzle ich die Stirn. Ich nehme mir vor, sie morgen anzurufen und einen zu verlangen.

Nun lege ich mich in die Wanne, finde aber keine bequeme Position. Die Härte der Wannenwand stört, als ich mich anlehne. Ich rücke hin und her und frage mich, was los ist. Dann reflektiert einer der Diamanten an meinem Armband, und ich begreife, was nicht stimmt. Verträumt seufzend spiele ich am

Schmuckstück herum und versuche erneut, eine gemütliche Position zu finden. Es ist zwecklos. Ich habe keinen Jack, an den ich mich lehnen kann. Baden wird nie wieder dasselbe sein. Ich gebe es auf und gehe stattdessen unter die Dusche.

Als ich an der Auffahrt zu Colins neuer Galerie stehe und auf meine Kreation blicke, empfinde ich enormen Stolz. Das Gebäude ist so gut wie vollkommen, und obwohl nach der Renovierung alles neu blitzt, sticht es nicht unangenehm heraus, wie die örtlichen Behörden befürchtet haben.

Mit einer Flasche Schampus bewehrt gehe ich die Einfahrt hinauf und durch die offene Tür. Im prächtigen Eingangsbereich ist überall spektakuläre Kunst ausgestellt.

»Annie!« Colin erscheint und drückt mich lachend.

»Hi!« Ich lasse mich von ihm umarmen, ehe ich ihm seinen Champagner überreiche.

»Das wäre doch nicht nötig gewesen.« Er zieht mich zu dem riesigen Anbau hinten. »Sieh dir das an!«, schwärmt er und blickt nach oben zum Dach. »Ist es nicht das Tollste, was man je gesehen hat?«

»Wundervoll«, gestehe ich und lasse es einen Moment auf mich wirken, bevor ich zu den Menschen schaue, die in kleinen Gruppen zusammenstehen. Einige bewundern die Kunst, einige das Gebäude, andere plaudern einfach und trinken Champagner. Jack sehe ich nicht, aber Richard. Er bemerkt mich und prostet mir zu.

»Hier.« Colin schnappt sich eine Sektflöte vom Tablett eines vorbeigehenden Kellners und gibt sie mir. »Trink was, misch dich unter die Gäste und hör dir an, wie alle ein Loblied auf dich singen.« Er zeigt zu den Faltglastüren, durch die es in den Garten geht. »Jede Menge Leute wollen unbedingt die Frau kennenlernen, die das neue Heim für meine Meisterwerke entworfen hat.«

Tatsächlich werde ich ein bisschen rot, als ich in den kleinen Garten trete, wo massenhaft Besucher zusammenstehen, trinken und reden. Immer noch kein Jack. Ich sehe die Glaskästen, die er vorgeschlagen hatte. Drei Stück hängen vor der Mauer und beherbergen außergewöhnliche Kunstwerke.

»Hast du Hunger?«, fragt Colin und weist zu einem riesigen Tisch, auf dem das Büfett angerichtet ist. »Bediene dich, falls du etwas möchtest.«

»Danke, Colin.« Ich halte mich lieber an den Champagner. »Ich nehme mir später was.«

»Wie du willst.« Er führt mich zu einigen Leuten, die um einen Stehtisch versammelt sind.

»Hi«, sage ich und schüttle jedem die Hand.

»Annie, dies ist Rick«, stellt Colin mir einen untersetzten, grauhaarigen Mann mit einem gewaltigen Schnauzbart vor. »Ich weiß, dass du heute Abend theoretisch außer Dienst bist, doch er würde gerne mit dir über eine Immobilie sprechen, die er eventuell kaufen will.«

Rick lächelt mich strahlend an. »Annie, freut mich sehr.«

Sein Händedruck ist fest, und seine riesigen Wurstfinger umschlingen meine Hand vollständig.

»Freut mich, Rick. Erzählen Sie mir von der Immobilie.«

»Es ist ein historisches Gebäude. Denkmalgeschützt«, stößt er hervor. Offenbar gefällt ihm das nicht. »In einer Seitenstraße vom Grosvenor Square. Was kann ich damit anfangen?«

Ich lache. »Nicht viel. Ist es verfallen?«

»Total.«

»Dann wird es keine Einwände gegen eine Renovierung geben, aber die Denkmalschutzbehörde wird alles mit Argusaugen überwachen. Sämtliche Materialien werden vorgeschrieben, an Abriss ist gar nicht erst zu denken, und Sie müssen Spezialbetriebe anheuern.«

»Was bedeutet das?«, fragt Rick sichtlich verdrossen.

»Es bedeutet, dass es Sie ein Vermögen kosten wird. Aber eventuell kommen Sie für Fördergelder vom Denkmalschutz in Betracht, die Sie finanziell etwas entlasten würden. Es wäre einen Versuch wert.«

Er lacht laut und trinkt einen Schluck von seinem Scotch. »Vielleicht überlege ich es mir noch mal. Das klingt anstrengend. Also, verraten Sie mir, woher Sie die Inspiration hierfür genommen haben.« Er zeigt auf den Garten und hinauf zum Dach.

Ich muss sagen, dass es verdammt fantastisch aussieht, genau, wie ich es mir erhofft habe. Ich lächle und lasse mich in ein Gespräch über die Arbeit verwickeln. Es ist eine gute Ablenkung für meine durcheinanderwirbelnden Gedanken. Wo bleibt Jack?

Richard kommt auf mich zu, als ich nach drinnen gehe, um mir mehr Champagner zu holen. Ich schwenke die Hand mit dem Glas vor ihm. »Was für eine hübsche Abwechslung«, sage ich mit Blick auf seinen Anzug.

Lachend nimmt er sich auch ein frisches Glas. »Dieser Job hatte es echt in sich, aber er hat sich gelohnt, nicht wahr?« Er sieht hinauf zum Dach, und ich tue es gleichfalls.

»Ja, der beste und der schlimmste Entwurf, den ich mir bisher geleistet habe.« Dieses Dach hat mir mehr Stress bereitet als die meisten anderen Projekte zusammen.

»Jack hatte volles Vertrauen in dich«, sagt er und schaut wieder zu mir.

Ich nippe an meinem Champagner und weiß nicht, wie ich darauf reagieren soll. Also lächle ich unsicher und blicke mich um. »Ist er nicht hier?«, frage ich möglichst beiläufig, was mir nicht gelingt, wie mir Richards kleines Kopfschütteln verrät.

»Er wurde aufgehalten«, antwortet er leise.

Ich sehe ihn an und habe Mühe, cool zu bleiben. Er wurde

aufgehalten? Mir gefällt Richards Miene nicht. Sie wirkt, als versuche er, mir etwas mitzuteilen, ohne es laut auszusprechen. Warum wurde er aufgehalten? Was ist passiert? Ich erwäge, die Toilette aufzusuchen und ihm eine Nachricht oder eine E-Mail zu schicken, doch das wäre dumm. Stephanie schien so aufgedreht bei der furchtbaren Begegnung vorhin. Aber das ist nur, was die Außenwelt präsentiert bekommt. Ich weiß, dass es hinter verschlossenen Türen alles andere als rosig zugeht.

Vor lauter Nervosität leere ich mein Glas in einem Zug und greife mir ein neues. »Ich hoffe, er schafft es noch«, murmele ich und weiche zurück. »Entschuldige mich kurz. Ich muss mal für kleine Mädchen.« Ich mache auf dem Absatz kehrt, komme jedoch keinen Schritt weiter. Meine Hände beginnen zu zittern, und mein Blick fixiert den Galerie-Eingang, wo Jack steht.

Mit seiner Frau.

»Annie!«, flötet Stephanie, verzückt, mich zu sehen, als wäre ich ihre beste Freundin. Sie nimmt sich ein Glas Wein von einem Tablett, schüttet es buchstäblich auf ex hinunter und schnappt sich ein zweites. »Ich dachte, du wolltest mit deinen Freundinnen ausgehen.«

Sie kommt auf mich zu und gibt mir einen Kuss auf die Wange. Ich bekomme eine Gänsehaut. Vorsichtig schaue ich zu Jack. Er ist ernst, und seine Augen wirken wie tot.

»Ich bleibe nicht lange«, antworte ich leise. »Demnächst fahre ich los, um sie zu treffen.« Der Abend, auf den ich mich seit Tagen freue, verpufft vor meinen Augen. Ich bin kreuzunglücklich.

»Wie reizend.« Stephanie gibt mich frei und zieht weiter zu Richard, der besorgt zu Jack blickt. »Hallo, Richard.«

»Stephanie«, sagt er und nickt verkniffen lächelnd. »Du siehst wie immer umwerfend aus.«

Sie klatscht sich eine Hand auf die Brust und schürzt die roten Lippen. »Du bist zu nett!«

Ja, ist er. Sie ist heillos aufgedonnert in einem langen Seidenkleid, das prima zu einer Opernpremiere passen würde, aber nicht in eine Galerie. Jack kommt auf mich zu und schluckt.

»Annie.« Er nickt förmlich und lächelt verhalten.

Dann nimmt er sich einen Drink, den er offenbar dringend braucht. Ich möchte ihn fragen, was passiert ist. Warum ist sie hier? Was zum Teufel ist los?

»Ist es nicht wunderbar?«, schwärmt Stephanie, die einen Kellner anhält, um ihr leeres Glas gegen ein volles zu tauschen. »Ich meine, wirklich wunderbar.« Sie hält ihr Glas in die Höhe und prostet in die Luft. »Auf meinen Mann!«

Das ist nur noch schrecklich.

»Auf Jack.«

Richard stößt mit ihr an, und ich tue es ihm gleich, während ich im Geiste meine Flucht plane.

»Und Annie«, sagt Jack, und ich reiße die Augen weit auf. »Wir haben nur gebaut, was sie uns gesagt hat.«

Ich spüre, wie sich mein Rücken versteift. »Danke.« Ich schlucke und stürze meinen Champagner hinunter. Er ist das Einzige, was mich momentan aufrecht hält.

»Natürlich.«

Stephanie legt eine perfekt manikürte Hand auf Jacks Arm, und unweigerlich sehe ich hin, während ich sie stumm anschreie, ihn nicht anzufassen.

»Annie, Jack ist so beeindruckt von dir.«

Ich werfe ihm entsetzt einen Blick zu. Er hat über mich geredet? Ist er bescheuert? »Es ist nur ein Job.« Ich winke ab, so gut ich kann.

»Annie und ich wollen uns zum Mittagessen treffen!«, trällert Stephanie begeistert.

Ich hingegen bin so wenig euphorisiert, wie man es nur sein kann, und Jack sieht völlig entgeistert aus.

Ich muss hier raus. Mit gekünstelter Überraschung blicke

ich an der strahlenden Stephanie vorbei und zeige zum Garten. »Oh, da ist Gerrard!«, behaupte ich kurzerhand. »Entschuldigt mich bitte, aber ich muss ihm Hallo sagen.«

Wie ein geölter Blitz schieße ich nach draußen und finde eine Gruppe, zu der ich mich drängen kann. Die Unterhaltung der anderen verschwimmt zu einem einzigen Brei. Ich versuche zuzuhören und mitzureden, um das Chaos in meinem Kopf einzudämmen und meinen Blick nicht abschweifen zu lassen, doch egal, wie sehr ich mich anstrenge, es gelingt mir nicht. Ich sehe beiläufig zurück und stelle fest, dass sich mehrere Gäste zu Jack, Richard und Stephanie gesellt haben. Alle sind ins Gespräch vertieft. Jack ist da und auch wieder nicht. Stephanie hängt sich an ihn, streichelt ständig seinen Arm, lächelt zu ihm auf und kippt ein Glas Wein nach dem nächsten. Ich halte es nicht aus.

Schließlich löse ich mich von der Gruppe, nehme mein Handy und schreibe Lizzy, um zu fragen, wo sie sind.

»Ich kam da nicht raus.«

Jacks Stimme hinter mir jagt mir einen Schauer den Rücken hinauf. Allerdings nicht wie sonst, wenn sie mich kribbelig macht und ich tief Luft holen muss, um nicht über ihn herzufallen. Er kommt um mich herum und stellt sich vor mich.

»Es tut mir leid.«

»Was ist passiert?«, frage ich.

»Sie bestand darauf mitzukommen. Was hätte ich machen sollen?«

Ich schüttle den Kopf, schaffe Abstand zwischen uns und behalte unsere Umgebung im Auge. »Weiß ich nicht«, gebe ich zu. »Jack, du musst ihr ausreden, mit mir essen zu gehen.«

Er lacht leise und verbittert. »Wie soll ich das denn anstellen?«

Ich lasse die Schultern hängen, als mir bewusst wird, dass er es nicht kann und dass es blödsinnig von mir ist, es von ihm zu erwarten. »Ich hatte mich so auf heute Abend gefreut.« Sofort bereue ich, meinen Gedanken laut ausgesprochen zu haben. Dies hier ist nicht seine Schuld, und ich sollte ihm kein schlechtes Gewissen einreden.

»Weiß ich, Annie. Ich weiß. Sie erwähnte, dass ihr euch zufällig begegnet seid.«

»Vor meiner Wohnung«, bestätige ich. »Sie hat deinen Anzug aus der Reinigung geholt.« Ich zeige mit meinem Weinglas auf seinen grauen Dreiteiler. »Sieht übrigens gut aus.«

Er lächelt ein wenig. »Du siehst wunderschön aus, und ich darf dich nicht mal berühren.« Sein Blick brennt sich förmlich in meine Augen, umwölkt von Verlangen. »Ich muss dich später sehen. Sag mir, dass wir uns später sehen.«

»Wie?«, frage ich. »Du bist mit deiner Frau hier.« Ich will nicht verärgert klingen, doch tatsächlich bin ich es.

»Da denke ich mir was aus.«

»Jetzt ist nicht der Zeitpunkt, Risiken einzugehen, Jack«, warne ich ihn. »Richard weiß Bescheid, und wenn wir nicht aufpassen, wird deine Frau es auch bald begreifen.«

»Ich muss dich sehen«, raunt er mir zu, sein harter Blick hat etwas Herausforderndes. »Geh einfach an dein Telefon, wenn ich anrufe.« Dann wendet er sich ab und pappt sich ein Lächeln ins Gesicht.

»Da bist du ja!« Stephanie kommt und hakt sich bei Jack ein. »Redest du schon wieder über die langweilige Arbeit?«

»Wie immer«, bejaht Jack und mustert ihr Glas. Es ist leer.

»Tja, genug davon.«

Sie wendet sich zu ihm um und presst die Lippen auf seine Wange. Mir wird speiübel, und mein Magen revoltiert ernsthaft.

»Jetzt biete deiner Frau mal ein bisschen Spaß!«

Mein Handy klingelt, und ich wende mich von diesem unerträglichen Anblick, eine andere Frau an dem Mann kleben zu sehen, den ich liebe, ab. »Entschuldigt mich«, murmele ich und eile zurück in die Galerie, während ich Lizzys Textnachricht lese. Oh ja, ich werde mich *unbedingt* betrinken!

Ich finde Colin, danke ihm und entschuldige mich, bin jedoch nicht darauf vorbereitet, wie enttäuscht er ist und wie sehr er mich zu überreden versucht, ein wenig länger zu bleiben. Prompt fühle ich mich mies. Colin hält mich fest, will mir mehr Champagner aufdrängen, doch ich bleibe eisern und lasse mich nicht umstimmen. Nichts könnte mich hier halten.

Ich gehe auf die Toilette, um meinen Lippenstift aufzufrischen, und als ich hineinkomme, schaue ich als Erstes in den Spiegel. Ich sehe genauso furchtbar aus, wie ich mich fühle, blass und traumatisiert. Ich stütze mich mit beiden Händen auf den Waschtisch, atme ein und versuche, mich ein wenig aufzubauen.

Rumms!

Erschrocken blicke ich im Spiegel zu der Reihe von Kabinen, während ich aufmerksam lausche. Was war das?

Rumms!

Aus der hintersten Kabine ist Geraschel und Geflüster zu hören, und ich zwinge mich, still zu sein, oder versuche es zumindest. Mein Herz hört nicht auf meinen stummen Befehl, sich einzukriegen.

Dann wird das gedämpfte Flüstern zu leisem Stöhnen. Mir gefriert das Blut in den Adern, während die Geräusche sich in mein Hirn brennen, auf dass ich sie niemals vergesse.

Stephanies Stöhnen.

Ekstatisches, lustvolles Stöhnen. »Zieh mir das Kleid aus«, sagt sie keuchend. »Jetzt, Jack.«

Mein Magen rebelliert und ich beuge mich würgend über das Waschbecken.

Stephanie schreit: »Oh Jack! Ja. Nimm mich hier. Jetzt gleich!«

»Stephanie«, stößt Jack knurrend aus.

Ich renne aus der Toilette. Wegen der Kombination aus Übelkeit und Tränen stolpere ich. Ich könnte kotzen. Panisch und in dem Wissen, dass ich nicht zurück in den Waschraum kann, fliehe ich in die Behindertentoilette und knalle die Tür zu. Dort stemme ich die Hände auf die Toilettenschüssel, während ich versuche, meine Atmung in den Griff zu bekommen. Mir ist schwindlig und schlecht, weil ich mich betrogen fühle.

Ein verzweifeltes Schluchzen dringt aus meiner Kehle, und ich halte mir den Kopf, um diese quälenden Geräusche zu verdrängen, die darin nachhallen. »Nein«, stammele ich und breche zusammen. Mein Körper erbebt unter Gefühlen, die mich zerreißen. Ich muss weg. Sofort.

Ich reiße die Tür auf und renne aus der Galerie, laufe immer weiter, bis ich am Ende der Straße bin. Dort winke ich mir ein Taxi heran und springe hinein. Ich werde die Mädels treffen und mich bis zur Bewusstlosigkeit betrinken. Hoffentlich genügt das, um mich aus dem Albtraum zu holen. Bisher habe ich an so etwas nie gedacht. Ich ließ nicht zu, dass meine Gedanken in diese Richtung abdrifteten. Aber wenn sie vor einem hinter einer Tür vögeln, lässt sich das schwer ignorieren. Ich bin verletzt. Am Boden zerstört. Und meine Wut überwiegt jede Vernunft. Ich kann sie nicht bändigen.

18. Kapitel

»Da ist sie!«

Lizzy hebt ihr Glas, als ich die Champagner-Bar betrete und sie alle auf Barhockern um einen Stehtisch herum entdecke. Micky winkt mir zu und zeigt auf einen Hocker und ein Weinglas vor dem Platz. »Braver Junge«, lobe ich ihn und lasse mich auf den Barhocker fallen.

»Alles in Ordnung?«, fragt er und mustert mich.

Ich habe keine Ahnung, wie gut es mir gelungen ist, mein Gesicht im Taxi aufzufrischen, aber selbst mit perfektem Make-up dürfte mir meine Verzweiflung anzusehen sein.

»Mir geht es gut.« Ich halte eine Hand hoch, als Lizzy etwas sagen will. Sie klappt den Mund wieder zu und beobachtet, wie ich meinen Wein runterkippe. »Richtig gut«, bekräftige ich und knalle das Glas auf den Tisch.

Nat, Micky und Lizzy sehen mich einen Moment lang fragend an. »Gut«, wiederhole ich und atme ein und aus. Ein und aus.

»Ihr geht es gut«, sagt Lizzy langsam. »Sicher?«

Ich nicke. »Bloß ein Arsch von Taxifahrer.«

Lizzy verdreht die Augen. »Tja, dann komme ich mal mit meinen Neuigkeiten.« Sie setzt sich aufrechter hin, und alle am Tisch sehen sie an. Prompt wird sie nervös. »Na ja«, sagt sie und starrt in ihr Weinglas. »Ich muss euch etwas erzählen, aber bevor ich das mache, will ich klarstellen, dass ich sehr lange über alles nachgedacht habe und eure Unterstützung schön fände.«

Wir alle merken auf, und ich mustere meine Freunde, weil ich wissen möchte, was in ihnen vorgeht. Sie wirken genauso gespannt wie ich.

»Ich bin wieder mit Jason zusammen«, platzt Lizzy heraus und schrumpft sichtlich auf ihrem Barhocker. Sie greift nach ihrem Glas und leert es.

Jetzt dämmert es mir. »Ihn hast du zum Dinner getroffen!«, sage ich. »Jason.« Kein Wunder, dass sie so ausweichend war.

Sie zieht eine Grimasse. »Ja, ich habe mich mit ihm getroffen. Und ich fand es unnötig, das zu erwähnen, weil ich dachte, ich würde ihm sagen, er soll sich gehackt legen, und das wäre es dann. Aber ihn wiederzusehen, zu sehen, wie schuldig er sich fühlt … Ich liebe ihn.« Sie zuckt mit den Schultern. »Das lässt sich nicht einfach abstellen.«

Als die Atmosphäre unerträglich merkwürdig wird, beuge ich mich vor und ergreife Lizzys Hand. »Tu das, was dich glücklich macht«, sage ich und meine es genauso.

Tränen der Erleichterung steigen ihr in die Augen, und sie presst die Lippen so fest zusammen, dass sie weiß werden. Die Arme kann nicht sprechen, deshalb nickt sie nur. Ich habe aufrichtiges Mitleid mit ihr. Ich habe ja gesehen, wie schlecht es ihr ging, als sie von Jasons Affäre erfahren hat, und ich habe die Frau verflucht, die unaufgefordert in ihr Leben marschiert ist. Eine Frau wie ich.

Ich setze mich zurück und kicke Nat diskret unterm Tisch, damit sie ihren Part übernimmt, obwohl ihr anzusehen ist, dass sie weit weniger angetan ist als ich. Der arme Micky sieht derweil ratlos zu, wie wir unser Mädchending machen.

»Vielleicht gehe ich mal zu den großen Jungs«, murmelt er und verdreht die Augen.

»Um mal andere Neuigkeiten zu bringen«, sagt Nat, hebt ihr Glas an und grinst hinterlistig.

Für einen flüchtigen Moment frage ich mich, ob sie John noch eine Chance gegeben hat. Dann fällt mir die Kaugummigeschichte wieder ein, und ich verbanne den Gedanken. Es wird lange dauern, bis ihr Haar so prachtvoll ist wie vorher.

»Ich habe mich bei einer Dating-Agentur angemeldet.«

Am Tisch werden komische Blicke gewechselt, ehe wir alle losprusten.

»Was?«, fragt Nat mürrisch. »Wenigstens kann ich da klar sagen, was akzeptabel ist und was nicht.«

»Wie Kinder?«, fragt Lizzy unglücklich.

»Ja, wie Kinder«, bestätigt Nat. »Väter müssen sich gar nicht erst bewerben.«

»Ach du Scheiße«, sagt Micky. »Können wir bitte über Fußball reden, ehe sich meine Eier komplett verabschieden?«

Lachend zwacke ich ihn in die Wange. »Du wirst dich eines Tages verlieben.«

Er schnaubt verächtlich. »Es gibt einen Grund, weshalb wir beide noch befreundet sind, und der ist nicht, weil du ein Foto von mir hast, auf dem ich als He-Man verkleidet und mit einem Nudelholz statt mit einem Schwert bewehrt bin!«

Stimmt. Offensichtlich sind wir befreundet, weil wir beide allergisch gegen Beziehungen sind. Aber natürlich redet er Unsinn. Tatsächlich sind wir befreundet, weil wir uns schon ewig kennen, was mich nicht daran hindert, halb zusammenzubrechen. Daher wende ich mich schluckend ab, denn auf einmal wird mir klar, wieso ich mich an mein Weinglas klammere, als wäre es ein Rettungsanker. Dann bemerke ich, dass es leer ist. Ich greife nach der Flasche auf dem Tisch. *Betrink dich. Ertränke die Erinnerungen in Alkohol.*

»He-Man?«, mischt sich Nat ein. »Du hast dich als He-Man verkleidet?« Sie springt von ihrem Barhocker und schwingt ein imaginiertes Schwert durch die Luft. »Mein ist die Macht!«, brüllt sie, ehe sie und Lizzy in wildes Gekicher ausbrechen.

Es dauert eine Weile, bis die beiden mich fragend ansehen. Warum ich nicht lache? Ich zucke mit den Schultern. Was Humor angeht, habe ich wahrlich nichts zu bieten, abgesehen davon, dass mein Leben ein schlechter Scherz ist.

»Idioten. Ihr alle.« Micky hüpft von seinem Barhocker und sieht zur Tür. »Die Jungs sind hier. Ich gehe mal, mir eine Kriegerin suchen.« Er verschwindet grinsend und lässt mich bei Nat und Lizzy, die sich mal wieder um Sinn und Verstand gackern.

Es könnte eine Stunde vergangen sein, vielleicht auch zwei. Sicher bin ich mir nicht. Ich weiß nur, dass ich angetrunken bin und mein Hirn mit jedem Schluck tauber wird. Was eine Wohltat ist. Ich drehe mich auf meinem Hocker um und sehe, dass Nat allein auf der Tanzfläche ist, ihr Weinglas hoch in der Luft, den Kopf gesenkt, und zu Hot Chips »Boy From School« torkelt. Ich behalte sie im Auge, während ich blind nach Lizzy greife, damit sie ebenfalls hinsieht. »Guck dir das an.«

»Oh Gott, kein Mann würde sich das antun wollen, ob mit oder ohne Kind«, sagt Lizzy und rutscht von ihrem Barhocker.

Sie geht hinüber zu Nat und lockt sie vorsichtig von der Tanzfläche, wobei sie sie stützen muss, denn sie schwankt und stolpert bedenklich. Nachdem Lizzy sie wieder auf einen Barhocker verfrachtet hat, rückt sie ihren nahe genug heran, um sie notfalls abzufangen, sollte sie runterkippen.

»Ich muss das fragen«, lallt Nat, öffnet nur ein Auge und pliert zu Lizzy auf. »Wie kannst du auch nur im Traum daran denken, Jason zurückzunehmen?«

Ich sacke hörbar seufzend in mich zusammen. »Nat, das ist Lizzys Entscheidung, und wir sollten sie respektieren.«

»Weiß ich, aber trotzdem denken wir das doch alle.« Sie will die Hand auf den Tisch knallen, verfehlt ihn jedoch deutlich, sodass Lizzy gezwungen ist, sie aufzufangen, ehe sie vom Barhocker fliegt. »Was ist mit der anderen?«

»Das geht uns nichts an«, schalte ich mich ein, dieses Thema muss ich im Keim ersticken.

»Ist schon gut«, beruhigt Lizzy mich. »Den Teil müssen wir aus dem Weg haben.«

»Genau«, lallt Nat und tastet auf dem Tisch nach ihrem Weinglas.

Lizzy schiebt es weg und ihr stattdessen ein Glas Wasser hin. Nat packt es und hält es übertrieben hoch in Lizzys Richtung.

»Was für eine Frau macht sich an einen Mann ran, der vergeben ist? Nicht mal *ich* würde so tief sinken.«

Meine Kehle ist wie zugeschnürt, sodass ich stumm bleibe, während das Thema am Tisch behandelt wird, das ich seit Monaten fürchte und das meinen Abend noch schlimmer zu machen droht.

»Männer denken mit dem Schwanz!« Nat wippt auf ihrem Barhocker nach hinten. »Deren Gehirn steckt in ihren Eiern!«

Ich sterbe innerlich. Ein Teil von mir weiß, dass es klug wäre, meine Klappe zu halten, doch ein anderer Teil möchte Nat sagen, sie soll das mal aus einer anderen Perspektive betrachten. Was ich nicht tue. Ich kann es nicht. Also bleibt mir nichts übrig, als schweigend dazusitzen und mir anzuhören, wie sie die *andere* Frau in der Luft zerreißen, sie mit sämtlichen Schimpfwörtern unter der Sonne bedenken und erklären, was für ein Miststück sie ist. Brutal. Gnadenlos.

Zu Recht.

Ich schrumpfe immer weiter zusammen, und mein Kopf beginnt genauso zu schmerzen wie mein Herz. Es wäre blöd, auch nur eine Sekunde lang anzunehmen, dass mich irgendwer verstehen würde. Die winzige Hoffnung auf Unterstützung von meinen Freundinnen ist soeben verpufft. Ich halte das nicht länger aus, schnappe mir meine Tasche, springe vom Hocker und renne auf die Toilette.

In meiner Verzweiflung, dieser Hinrichtung zu entkommen, vergesse ich zu sagen, wohin ich will. Ich fühle, wie mir die Tränen kommen, und die dürfen die beiden anderen nicht sehen.

Ich schließe mich in eine Kabine ein, bis mein Magen sich wieder ein wenig beruhigt hat und sich meine Gedanken einigermaßen sortiert haben. Hierauf war ich nicht vorbereitet. Es ist leicht, mein Gewissen zu einer bestimmten Haltung zu nötigen, doch ich habe keinen Einfluss darauf, wie andere denken. Zum ersten Mal, seit ich mich auf diese Affäre eingelassen habe, fühle ich mich furchtbar einsam. Wo ist Jack? Wo bleibt er, wenn er mich festhalten und mir sagen sollte, dass alles gut wird? Wut kocht in mir hoch und lässt meinen Magen erneut rebellieren. Er ist bei seiner Frau, vögelt sie in der Toilette der Galerie. Mein Handy plingt, und obwohl ich weiß, dass es meine Wut nur in die Höhe katapultieren wird, öffne ich seine Nachricht.

Wo bist du hin? Ich vermisse dich.

Angewidert verziehe ich den Mund und lösche die leeren Worte vom Display. Es *klang* nicht, als würde er mich vermissen. Ich verlasse die Toilette, gehe direkt an die Bar und bestelle mehr Alkohol. Diesmal klingelt mein Handy, und ich wappne mich, ranzugehen. »Hallo?«

»Wo bist du?«, fragt er flüsternd, sodass ich Mühe habe, ihn bei der Musik im Hintergrund zu verstehen. Er hat eine ruhige Ecke gefunden, um mich anzurufen, fern von ihr. »Annie?«

»Ich bin beschäftigt.« Ich lege auf, doch bevor ich unsere Drinks nehmen kann, klingelt es wieder. »Was?«, frage ich patzig.

»Was ist los mit dir?«

»Nichts. Geh zurück zu deiner Frau, Jack«, fauche ich, lege auf und ignoriere die nächsten drei Anrufe, während ich Wein hole und ihn an den Tisch bringe. Ich winke Nat und Lizzy auf der Tanzfläche zu, und beide recken die Daumen, als sie die Flasche in meiner Hand sehen.

»Wenn das nicht Annie Ryan ist«, sagt eine Männerstimme hinter mir, und ich drehe mich zu einem gut aussehenden Typen um, der niedlich lächelnd an einem Tisch in der Nähe lehnt. Zunächst nehme ich nur Schenkel wahr. Dicke Rugbyspieler-Schenkel.

»Tom«, sage ich und versuche, es nicht wie eine Frage klingen zu lassen. Er ist der letzte Mann, mit dem ich vor Jack geschlafen habe. Ein Freund eines Freundes von Jason.

»Gut geraten«, scherzt er. »Wie geht es dir?«

»Prima, danke. Und dir?«

»Kann nicht klagen.« Er zeigt auf mein leeres Glas. »Möchtest du was trinken?«

Meine gellende Wut wird von der unerwarteten Möglichkeit gerammt, die mir vor die Füße gefallen ist. Ich dachte, Alkohol wäre meine einzige Flucht. Vielleicht lag ich falsch. Ich vergesse die volle Flasche, die ich eben auf den Tisch gestellt habe. »Warum nicht?«, erwidere ich lächelnd. »Sauvignon, bitte.«

»Klein? Groß?«

»Groß.«

Tom geht an die Bar und bestellt, während ich mit dem dämlichen Teil meines verkorksten Hirns ringe, der mir sagt, ich solle nichts tun, was ich bereuen könnte. Eigentlich ist es nicht so schwer, den Teil zum Teufel zu jagen. Das Einzige, was ich derzeit bereue, ist, dass ich mich auf eine Affäre eingelassen habe. Ich erinnere mich daran, dass ich rein theoretisch immer noch Single bin. Rein theoretisch bin ich frei zu tun, was ich will, wann ich will. Ich bin nicht verheiratet. Wenn Jack alles auf einmal haben kann, kann ich es auch.

Ich sehe zur Tanzfläche, wo sich Lizzy und Nat wie besoffene Idiotinnen umherwerfen, und bemerke, dass beide zu mir blicken. Lizzy grinst, und Nat reckt die Daumen in meine Richtung. Nun ist klar, dass sie Tom gesehen haben. Und sie glauben, dass ich die letzten vier Monate enthaltsam gelebt habe. Notfalls würden sie mich zusammen mit Tom ins Bett schubsen.

Ich nehme das Glas mit einem dankbaren Lächeln an und mache meine Augen wieder mit Tom vertraut. Er sieht gut aus, allerdings auf eine raue Art. Seine Nase wurde eindeutig schon mehrmals gebrochen, und er hat eine Narbe an einer Augenbraue. Sein Haar ist kurz und kraus, sein Hals muskulös. »Wie ist es dir ergangen?«, frage ich, um ein Gespräch anzufangen, als er sich auf Lizzys Hocker setzt.

»Super, um ehrlich zu sein. Ich war letztens in Schottland in einer Trainingseinrichtung für Jugendliche.«

»Klingt gut. Aber jetzt bist du zurück?«

»Es war ein befristetes Programm bei einem der Liga-Clubs. Nächsten Monat starten wir eins hier bei Twickenham.«

Ich nicke. »Dann spielst du also Rugby?«

Er lacht. »Wie hast du das erraten?«

Achselzuckend stelle ich mein Glas auf den Tisch. »Muss an den Blumenkohlohren liegen.«

»Hey!« Er streckt eine Hand vor und stupst mit der Faust an mein Kinn. »Ich trage einen Kopfschutz.«

Ich lächle scheu. »War nur ein Witz. Es hört sich nach einem tollen Job an.«

»Ist es. Was machst du so, Annie?« Er trinkt einen Schluck von seinem Pint und grinst. »Das letzte Mal, dass wir uns gesehen haben, haben wir nicht direkt viel geredet.«

Ich erwidere sein Grinsen. An jene Nacht erinnere ich mich gut. Da waren eine Menge Alkohol und viel Gelächter im Spiel, und sie endete mit Sex in sehr betrunkenem Zustand. »Nein, aber wir haben eine Menge anderes gemacht.«

»Ich habe hinterher versucht, dich anzurufen.« Er beobachtet mich aufmerksam. »Warum hast du mir deine Nummer gegeben, wenn du gar nicht vorhattest, meine Anrufe anzunehmen?«

»Irgendwie übernahm die Arbeit mein Leben.«

»Ich dachte, dass du vielleicht mit jemand anderem zusammen wärst.«

»Nein!«

»Und bist du es jetzt?«

Ich schlucke und hole tief Luft. »Nein«, antworte ich ruhig und hundertprozentig überzeugt.

19. Kapitel

Man frage mich nicht, was ich tue, denn das könnte ich nicht sagen. Das scheint dieser Tage mein Lebensmotto zu sein. Ich weiß nur, dass ich leide, und das umso mehr, als mir tief im Innern klar ist, dass mir nicht zusteht, mich betrogen zu fühlen. In meinem Kopf herrscht reinstes Gedankenchaos, denn ich komme mir trotz allem betrogen vor. Was eine wahnwitzige Behauptung ist. Vielleicht ist es Karma. Vielleicht hat das Schicksal beschlossen, dass Annie Ryan nicht glücklich sein soll. Sie soll nicht bekommen, was sie unbedingt möchte, weil sie gelogen und getäuscht hat, um es zu kriegen.

Ich steige vor meiner Wohnung aus dem Taxi, Tom dicht hinter mir. Er knallt die Wagentür zu, was durch die Nacht hallt. Wir hatten einen kurzen Moment vor der Bar, nicht viel, bloß ein Blick, doch er genügte, dass er fragte, ob ich Gesellschaft wünsche, und er genügte, dass ich bejahte. Als ich den Weg hinaufgehe, frage ich mich, was ich hier tue und was es bringen soll. Darauf habe ich keine Antwort. Ich bin über alle Maßen verletzt, und das macht mich selbstzerstörerisch. Ich schließe auf, öffne die Tür und lasse Tom hinein.

»Hübsche Wohnung«, sagt er, als er die Tür hinter sich schließt. »Wohnst du schon länger hier?«

»Erst ein paar Monate.« Ich gehe in die Küche. »Tee, Kaffee, Alkohol?«

»Das, was du trinkst.«

Seine Antwort lässt mich kurz stocken. Ich sehe zwischen dem Wasserkocher und den Weingläsern hin und her. Es scheint mir blöd, dass die simple Wahl des Getränks bestimmen könnte, wie der Rest der Nacht verläuft. »Ist Weißwein okay?«, frage ich und nehme zwei Gläser aus dem Schrank.

»Klingt gut für mich.« Er geht auf die Glasflügeltür zu, die in den Garten führt. »Das ist klasse«, sagt er und öffnet sie, während ich uns einschenke. »Ich wohne im fünften Stock eines Hochhauses. Ohne Balkon oder so.«

Ich folge ihm mit den Gläsern nach draußen in meinen kleinen Garten. »Hier.« Ich gebe ihm eins, und er hebt es an, bevor er trinkt. »Cheers«, sage ich.

Er schlendert hinüber zur Weide, schiebt einige Zweige beiseite und betrachtet den verborgenen Flecken dahinter. »Das ist echt cool.«

»Es ist meine Ruhezone«, erkläre ich. Inzwischen ertönen wieder Stephanies gequälte Lustschreie in meinem Kopf, begleitet von Jacks Knurren. Und das in einer Endlosschleife. Wieder und wieder, immer lauter. Ich schließe die Augen, werde jedoch aus meiner Pein erlöst, als Tom sagt: »Du hast mir nie erzählt, was du machst.«

»Ich bin Architektin.«

»Nicht schlecht. Hast du irgendwas entworfen, das ich kennen könnte?«

»Du meinst wie *The Shard*, diesen Wolkenkratzer, oder etwas ähnlich Bekanntes?«, frage ich schmunzelnd.

Tom lacht. »Nein, ich weiß, dass es irgendein Italiener war, der *The Shard* entworfen hat. Und du bist nicht italienisch und definitiv kein Kerl.«

Er zwinkert mir zu, was mich zum Lachen bringt.

»Das war Renzo Piano. Leider spiele ich nicht mal annähernd in seiner Liga, aber, wer weiß, vielleicht irgendwann mal.« Ich zucke mit den Schultern.

Tom tritt lächelnd einen Schritt näher, sodass wir keinen halben Meter voneinander entfernt sind. Ich sehe zu ihm auf und erblicke weiche, fragende Augen.

»Ich hoffe, dass ich das hier nicht falsch deute.«

Er kommt noch näher, und ich halte den Atem an, während ich warte, dass seine Lippen meine berühren. Als sie es tun, atme ich aus und entspanne mich, nehme den Kuss an. Seine Lippen sind weich und sanft, und er bewegt sie langsam an meinen. Mein Kopf leert sich, was eine Erleichterung ist. Eine Atempause. Ich kann mir die Chance nicht entgehen lassen, mich von den mentalen Ketten zu befreien, in die ich mich selbst gelegt habe. Und sei es nur vorübergehend.

Das Weinglas in der einen Hand, nutze ich meinen freien Arm, um ihn auf Toms breite Schultern zu legen und seinen Kuss zu erwidern. Meine Bereitwilligkeit treibt das Ganze ein wenig an. Ich hoffe, dies hier wird mich weiter weg von meinem Schmerz bringen, was sich jedoch als falsch erweist, als hinter meinen geschlossenen Lidern Bilder von Jack auftauchen. Ich versuche, sein schönes Gesicht zu verdrängen, und fühle, wie Tom mir das Kleid von den Schultern schiebt, bis die Träger meines BHs freigelegt sind. Des BHs, den Jack für mich gekauft hat. Ich halte durch, vertiefe unseren Kuss in der Hoffnung, meinen momentanen Lapsus zu überwinden.

Ein lautes Krachen unterbricht uns, und Tom schreckt zurück, um zur Gartentür zu schauen.

»Was war das?«, fragt er ein wenig benommen.

»Weiß ich nicht.« Ich laufe in die Wohnung, um nachzuschauen, schaffe es aber nur bis in die Küche, weil Jack durchs Wohnzimmer geprescht kommt. Schlitternd bleibe ich stehen, geschockt, ihn hier zu sehen. Er wirkt irrsinnig und starrt mich mit wildem Blick an. Seine Brust hebt und senkt sich unter schweren Atemzügen. Das Hemd hängt ihm aus der Hose, seine Weste ist aufgeknöpft, und seine Krawatte baumelt ihm halb vorm Oberkörper. Er sieht völlig fertig aus, und als er etwas hinter mir fixiert und sich seine Züge verhärten, weiß ich, dass er meinen Besucher entdeckt hat.

Ich fürchte, dass Jack jeden Augenblick in die Luft gehen könnte und meinem *Gast* etwas antut. Das darf ich nicht zulassen.

Ich drehe mich zu Tom um. »Tut mir leid, aber ich glaube, du solltest jetzt lieber gehen.« Ich nehme ihm das Weinglas ab und stelle es beiseite. Mir gefällt nicht, wie wütend er Jack ansieht.

»Wer ist das?«, fragt er, sein Blick weicht nicht von dem derangierten Mann in meiner Küchentür.

Ich höre, wie Jack Luft holt, und warte, dass er etwas sagt, doch es kommt nichts. Was kann er schon sagen? Dass er der verheiratete Mann ist, der mich vögelt?

»Ein Freund«, antworte ich und ergreife Toms Arm. »Ich bringe dich zur Tür.« Als ich mit ihm auf die Küchentür zugehe, schaue ich Jack genauso streng an wie er mich. Er tritt zur Seite, seine Nasenflügel blähen sich aggressiv, als wir an ihm vorbeigehen. Ich sehe, dass es ihn alle Kraft kostet, sich nicht auf Tom zu stürzen und ihn windelweich zu prügeln.

»Ich weiß nicht, wie klasse ich es finde, dich mit ihm allein zu lassen«, sagt Tom an der Tür. Sie steht offen und ist um das Schloss herum aufgesplittert.

Ich schüttle den Kopf. »So ist er nicht«, murmele ich leise und versuche zu lächeln.

»Da würde deine Haustür wohl widersprechen.« Tom zeigt stirnrunzelnd auf das lädierte Holz.

Mir tut aufrichtig leid, ihn in diese Lage gebracht zu haben. »Tut mir leid.«

»Ein Ex?« Tom zieht eine Braue hoch.

Ich nicke nur, denn was soll ich sagen?

»Ich glaube nicht, dass er über dich hinweg ist.« Er lacht. »Ich hoffe, du bekommst das hin.«

Nun wird er so ernst, dass ich ein noch schlechteres Gewissen habe. Er bückt sich und gibt mir einen Kuss auf die Wange.

»Denk an mich, falls nicht, ja?«

Ich drücke seinen Arm. »Danke für die Drinks und das Gespräch.«

»Kein Problem. Man sieht sich, Annie.«

Ich schiebe die Tür mehrmals zu, doch das Schloss greift nicht mehr. Der Schaden ist enorm, Holzteile sind abgesprengt und liegen auf dem Boden. Hat Jack die Tür eingetreten? Hat er allen Ernstes die Tür eingetreten und ist in mein Haus gestürmt, als hätte er irgendeinen Anspruch auf mich?

Ich marschiere in die Küche, wo Jack an der Wand lehnt, den Kopf nach hinten geneigt, immer noch schwer atmend und die Fäuste geballt. Als er mich kommen hört, stemmt er sich von der Wand ab und sieht mich an. Sein Mund ist verkniffen.

»Wo ist Stephanie?«, frage ich und nehme eine nicht minder drohende Haltung ein.

»Das ist mir scheißegal!«, brüllt er, und ich weiche einige Schritte zurück, als er sich aufrichtet und auf mich zeigt. »Mir ist egal, wie unvernünftig es klingt, aber du triffst dich nicht mit anderen Männern! Wie konntest du mir das verdammt noch mal antun?«

Wie ich ihm das antun konnte? Wie *ich ihm* das antun konnte? »Du selbstsüchtiges Arschloch!« Ich fege mein Weinglas vom Tresen, sodass es quer durch die Küche segelt und an der Wand zerschellt. Das Klirren hallt eine Ewigkeit nach. »Glaubst du, mir hat es Spaß gemacht, dir und ihr vorhin zuzuhören?«

Jack zieht den Kopf ein wenig zurück, reißt die Augen weit auf und sieht mich misstrauisch an. »Du hast uns gehört?«

»Auf der Toilette in der Galerie!«, schreie ich. »Du konntest nicht mal warten, bis ihr wieder zu Hause seid, ehe du sie vögelst!« Unwillkürlich halte ich mir die Ohren zu, um die Geräusche in meinem Kopf abzustellen. Ich fühle, wie sich Jacks Hände um meine Handgelenke legen, und versuche, meine

Arme nach unten zu ziehen. »Fass mich nicht an!« Ich wehre mich aufgebracht und hysterisch gegen ihn und weine.

»Annie, verdammt noch mal!«

Seine Versuche, mich zu beruhigen, werden energischer. Er dreht mich um, hält meine Hände auf meinem Rücken fest und drückt mich an die Wand. Dort presst er sich von hinten an mich. Sein Atem geht genauso schnell wie meiner.

»Beruhige dich.«

Ich mag nicht entkommen können, doch das stellt weder mein unkontrollierbares Zittern ab noch die Tränen, die mir übers Gesicht strömen. »Geh«, presse ich schluchzend hervor. »Geh einfach.«

»Ich gehe nirgends hin«, verspricht er und verändert seinen Griff, sodass er meine beiden Unterarme mit einer Hand umklammert. Ich schließe die Augen, suche die Dunkelheit, die zu meiner Welt passt, kann aber nichts gegen die verzweifelten Schreie tun, die mich innerlich zerreißen. Jack wartet, bis meine Schluchzer verebben, bevor er wieder etwas sagt. Nach wie vor hält er mich fest.

»Ich habe sie da reingebracht, damit sie sich einkriegt, Annie. Sie torkelte wild herum, wurde immer lauter und ausfallender.«

»Ich habe ihr Stöhnen gehört und dein Knurren. Sie sagte, dass du ihr das Kleid ausziehen sollst. Hast du? Hast du ihr das verdammte Kleid ausgezogen, Jack?«

Er dreht mich um, ohne meine Hände loszulassen, sodass sie nun an die Wand gedrückt sind. Seine Wangenmuskeln unter den leichten Stoppeln arbeiten.

»Sie hat versucht, mich auszuziehen. Sie war betrunken, Annie. Ich tat nichts weiter, als sie abzuwehren. Und ich habe nicht geknurrt, sondern geflüstert, weil ich hörte, dass jemand hereinkam!«

Ich stoße meinen Kopf gegen die Wand, will dem Zorn entkommen, der in seinen Augen funkelt.

»Hörst du mich?«, brüllt er mir entgegen. »Hörst du, was ich dir sage?«

Ich nicke. Mein Kinn bebt, und mein Gesicht brennt.

»Wärst du *eine* Minute länger in dem Raum geblieben, hättest du den Streit gehört. Du hättest mich da rausstürmen gesehen. Du hättest gesehen, wie Stephanie eine Kellnerin ohrfeigte, weil sie angeblich auf meinen Arsch geschaut hat.«

Ich schlucke mein Entsetzen herunter, unfähig, erleichtert oder dankbar zu sein. »Was?«

Er lacht verbittert. »Oh ja, sie hat heute Abend einen Glanzauftritt hingelegt.«

»Das hättest du mir sagen müssen«, flüstere ich.

»Du hast mir keine Chance gegeben.«

Jack schließt die Augen, sein Körper entspannt sich an meinem. Dann geht er ein Stück auf Abstand, hebt sein Hemd hoch und dreht sich von mir weg. Ich halte mir entsetzt eine Hand vor den Mund, als ich seinen Rücken sehe: rote, blutige Kratzer.

»Jedes Mal, wenn ich sie ansehe, Annie«, sagt er leise. »Sehe ich die Drohung in ihrem Blick. Sie weiß, dass ich sie im Geiste längst verlassen habe.« Er knirscht hörbar mit den Zähnen, als er sein Hemd loslässt und sich zu mir wendet. Nun öffnet er seine grauen Augen und blickt in meine. »Sie wird mir das nicht leichtmachen, auch wenn sie nichts von dir weiß.«

Ich schniefe, empfinde furchtbare Schuldgefühle. Er steht das alleine durch, ist täglich mit Stephanie und ihrem Kontrollzwang konfrontiert, während ich den Kopf in den Sand gesteckt habe.

»Du bist das Einzige, was mich aufrecht hält, solange ich versuche, diesen Mist zu klären. Gib mich jetzt nicht auf, Baby. Bitte.«

Jacks Blick fällt auf meine Schulter, und ich beobachte, wie seine Wangenmuskeln erneut zu arbeiten beginnen. Er hebt eine Hand und streicht über meinen BH-Träger. Es ist nicht liebevoll.

In dem Moment, in dem sein angewiderter Blick auf mein Gesicht fällt, wird mir klar, was ihn zwingt, die Beherrschung zu wahren.

»Du trägst meine Unterwäsche«, flüstert er und schluckt, ringt um Fassung. Es gelingt ihm nicht. Er packt meine Oberarme und hält mich fest. »Du hast meine Unterwäsche an und wolltest mit einem anderen ins Bett?«

Ich schüttle matt den Kopf.

Jack weicht zurück. »Hast du ihn geküsst? Sag mir, dass du ihn nicht geküsst hast.«

Nun regt sich mein Trotz. »Ich nehme seit Monaten hin, dass du jeden Abend mit *ihr* ins Bett gehst. Nicht mit mir, mit *ihr*.« Wieder kommen mir die Tränen. »Und *ich* sollte es sein.« Ich huste ein Schluchzen weg und wende den Blick ab.

Jack lässt mich knurrend los und weicht weiter zurück. »Diese Situation ist Gift für uns«, murmelt er und streicht sich frustriert mit einer Hand durchs Haar.

Ohne seinen Halt sacke ich an der Wand nach unten, bis ich auf dem Fußboden hocke. Er reibt sich grob die Augen und lässt den Kopf in den Nacken fallen.

»Ich weiß, dass du Angst vor den Auswirkungen hast, Annie«, meint er nun sehr ruhig. »Glaub mir, die habe ich auch, aber es reicht.«

Mein Herz klopft heftig, als er vor mir auf die Knie sinkt, meine Hände ergreift und näher an mich rückt.

»Annie, hör mir zu.« Er drückt meine Hände und sieht mich todernst an. »Wenn ich noch einen Tag länger in dieser Hölle bleibe, wird nichts mehr von mir übrig sein.« Er lässt mich los und legt seine Hände an meine Wangen, die er festhält, während mir weiter die Tränen übers Gesicht laufen.

»Ich bin wahnsinnig verliebt in dich, und ich hasse es, dass mich meine verkorkste Situation von dir fernhält. Mir sind die Konsequenzen gleich. Ich kann mich nicht mehr von ihr manipulieren lassen. Und mir ist egal, was die Leute von mir halten, wenn ich gehe.«

Er küsst mich auf die Stirn, lässt seine Lippen dort, und wie von selbst umfangen meine Hände seine Schultern.

»Wir machen uns schon zu lange was vor, Baby. Ich gebe mich nicht mehr mit einer Teilzeitliebe zufrieden. Ich will bei dir sein. Jeder aufgeschobene Tag ist ein verlorener Tag mit dir und nimmt mir ein weiteres Stück von mir.«

Ich breche in seinen Armen zusammen, fühle mich, als würde sich unsere Lage zuspitzen. Der Schmerz und die Verzweiflung, die sich damit abzeichnen, sind mir klar, doch ich weiß auch, dass es schlimmer wird, als ich es mir vorstelle. »Ich will dich nicht verlieren«, murmele ich schwach. Mir ist bewusst, dass Stephanie ihn manipuliert, ihm Schuldgefühle einredet und seine Entscheidung beeinflusst. Wie kann sie mit dem Wissen glücklich sein, dass er unglücklich ist?

»Du wirst mich nicht verlieren. Das schwöre ich bei Gott.« Er atmet tief ein, als er seine Lippen von meiner Stirn löst und mich direkt ansieht. »Es wird nicht leicht, doch solange ich dich am Ende habe, stehe ich es durch.« Jacks Stimme zittert und seine Unterlippe bebt. »Ich habe entsetzliche Angst, dass du beschließt, ich sei den Kummer nicht wert, und mich verlässt.«

»Nein!«, schreie ich und lege meine Hände auf seine. »Ich könnte dich nie verlassen. Dafür liebe ich dich viel zu sehr.« Es ist furchtbar, wie erleichtert er wirkt, als hätte er daran gezweifelt. Ich mag es ihm nie ausdrücklich gesagt haben, doch auf jede andere Art habe ich es ihm gezeigt. Nie hätte ich mich für weniger als Liebe in diese Situation gebracht. Die Sorte Liebe, die einen aufrecht hält. Die einen atmen und leben lässt. Jack ist mein Leben. Er ist mein Pulsschlag. Er ist alles.

Nickend streicht er mir übers Haar und massiert mir sanft den Nacken. »Dann machen wir das zusammen. Wir bekommen es hin.«

Er sinkt auf die Fersen, zieht mich auf sich und hält mich, wie er mich noch nie gehalten hat. Sein Herz pocht wild, und sein angestrengtes Schlucken lässt keinen Zweifel an seinen Gefühlen.

»Ich liebe dich. Ich werde nie bereuen, dass ich in jener Nacht nicht weggegangen bin«, sagt er leise.

Bei allem Unglück muss ich lächeln, drücke ihn fester und bekräftige meine Gefühle. »Über die Straße zu gehen, war das Beste, was ich je getan habe.«

Er küsst mich auf den Scheitel und streichelt mich, während ich mich in seine Arme schmiege und mich von seinen Berührungen beruhigen lasse.

»Alles wird gut.« Sanft löst er sich von mir und lächelt verhalten.

In diesem Lächeln spiegeln sich alle Furcht und alle Sorge, die mich erfüllen.

»Ich sollte gehen«, sagt er bedauernd, als sein Handy klingelt.

Seufzend blickt er aufs Display, und ich sehe ebenfalls hin. Ihr Name starrt uns entgegen und steigert unser Unglück.

»Wo ist sie?«

»Zu Hause. Ich bin gegangen, als sie mit ihren Krallen auf mich einschlug.«

Ich verziehe das Gesicht, merke allerdings auch, wie sich Wut in mir regt. Je eher er da rauskommt, desto besser. Er steht auf, zieht mich hoch und streicht mir das Haar aus dem tränennassen Gesicht.

»Ich muss deine Tür noch reparieren, ehe ich verschwinde.« Er nimmt meine Hand und geht mit mir in den Flur, wo die Tür buchstäblich aus den Angeln hängt. Unmöglich kann Jack das reparieren. Er wäre die ganze Nacht beschäftigt.

»Ich rufe einen Schlosser.«

»Ich kann dich nicht so hier allein lassen.«

»Dann hättest du sie nicht eintreten dürfen«, murmele ich.

»Dann hättest du keinen Mann mit nach …«

Ich halte ihm den Mund zu, und er reißt die Augen weit auf und beißt mir in die Hand.

»Autsch!« Ich nehme die Finger rasch zurück, doch die Millisekunde, die ich habe, um mich zu revanchieren, wird mir genommen, denn er fasst mich in der Taille und drückt mich an sich. Dabei nimmt er meine Arme und legt sie um seine Schultern, sodass sich unsere Nasenspitzen fast berühren. Ich runzle die Stirn, und er lacht leise. Ich habe keine Ahnung, warum. Der heutige Abend war ungefähr so witzig wie ein Horrorfilm. »Wieso lachst du denn?«, frage ich mürrisch.

»Weil ich, wenn ich nicht lache, mich blamieren würde, indem ich losflenne.«

Ich seufze. »Geh lieber.«

Sofort verlieren seine Augen jeden Glanz. »Ich möchte dich nicht verlassen.«

»Du hast keine Wahl.« Ich entwinde mich ihm und gehe zur Tür, damit ich ihn nicht anflehe zu bleiben.

»Sehe ich dich morgen? Ich bin den ganzen Tag im Büro, doch mittags könnte ich für eine Stunde zum Essen weg.«

Ich zwinge mich, die Hände unten zu lassen, als er vor mir steht und mich hoffnungsvoll ansieht. Nach allem, was war, möchte ich ihn zu Boden ringen und mich an seiner Brust verstecken. Und ihn vor *ihr*. »Du bist im Büro? Aber es ist Samstag.«

»Ich habe einiges aufzuarbeiten.«

Und es hält ihn weg von zu Hause. »Wo?«, frage ich.

»Da gibt es einen kleinen Laden hinter den Docks.«

»Ist das nicht ein bisschen zu nahe an deinem Büro?«

»Es ist Samstag, da wird niemand aus der Firma dort sein.«

»Abgemacht«, stimme ich zu. Wenn Jack keine Bedenken hat, gibt es keinen Grund, nicht hinzugehen. »Mittags? Ich treffe mich um zehn mit Micky zum Kaffee. Aber das wird nicht länger als eine Stunde dauern.«

»Um zwölf«, bestätigt Jack, bleibt an der Tür stehen und inspiziert noch einmal das zersplitterte Holz. »Ruf gleich einen Schlosser und schreib mir, wenn sie da waren.« Er sieht mich streng an.

Ich seufze. »Ich kann dir nicht schreiben.«

»Doch, kannst du und wirst du. Ich schlafe nicht, ehe ich weiß, dass es erledigt ist.«

Wird er ein bisschen risikofreudig? Alle Zeichen deuten darauf hin. Meine Tür eintreten, mich zum Mittagessen treffen, mir sagen, dass ich ihm eine Textnachricht schicken soll, wenn er im Bett liegt. Ich weiß, dass er eine Entscheidung getroffen hat, dennoch muss er es vorsichtig angehen und überlegen, wann und wie er tut, was getan werden muss. Bei dem Gedanken jagen mir kalte Schauer über den Rücken.

Er küsst mich auf die Wange und eilt den Weg hinunter. »Ich schreibe dir die Adresse des Restaurants.«

»Ist gut. Bis morgen.« Ich drücke meine Tür so gut zu, wie es geht. Dann mache ich mich auf die Suche nach meinem Handy, um einen Schlosser zu rufen. Sie können mir keine genaue Zeit sagen, wann jemand kommt, also bleibt mir, nachdem ich Jack Bescheid gegeben habe, keine Wahl, als auf der Couch zu sitzen und zu warten. Zu gerne würde ich ins Bett fallen und aufhören zu denken. Aber darauf kann ich so oder so nicht hoffen.

Er verlässt sie. Man sollte meinen, dass sich jede Frau, die in einen verheirateten Mann verliebt ist, genau das wünscht, doch nach allem, was ich weiß, empfinde ich mehr Angst als Freude.

Angst um Jack.

Meinen Jack.

20. Kapitel

Ich wache wegen eines Hämmerns auf – endloses, panisches Hämmern. Benommen steige ich aus dem Bett und stolpere durch den Flur zur Haustür, während ich versuche, richtig munter zu werden, und meinen eingeschlafenen Arm schüttle. Er kribbelt entsetzlich, was zur Folge hat, dass ich zunächst den Knauf nicht drehen kann, um die Tür zu öffnen. Im Geiste ermuntere ich meine Muskeln aufzuwachen. Derweil wird weiter von draußen an die Tür gehämmert, und mit jedem ungeduldigen Pochen dröhnt mein Kopf schlimmer. »Augenblick!«, brülle ich, wechsle die Hand und ziehe die Tür auf.

Ich knurre, bevor meine verschlafenen Augen erkennen, wer da steht. Sobald die verschwommene Silhouette Jacks Züge annimmt, bin ich wach. Er sieht ein bisschen nervös aus. »Was machst du denn?«

»Es ist ein Uhr.« Er schiebt mich nach drinnen und schließt die Tür hinter sich. »Erst hast du nicht auf die Adresse reagiert, die ich dir geschickt habe, und dann kreuzt du einfach nicht auf.« Er zeigt auf mein Gesicht. »Ich war krank vor Sorge!«

Ich blinzle mehrmals, bis alles, was er gesagt hat, in meinem Gehirn angekommen ist. »Es ist ein Uhr?«, wiederhole ich panisch, drehe mich um und renne ins Wohnzimmer, um mein Handy zu suchen. »Ich sollte mich um zehn mit Micky treffen!«, rufe ich, rupfe die Kissen von der Couch und werfe sie über meine Schulter. Kein Telefon. Ich fühle zwischen den Polstern.

»Suchst du das hier?« Jack nimmt mein Handy vom Fernsehschrank und hält es in die Höhe.

»Ja!« Ich laufe zu ihm, reiße es ihm aus der Hand und stelle fest, dass der Akku leer ist. »Scheiße!« Hastig stöpsle ich es ein und warte ungeduldig, dass es angeht. Im nächsten Moment beginnt es, chaotisch zu piepen und zu bimmeln. Ich zucke bei jedem Geräusch zusammen und sehe verpasste Anrufe und Textnachrichten auf dem Display aufleuchten, nicht nur von Micky, sondern auch von Nat und Lizzy. Im Geiste sehe ich Micky vor mir, wie er sie anruft und sich erkundigt, wo ich stecke. In den Textnachrichten fragen sie mich alle, wo zur Hölle ich bin und ob meine Nacht den Erwartungen entsprochen hat. Rasch wähle ich Mickys Nummer, weil ich fürchte, dass er auf dem Weg hierher sein könnte. »Verdammt«, murmele ich, als die Mailbox anspringt. »Ich bin es. Ich habe verschlafen«, sage ich idiotisch lachend. »Ruf mich an!«

Anschließend rufe ich Nat an und erzähle ihr dasselbe, gehe jedoch etwas weg von Jack, als sie ein bisschen zu laut fragt, ob ich heute Morgen noch laufen kann. Ich blicke zu ihm. Seine Nasenflügel beben gefährlich. »Ich melde mich später wieder«, sage ich und lege auf. Dann melde ich mich bei Lizzy. Sie könnte weniger leicht abzuwimmeln sein.

»Wo zum Teufel bist du?«, begrüßt sie mich.

»Ich habe verschlafen.« Ich verziehe das Gesicht und warte auf eine ungläubige Erwiderung. In den zehn Jahren, die Lizzy mich kennt, habe ich nie verschlafen. Zumindest nicht so lange. Ich blicke zu Jack, der sichtlich genervt die Augen verdreht.

»Ich bin unterwegs zu dir, um nachzusehen, ob du noch lebst.«

»Nicht nötig!« Ich werfe Jack einen gequälten Blick zu und beobachte, wie er sich auf die Couch fallen lässt. »Ich will gerade zu meinen Eltern fahren.«

»Ah, alles klar. Und, wie war's? Siehst du ihn wieder? Ich mag Rugbyspieler-Tom!«

Ich drehe mich weg von Jack und verziehe das Gesicht. »Ich kann jetzt nicht reden.«

»Oh mein Gott! Ist er noch da?« Sie quiekt aufgeregt. »Ruf mich später an! Ich will sämtliche schmutzigen Details hören.«

»Mach ich.« Ich lege auf, lasse mein Handy auf die Couch fallen und bin erschöpft von der Mammut-Übung im Lügen. »Ich kann nicht glauben, dass ich so lange geschlafen habe.« Was mich eigentlich nicht wundern sollte. Der Schlosser kam erst um vier, und bis ich im Bett war, war es fünf.

»Nur keine Panik«, brummelt Jack. »Es ist ja nicht so, als hätte ich deinetwegen einen Herzinfarkt bekommen oder so.«

»Was hast du denn gedacht, das mit mir passiert ist?«, frage ich und gehe an ihm vorbei in die Küche. »Es bestand keine Gefahr, dass der Irre, der mir die Tür eingetreten hat, noch mal zurückkommt.«

»Er ist jetzt hier«, antwortet er leise und rauchig und … sehr dicht hinter mir.

Ich wirble herum und kollidiere mit seiner Brust. »Oh!« Nun werde ich gepackt und hochgehoben, dann küsst er mich lange und leidenschaftlich. »Hmm.« Ich seufze und lasse mich in die weichen Kreisbewegungen seiner Zunge fallen. »Dir auch guten Tag.«

»Mist, du hast mir gefehlt.« Seine Lippen bleiben auf meinen, als er mich wieder herunterlässt.

»Es waren zwölf Stunden.«

»Jede Minute fühlt sich wie ein Jahrhundert an«, murmelt er an meinem Mund. »Ich habe kein Auge zugetan und den ganzen Morgen in einem Tagtraum verbracht und eine Million Mal mit der Gabel auf den Restauranttisch getrommelt, als ich auf dich wartete.« Er hebt den Kopf und sieht mich streng an.

In diesem Moment bemerke ich es. Ein hässliches rotes Mal auf seinem Wangenknochen. Ich mustere die Stelle, Zorn brennt mir ein Loch in den Bauch.

»Es ist nichts.« Er verdeckt die Schramme und tritt zurück, wobei er meinen wütenden Blick meidet.

»Nichts?«, frage ich verwundert. Nichts? Ich fühle, wie ich vor Wut zu zittern beginne. Gestern Abend hat sie ihn mit ihren verfluchten Fingernägeln zerkratzt und jetzt das? »Du magst vielleicht nicht zurückschlagen, Jack, aber mich hält nichts davon ab.« Ich stürme wild entschlossen an ihm vorbei. Ich werde Stephanie suchen und es ihr für all die Male heimzuzahlen, die ich an Jack gesehen habe, *und* für die, die ich nicht gesehen habe.

»Annie, stopp.« Er schlingt von hinten einen Arm um meine Taille und hebt mich hoch.

»Das darf sie dir nicht antun!«, brülle ich und zapple, um mich zu befreien. »Ich schwöre dir, Jack, ich reiße ihr die Arme ab, damit sie dich nie wieder anfassen kann!«

»Annie, beruhige dich, verdammt noch mal.« Seine Stimme ist vollkommen ruhig und gefasst, als er mich zurück in die Küche trägt. »*Du* wirst gar nichts tun.« Er stellt mich ab und bedenkt mich mit einem warnenden Blick.

Es ist einfach nicht fair. »Wie würdest du dich fühlen, hätte ich solche Wunden?« Ich zeige auf seine Wange. Mir ist die Vorstellung zuwider, dass ihre Hand in sein Gesicht geschlagen hat. Sein wunderschönes Gesicht.

Jacks tiefes, bedrohliches Knurren gibt mir die Antwort.

»Stell keine albernen Fragen, Annie.«

»Es ist nicht albern, sondern ernst gemeint. Ich will es wissen.«

Seine Züge werden sehr finster. »Ich würde töten.«

»Sag ich doch.« Ich kneife die Lippen zu einer schmalen Linie zusammen.

Jack ringt merklich um Geduld. »Ich bin nicht hergekommen, um mit dir zu streiten. Bitte lass mich das einfach regeln.«

Ich öffne den Mund, um erneut zu widersprechen, aber er hält ihn mir zu. Meine Augen werden zu Schlitzen.

»Bitte.«

Sein flehentlicher Ton durchsticht meine Wut wie eine Nadel einen prall aufgeblasenen Luftballon, und ich schlucke angestrengt. Ich mache ihm nur zusätzlichen Stress, bereite ihm zusätzliche Sorge. Und obwohl ich nichts lieber täte, als seine Frau in Stücke zu reißen, gebe ich nach. Ich ziehe seine Hand von meinem Gesicht, damit ich sprechen kann. »Tut mir leid.«

»Entschuldige dich nie dafür, dass du mich so sehr liebst.« Seine Finger gleiten in mein Haar und halten mich hinten im Nacken. »Hast du gehört?«

Ich nicke, und Jack erwidert es.

»Gut. Und jetzt könnte ich einen Kaffee vertragen.« Er küsst mich auf die Nasenspitze, dreht mich in seinen Armen um und schickt mich mit einem Klaps auf den Po los.

Ich mache mich daran, uns starken, guten Kaffee aufzubrühen, halte jedoch inne, als ich Pulver in meinen riesigen Becher löffele. »Wo ist sie?«, frage ich und drehe mich zu ihm um.

»Unterwegs hierher auf einen Kaffee«, scherzt er zynisch.

Mich amüsiert sein Versuch, die Stimmung aufzulockern, kein bisschen. »Das ist nicht witzig.«

»Sie ist bei ihren Eltern.« Er verdreht die Augen, als müsste ich das wissen. »Wir …« Er runzelt die Stirn leicht. »Nun, es lief nicht so gut, als ich nach Hause kam.« Er zeigt auf sein Gesicht, und zum ersten Mal frage ich mich, warum sie ihn geschlagen hat.

Oh Mist, hat sie es herausgefunden? Gestern gab es eine ganze Reihe von Hinweisen. Hat sie alle noch einmal durchgespielt und sich zusammengereimt, was los ist? Oder hat Jack ihr gestanden, dass er geht? Ich fluche, doch dann fange ich mich und stelle die logische Frage. »Was ist passiert?«

»Das Übliche.« Er tut es mit einem Schulterzucken ab. »Ich

habe nicht gesagt, was sie hören wollte, also kamen die Fingernägel und das Gekreische zum Einsatz. Sie ist zu ihren Eltern gefahren. Ihr Vater hat Geburtstag. Sie haben sie abgeholt und mitgenommen, damit sie abends da ist, wenn die Familie, Freunde und Geschäftspartner feiern. Der Gedanke, dort zu sitzen und so zu tun, als wäre mein Leben perfekt, als wären wir das ideale Paar, reizte mich nicht. Schon komisch.«

Ich gebe zwei Löffel Zucker in seinen Kaffee – wie er ihn am liebsten trinkt – und rühre um. Dabei beobachte ich ihn und denke, wie lässig er das alles hinnimmt. Weil er daran gewöhnt ist – das Drama, die Streitereien, die Hiebe mit den Fingernägeln –, das ist nicht gut. Ich reiche ihm seinen Kaffee und lehne mich mit meinem Becher in den Händen an die Arbeitsplatte.

»Wie dem auch sei.« Er trinkt einen kleinen Schluck, stellt seinen Becher hin und will mir meinen abnehmen.

Ich wehre mich ein wenig und nehme einen großen Schluck Koffein, bevor ich ihn mir wegnehmen lasse. Leise lachend stellt Jack den Becher hin, umfängt meine Hüften und beugt den Kopf, sodass sein Gesicht dicht vor meinem ist.

»Genug davon. Bei dir soll meine Wohlfühlzone sein.«

»Wohlfühlzone?« Ich weiche etwas zurück, als er eine Hand über meine Taille nach unten gleiten lässt, um die Innenseite meiner Oberschenkel zu streicheln, nur ein winziges Stück von meinem Schritt entfernt. Ich werde unruhig.

»Meine Wohlfühlzone«, bestätigt er und verkneift sich ein Grinsen.

Ich bemühe mich um ein empörtes Luftschnappen. »Frech!«

Jack lacht und es ist ein richtig glückliches Lachen, das mir direkt unter die Haut geht und sich in mein Herz gräbt. Er bückt sich und legt mich über seine Schulter. Ich quieke lachend, als er mich aus der Küche trägt. »Mein Kaffee!«, rufe ich, obwohl er mir eigentlich egal ist, doch ich habe das Gefühl, dass ich mich sträuben sollte.

»Vergiss den Kaffee«, kontert Jack. »Ich habe etwas sehr viel Köstlicheres, um dich wach zu bekommen.«

Ich grinse idiotisch, halte mich an seinen Hüften fest und bewundere seinen Hintern, während er durch den Flur in mein Schlafzimmer geht. Dort lande ich lachend auf dem Bett. Jack zieht sein Anzugjackett aus und wirft es achtlos zur Seite, löst seine Krawatte und knöpft hastig sein Hemd auf.

Ich liege still und glücklich da und schaue zu, wie er sich entkleidet, und benetze mir provozierend die Lippen, als er die Hose über seine muskulösen Schenkel schiebt. Er streift die Schuhe, die Socken und schließlich seine Hose ab, sodass er nur noch Boxershorts trägt. Mein Blick fällt auf seinen Schritt. Er ist hart, und seine Erektion wölbt sich unter dem Stoff, ruft nach mir. Jack hakt einen Finger hinter den Bund seiner Shorts, schiebt sie hinunter, und seine Erektion springt hervor. Mir stockt der Atem, meine Vorfreude wächst.

Ich bedeute ihm mit einer Handbewegung, zu mir zu kommen, doch er schüttelt den Kopf und umfasst seinen Schaft locker.

»Zieh dein T-Shirt aus«, befiehlt er angespannt und streng.

Sofort greife ich nach dem Saum meines T-Shirts und streife es ab, sodass ich meine Brüste enthülle, deren Spitzen pink und hart sind. Jack lächelt. Seine Augen blitzen.

»Jetzt komm her.«

Ich bin auf den Knien und krabble zum Fußende des Betts, den Blick fest auf seine Erektion gerichtet, bis ich mit der Nasenspitze gegen sie stoße. Er hat etwas Köstlicheres als Kaffee. Das war nicht gelogen. Begierig strecke ich die Zunge raus, doch Jack rückt nach hinten, bevor ich ihn berühre. Das ist frustrierend.

»Möchtest du kosten?«

Ich versuche, cool und gelassen zu bleiben. Wobei das entscheidende Wort »versuche« ist. Im nächsten Moment schlage ich seine Hand weg und umschließe ihn mit dem Mund. Jacks Bauch zuckt, und er krümmt sich, um meinen verwegenen Lippen zu entkommen. Keine Chance.

»Oh Mann, Annie.« Er fasst in mein Haar und drückt mich an sich. »Fuck!« Sein freudiger Aufschrei weicht bald einem tiefen, ekstatischen Stöhnen.

Ich sehe nach oben, wobei ich mich weiter nach vorn bewege und es mir bequem mache. Ich liebe es, seinen straffen, samtigen Schaft zu fühlen, der in meinen Mund gleitet und wieder hinaus. Jacks Kopf fällt nach hinten, sein Hals spannt sich an, sodass ich jedes angestrengte Schlucken sehe. Und von denen gibt es viele.

Er schmeckt göttlich. Besser als Kaffee. Jederzeit würde ich dies hier Koffein vorziehen. Seine Hände in meinem Haar umfassen meinen Kopf fester, und er wiegt die Hüften im Takt mit meinen Mundbewegungen. Gleichzeitig verwöhne ich ihn mit der Hand, um sein Vergnügen zu verdoppeln. Dann steigert er *meins*, indem er seine Hände nach unten gleiten lässt, um meine Brüste zu umfangen. Nun bin ich es, die stöhnt, und für einen flüchtigen Moment komme ich aus dem Takt, als ich mich darauf einstelle, dass er meine Brüste knetet. Ich bewege den Mund auf und ab, und jedes Mal stößt seine Schwanzspitze hinten an meinen Gaumen. Ich höre Gemurmel, höre sein Stöhnen, höre lustvolle Schreie. All das befeuert mich. Ich streiche mit der Hand über seinen Bauch, greife zwischen seine Beine und streichle sanft seine schweren Hoden. Sein Körper zuckt heftig.

»Ohhh … fuckkkkk!«

Ich lächle und ziehe meine Lippen langsam zurück, dann umkreise ich die Spitze noch einmal mit der Zunge und beobachte, wie Jack den Kopf nach vorn fallen lässt. Seine Augen sind geschlossen, was jedoch ein zarter Biss in seinen Schwanz korrigiert. Nun reißt er sie auf, sein Blick ist umwölkt vor Verlangen.

»Besser als Kaffee?«, fragt er.

Sein Brustkorb hebt und senkt sich unter den schweren Atemzügen. Sein Blick fällt auf seine Hände, die meine Brüste umfassen. Ich sollte *ihm* diese Frage stellen, doch stattdessen und anstelle einer Antwort pumpe ich mit der Faust und achte darauf, dass ich ihn sehr fest halte.

»Oh verdammt ...« Jack ächzt.

Er bewegt sich unsicher ein Stück nach vorn, sein Griff um meine Brüste verstärkt sich. Ich verziehe das Gesicht, kämpfe mich aber durch dieses minimale Unbehagen und reibe energisch weiter.

»Mist ... Annie ...«

Meine Zunge umkreist seine Spitze, meine Faust arbeitet unermüdlich, und als ich merke, dass sein Orgasmus kurz bevorsteht, umschließe ich das obere Drittel seines Schwanzes mit den Lippen und sauge daran. Das schafft ihn. Jack stößt einen Schwall Flüche aus, gepaart mit ernsten Warnungen. Ich nehme alles an, fühle, wie er zuckend kommt und sich in meinen Mund ergießt.

»Oh Mann!«

Er schnauft, wiegt sich leicht gegen mich und versucht, zu Atem zu kommen. Dann zieht er sich aus mir zurück und sinkt auf mich, sodass ich platt auf dem Bett liege und seinen schweren, schwitzenden Leib auf mir habe. Ich grinse zufrieden und schlucke.

»Du bist verdammt fantastisch.« Er keucht und liegt vollständig auf mir ausgebreitet.

»Und jetzt brauche ich wirklich einen Kaffee.«

Er lacht und stemmt sich mühsam auf die Ellbogen, bis ich sein Gesicht sehe. Ich blende den Bluterguss an seiner Wange aus und schenke ihm ein strahlendes Lächeln, weil ich ziemlich zufrieden mit mir bin.

»Ich buche einmal das hier für den Rest unseres gemeinsamen Lebens.«

»Das wird dich einiges kosten«, warne ich ihn.

»Nenn mir deinen Preis, Baby.«

Seine ernst vorgebrachte Frage erschreckt mich. Ich habe gescherzt, nichts Konkretes im Sinn. »Darf ich darüber nachdenken?«

»Ja, aber nur bis morgen.« Er neigt den Kopf und küsst mich auf die Stirn, bevor er sich mühsam auf den Rücken rollt.

Sofort stütze ich mich auf die Ellbogen und sehe ihn an. »Was passiert morgen?« Hat er den morgigen Tag als den festgelegt, an dem er Stephanie sagt, dass es vorbei ist? Wieder mal bricht mir der Schweiß aus, und das hat nichts damit zu tun, dass ich Jack eben oral befriedigt habe.

Sein Kopf fällt zur Seite. »Du schenkst mir noch mal so was.« Er deutet zu seinem halb steifen Schwanz und auf meinem Mund.

Ich lasse mich neben ihm auf die Matratze fallen und werde ruhiger, jedoch nur ein bisschen, denn wir haben bisher nicht darüber gesprochen, *wann* er vorhat, es ihr zu sagen. Das muss ich wissen. Ich muss vorbereitet sein … und eventuell außer Landes flüchten. Zwar wollte ich nicht fragen und hatte geplant, es nie zu tun, doch diese milden Herzattacken, die ich immer wieder habe, sind nicht gesund für mich. »Jack, ich frage nicht, um Druck zu machen, aber kannst du mir ungefähr sagen, wann du vorhast …« Ich breche mittendrin ab. Warum, weiß ich selbst nicht.

»Ich habe es heute Morgen versucht, bevor ihre Eltern sie abholten.« Er schüttelt den Kopf und sieht zur Seite. »Aber jedes Mal, wenn ich es aussprechen will … Es ist, als würde sie wissen, was kommt, und dann sieht sie mich mit diesem Blick an, der mich daran erinnert, was mich erwartet.«

»Bist du sicher, dass sie es weiß?«, frage ich. Vielleicht irrt er sich. Ich bin selbst nicht sicher, ob es besser wär, wenn sie es ahnte.

»Oh, sie weiß es. Letzte Nacht im Bett hat sie …«

»Holla!« Ich lache und stöhne halb, weil ich nicht fassen kann, dass ihm diese Worte über die Lippen kommen.

Er neigt den Kopf zur Seite und sieht mich ungläubig an. Gleichzeitig nimmt er meine Hand und drückt sie. »Hör einfach zu«, bittet er leise.

Also wappne ich mich, indem ich tief einatme und schon mal prophylaktisch das Gesicht verziehe.

»Ich habe aus offensichtlichen Gründen im Gästezimmer geschlafen.« Er kneift die Augen zu und erschaudert. »Sie kam mitten in der Nacht in mein Bett. Ich stieß sie weg, Annie.« Jack zeigt auf den Bluterguss an seiner Wange. »Sie weiß es.«

Ich erkenne alle möglichen Emotionen in seinem Blick und definitiv Schuld. Er muss Furcht in meinem sehen, denn er sagt rasch: »Sie wird mich nicht zum Bleiben zwingen. Das verspreche ich dir.«

Ich schweige und denke nach. Er muss da raus. Und das sofort, selbst wenn ich nicht in seinem Leben wäre. Das hier ist auf so vielfältige Weise verkorkst. »Wirst du ihr von mir erzählen?«, frage ich und nage nervös an meiner Unterlippe.

»Oh Gott, nein!« Er schüttelt vehement den Kopf. »Nein. Ich will dich möglichst da raushalten, was verflucht hart wird, denn ich weiß, dass ich dich bei mir brauche.«

Er will mich aus der Schusslinie halten, mich schützen vor den Folgen. Aber im Grunde wird sich nichts ändern. Wir müssten trotzdem weiter herumschleichen, weil niemand von uns wissen darf, was mich zu einer anderen Frage verleitet, die ich nicht zu stellen wage. Wie lange noch, bis wir einfach … wir sein können? Was ist die akzeptable Frist, bis sich jemand neu orientieren darf? Was ist die akzeptable Frist für eine Frau, sich mit einem Mann zu verabreden, der kürzlich seine Frau verlassen hat? Monate? Jahre?

Innerlich verzweifle ich fast, weil ich mich frage, wie lange ich warten muss, bis ich sagen kann, dass Jack mein ist. Ganz allein mein. Etwas von ihm ist besser als nichts. Ich könnte nicht weggehen. Kann ich immer noch nicht. Der einzige Ausweg ist eigentlich keiner. Er fühlt sich eher wie eine Strafe an. Wenn Jack sie verlässt, werden die Leute Stephanies Verfassung sehen, denn zweifellos wird sie richtig vor die Hunde gehen. Sie werden Jack verurteilen und mich auch, sobald sie von mir erfahren.

»Annie?«

Jacks nervöse Ansprache lockt meinen Blick von der Zimmerdecke zurück zu ihm. Besorgt drückt er meine Hand, verschränkt seine Finger mit meinen und hält sie fest, als könne er meine Gedanken fühlen und ängstige sich, dass ich fliehe.

»Sollte irgendwer von uns erfahren, geben sie mir die Schuld«, murmele ich und sehe wieder zur Decke. »Für die Leute werde ich der Grund für die Verzweiflung und den Kummer deiner Frau sein, und das bin ich ja auch irgendwie, Jack. Ganz gleich, wie wir die Situation betrachten. Ich habe das Gefühl, dass mich das Karma für den Rest meines Lebens strafen wird.«

»Hey!«

Jack dreht sich zu mir, sodass er seitlich an mich geschmiegt ist, während ich weiter auf dem Rücke liege und an die Decke sehe.

»Du bist nicht der Grund, Annie. Du bist ein Symptom, sonst nichts.«

Ich lache kurz auf. »Im Ernst, Jack, wie viele Leute werden das glauben? Das ist doch ein Haufen Bockmist. Wärst du mir nicht zufällig an jenem Abend in der Bar begegnet, wärst du in deiner Ehe geblieben, unglücklich hin oder her. Jetzt gerade bin *ich* mit ein Grund, weshalb du es nicht tust. Und darum geht es. Ich mache mir nicht vor, dass andere es nicht genauso sehen, wenn sie von uns erfahren.«

»Ich liebe dich«, bringt er durch zusammengebissene Zähne heraus. »Und ich habe sie schon vor dir einmal verlassen, schon vergessen? Hier geht es nicht um den Reiz des Neuen oder irgendwelchen Mist, von wegen toller Sex oder so.«

Er legt eine Hand an meine Wange und ich sehe ihn an.

»Ich mache mir nichts vor, Annie. Ich bin total in dich verliebt. Mir ist egal, wer was denkt, wenn es bekannt wird, aber ich werde alles tun, damit sie nichts Falsches denken. Und ich muss dich da raushalten.« Er küsst mich sanft auf den Mund. »Mir bleibt nur dieses eine Mal auf der Erde. Ein Leben. Ich stehe das nicht bis zum Ende durch, wenn ich jemanden an meiner Seite habe, mit dem ich *nicht* zusammen sein soll. Ich wünschte, ich wäre dir schon damals begegnet und nicht Stephanie. Doch das bin ich nicht. Und ich kann darüber nicht unendlich nachgrübeln.« Sein Blick umwölkt sich, als er mit dem Daumen über meine Unterlippe streicht und darauf starrt. »Ich kann nur dankbar sein, dass du endlich aufgetaucht bist.«

Langsam sieht er wieder in meine Augen, und ich merke, wie meine Lippe unter seinen Berührungen zu beben beginnt.

»Du und ich gegen den Rest der Welt, Baby. Gib nicht auf, ja?«

Vor Kummer ziehe ich eine Grimasse. Meine Kehle ist wie zugeschnürt, als ich mich zu ihm drehe, sodass mein Gesicht an seiner Halsbeuge ist. Ich brauche diese Nähe, diesen Trost … brauche Jack. »Ich liebe dich.« Meine Stimme bebt vor Gefühl, und ich presse mich so fest an ihn, wie ich kann. »Ich halte deine Hand während dieser Geschichte, wenn du meine hältst.«

»Ich lasse nicht los, Annie. Für nichts in der Welt.«

21. Kapitel

Ich blicke über meine Schulter, als ich Jacks Schritte höre, er kommt in die Küche. Er hat sein Handy in der Hand und dreht es nachdenklich hin und her. Ich versenke einen Löffel in meinen frisch aufgebrühten Kaffee. Jack hat seine Boxershorts angezogen, doch der Anblick, der mich normalerweise verzückt, wird von seinen finsteren Zügen überschattet. »Alles in Ordnung?«, frage ich und rühre langsamer.

»Stephanies Vater.« Er hält sein Telefon in die Höhe. »Ich müsste bei seiner Geburtstagsfeier sein, neben meiner Frau.« Sein Lächeln ist angestrengt. »Denn Gott bewahre, dass jemand mein Fehlen bemerkt und was es bedeuten könnte.«

Ich lege den Löffel auf das Abtropfbrett, nehme meinen Kaffee auf und drehe mich zu ihm um. »Falls du gehen musst …« Ich ringe um die Stärke, die ich aufbringen müsste, um zu sagen, was ich nicht aussprechen will. »Dann …« *Ist es nicht gut.* Ich kann ihm unmöglich sagen, dass er hinfahren soll.

»Ich will nicht.« Er spricht leise.

Ich lächle erleichtert, aber auch traurig. »Okay.« Ich nicke, denn ich bin unsicher, was ich sagen soll. Mir ist nicht nach Triumph, weil er nicht hinfährt. Dies ist keine »Mich will er lieber als sie«-Situation.

»Ohne aufdringlich wirken zu wollen, hoffe ich, dass wir etwas unternehmen können«, sagt Jack und sieht mich freudig an.

»Zum Beispiel?« Wir hatten bisher kaum den Luxus, frei bestimmen zu können, wohin wir gehen oder was wir tun.

»Zum Beispiel einfach zusammen sein«, antwortet er achselzuckend, beinahe verlegen. »Quatsch im Fernsehen gucken, Junkfood essen, faulenzen.«

Ich grinse, denn ich muss nicht rausgehen. Nicht, wenn ich mich den ganzen Tag hier mit Jack verstecken und ihn abküssen kann. »Die Idee gefällt mir.«

»Ehrlich?«

Auch er grinst – sehr breit und schön – und bei der Vorstellung, dass ihn etwas so Simples so erfreut, wird mir warm ums Herz.

»Ich muss nur kurz zum Eckladen.« Ich spüle meinen Becher aus. »Ich brauche Milch.«

»Und Junkfood«, ergänzt er zunehmend begeistert. »Besorg diese Erdbeer-Weingummis. Die großen. Giant Strawbs. Ganz viele! Wie wäre es, wenn ich uns was koche?«

»Du willst für mich kochen?« Das klingt wunderbar. Noch nie hat ein Mann für mich gekocht. Niemals, und mir gefällt, dass Jack der Erste sein wird.

»Ja.« Er tritt an die Schubladen und zieht sie nacheinander auf. »Ich mache dir eine Liste. Wo hast du Stifte und Papier?«

»Hier.« Ich hole einen Block vom Regal und wühle in meiner Tasche nach einem Stift. Dann gebe ich ihm beides, und Jack setzt sich hin, um zu schreiben. Ich linse über seine Schulter auf die Liste. Die *lange* Liste. Rindfleischbrühe? Maismehl? Crème fraîche? Er kocht richtig für mich?

»Brausepulver?«, frage ich verwundert.

»Ja.« Er sieht zu mir auf. »Kennst du diese kleinen Tüten mit Brausepulver und einem kleinen Erdbeerlolly? Man leckt den an und tunkt ihn in die Tüte, und wenn der Lolly aufgeschleckt ist, leckt man einen Finger an und holt damit das restliche Brausepulver heraus?«

Oh Gott, er ist anbetungswürdig! »Den Finger anlecken und ins Brausepulver tunken? Wird das die Nachspeise?«

Er versucht, die Augen zu verengen, doch sie strahlen viel zu sehr. »Als Nachspeise hatte ich an etwas anderes gedacht.«

Er reißt die Einkaufsliste vom Block ab und reicht sie mir.

Ich nehme das Blatt und beuge mich für einen Kuss zu ihm. »Und was bekomme ich dafür, dass ich all diese Süßigkeiten liefere?«

Grinsend küsst er mich. »Ich koche dir ein Abendessen, Weib. Was willst du mehr?«

»Ich bin sicher, da fällt mir etwas ein.«

Sein Grinsen wird breiter. »Pyjamaparty?«

Ich weiche ein wenig verwundert zurück. »Eine Pyjamaparty?«

»Sie übernachtet bei ihren Eltern.«

Mit ihm zusammen einschlafen, und mit ihm zusammen aufwachen? Ich presse meine Lippen fest auf seine. Eigentlich soll es nur ein Schmatzer werden, doch Jack macht es bald zu mehr, zieht mich auf seinen Schoß und lockt meinen Mund mit seiner Zunge. Ich öffne mich ihm und verliere mich für wenige Minuten in dem Kuss. Jack hebt die Hüften leicht, sodass ich seine Erektion fühle.

»Geh lieber, bevor ich dich zurück ins Schlafzimmer schleppe.« Er sagt es, als wäre das ein Problem.

Ich halte ihn fester und bedeute ihm so, dass es mir vollkommen recht wäre.

»Na los.« Er gibt mir einen kleinen Klaps und versucht, mich von seinem Schoß zu heben, wobei er mein Protestknurren ignoriert.

»Wie wäre es mit dem Dessert jetzt und dem Essen später?«, probiere ich es, drücke meine Brust an seine und knabbere an seinem Ohr, während ich betont tief atme. Von unserem Kuss bin ich völlig aufgeheizt, und daran ist ganz allein Jack schuld.

Lachend hebt er mich hoch. »Darf ich deine Dusche benutzen, solange du weg bist?«

»Klar«, antworte ich beleidigt und gehe ins Schlafzimmer, um mir etwas anzuziehen.

»Du gehst merkwürdig«, ruft er mir amüsiert nach.

Ich ignoriere ihn und bemühe mich, das Verlangen zwischen meinen Oberschenkeln zu verdrängen … deswegen bewege ich mich, als würde mein Slip kneifen.

Nachdem ich alles habe, was auf Jacks Liste steht, gehe ich zur Kasse. Rasch greife ich einige Zeitschriften vom Stand neben mir und werfe sie zusammen mit einem Schokoladenriegel auf das Band, dann gehe ich ans andere Ende, um alles einzupacken, was der Kassierer gescannt hat. Nach dem Bezahlen hänge ich mir die Tasche über den Arm und mache mich auf den Heimweg. Dabei blättere ich in einer der Zeitschriften und esse den Schokoriegel, ohne darauf zu achten, was um mich geschieht. Ich bin in die Seiten des wöchentlichen Klatschblattes vertieft, sodass mir alle anderen Passanten ausweichen müssen.

»Annie!«

Ich blicke auf und sehe Lizzy in verschwitzten Laufsachen und mit einem Frappuccino in der Hand über die Straße gelaufen kommen, das kurze Haar hat sie zu einem fransigen Pferdeschwanz gebunden. Ich stopfe die Zeitschrift in die Tasche und kaue schnell, als sie sich nähert. »Was sollen die Sportsachen?«, frage ich.

»Wein. Deshalb. Entweder höre ich auf zu trinken, oder ich versuche, es auszugleichen. Ich muss acht Pfund zugelegt haben, in der Zeit als Jason und ich uns getrennt hatten.« Sie zieht meine Tasche ein wenig auf und späht hinein. »Warst du einkaufen?«

»Nur Milch holen.«

»Milch und Naschkram?«

»Ich gönne mir einen Gammeltag.«

»Ich dachte, du willst zu deinen Eltern.«

»Die Arbeit kam dazwischen.« Ich hoffe, dass ich beim

Lügen besser aussehe, als ich mich fühle, denn ich fühle mich wie ein Riesenhaufen Dreck. »Nächstes Wochenende ist eine Ausstellung in Liverpool.« Das bringe ich lieber direkt unter. »Dafür muss ich jede Menge vorbereiten.«

»Ah, alles klar.« Sie klingt so interessiert, wie ich gehofft hatte: kein bisschen. »Hey, jetzt kannst du mir alle Einzelheiten verraten.« Sie beginnt, auf der Stelle zu laufen, und grinst. »Sind seine Schenkel immer noch so eindrucksvoll?«

Ich gebe mich ernst und schüttle den Kopf. »Er ist nett, aber …«

»Ach!« Sie stöhnt und hebt verzweifelt die Hände. »Du bist wirklich schwer zufriedenzustellen, Annie Ryan.«

Nun lächle ich ein wenig. Das stimmt überhaupt nicht. Ich will nur Jack. »Wie geht es Jason?«

Ihre Augen strahlen, und ich genieße den Anblick. Ich hoffe bloß, der Idiot vermasselt es nicht wieder.

»Er ist so aufmerksam und romantisch. Ich weiß, dass ihr alle eure Zweifel habt, aber er bemüht sich wirklich sehr.«

»Dann freue ich mich für dich.«

»Weiß ich doch.« Sie küsst mich auf die Wange und läuft weiter. »Mittagessen morgen? Nat hat auch Zeit.«

»Ja, gut.«

»Ich ruf dich morgen früh an!«

Lizzy verschwindet um die Ecke, und ich gehe weiter, wobei ich das schlechte Gewissen, weil ich meine beste Freundin belogen habe, verdränge. Schon wieder.

Jack wartet im Flur auf mich, als ich durch die Haustür komme. Er ist frisch geduscht und zum Anbeißen. Sein Haar ist feucht und zerzaust, und seine Bartstoppel sind fast … nun ja, stoppelig. Er trägt seine Boxershorts. Seine Augen strahlen, als er mich sieht, doch anstatt mich zu packen und mich zu begrüßen, nimmt er mir die Tasche ab und steckt buchstäblich den Kopf hinein, wobei sein Körper beinahe bebt vor Freude. »Was muss ich tun, um so eine Begrüßung zu bekommen?« Ich beobachte, wie er in der Tasche kramt.

Er hält inne und schaut niedlich grinsend zu mir. Sähe er nicht anbetungswürdig aus, wäre ich gekränkt, doch ich muss ebenfalls grinsen.

»Ist es traurig, dass mir nichts lieber ist, als mit dir abzuhängen und furchtbares Zeug zu futtern?«

»Das klingt poetisch.« Lachend streife ich meine Flip-Flops ab.

Jack verlagert die Tasche in eine Hand, schlingt von hinten einen Arm um meine Taille und hebt mich hoch. Er trägt mich ins Wohnzimmer. Oder in das, was mein Wohnzimmer *war*. Nun ist es vollständig für eine Pyjamaparty hergerichtet.

»Ich koche später. Nachdem wir einen Film gesehen haben.«

»Einverstanden«, stimme ich zu und blicke mich um. Er hat sämtliche Kissen und die Bettdecke aus dem Schlafzimmer hergeholt und die Wolldecke und die Kissen von der Couch genommen. Nun ist meine große Tagesdecke auf dem Fußboden ausgebreitet, das Kopfkissen lehnt am Sofa, und die kleinen Kissen sind an den Seiten verteilt. Die Vorhänge sind zugezogen, sodass es im Raum dämmrig und lauschig ist, und der Fernseher ist bereits eingeschaltet, aber auf Pause gestellt. *»Top Gun?«*, frage ich verwundert.

»Oh ja.« Jack kommt mit seinen Erdbeer-Weingummis aus der Küche, nimmt meine Hand und lotst mich auf die Tagesdecke. »Der beste Film aller Zeiten.« Dann zieht er mich bis auf den Slip aus.

Er will Düsenflugzeuge und Süßigkeiten, und ich kann nichts tun, außer ihn sein Ding machen zu lassen und mich da hinzukuscheln, wo er mich haben will. Dabei lächle ich unentwegt. »Wer wolltest du früher sein?«

»Iceman«, antwortet er prompt, was er nicht weiter ausführt. Meinen scherzhaften Ton scheint er nicht wahrzunehmen. »Alles gut?« Er hockt sich auf die Fersen und betrachtet mich, wie ich in meinem Slip an den Kissen lehne.

»Alles gut.«

»Schön.« Er nimmt die Fernbedienung, macht es sich neben mir bequem und fängt an, sich Weingummis in den Mund zu stopfen.

Lächelnd schüttle ich den Kopf, lege Jacks Arm um mich und schmiege mich an ihn. Ich werde es nicht leugnen, das hier ist ein wahrer Genuss.

Zum ersten Mal seit Jahren sehe ich wieder *Top Gun*, doch sehr viel bekomme ich nicht mit. Ich höre zu, wie Jack kaut, fühle das Heben und Senken seines Brustkorbs und genieße seine Nähe. Es ist neu für uns, einfach … zusammen zu sein. Ab und zu versperrt mir ein angebissenes Weingummi die Sicht, ich öffne den Mund und Jack steckt es mir hinein, bis ich genudelt bin und seine Hand wegschiebe. »Sonst kann ich nichts mehr von dem essen, was du mir kochst.« Meine Lider werden schwer, mein Körper schmiegt sich von selbst an Jacks Seite, und das Letzte, woran ich mich erinnere, sind Maverick und Goose, die zu »Great Balls of Fire« rocken.

Noch nie habe ich mich so gelassen und geborgen gefühlt. Ich bin irgendwo zwischen Schlafen und Wachen, spüre Jacks warme Brust unter meiner Wange, habe ein Bein über seine Schenkel gestreckt und eine Hand auf seinem Bauch. Einer seiner Arme ist um meine Hüften gelegt und hält mich, und sein Kinn ruht auf meinem Kopf. In meinem verschlafenen Wunderland bemerke ich, dass der Film zu Ende sein muss, denn es ist bloß Jacks leichtes Atmen zu hören. Zufrieden seufzend schmiege ich mich dichter an ihn, drifte in die Dunkelheit ab und fühle, wie er im Halbschlaf auf meine Bewegung reagiert und mich auf den Scheitel küsst. Dann dämmre ich erneut weg.

Das heftige Zucken seines Körpers unter mir weckt mich, und als ich leise meinen Namen höre, hebe ich flatternd die Lider.

»Annie«, sagt Jack wieder.

Ich blicke zu ihm auf, doch er sieht mich nicht an. Er blickt zur Tür, und als ich mich umdrehe, um zu sehen, was dort ist, wird mir eiskalt. Abrupt stemme ich mich von ihm auf und ignoriere das Kreischen meiner erwachenden Muskeln, die schmerzhaft ziehen. Es bleibt keine Zeit, ihnen die langsamen Bewegungen zu gönnen, die sie brauchen, denn auch wenn sie noch nicht ganz wach sind, ist es mein Verstand sehr wohl. Dasselbe gilt für meine Augen, die weit offen zu Lizzy und Micky in der Wohnzimmertür starren.

22. Kapitel

Ich blicke beschämt zur Seite. Die Enttäuschung in ihren Gesichtern ist mehr, als ich verkrafte, und nur eine Andeutung dessen, was kommen wird. Ihr Schweigen ist beklemmend.

Jack regt sich neben mir, und ich sehe zu ihm. Seine Miene ist ernst, und ich erkenne, dass er verzweifelt bemüht ist, mir ein wenig Kraft zu vermitteln. Es nützt nichts.

»Soll ich gehen?«, fragt er leise, womit ich gezwungen bin, über noch etwas nachzudenken.

Ich weiß es nicht. Oder doch? Kann Jack mich hier unterstützen oder würde er die Situation eher verschlimmern? Er scheint mir anzusehen, dass ich unentschlossen bin, denn er nimmt meine Hand und drückt sie.

»Ich bleibe.«

Er trifft die Entscheidung für mich, und da mir mein Verstand nicht helfen will, verlasse ich mich auf Jacks Instinkt und nicke verhalten.

»Du kannst gehen«, mischt Micky sich ein.

Ich sehe hinüber zu meinem ältesten Freund, der ernster denn je ist.

»Ich bleibe«, erwidert Jack ruhig und bestimmt, steht auf und scheint kein bisschen verlegen, weil er fast nackt ist.

Ich richte mich ebenfalls auf, raffe allerdings die Bettdecke um mich, bevor ich mich meinen Freunden stelle.

Micky verzieht angewidert das Gesicht. »Und wenn ich dir diese Option nicht lasse?«

»Und wenn doch, damit dies hier nicht hässlich wird?«, entgegnet Jack, dessen Muskeln sich gefährlich anspannen.

»Das reicht!«, sagt Lizzy und hebt die Hände. Sie sieht nicht minder angefressen aus als die beiden Männer im Zimmer, schließt die Augen kurz und holt tief Luft. »Was zum Teufel ist los, Annie?«

»Sie vögelt einen verheirateten Mann, das ist los!«, antwortet Micky scharf. »Wieso läufst du nicht zurück zu deiner Frau? Erzählst ihr, was du getrieben hast. Oder soll ich es ihr vielleicht sagen?«

Jack stürzt sich bedrohlich nach vorn, sodass mir keine andere Wahl bleibt, als zwischen die beiden zu treten und eine Hand auf Jacks Brust zu legen. »Ich denke, du gehst doch lieber.« Ich schaue zu ihm auf, aber er schüttelt sofort den Kopf.

»Nein.« Er sieht entschlossen aus. »Nicht, damit die zwei auf dich einhacken und du infrage stellst, was du tust.«

»Genau das haben wir vor!«, brüllt Micky. »Sie verdammt noch mal zur Vernunft bringen!«

»Hör auf!«, schreie ich meinen ältesten Freund an. »Ich *weiß*, was ich tue!«

»Tust du das?«, fragt Lizzy. »Bist du sicher? Denn ich bin ziemlich sicher, dass du den Verstand verloren haben musst, Annie. Was hat er dir versprochen? Dass er sie verlässt?« Sie lacht frostig. »Ja, das sagen sie alle, aber wenn es drauf ankommt, haben sie nicht die Eier dazu! Du bist nur ein bisschen Spaß. Etwas Aufregendes und anders. Begreifst du das nicht?«

»So ist es nicht!«, brülle ich. Ich verliere die Fassung. Ihre Erfahrung, auch wenn es bei ihr andersherum war, ist hiermit nicht zu vergleichen. »Und falls ihr nur dastehen und blind Urteile fällen wollt, könnt ihr gleich wieder verschwinden. Ihr wisst nichts, und ihr seht nicht aus, als wolltet ihr mir zuhören, also raus hier!«

Beide zucken erschrocken zusammen, und Jack legt eine Hand auf meine Schulter, um mich zu beruhigen. Es funktioniert nicht. Ich bin wütend, weil sie glauben, sie würden die

Situation durchschauen. Tun sie nicht. Ich vögle Jack nicht bloß. Ich trete einen Schritt zurück, näher an Jack, um klarzustellen, wo ich stehe, und sehe meine Freunde entschlossen an.

»Beruhige dich, Annie«, sagt Jack leise hinter mir und dreht mich zu sich. Er sieht mich traurig lächelnd an, während er mit den Daumen zärtlich über meine Wangen wischt. »Dies ist nur ein Teil des Prozesses. Eine der Herausforderungen, die uns erwarten.«

Er spricht mit mir, als wäre niemand sonst im Zimmer, und es hat den gewünschten Effekt. Seine sanften Worte bewirken, dass ich meine Wut herunterschlucke und mich zusammenreiße.

»Vertreib deine Freunde nicht. Du brauchst sie.«

Er beugt sich vor und küsst mich auf die Stirn; und auch wenn ich es nicht sehen kann, weiß ich, dass sein Blick meine Freunde fixiert.

»Ich gehe mich anziehen.«

Er macht sich auf den Weg ins Schlafzimmer, wobei er seine Schritte an der Tür verlangsamt, weil Micky zur Seite treten muss, um ihn durchzulassen. Es dauert einige Sekunden, bis mein Freund gewillt ist, höflich zu sein, aber schließlich macht er Platz, damit Jack vorbeigehen kann, auch wenn er dabei verächtlich den Mund verzieht. Ich sehe Lizzy ausatmen, als Jack verschwindet, und Micky entkrampft sich ein wenig.

Dann blicken beide mich an, doch bevor sie mich verteufeln können, sage ich: »Ihr könnt den Wasserkocher anstellen, wenn ihr bleiben wollt. Ich muss mich anziehen.«

»Ich gehe schon.« Lizzy seufzt, packt Micky am Arm und schiebt ihn durch in die Küche, sodass ich allein bin.

Die wenigen Minuten, die es braucht, mein Kleid anzuziehen, nutze ich, um meine schwelende Wut zu bändigen. Was mir nicht gelingt. Trotzdem muss ich mich dem hier stellen. Kein Versteckspiel mehr.

Als ich zu ihnen in die Küche komme, trinkt Lizzy Wein und Micky hat ein Bier in der Hand. Ich habe die beiden zum Alkohol getrieben.

»Ich habe dir meinen Schlüssel nicht gegeben, damit du in meine Privatsphäre eindringst«, sage ich, während ich mir ein Glas aus dem Schrank hole und mir Wein einschenke. Mich treibe ich offenbar auch zum Alkohol.

Keiner von ihnen sagt etwas dazu, doch ich mache mir nicht vor, dass das Gespräch nun vorbei ist.

»Ich hatte heute Nachmittag eine Trainingsstunde mit Jason«, erklärt Micky. »Und er hat mir erzählt, dass er zufällig Tom getroffen hat.« Er neigt den Kopf zur Seite und zieht eine Augenbraue hoch. »Da erwähnte Tom irgendeinen Kerl, der deine Wohnungstür eingetreten hat.«

»Was zur Hölle denkst du dir dabei?« Lizzy zeigt mit ihrem Weinglas zur Tür, als könnte unklar sein, was sie meint. »Mir war klar, dass du irgendwas verheimlichst.«

»Ist das ein Wunder?«, frage ich. »Warum sollte ich mich euch anvertrauen, wenn ich wusste, dass ihr so reagieren würdet? Ich erwarte nicht, dass ihr es versteht.«

»Was gibt es da zu verstehen?«, erwidert Micky und sackt auf einen Stuhl. »Du hast uns die ganze Zeit belogen. Und du hast dich auf eine Geschichte eingelassen, auf die sich niemand einlassen sollte.«

»Denkst du, das weiß ich nicht? Denkt ihr, ich habe mich da blindlings reingestürzt?«

»Musst du wohl.« Micky lacht verbittert.

»Das ist kein Spiel«, rufe ich. »Er ist keine Trophäe, die ich gewinnen will. Ich liebe ihn, verdammt!« Mich schockt, wie laut ich werde, und Lizzy und Micky quellen fast die Augen aus dem Kopf. Ich gebe keinem von beiden eine Chance, mir zu sagen, was sie denken. Nicht, ehe sie Bescheid wissen. »Ich habe mich selbst schon nicht zu knapp dafür fertiggemacht!«, brülle ich. »Ich habe mich in Stücke gerissen und fürchte mich permanent vor den Konsequenzen, aber nichts davon ändert etwas an meinen Gefühlen. Ich kann nicht vorgeben, anders zu empfinden, kann mich nicht abwenden, weil ich Angst habe.« Meine Stimme beginnt zu beben, ich mache dennoch weiter, bin wild entschlossen, ihnen alles aus meiner Sicht zu erklären. »Er ist den Mist wert, den ich durchmache, weil ich ihn liebe. So sehr, dass es verflucht wehtut.« Ich klopfe mir an die Brust. »Es ängstigt mich, doch der Gedanke, ihn nicht zu haben, ohne ihn aus diesem Schlamassel zu kommen, jagt mir entsetzliche Furcht ein.« Ich beende meine kleine Ansprache, indem ich einen großen Schluck Wein trinke. Meine Hand zittert, als ich das Glas abstelle. »Ich bitte euch nicht um euren Segen. Ich wünsche mir lediglich, dass ihr nicht einfach behauptet, zu wissen, was los ist, denn das tut ihr nicht.«

»Er gehört dir nicht, Annie«, sagt Lizzy leise. »Du darfst ihn dir nicht nehmen, bitte nicht.«

»Dafür ist es zu spät.« Ich starre auf den Fußboden. »Und ich habe ihn mir nicht genommen. Er kommt von sich aus zu mir.«

»Denkst du, seine Frau sieht es genauso?«, fragt Micky. »Und alle anderen?«

»Nein«, gestehe ich. »Aber womit ich fertig werden muss, ist, dass ich nicht kontrolliere, wie mich die Leute sehen. Ich habe schon alle Etiketten durch, mit denen man mich versehen wird. Ehebrecherin, Hure, Flittchen, selbstsüchtige Kuh. Doch nichts davon schmerzt so sehr wie die Vorstellung, ohne Jack zu sein. Er ist unglücklich in seiner Ehe. Diesen Bluterguss im Gesicht hat er von ihr. Sie hat ihm das angetan!«

Für einen Moment tritt Stille ein, und beide blicken mich verblüfft an.

»Ach du Scheiße.« Lizzy seufzt. Kopfschüttelnd stellt sie ihr Glas ab. Sie mag es nicht verstehen, aber sie begreift, wie ich für Jack empfinde. Sie kommt zu mir, legt einen Arm um meine Schultern und drückt mich. »Worauf hast du dich da eingelassen, Annie?«

»Liebe«, antworte ich schlicht, denn dieses kleine Wort ist die einzige Erklärung, weshalb ich diesen schmerzvollen Weg eingeschlagen habe.

In dem Moment, in dem sich Jacks und mein Blick in jener Bar trafen, begannen sich unsere Herzen einander zu nähern, und nun sind sie so fest verbunden, dass mir keine andere Wahl bleibt, als zu kämpfen und zu hoffen, dass uns nichts trennen kann. Denn sollte Jack mich verlassen, nimmt er einen Teil meines Herzens mit. Ich wäre vernichtet. Der Kloß in meinem Hals wird größer, und ich breche in Lizzys Armen zusammen. Dabei höre ich, wie Micky flucht und Lizzy leise schluchzt. Stumm weine ich in ihrer Umarmung und bin dankbar, für den Trost, den sie mir gezwungenermaßen spendet.

Irgendwann weicht sie zurück und hält mich bei den Schultern fest. Ihre Augen glänzen, als sie mir die Tränen abwischt, sie sieht traurig aus.

»Du dummes Ding«, sagt sie liebevoll, und ihre Stimme bricht. »Teils freu ich mich riesig, dass du einen Mann gefunden hast, den du liebst, und teils habe ich furchtbare Angst um dich.«

Ich schlucke und nicke, denn mir geht es genauso.

Micky seufzt hörbar, kommt zu uns und umfängt uns mit seinen starken Armen. »Mein Hirn ist offiziell rosarot«, murmelt er und küsst uns nacheinander auf den Kopf. »Was für eine schöne Scheiße!«

Leises Hüsteln unterbricht uns, und wir lösen uns voneinander.

»Ich wollte nicht stören«, sagt Jack.

»Sei du lieber für sie da«, warnt Micky ihn streng.

Jack wirkt nicht beleidigt, weil Micky ihm mehr oder minder droht. Ich verkneife mir, ihnen zu sagen, dass ich auch für ihn da sein muss.

»Werde ich«, antwortet Jack, ohne zu zögern.

»Und wenn du ihr das Herz brichst, dann schwöre ich dir, ich bringe dich um.«

»Das wird nicht nötig sein«, entgegnet Jack gelassen und sieht mich aus grauen Augen an. »Sollte ich ihr wehtun, würde ich mich selbst umbringen, bevor es jemand anders kann.«

Ich höre, wie Micky überrascht nach Luft schnappt, und beiße mir auf die Unterlippe. Es wird still, denn es gibt nichts mehr zu sagen. Lizzy knufft Micky, damit er aufhört, Jack anzustarren, und zerrt ihn aus der Küche.

»Ich rufe dich morgen früh an«, sagt sie. Die heutige Enthüllung hat sie sichtlich mitgenommen.

Jack tritt beiseite und nickt ihnen zu, als sie an ihm vorbeigehen. Sobald die Wohnungstür ins Schloss fällt, wendet er sich mir zu. Er hat die Hände in den Hosentaschen vergraben und wirkt ernst. Alles wird jetzt so real.

»Alles in Ordnung?«

Ich nicke, aber meine Gefühle stimmen damit nicht überein, und ich fange wieder an zu weinen, unfähig zu verarbeiten, was eben geschehen ist. Jack ist mit wenigen Schritten bei mir, nimmt mich in die Arme, hält mich fest, murmelt tröstend auf mich ein und küsst mich aufs Haar.

»Alles wird gut«, sagt er, um mich zu beruhigen. »Das verspreche ich.«

Ich klammere mich an seine Worte, sie sind alles, was ich habe, und bete, dass er recht hat. Und ich klammere mich an ihn. Schon jetzt fühle ich mich entkräftet. Mein mangelnder Kampfgeist ist kein gutes Zeichen, denn meine Stärke wird bis an ihre Grenzen auf die Probe gestellt werden. Ich kann bloß hoffen, dass es mich nicht bricht.

Jack atmet tief ein, drückt mich ein letztes Mal und hebt mich hoch, um mich ins Schlafzimmer zu tragen. Dann verschwindet er kurz, um Kissen und die Decke aus dem Wohnzimmer zu holen. Nachdem er mir ein Kissen unter den Kopf geschoben und uns beide ausgezogen hat, legt er sich zu mir und deckt uns zu. Er dreht mich auf die Seite und schmiegt sich von hinten an mich. Sein großer Körper passt perfekt an meinen.

»Jedes Mal, wenn ich weg muss, tut es weh, Annie. Ich gehe die Wände hoch, gerate in Rage, weil ich nicht weiß, wie lange es dauert, bis ich wieder bei dir bin. So kann ich nicht weitermachen.« Er küsst mich auf den Scheitel und zieht mich näher an sich.

Wir sind vollständig miteinander verbunden.

Geschützt vor der Außenwelt. Abgeschirmt von dem, was kommen wird.

»Egal, was geschieht, was sie mir oder sich selbst antut«, flüstert er mir ins Ohr, »ich verlasse sie morgen.«

23. Kapitel

Das Unglück, das mich beim Aufwachen überkommt, könnte mich glatt bewusstlos machen, wenn ich es zuließe. Jack ist fort. Ich rolle mich herum und blicke zum Kissen, auf dem sein Kopf letzte Nacht gelegen hat. Noch kann ich die Wärme seines Körpers an meinem fühlen, die mir verrät, dass er nicht lange weg ist. Meine Hand gleitet über die Decke zum Kissen, und auch die dortige Wärme bedeutet, dass er erst vor Kurzem gegangen ist. Der bedürftige Teil von mir findet es furchtbar, dass er sich weggeschlichen hat, ohne mich zu wecken. Doch der sensible Teil weiß, dass er getan hat, was das Beste war. Ich glaube nicht, dass ich ihn hätte gehen gelassen.

Er sagt es ihr heute.

Es wäre leicht gewesen, mich den ganzen Tag unter der Bettdecke zu verkriechen, aber ich zwinge mich, sie zur Seite zu schlagen und aufzustehen. Da sehe ich die Nachricht, die an der Nachttischlampe lehnt. Ich nehme sie mit zwei Fingern auf und lese.

Geh nirgends hin x

Er meint nicht wörtlich, dass ich die Wohnung nicht verlassen soll. Er meint, dass ich nicht aus seinem Leben gehen soll. Ich halte das Papier an meine Nase, atme ein und verspreche ihm stumm, dass ich es nicht tue. Dann lege ich den Zettel zurück und wandere durch die Räume. Ich habe vor, einen Kaffee zu trinken, bevor ich dusche und meinen Tag beginne. Mein Plan ist simpel: mich in meinem Arbeitszimmer einschließen und mich in die Arbeit vergraben.

Nachdem ich eine rissige Jeans, mein U2-T-Shirt und Flip-Flops angezogen habe, mache ich mich auf den Weg ins Arbeitszimmer und setze mich an den Schreibtisch. Wo ich auf den leeren Bildschirm starre. Ewig. Minutenlang spiele ich mit einem Stift, dann kritzle ich etwas auf Papier. Ich fange mindestens zehn E-Mails an und versuche, weitere zwanzig zu beantworten. Danach kritzle ich wieder ein bisschen und werfe schließlich den Stift hin, stütze die Ellbogen auf den Schreibtisch und bedecke mein Gesicht mit den Händen. So wird das nichts. Ich schnappe mir meinen Laptop und meine Tasche, lege mir ein Halstuch um und wähle auf dem Weg zur Tür Lizzys Nummer.

Sie meldet sich nach dem zweiten Klingeln. »Hey«, begrüßt sie mich gedämpft.

»Hey«, erwidere ich und trete auf die Straße. »Wie geht es dir?«, frage ich, weil mir nichts anderes einfällt. Die Stimmung zwischen uns ist merklich angespannt, und ich hasse das.

»Ich habe nicht gut geschlafen«, gesteht sie. »Nat war für eine Stunde da. Sie hat nach dir gefragt.«

»Hast du es ihr erzählt?«

»Nein. Das kommt mir nicht zu, Annie. Und auch wenn ich es nicht gutheiße, ist mir klar, wie heikel die Sache ist. Dein Geheimnis ist bei mir sicher.«

Ich erreiche die Hauptstraße und schließe vor Scham kurz die Augen. Bei ihr klingt das, was Jack und ich haben, so schäbig, dennoch kann ich nicht widersprechen. »Danke.«

»Wo bist du?«

»Auf dem Weg zu Starbucks.«

»Jetzt schon? Es ist acht Uhr an einem Sonntagmorgen.«

»Ich musste raus«, gebe ich unumwunden zu. »Jack sagt Stephanie heute, dass es vorbei ist. Ich weiß nicht, wann, aber ich kann nicht den ganzen Tag zu Hause sitzen und darüber nachdenken.«

»Verstehe«, erwidert sie matt. »Erzählt er ihr von dir?«

»Nein.«

»Und was will er ihr dann sagen? Sie wird einen Grund verlangen.«

Ich sehe hinunter auf meine Füße. Lizzys Kälte gefällt mir nicht, auch wenn ich weiß, dass ich nichts anderes erwarten darf. Sie mag mich gestern Abend in die Arme genommen haben, als ich zusammenbrach, aber das war kein Zeichen, dass sie sich von jetzt an nur noch über mein Glück freut. »Die Ehe war schon vor mir kaputt, Lizzy.« Meine Stimme ist zittrig.

»Natürlich war sie das, Annie. Sonst hätte Jack sich nicht anderweitig umgesehen.«

»Er hat sich nicht umgesehen«, widerspreche ich ohne eine Spur von Boshaftigkeit und so bestimmt, wie ich kann.

»Meinetwegen. Ich meine, in vielen Ehen kriselt es, doch wenn man sein Treuegelübde ablegt, verspricht man, in guten wie in schlechten Zeiten füreinander da zu sein. Und zu dem anderen zu halten.«

Ich bleibe auf der Straße stehen. »Gibt es einen Treueschwur, der besagt, dass es akzeptabel ist, sich gegenseitig körperlich zu verletzen? Muss man versprechen, seinen Ehemann nie blutig zu kratzig oder ihn ins Gesicht zu schlagen?«

Sie antwortet nicht, und ich seufze.

»Lizzy, ich habe nicht angerufen, um mir das anzuhören.«

»Und ich habe deinen Anruf nicht angenommen, um dir meine volle Unterstützung entgegenzutröten«, kontert sie.

Ich zucke zusammen, und mir kommen die Tränen. Wütend wische ich sie weg und versuche, nicht zu schniefen, damit sie nicht hört, wie traurig ich bin. Ich suche nicht nach Mitgefühl, ich möchte nur meine Freundin. Und ich glaube nicht, dass sie noch da ist.

»Verstehe«, flüstere ich und lege auf. Mein Handy rutscht von meinem Ohr in meine Handfläche, und mein Arm sinkt schwer zur Seite. Nun laufen mir die Tränen über die Wangen, während ich weitergehe, und ich spüre, wie mich einige Leute verwundert ansehen.

Ich akzeptiere, dass meine Welt, zu der nur ein Teil von Jack gehört, langsam in sich zusammenstürzen muss, damit sie neu aufgebaut werden kann. Mit ihm. Mit *allem* von ihm.

Mit einem Kaffee in der Hand schlendere ich hinüber in den Hyde Park. Ich umrunde einmal den ganzen Park, ehe ich durch die Lücke in der Absperrung an der Park Lane schlüpfe und die Serpentine hinuntergehe. In der Ferne sehe ich Micky oben auf dem Hügelkamm, wo er im Gras hockt und einen Mann anfeuert, der mit einem Rucksack auf dem Rücken Liegestütze macht. Ich setze mich auf eine Bank und beobachte das gesamte Training. Anschließend bleibe ich noch eine weitere Stunde und schaue zu, wie er die nächste Klientin durch ihre Übungen dirigiert – nun ist es Charlie. Als sie fertig sind, umarmt sie ihn und er erwidert es. Es wirkt so liebevoll, was überhaupt nicht zu Micky passt. Jedenfalls nicht zu seinen Eroberungen. Anscheinend hat er sie bisher nicht ins Bett bekommen. Micky lässt nach, immerhin trainiert er Charlie schon seit Monaten.

Ich hatte nicht vor, ihn auf mich aufmerksam zu machen, doch als er sich umdreht und auf mich zukommt, wird mir klar, dass er mich längst bemerkt hat. Er ist verschwitzt, und seine Armmuskeln glänzen in der Vormittagssonne, als er sich der Bank nähert. Leicht lächelnd setzt er sich wortlos zu mir. Auch ich schweige. Ich habe eine Todesangst, dasselbe wie mit Lizzy zu erleben. Werde ich *alle* meine Freunde verlieren, weil ich Jack für mich will?

Ich fühle, wie er meine Hand nimmt und sie sanft drückt, und sehe ihn an. Micky schaut jedoch nach vorn. Mein Blick fällt auf unsere Hände, die er auf seinem Schoß hält. Eine Ewigkeit schweigen wir und schauen über das Grün des Hyde Parks, während die Welt vorüberzieht.

Schließlich, nachdem die unausgesprochenen Worte sehr lange zwischen uns in der Luft hingen, steht er auf und küsst mich auf die Stirn.

»Ich bin hier«, sagt er, und ich schaue zu ihm auf.

Ich bin außerstande, zu lächeln oder Danke zu sagen, doch ich sorge dafür, dass er mir meine Dankbarkeit an den Augen ablesen kann. Die sind schon wieder wässrig, und er wischt mir seufzend eine Träne von der Wange. Danach geht er und lässt mich auf der Bank zurück.

In der nächsten Stunde zähle ich drei Leute, die sich neben mich auf die Bank setzen. Ein alter Mann, um sich auszuruhen, ein anderer Mann, um ein Sandwich zu essen, und als Letztes ein Läufer, um sich zu dehnen. Sie alle kommen und gehen, um ihr Leben weiterzuführen. Vermutlich einfache Leben, deren Stimmung nicht von Täuschung, Kränkung und Schuld getrübt ist.

Eine Frau auf der Bank gegenüber sieht zu mir, als sie ihr Baby in den Kinderwagen legt, und lächelt. Ich erwidere es, bevor ich aufstehe und mich auf den Weg mache. Ich weiß nicht, wo ich als Nächstes hinwill, doch ich gehe stetig weiter. Dann werde ich langsamer, und auch meine Gedanken verlangsamen sich, bis ich mitten auf dem Weg stehen bleibe. Ich drehe mich um und sehe, dass die Frau mit dem Kinderwagen in meine Richtung kommt.

Die Möglichkeit trifft mich wie ein Blitz aus heiterem Himmel, dessen elektrische Ladung mich durchfährt, und mein Magen krampft sich vor Furcht zusammen. Ich greife in meine Tasche und wühle zitternd nach meinem Handy. Als ich es endlich gefunden habe, drücke ich in meiner Panik Dutzende Male die falschen Icons, ehe ich meinen Kalender erwische. Es dauert einige Sekunden, die Wochen zurückzurechnen. Dann noch ein paar, bis Übelkeit einsetzt. Plötzlich wird mir heiß und schwindlig. Ich beginne zu hyperventilieren. Meine Atmung wird immer hektischer und schneller, und meine Umgebung dreht sich.

»Ist alles in Ordnung?«

Blind sehe ich zur Seite und stelle fest, dass die Frau mit dem Kinderwagen neben mir stehen geblieben ist. Sie sieht mich ernsthaft besorgt an. Mein Blick fällt auf das Baby, das friedlich schläft. Wieder krampft sich mein Magen zusammen. Ich krümme mich und übergebe mich vor meine Füße.

»Ach du meine Güte!«, ruft die Frau und reibt mir den Rücken.

Ich schaffe es, eine Hand in die Höhe zu halten, während ich würge. Vor Anstrengung bekomme ich wässrige Augen. Oder sind das noch mehr Tränen? »Mir geht es gut.« Ich keuche, nehme das feuchte Pflegetuch an, das sie mir hinhält, und wische mir den Mund ab. »Vielen Dank.« Ich richte mich auf und eile davon, zu besorgt, als dass mir mein Gekotze in der Öffentlichkeit peinlich sein könnte.

Irgendwann finde ich mich in einer öffentlichen Toilette wieder. Nicht dass ich mir jemals vorgestellt habe, in diese Lage zu geraten, doch hätte ich das, wäre ich gewiss nicht auf die Idee gekommen, dass es mich an solch einen unpersönlichen Ort und in eine Kabine treiben würde, die womöglich schon Millionen Leute benutzt haben. Dennoch sitze ich hier auf dem Klo und starre das Ergebnis des Schwangerschaftstests an.

Positiv.

Die beiden Linien strahlen mir zynisch entgegen, brüllen mir ins Gesicht, dass ich eine fahrlässige blöde Kuh bin. *Fahrlässig* ist nicht das Wort, das viele andere benutzen würden. *Hinterhältig* wäre eins, genauso wie *manipulativ, verschlagen* und *berechnend*. Nichts, was ich sagen oder tun kann, wird daran etwas ändern. Damit muss ich leben, ebenso wie mit den Vorwürfen, ich hätte einer anderen Frau den Mann gestohlen.

Der erdrückende Schmerz wird jedoch vervielfacht durch die Tatsache, dass ich den einen Menschen, der mir glauben wird, dass ich es nicht absichtlich getan habe, heute nicht anrufen darf. Ich kann ihn weder anrufen noch sehen. Es gibt niemanden, an den ich mich wenden kann, keinen, bei dem ich sicher sein kann, dass er mich nicht vernichtet, sondern mich in die Arme nimmt, wie ich es brauche.

Meine Welt stürzt nicht langsam in sich zusammen. Sie kracht um mich herum ein, und ich habe das Gefühl, nichts mehr unter Kontrolle zu haben. Ich empfinde keinerlei Triumph, als ich auf den positiven Test blicke. Nicht einmal einen Hauch Freude. Dazu bin ich viel zu durcheinander. Dies ist zweifellos das Schlimmste, was passieren konnte. Und es ändert alles.

Ich lasse den Test in meine Tasche fallen, verlasse die Kabine, wasche mir die Hände und meide den Blick in den Spiegel. Ich muss nicht hinschauen, um zu wissen, dass ich wie ein Geist aussehe. Mir ist kalt; es fühlt sich an, als wäre alles Blut aus meinem Körper gewichen, und ich atme sehr flach. Ich komme mir wie der Schatten einer Frau vor, und so dürfte ich auch aussehen.

Ich glaube, dass ich bis Sonnenuntergang so ziemlich durch jeden Park von London gelaufen bin. Meine Füße tun weh, was jedoch kein Vergleich mit meinem Kopf, meinem Magen und meinem Herzen ist. Jack hat sich nicht gemeldet. Ich frage mich, ob er sie ins Krankenhaus bringen musste, weil sie sich irgendwas angetan hat. Ob er es ihr überhaupt schon gesagt hat. Ob er voller Kratzer ist. Ich kann nicht nach Hause gehen und dort alleine sitzen. Meinen Eltern oder meinen Freunden kann ich nicht unter die Augen treten. Ich kann nirgends hin. Noch nie habe ich mich so einsam gefühlt.

Als ich mich in ein Café schleppe, klingelt mein Telefon, und mein Herz vollführt einen Sprung. Hastig nehme ich es aus der Tasche und schaue aufs Display. Ich habe nicht mal die Energie, ein schlechtes Gewissen zu bekommen, weil ich enttäuscht bin, dass es nicht Jack ist. Für einen Moment überlege ich, Lizzys Anruf nicht anzunehmen, da ich fürchte, dass mich noch mehr Negativität auf der Stelle zusammenbrechen ließe, doch ein vager Hoffnungsschimmer lässt mich rangehen.

»Es tut mir leid«, sagt sie mit bebender Stimme. »Ich mache mir nur solche Sorgen um dich, Annie. Ich versuche ehrlich, dir Glück zu wünschen, und es bringt mich halb um, dass ich es nicht kann. Du verdienst viel mehr als diesen Mist. Du verdienst ein Märchen. Warum musstest du dich in einen verheirateten Mann verlieben?«

»Ich habe das nicht geplant«, antworte ich und sacke auf einen Stuhl an einem Tisch in der Nähe. »Ich wollte wirklich nicht, dass das passiert, und habe versucht, mich dagegen zu sträuben. Das musst du mir glauben.«

»Aber es spielt jetzt keine Rolle mehr, oder? Du steckst bis zum Hals da drin.«

Ich starre in die Luft. Sie hat ja keine Ahnung. »Ich liebe ihn«, sage ich schlicht. Wir könnten das hier über Jahre fortsetzen, immer wieder das Warum und Wozu durchkauen. Es würde stets auf diese drei Worte hinauslaufen. »Das kann man nicht einfach abstellen, Lizzy«, sage ich leise. Es sind ihre Worte.

»Weiß ich.« Sie seufzt. »Hast du von ihm gehört?«

»Nein«, gestehe ich und frage mich erneut, wo er ist. Was er tut. Was geschieht.

»Was hast du den ganzen Tag gemacht?«

»Ich bin herumgewandert.«

»Allein? Den ganzen Tag? Warum bist du nicht zu mir gekommen?«, fragt sie beunruhigt.

»Heute Morgen am Telefon klangst du nicht gerade einladend«, antworte ich vorsichtig. »Ich wollte dich nicht bedrängen.«

»Annie, ich mag dich doch deshalb nicht weniger. Du tust etwas, mit dem ich nicht einverstanden bin, aber ich würde mich nie von dir abwenden.«

»Das ist gut zu wissen«, sage ich matt. »Denn ich bin schwanger.« Es platzt einfach aus mir heraus, und ich bin nicht mal geschockt. Auch dazu habe ich keine Kraft mehr.

»Was hast du gesagt?« Ihre Stimme klingt schrill vor Sorge.

»Ich bin schwanger«, wiederhole ich, obwohl mir klar ist, dass sie es schon beim ersten Mal verstanden hat.

»Oh mein Gott«, flüstert sie aufrichtig entsetzt. »Oh Gott.«

»Ich weiß.« Mehr bringe ich nicht heraus. Keine Erklärungen. Kein Betteln um Mitgefühl oder Verständnis. Mir reicht es für heute. Vielleicht sogar für immer.

»Wo bist du?«

»In einem Café in der Nähe vom Regent's Park.«

»Warum?«

»Weil ich nicht nach Hause gehen will. Weil ich nicht weiß, ob er Stephanie schon gesagt hat, dass er sie verlässt. Und weil ich nichts von ihm gehört habe und es mich wahnsinnig macht. Weil ich ihn nicht anrufen kann. Weil …«

»Komm her«, fällt sie mir ins Wort. »Bitte.«

Ich lächle nur und gelange seltsamerweise zu dem Schluss, dass ich lieber allein sein möchte. Kein Gerede und keine Spekulationen, wie beschissen meine Lage ist. Das schaffe ich ganz prima allein. »Mir geht es gut«, versichere ich ihr.

»Annie, bitte.«

»Vertrau mir, Lizzy, es ist schon gut. Ich muss das bloß alles verarbeiten.« Oder eher mich selbst noch mehr quälen. »Ich gehe bald nach Hause, versprochen.«

Zunächst schweigt sie, dann gibt sie nach. »Ruf mich an, wenn ich kommen und dich holen soll, okay?«

»Okay.« Ich lege auf, doch bevor ich mein Handy einstecken kann, klingelt es erneut. Diesmal *ist* es Jack, und mein Herz verfällt in einen starken, steten Rhythmus. Eilig nehme ich den Anruf an. »Jack?«

»Hey, Baby.«

Er klingt total gebrochen, und ich weiß nicht, ob das ein gutes oder ein schlechtes Zeichen ist. Hat er gekniffen? Hat sie ihn angefleht, nicht zu gehen? Ist er unter dem Druck eingeknickt?

»Wo bist du?«, fragt er.

Ich sage ihm nicht, wo ich bin, weil ich nicht will, dass er sich Sorgen macht. »Bei Lizzy«, lüge ich. »Ist mit dir alles in Ordnung?«

»Nein«, antwortet er ehrlich. »Für keinen Mann sollte es in Ordnung sein, eine Frau vor sich zusammenbrechen zu sehen.«

»Es tut mir leid.«

»Ich habe ihr gesagt, dass es eine andere gibt.«

»Was?«

»Sie hat mir nicht zugehört, Annie. Ich war verzweifelt.«

»Hast du ihr erzählt, dass ich es bin?«

»Oh Gott, nein«, flüstert er.

Ich bin nur wenig erleichtert. Er hat ihr etwas gegeben, und nun wird sie wie besessen herausfinden wollen, wer die andere Frau ist. »Wo bist du?«

»Bei Richard. Ich trinke ein paar Biere und versuche herunterzukommen. Es war …« Er beendet den Satz nicht.

Andererseits muss er mir auch nicht sagen, dass es ein langer Tag war.

»Ja, sicher.« Ich kann nicht widersprechen, und so befremdlich es sein mag, bin ich nicht gekränkt, weil er ein paar Bier bei seinem Freund braucht. Ich brauche Raum, um mit dem fertig zu werden, was Jack noch nicht ahnt. Ich muss überlegen, wie und wann ich es ihm sage.

»Ich liebe dich«, platze ich heraus, und sei es nur, um ihn daran zu erinnern, wieso wir dies hier durchmachen.

»Daran habe ich nie gezweifelt, Annie.« Er seufzt und klingt müde. »Ruh dich aus, Baby, ich rufe dich morgen früh an.«

»Ist gut.«

»Ich liebe dich, Süße. Über alles.«

Seine Worte zaubern mir ein kleines Lächeln auf die Lippen. »Sogar mehr als Giant Strawbs?«

»Sogar mehr als die. Und die liebe ich sehr.«

»Weiß ich. Ich liebe dich auch.«

Ich lege auf und mache mich auf den Heimweg. Gerne würde ich denken, dass der schlimmste Teil überstanden ist, doch ich bin nicht blöd.

Es hat gerade erst angefangen.

24. Kapitel

Es ist dunkel, bis ich zu Hause bin. Ich schleppe mich ins Schlafzimmer, stelle meine Tasche aufs Bett und wühle darin, bis ich den langen Plastikstift ertaste. Ich ziehe ihn hervor und blicke in der Hoffnung auf ein Wunder in das kleine Fenster. Dort leuchten mir immer noch klar und stolz zwei Linien entgegen. Ich werfe den Stift zurück in die Tasche und gehe ins Bad, wo ich zum ersten Mal heute in den Spiegel schaue. Ich glaube nicht, dass ich schon mal so furchtbar ausgesehen habe. Meine Haut ist fahl, das Grün meiner Augen ist stumpf, mein Haar hängt schlapp herunter, und meine Kleidung ist zerknautscht. Sofort senke ich den Kopf, um es nicht mehr zu sehen, doch nun fällt mein Blick auf meinen Bauch. Meinen flachen Bauch. Zum ersten Mal kommt mir die wichtigste Frage in den Sinn, die ich mir jetzt stellen sollte. Nicht, was die Leute denken werden oder wie sie reagieren. Ich sollte mich fragen, ob ich das hier schaffe. Mutter sein. In meiner Verwirrung war mir keine Sekunde der Gedanke gekommen, das Problem loszuwerden. Ich habe mich nicht gefragt, ob ich das Baby behalten will oder nicht.

Ich *werde* es behalten.

Nach dem Duschen mache ich mir einen Tee zum Schlafengehen. Ich stelle mein Schmunzeln nicht infrage, als ich die Verpackungen von Süßigkeiten um das Sofa herum einsammle. Und ich denke auch nicht darüber nach, warum ich *Top Gun* lade und mich auf dem Sofa einkuschle, um mir den Film anzusehen. Hin und wieder schweift mein Blick vom Bildschirm zum Fußboden ab, und ich sehe Jack und mich dort, ein Durcheinander von Armen und Beinen, Naschzeug und Kissen. Und ich sehe eine dritte Person: ein Baby. Jack, ich und ein kleines Wesen – halb er, halb ich.

Meine Hand gleitet zu meinem Bauch und streicht in Kreisbewegungen darüber. In nicht mal einem Jahr werde ich für einen kleinen Menschen sorgen müssen. Ein Wesen, das sich ganz auf mich verlässt und von mir abhängig ist. Mutter zu werden war nie mein Plan gewesen, vielleicht, weil ich außer beruflichen gar keine Pläne gemacht habe. Mein Leben wird auf den Kopf gestellt, und im Grunde habe ich das alles selbst herbeigeführt. Jetzt muss ich Verantwortung übernehmen. Ich weiß, was mir blüht, doch mit diesem Baby, das in mir heranwächst, kümmert mich die Reaktion der Welt – und die von Stephanie – weniger als der Gedanke, eine gute Mutter zu sein. Ich schaffe das. Mit Jack schaffe ich alles.

Zum ersten Mal heute erkenne ich Hoffnung inmitten der Ruinen, und an die klammere ich mich mit aller Kraft, lehne mich auf der Couch zurück und trinke meinen Tee. Als ich fast eingenickt bin, kommt eine Textnachricht.

Von Jack.

Ich war immer dein. Schon ehe ich dich kannte. Und du warst immer mein. Es dauerte nur eine Weile, bis wir uns fanden. Ich liebe dich x

Mit diesen Worten in meinem Kopf schlafe ich ein.

Mir ist kalt, als ich aufwache. Im Fernseher läuft der Abspann von *Top Gun*. Ich stöhne, weil ich nicht aufstehen und ins Bett gehen will, aber hier ist es zu kühl. Fröstelnd rapple ich mich von der Couch hoch, schalte den Fernseher aus, nehme mein Handy und ziehe die Wolldecke über meine Schultern. Dann trottete ich schläfrig in Richtung Bett.

Ich habe es fast unter die herrlich warmen Decken geschafft, die mich erwarten, als mich ein Klopfen an meiner Haustür auf der Schwelle zum Schlafzimmer erstarren lässt. Ich sehe den Flur hinunter zur Tür und frage mich, wer das um diese Zeit sein mag. Verwundert blicke ich auf mein Handy. Zehn Uhr abends. So sehr spät ist es gar nicht.

Ich ziehe die Decke von meinen Schultern, pfeffere sie aufs Bett und greife nach dem grauen Kapuzenshirt auf dem Stuhl, das ich auf dem Weg zur Tür überziehe. Ich hoffe, dass es Jack ist. Diese Möglichkeit macht mich ein wenig schneller, und ich reiße die Tür auf, bereit, mich ihm in die Arme zu werfen und ihn nie mehr loszulassen.

Doch sobald ich meinen Besuch sehe, wird mir mulmig.

»Stephanie«, flüstere ich zittrig und bemühe mich verzweifelt, nicht allzu erschrocken auszusehen. Oh mein Gott, was will sie hier? Mist, was mache ich jetzt? Sie sieht furchtbar aus, das ungewaschene Haar zu einem struppigen Pferdeschwanz gebunden, das Gesicht rot und fleckig, und sie ist in einen flauschigen grünen Kapuzenmantel gehüllt. Ich lasse die Tür los, als sie leicht zu vibrieren beginnt, da ich zittere.

Zweifellos wirke ich genauso nervös, wie ich mich fühle. Stephanie sieht mich mit leerem Blick an, ein bisschen wie in Trance. Dies wäre der Punkt, an dem jeder normale Mensch sie fragen würde, ob alles in Ordnung ist. Aber das ist es nicht, und ich bin nicht irgendein normaler Mensch. Ich bin die Frau, für die ihr Mann sie verlassen hat, und ich muss sie loswerden, bevor meine Nerven vollends zu flattern beginnen und sie sich alles zusammenreimt.

»Stephanie?«, frage ich ruhig und ringe mir eine halbwegs freundliche Miene ab.

»Ich wusste nicht, zu wem ich sollte«, sagt sie heiser und schlingt schützend die Arme um ihren Oberkörper.

»Was?« Mein abrupter Ton erschreckt mich selbst, und ich

habe Mühe, mich zusammenzureißen. Also ist sie hierhergekommen? *Zu mir?*

Sie bricht in Tränen aus.

Oh Mist.

»Er hat mich verlassen.« Sie schluchzt. »Er ist weg!«

In mir geht es drunter und drüber, und es kommt mir nicht die kleinste Idee, was ich tun sollte. »Stephanie, ich …«

Sie torkelt in meinen Flur, sodass mir nichts anderes übrig bleibt, als zurückzuweichen. Drinnen stößt sie gegen die Wand, und ich rieche eindeutig eine Fahne, als sie an mir vorbeigeht. Sie hat getrunken.

»Er ist weg, Annie! Er ist weg und hat mich ganz allein gelassen!« Sie stemmt sich ab und dreht sich zu mir um, während ich immer noch geschockt dastehe. Auf einmal wird sie ruhig, und ihr Blick bekommt etwas Wildes. »Aber er braucht mich«, sagt sie sachlich.

»Es tut mir sehr leid, Stephanie.« Mein Mund wird aktiv und erinnert mich, dass ich die mitfühlende Außenstehende geben muss. »Sicher kommt er wieder zurück.«

»Ja, das wird er.« Sie schnieft und wischt sich die Nase. »Er ist verwirrt, sonst nichts.«

Ich nicke, denn sie muss sich zusammenreißen und gehen, damit ich meinen eigenen Zusammenbruch haben kann. Der wird nicht so spektakulär ausfallen wie Stephanies, aber garantiert mit Tränen und einem panischen Anruf bei Jack.

Stephanie verzieht das Gesicht und fängt wieder an zu schluchzen, diesmal weniger heftig, dennoch bebt ihr Körper, da sie konstant schnieft und nach Luft schnappt.

»Was soll ich nur tun?« Sie hickst und lässt den Kopf hängen.

Dazu kann ich nichts sagen. Ich weiß nicht mal, was ich tun soll, und das macht mir richtig Angst. »Soll ich eine Freundin für dich anrufen?«, frage ich. »Jemanden, mit dem du reden kannst?« Ich muss ihr klarmachen, dass ich nicht diese Person bin. Die wäre ich genauso wenig, wäre ich nicht in ihren Mann verliebt.

»Es gibt keinen.« Sie schluchzt. »Ich habe keine Freundinnen.«

Sie sieht mich hoffnungsvoll an, und ich befürchte das Schlimmste.

»Außer dir. Ich bleibe eine Weile hier. Du kannst uns einen Tee machen. Alleine komme ich nicht gut zurecht, Annie.«

»Was ist mit deiner Mutter?«, frage ich und strenge mich an, eher besorgt als verzweifelt zu klingen.

Sie schüttelt den Kopf. »Sie und Daddy sind zum Essen aus. Ich will sie nicht belästigen.«

Vor lauter Angst habe ich einen Kloß im Hals und schlucke dagegen an. Er rührt sich nicht. Sie will, dass ich ihre Freundin bin, oder denkt offenbar, ich sei es bereits. Sie will ihre Probleme bei der Frau abladen, die ein Kind von ihrem Mann erwartet. Eine üblere Situation kann ich mir nicht vorstellen. Gott, ich kann sie nicht rauswerfen und mich die ganze Nacht fragen, ob sie sich wieder die Pulsadern aufgeschnitten hat.

»Ich stelle den Wasserkocher an.« Ich schließe die Haustür. Ich bin total, komplett geliefert.

Nachdem ich in die Küche vorausgegangen bin, sage ich Stephanie, dass sie sich hinsetzen soll, und beginne, Tee zu machen. Derweil überschlagen sich meine Gedanken, und ich fürchte mich davor, wohin dieses Gespräch führen wird.

»Er sagt, dass es eine andere gibt«, sagt sie aus heiterem Himmel und ist eindeutig amüsiert.

»Wahrscheinlich nur ein Strohfeuer«, antworte ich automatisch und rühre den Tee um. Mir bleibt keine Wahl, als die Freundin zu mimen, für die sie mich hält.

»Das habe ich auch gesagt. Irgendein Flittchen, das die Beine breitgemacht hat.«

Ich beiße die Zähne zusammen, reiche ihr einen Becher Tee und setze mich ihr gegenüber hin.

»Er kommt wieder zurück. Ich meine, er hat das schon vorher gemacht, als ihm sein Fehler klar wurde. Dass er nicht ohne mich leben kann.« Sie lacht.

Mein Lächeln ist angestrengt. Innerlich zerbreche ich. Ich will das nicht hören.

Sie beugt sich vor, die Hände um ihren Becher geschlungen, und grinst mich an. »Du kannst mir helfen, es ihm zu zeigen. Du arbeitest mit ihm, siehst ihn dauernd. Du kannst ihm sagen, dass er einen Fehler macht. Was meinst du?«

Was ich meine? Ich meine, das hier ist die Hölle. Ich lächle, habe physische Schmerzen. Mein Bauch verkrampft sich laufend, als wollte er mich erinnern, dass in mir etwas heranwächst, das ein Teil von mir und ein Teil von Jack ist. »Ist gut«, antworte ich schluckend.

»Danke, Annie«, sagt sie und hebt nachdenklich den Becher an ihre Lippen.

Nun wirkt sie erheblich gefasster. Und noch während ich das denke, knallt sie ihren Becher auf den Tisch und fängt wieder an zu heulen. Ich habe keinen Schimmer, ob das ein normales Verhalten für eine Frau ist, deren Mann sie verlassen hat, oder nur normal für Stephanie.

»Entschuldige.« Sie weint und wischt sich das Gesicht. »Hast du Taschentücher?«

»Im Bad.« Ich bete, dass sie selbst hingeht, um sich welche zu holen, und es nicht von mir erwartet. Mein Handy liegt drüben beim Wasserkocher, und es würde komisch aussehen, sollte ich es mit ins Bad nehmen. Wenn sie geht, kann ich einen Notruf an Jack schicken. »Du weißt ja, wo es ist.«

Der Stuhl schabt über den Boden, als sie aufsteht, und ich warte, bis Stephanie um die Ecke ist, bevor ich zu meinem Handy renne und eine Nachricht an Jack eintippe.

Stephanie ist hier!

Mit dem Telefon in der Hand setze ich mich wieder hin und höre, wie sie sich im Bad schnäuzt. Jacks Antwort kommt umgehend.

Was? Bei dir zu Hause?

Mir bleibt nur noch Zeit, ein schlichtes *Ja* zu tippen, ehe Stephanie wieder da ist. Verstohlen schiebe ich mein Handy in die Tasche und stehe auf. »Geht es?«, frage ich.

Nickend stopft sie das Taschentuch in ihre Manteltasche. Dann kommt sie auf mich zu und schlingt die Arme um meinen angespannten Körper, der sich nicht entkrampfen will, egal, wie eindringlich ich es ihm befehle, damit er mich nicht verrät.

»Du bist eine gute Freundin.« Stephanie tritt ein wenig zurück und küsst mich auf die Wange.

Ich ertrage das nicht. Alle Alarmglocken spielen plötzlich verrückt.

Ein Handy beginnt zu klingeln, und Stephanie ringt nach Luft. Sie zieht ihr Telefon aus der Manteltasche. Ihre Freude, als sie aufs Display sieht, haut mich beinahe um.

»Das ist Jack!« Sie quiekt geradezu und nimmt das Gespräch an. »Jack?« Sie dreht sich um und eilt aus der Küche. »Ja, ich bin auf dem Weg nach Hause! Kommst du? Wir reden richtig. Ich höre dir zu, das schwöre ich.« Aufgeregt verschwindet sie und knallt die Haustür hinter sich zu.

Ich sinke auf einen Stuhl. Das Adrenalin, das mich bisher aufrecht gehalten hat, versiegt, und der Schock setzt ein. Ich vergrabe das Gesicht in den Händen, habe aber keine Zeit, meinem müden Geist Ruhe zu gönnen. Mein Handy summt in der Tasche. Ich ziehe es heraus und gehe ran.

»Annie, ist alles okay?« Jack klingt wie von Sinnen vor Sorge.

»Super«, antworte ich. »Ich habe eben zugeguckt, wie deine Frau zusammengebrochen ist, und habe mir angehört, dass sie dich von dieser Hure zurückgewinnen will, mit der du schläfst. Anscheinend bin ich eine großartige Freundin und werde dich überzeugen, dass du einen Fehler machst. Ist doch ideal, nicht?«

»Was?« Er wirkt genauso verblüfft wie ich.

»Jack, ich mache mir Sorgen.«

»Es tut mir so leid«, sagt er. »Ich wusste nicht, dass sie bei dir auftauchen würde.«

»Bist du in Ordnung?«, frage ich leise. Mir gefällt nicht, wie erschöpft er klingt.

»Ich wünschte nur, ich könnte bei dir sein«, gesteht er, und ich lächle traurig. »Es war ein beschissener Tag.«

»War es«, bestätige ich matt. Er muss nicht wissen, was meinen Tag so beschissen machte.

»Ich muss dich sehen, Annie. Kannst du morgen Vormittag in mein Büro kommen?«

»Werden sich deine Mitarbeiter da nicht wundern?«

»Wir haben eine geschäftliche Besprechung, weiter nichts.«

»Gut, ich bringe meine Unterlagen mit.« Ich stehe auf und gehe ins Schlafzimmer, wo mein Bett auf mich wartet. Dort nehme ich meine Tasche vom Fußende, werfe sie auf den Boden und falle ins Bett. Ich ziehe mir die Decken bis zum Kinn hoch.

»Um elf?«

»Okay.«

»Ich kann es nicht erwarten, dich in den Armen zu halten, Annie.«

Er hört sich so müde an. Ich schließe die Augen und male mir aus, an seine Brust geschmiegt zu sein, warm und sicher. Zusammen.

»Gute Nacht, Baby.«

»Gute Nacht.« Ich lege auf, starre an die Decke und frage mich, wie ich Jack beibringe, dass ich schwanger bin. Ich bin nicht sicher, ob der arme Mann noch mehr verkraftet.

25. Kapitel

Am nächsten Morgen bin ich schrecklich nervös, als ich mich im Empfangsbereich von Jacks Büro hinsetze, nachdem man mir gesagt hat, dass er mich erwartet. Ich bin mir nicht sicher, ob ich beunruhigt bin, weil Stephanie aufkreuzen könnte oder weil ich nicht weiß, wie ich ihm von der Schwangerschaft erzähle. Mir bleibt nicht viel Zeit zum Grübeln, denn Jack kommt aus seinem Büro auf mich zu, wobei er sich das Sakko zuknöpft. Er sieht erledigt aus, vollkommen fertig, doch seine Miene erhellt sich, sobald sich unsere Blicke treffen. Heute trägt er keine Krawatte, nur ein weißes Hemd, das am Kragen offen ist, sein Jackett und eine Stoffhose. Sein Haar ist nicht so ordentlich gestylt wie bei unserer letzten Begegnung in seinem Büro. Was eigentlich kein Wunder ist. Der gestrige Tag hat uns beiden eine Menge abverlangt.

Im Gegensatz zu ihm wirke ich in meiner engen, rissigen Jeans, meinem weiten, krausen T-Shirt und den Flip-Flops ganz und gar nicht wie für einen Geschäftstermin hergerichtet.

Jack nickt der Frau am Empfang zu. Sie lächelt ihn verhalten, beinahe mitfühlend an. Hat er es schon öffentlich gemacht? Hat er den Leuten erzählt, dass er Stephanie verlassen hat? Ich werde zappelig, meine Nerven spielen verrückt.

»Miss Ryan«, sagt Jack leise und reicht mir die Hand.

Ich schüttle sie. »Mr. Joseph«, antworte ich und spüre, dass er diskret zieht, um mir aufzuhelfen, als würde er merken, dass ich Hilfe brauche. Womit er richtig läge. Ich fühle mich ausgelaugt. Letzte Nacht lag ich stundenlang wach und grübelte, wann ich Jack die Neuigkeiten mitteilen soll. Eigentlich sollte ich diejenige sein, die ihm seinen Stress erträglicher macht, ihm keinen zusätzlichen bereitet. »Danke.« Er drückt meine Hand sanft, bevor er sie loslässt und den Flur hinunterzeigt.

»Mein Büro ist hier entlang«, sagt er.

Das ist unsagbar bescheuert. Mr. Joseph? Miss Ryan? Mir sagen, wo es zu seinem Büro geht? Ja, ich weiß es, weil er mich auf dem Schreibtisch gevögelt hat. Und erinnert sich seine Empfangssekretärin nicht von dem Meeting mit Brawler's an mich? Ich fühle, wie sie mich mustert, als wir an ihr vorbeigehen. Misstrauisch linst sie über den Rand ihrer Brille hinweg. Und ich mache es um nichts besser, als ich erröte und hüstelnd den Blick abwende.

»Sie sieht uns komisch an«, flüstere ich Jack zu. Unsere Arme streifen sich bei jedem Schritt, was meine Atmung noch flacher werden lässt. Seit unserer ersten Begegnung raubt mir jeder Körperkontakt mit Jack den Atem. Und heute ist es trotz der entsetzlichen Umstände nicht anders.

»Du bist paranoid«, erwidert er flüsternd und hält mir die Tür auf. »Nach dir.«

Er zwinkert mir zu, damit ich mich entspanne. Ich verberge mein Grinsen, betrete sein Büro und drehe mich um, sowie er die Tür hinter mir schließt. Er hebt mich hoch und trägt mich zu einem der Sofas, wo er sich mit mir auf dem Schoß hinsetzt und mich so fest an sich drückt, wie er kann.

»Gott, mir kommt es vor, als hätte ich ewig hierauf gewartet.«

Für eine Weile übersät er mein Gesicht mit sanften Küssen, streichelt und liebkost mich so, wie ich es momentan brauche.

»Wie hast du geschlafen?«, fragt er. Seine Hände sind an meinen Wangen, und er reibt seine Nasenspitze an meiner.

»Sehr schlecht«, gestehe ich. »Ich konnte Stephanie nicht aus dem Kopf bekommen.« Jack nickt verständnisvoll. »Sie war in solch einer schrecklichen Verfassung.«

»Ich weiß, Baby. Es ist furchtbar anzusehen, aber ich muss stark bleiben, selbst wenn es mich herzlos erscheinen lässt. Es ist das Beste so, nicht bloß für uns, sondern auch für sie. In dieser lieblosen Ehe kann sie nicht glücklich sein.«

Ich erschlaffe auf seinem Schoß und wünschte, ich könnte mir all die qualvollen Gedanken aus dem Kopf schlagen und abstumpfen. »Ich fühle mich so schuldig«, flüstere ich. Hier und jetzt beschließe ich, dass ich morgen in die Kirche gehe. Ich bin nicht religiös, aber Gott ist für alle da, nicht? Er wendet sich von keiner Seele ab. Ich werde meine Sünden beichten und um Vergebung bitten. Hoffentlich vergibt er mir. Ich mag Stephanie für das hassen, was sie Jack angetan hat, dennoch fühle ich mich schuldig. Das ist gleichermaßen nervig wie tröstlich.

»Hey.« Jack tippt mich an und sieht besorgt aus, als er bemerkt, dass ich Tränen in den Augen habe. Er presst die Lippen zusammen und streicht sanft mit dem Finger unter meinem linken Auge entlang, um eine Träne abzufangen. »Baby, hattest du das geplant?«, fragt er ernst. »Und wenn ich von geplant spreche, meine ich, bist du eines Morgens aufgewacht und hast entschieden, in eine Bar zu gehen und dich in einen verheirateten Mann zu verlieben?«

Wenn er es so formuliert ... »Nein.«

»Hast du jemanden umgebracht?«

»Jack.« Ich seufze leise. »Das macht es nicht richtig.«

»Was ich auch nicht behaupte, Annie. Ich meine, dass du kein schlechter Mensch bist. Du bist nicht böse oder berechnend oder manipulierend. Du hast dich verliebt. Wenn das ein Verbrechen ist, werden wir gemeinsam in der Hölle verliebt sein.«

»Bei dir hört es sich so akzeptabel an.«

»Ich versuche, einen klaren Kopf zu bewahren, das ist alles.«

Er lacht ein wenig, doch darin schwingt jenes Unglück mit, das er so entschlossen vor mir verbergen will.

»Ich habe Stephanie verlassen, weil sie es unmöglich gemacht hat, sie zu lieben. Ich habe sie verlassen, weil es mich zerstören würde, bei ihr zu bleiben. Ich habe sie verlassen, weil ich glücklich sein möchte.« Er zwackt mich leicht ins Kinn. »Und ich will, dass *du* glücklich bist. Mit mir.«

»Weiß ich«, sage ich, auch wenn mein Lächeln traurig und angestrengt ist. »Was passiert jetzt?«

»Ich habe eine Wohnung in der Nähe von Maida Vale. Sie ist vermietet, und die Mieter haben ein paar Wochen Kündigungsfrist, aber zum Monatsende ziehen sie aus. Bis dahin wohne ich in einem Hotel.«

»Werde ich dich sehen können?«

»Hast du Lust, mit mir zusammenzuziehen?«, scherzt er und lächelt, als ich grinse.

Meinetwegen könnte er in einem Zelt auf einem heruntergekommenen Campingplatz leben; *nichts* hielte mich davon ab, mit ihm zusammen zu sein. Doch ich habe das Gefühl, dass seine Worte sehr viel mehr bedeuten, und sie bewegen mich, meinen Mut zusammenzunehmen und ihm zu erzählen, was ich ihm sagen muss.

»Jack ...«

»Ich habe zugesagt, Stephanie heute Abend zu sehen«, platzt er heraus, und mir verschlägt es die Sprache. »Ich dachte, das solltest du wissen, damit du nicht denkst, es wäre irgendwas anderes als ...«

»Als was?« Ich stemme mich ein wenig von ihm ab und verfluche mich dafür, dass ich so offensichtlich entsetzt und besorgt bin.

»Als zwei Erwachsene, die darüber reden, wie alles geregelt wird.«

»Habt ihr nicht letzte Nacht geredet? Als du bei ihr warst?«

»Letzte Nacht ging es mir nur darum, sie aus deiner Wohnung zu bekommen.«

»Und deshalb warst du einverstanden, sie zu sehen.«

»Es war die einzige Möglichkeit. Ich kann mein Wort nicht brechen, Annie. Jedenfalls denkt sie klarer und meint, dass uns eine Auszeit guttun wird.«

»Eine Auszeit?« Mir gefällt nicht, wie das klingt.

Er zuckte mit den Schultern. »Es verschafft uns Luft. Zeit für sie, sich an den Gedanken zu gewöhnen. Ich werde keinen Aufruhr riskieren, indem ich ihr eine halbe Stunde verweigere, wenn ich so viel mehr im Gegenzug bekomme. Praktisch mein ganzes Leben. Vertrau mir. Ich weiß, was ich tue.«

Es ist ein Hinterhalt. Muss es sein. Ich habe Stephanie gestern gehört, und ich habe sie beobachtet. Sie ist verzweifelt und wird alles tun, um ihn zu halten. Was mich auf einen anderen Gedanken bringt …

Plötzlich bin ich selbst verzweifelt, doch ich behalte meine Neuigkeiten für mich und hadere mit mir. Ich kann ihm jetzt nicht sagen, dass ich schwanger bin. Er hat recht. Ich muss darauf vertrauen, dass er tut, was er für richtig hält, selbst wenn es mich umbringt. Er ist zweifellos in einer beschissenen Lage, und die darf ich nicht noch schlimmer machen. Ich kann ihm dies nicht schwerer machen, als es bereits ist, sondern muss Geduld haben. Und ich muss vernünftig sein. Schließlich bin ich diejenige, die ihn bekommt, wenn alles vorbei ist. Ich werde mein Happy End mit dem einzigen Mann haben, den ich je geliebt habe. Dem einzigen Mann, dem ich mich jemals so tief verbunden fühlte. »Ist gut«, bringe ich mühsam heraus. »Ich fahre zu Lizzy.« Ich kann nicht allein zu Hause sitzen und grübeln. Da werde ich irre.

Er nickt. »Wie geht es ihr überhaupt? Und Micky?«

»Sie glauben, dass ich den Verstand verloren habe«, antworte ich wahrheitsgemäß. »Aber sie sind für mich da.«

»Das freut mich.« Jack zieht mich wieder an seine Brust. »Ich liebe dich, Annie.« Er atmet tief ein und drückt mich fest.

»Ich liebe deine Leidenschaft, deinen Verstand und ich liebe es, wie du über den Becherrand hinweg schmollst, wenn du in Gedanken bist. Ich liebe es, wie zappelig du wirst, wenn du nervös bist.«

Seine Lippen berühren meinen Hinterkopf, und ich lächle. Ich liebe es, ihn solche Sachen sagen zu hören.

»Und ich liebe dein U2-T-Shirt, vor allem, wenn du nichts anderes dazu trägst.«

Ich löse mich ein wenig aus seiner Umarmung, weil ich auf einmal unbedingt sein Gesicht sehen will. Er lächelt, und ich streiche mit dem Daumen über seine Wange, während er fortfährt: »Ich liebe es auch, wie du dein Haar so aufsteckst, dass es einer Ananas ähnelt. Und ich liebe es, wie dein Mascara am Ende des Tages hier ein bisschen verschmiert ist.« Er berührt meinen Augenwinkel, ein Grinsen umspielt seine Mundwinkel. »Ich liebe alles, was es an dir zu lieben gibt.«

»Ich liebe deine Brust«, sage ich blöd und sinke wieder in seine Wärme. Könnte ich mich hier doch für immer verstecken!

Jack lacht leise. »Lass uns diese Woche hinter uns bringen und nach Liverpool fahren. Drei Tage nur du und ich, ja?«

Ich nicke, schmiege mich an ihn und genieße diesen gestohlenen Moment. Am Wochenende werde ich ihm von dem Baby erzählen, wenn wir weg aus London sind, allein und entspannt.

Ich rief Lizzy gleich an, als ich aus Jacks Büro kam. Sie hörte sich an, wie der gestrige Abend verlaufen war und dass Jack sich für heute Abend mit Stephanie verabredet hatte. Ich musste nicht bitten, zu ihr kommen zu dürfen. Sie sagte direkt, ich solle um sechs bei ihr sein, dann sei sie von der Arbeit zurück, und wir würden Curry essen und *Titanic* sehen – den wir nie leid werden, obwohl wir beide ihn uns schon eine Million Male angeschaut haben.

An der Tür empfängt sie mich mit der dicksten Umarmung aller Zeiten. Die hätte ich gebraucht, bevor ich in Jacks Büro ging. Doch sollte sie mich jetzt den ganzen Abend nicht mehr loslassen, wäre das auch in Ordnung für mich. Ich hole mein Handy aus der Tasche und gebe es ihr. Ich muss nicht minütlich nachsehen, ob eine Textnachricht von Jack angekommen ist. Das würde den Zweck meines Aufenthalts bei ihr verfehlen. Lizzy nimmt das Handy und stopft es in die Gesäßtasche ihrer Jeans. Sie sagt kein Wort, stellt keine Fragen und bedrängt mich nicht. Sie geht einfach nur voraus in die Küche.

Ich lächle ehrlich froh, als ich Nat und Micky am Tisch sitzen sehe, die lachen und plaudern. Micky zwinkert mir zu und Nat jubelt. Ich sehe zu Lizzy und frage mich, ob sie ihnen etwas erzählt hat. Sie schüttelt jedoch kaum merklich den Kopf und nimmt eine Flasche Wein aus dem Kühlschrank.

Sie reicht mir ein volles Glas, aber als ich es nehmen will, fällt mir ein, dass ich mich von dem Zeug fernhalten sollte. »Alkoholfrei«, flüstert Lizzy, bevor sie den anderen nachschenkt – den echten Stoff, vermute ich.

Nat prostet in die Luft und zieht mich auf den Stuhl neben sich. »Du siehst beschissen aus.«

»Danke.« Ich lache und proste ihr zu.

»Stimmt.« Micky zwinkert mir wieder zu.

Ich nehme eine Erdnuss aus der Schale auf dem Tisch und werfe sie nach ihm. Er schwingt sich zur Seite und fängt sie grinsend mit dem Mund auf.

»Schlimmer Tag bei der Arbeit?«

»Schlauchig«, antworte ich müde. »Aber am Ende wird es sich gelohnt haben.«

»Das hoffe ich«, stimmt Lizzy ein und sieht mich an.

»Ich habe aufregende Neuigkeiten«, verkündet Micky, der auf einmal blasiert und gänzlich *un*aufgeregt aussieht.

»Bist du sicher?«, frage ich.

»Ja.« Er setzt sich gerade hin und räuspert sich. »Ich habe ein Date.«

Wir alle sehen einander stumm an, als wäre dies das Schrägste, was passieren könnte. Ich würde ja sagen, dass ich ihn nicht richtig verstanden habe, doch die anderen sind genauso verdutzt wie ich.

»Wie bitte?«, fragt Nat, der die Kinnlade bis auf die Brust sackt.

»Ein Date«, wiederholt er und beginnt, seine Bierflasche auf dem Tisch zu drehen, während er sie schmollend betrachtet.

Nat prustet los, gefolgt von Lizzy und mir. Das ist unbezahlbar!

»Jetzt ist aber mal gut, Micky.« Nat gackert.

»Was denn?«, fragt er beleidigt.

»Du?« Ich lache.

»Ein Date?« Lizzy muss sich am Tisch festhalten.

»Die Frau, die du trainierst!« Ich springe auf. »Charlie! Sie lässt sich nicht einfach so flachlegen, also musst du erst mit ihr ausgehen!«

»So ein Schwachsinn!«, kontert Micky ernst. »Ich hätte sie so haben können!« Er schnippt mit den Fingern.

»Oh mein Gott!« Nat stellt ihr Glas hin, um nichts zu verschütten vor lauter Lachen. »Ich kann nicht … das ist … du wirst doch nicht … Scheiße, das ist das Witzigste, was ich je gehört habe!«

Unser Gelächter hallt durch die Küche, denn Mickys »Date« macht uns fertig. Denkt er, wir kennen ihn nicht? Um Gottes willen! »Micky, du schaffst mich!«, heule ich, greife nach meinem unechten Wein, lache ins Glas und trinke einen Schluck. »Wohin führst du sie aus?«

»Ah, na endlich!« Er beugt sich vor. »Darüber muss ich nämlich mit euch reden.« Seine Gründe, uns von diesem Date zu erzählen, sind schlagartig offensichtlich, was eine neue Runde schallendes Gelächter zur Folge hat. »Jetzt kommt schon«, jammert er. »Helft mir mal.«

»Wir kennen sie nicht«, antworte ich. »Mag sie Kunst, Kultur, Essen?«

»Sie mag es, wenn ich mit meinem Haar spiele.« Er sieht mich hoffnungsvoll an.

Gott, ich könnte ihn knuddeln!

»Sie mag es, wenn du mit deinem Haar spielst?«, fragt Nat ernst. »Prima, dann nimm sie zu deinem nächsten Friseurtermin mit.«

Diesmal verkneife ich mir das Lachen, denn ich fühle mit meinem langjährigen Freund. Er kann nichts dafür, dass er ein Idiot ist, wenn es um Dates geht. »Das Hakassan ist immer ein Gewinner«, schlage ich vor.

»Echt?«, fragt Micky. »Das ist ganz schön teuer, oder?« Er weicht zurück und hebt die Hände, als wir ihn alle entgeistert ansehen.

»Burger King.« Nat seufzt. »Geh mit ihr zu Burger King. Aber ich weiß aus *Erfahrung*, dass es da keine nette Nummer zum Nachtisch gibt. Die wiederum bekommst du, wenn du sie ins Hakassan ausführst.« Sie hebt ihr Glas, um mit uns anzustoßen.

Lizzy und ich lachen, doch Micky verdreht die Augen. Ich hatte fast vergessen, wie sehr ich das hier liebe. Es spielt keine Rolle, dass in meinem Glas kein richtiger Wein ist. Ich habe meine Freunde um mich, und genau das brauche ich jetzt. Versonnen blicke ich von einem zum anderen und denke, was für ein Glück es ist, sie zu haben.

Lizzy bestellt beim Inder, und wir alle fläzen uns ins Wohnzimmer, um *Titanic* zu sehen. Es gibt keinen Widerspruch, nicht einmal von Micky.

»Pass gut auf«, sagt Nat und kickt ihm in den Rücken, als er sich vor ihr auf den Fußboden hockt. »Vielleicht kannst du noch was übers Werben lernen.«

Er schaut sich mürrisch zu ihr um. »Klappe halten, Eiskönigin.«

»Autsch!«

»Pst!«, zischt Lizzy, richtet die Fernbedienung auf den Fernseher und dreht die Lautstärke auf. »Zugucken oder verduften.«

Nat wirft ihr einen beleidigten Blick zu, kriegt sich aber wieder ein, als ich beruhigend eine Hand auf ihren Schenkel lege. Wir alle rühren uns kaum, und es ist nur ab und zu ein Seufzen oder Brummen zu hören, während wir zuschauen, wie sich Kate und Leonardo verlieben. Ich schaffe es bis zu der Stelle, an der er sie malt. Danach ist der Film nur noch Hintergrundgemurmel, denn Jacks Worte gehen mir unaufhörlich durch den Kopf.

Es wird alles gut. Ich muss nur Vertrauen haben.

»Annie?« Lizzy rüttelt mich sanft wach. »Annie, Jack hat angerufen.«

Sie hätte mir ebenso gut eine Brandbombe entgegenschmeißen können. Wie der Blitz bin ich vom Sofa hoch. »Wo sind alle hin?« Das Wohnzimmer ist leer.

»Der Film war vor einer Stunde zu Ende. Ich wollte dich nicht wecken, weil ich dachte, dass du ein bisschen Schlaf vertragen kannst.«

Was sie meint, ist, dass ich es vertragen könnte, mal für eine Weile nicht nachzudenken. Ich kann ihr gar nicht genug danken, doch jetzt bin ich wach und werde wieder panisch. »Wo ist mein Handy?« Ich schieße an ihr vorbei, um es zu suchen.

»Auf dem Tisch!«, ruft sie mir nach, als ich in der Küche bin.

Ich sehe es, greife danach und rufe Jack an, doch es wird mir schon abgenommen, bevor ich auf »Wählen« drücken kann. »Was machst du denn?«, frage ich Lizzy und will es ihr entreißen.

»Er ist unterwegs hierher«, beruhigt sie mich und hält mein Telefon außer Reichweite. »Ich habe ihm die Adresse gesagt, und er müsste jeden Moment hier sein.«

Was sie mir sagt, ist noch nicht mal in meinem Kopf angekommen, da wird bereits leise an die Tür geklopft. Ich schnappe nach Luft und jage wie ein geölter Blitz aus der Küche, um atemlos die Wohnungstür aufzureißen. Ihn zu sehen, ganz gleich, wie erschöpft er aussieht – vollkommen erledigt, müde und ausgelaugt –, verleiht meiner verkehrten Welt immer Stabilität. Er macht einen Schritt vor, und ich werfe mich in seine Arme, schmiege mein Gesicht an seinen Hals. Ich halte ihn so fest, dass ich ihm wahrscheinlich sämtliche Luft aus dem Leib drücke.

»Annie«, flüstert er.

Meine Füße verlieren die Bodenhaftung, als er hereinkommt, mich mit einem Arm hochhält und die Tür mit der freien Hand schließt. Ich weigere mich, ihn loszulassen. Jemals.

»Ich lasse euch zwei dann mal allein«, höre ich Lizzy sagen. »Ich bin im Schlafzimmer, falls ihr irgendwas braucht. Bedient euch selbst.«

»Danke«, antwortet Jack leise.

Er geht weiter, wobei ich ihn umklammere wie eine Efeuranke. Ich merke es, als wir in der Küche sind, weil sich seine Schritte anders anhören. Doch weiterhin klebe ich an ihm.

»Baby, setz dich.«

Ich schüttle den Kopf an seinem Hals und höre ihn seufzen, als er mich drückt und mich behutsam von sich löst. Dann zieht er einen Stuhl vor und bugsiert mich darauf. Während ich ihn verständnislos ansehe, geht er um den Tisch herum, wobei er offensichtlich Mühe hat, sich aufrecht zu halten.

»Jack, was ist los?« Mir gefällt nicht, wie resigniert er wirkt. Es überschattet die Erleichterung, die ich empfinde, weil er hier ist.

Er zieht sich einen Stuhl vor, und ich beobachte schweigend, wie er sich hinsetzt, die Ellbogen auf den Tisch stützt und das Kinn in eine Hand legt.

»Ich muss dir etwas sagen.«

Schlagartig verkrampft sich mein Körper. Ich will nicht fragen, weil ich verflucht sicher bin, dass ich nicht wissen will, was er mir sagen möchte. Mir gefällt nicht, dass er bewusst Abstand zwischen uns geschaffen hat. In meinem Kopf schrillt die Frage, die ich mich laut auszusprechen weigere. Was kann ihn so niedergeschlagen machen? Hat sie ihn wieder verletzt? Hat sie auf sein Gewissen eingewirkt, ihm Schuldgefühle eingeredet?

»Sie ist schwanger, Annie.«

Ich rucke auf meinem Stuhl nach hinten, als hätte mich etwas aus dem Nichts getroffen. Mein Herz fängt schmerzlich zu klopfen an.

»Sie hat sich übergeben«, sagt Jack leise. »Dann hat sie einen Test gemacht.« Er schließt die Augen. »Er war positiv.«

Anscheinend möchte er es genauso wenig glauben wie ich.

»Nein«, flüstere ich, schiebe meinen Stuhl zurück, der Raum dreht sich um mich. Mit jeder schmerzhaften Sekunde, die vergeht, wird mein Herzschlag schleppender, und das Gefühl in meinen Armen und Beinen schwindet. Sie ist schwanger. Er ist für immer an sie gebunden. Sie wird für den Rest unseres Lebens im Hintergrund sein. Unseres Lebens? Ich blicke über den Tisch zu Jacks eingesunkener Gestalt. Unseres Lebens? »Du verlässt sie nicht, stimmt's?«

Jack hebt seinen schweren Kopf, bis er mir in die Augen sieht. Jedes Leben ist aus ihnen gewichen. Sie sind wie leer. »Ich kann mein *Kind* nicht verlassen, Annie.«

Meine Kehle ist zugeschnürt. Ich habe das Gefühl, langsam zu sterben. Meine Verzweiflung sagt mir, dass ich herausschreien soll, was mit mir ist, ihm erzählen, dass ich gleichfalls schwanger bin. Doch Jack redet weiter, bevor ich klar denken und die Worte äußern kann.

»Ich fasse nicht, dass das hier passiert. Sie weiß, dass ich kein Kind will.«

Womit meine Nachricht tief in meinen Bauch plumpst und dort verrottet. Er will kein Kind. Ich werde zusehends benommener.

»Das ist so eine Scheiße!« Er knallt die Faust auf den Tisch.

Ja, das ist Scheiße, da hat er recht. Alles. Ich will nicht, dass er aus lauter Mitleid mit mir zusammen ist, so wie er es mit Stephanie sein wird. So tief sinke ich nicht, dass ich seine Entscheidung manipuliere. Sie manipuliert ihn, und dies ist nur eine neue Form ihrer verdrehten Berechnung. Noch ein Symptom ihrer völlig verdrehten Denkweise. Ich weigere mich, ihn zu zwingen, bei mir zu bleiben. Das will ich Jack und mir selbst nicht antun. Ich bettle nicht. Ich falle nicht auf die Knie. Auch so habe ich schon genug Integrität verloren. Und ich kann nicht von ihm verlangen, sein Kind im Stich zu lassen – das Kind, das Stephanie in sich trägt – genauso wenig, wie ich von ihm verlangen könnte, seine Frau meinetwegen zu verlassen.

Das war es.

Vorbei.

Ich bin auf mich gestellt.

Plötzlich bin ich wütend. Ich bin wütend auf ihn, weil er so verflucht unvorsichtig war, ihr die Chance zu geben, ihn in die Falle zu locken. »Du hast noch mit ihr geschlafen?«, frage ich und sehe ihn an.

Er sieht mich traurig an. »Seit Monaten nicht mehr, Annie. Und sie hatte die Pille genommen.«

»Wie ist es dann passiert?«

Beschämt und verwirrt senkt er den Kopf. »Sie hatte immer mal vergessen, die Pille zu nehmen. Mehr braucht es nicht. Sie muss inzwischen deutlich im vierten Monat sein, denn so lange ist es her, seit wir zuletzt …«

»Das muss ich nicht hören, Jack.« Es ist egal, wie weit sie ist oder wie es passiert ist. Es ist geschehen. Nichts kann daran etwas ändern. »Geh.«

Ich kämpfe darum, meine Welt zusammenzuhalten. Ja, ich bin enttäuscht, und dazu habe ich kein verdammtes Recht. Und ich verfluche mich jetzt dafür, dass auch ich so unvorsichtig war. »Geh einfach, Jack«, sage ich ruhig. Ich fühle mich alles andere als ruhig, doch jetzt kann mein einziges Ziel nur sein, die Verzweiflung einzudämmen. Mir ist, als wär mir alles Leben aus dem Körper gesaugt worden. Ich bin völlig leer.

Jack schüttelt den Kopf. »Annie …«

Er greift über den Tisch nach meiner Hand, ich ziehe sie jedoch zurück auf meinen Schoß. Den Blick halte ich gesenkt. »Mach es uns nicht schwerer als nötig.« Ruhig zu atmen kostet mich alle Kraft, die ich noch habe. »Bitte«, ergänze ich, schließe die Augen und schlucke. Dies wird die Herausforderung meines Lebens. Aber zumindest muss ich den Rest meiner Tage nicht mit jemandem verbringen, den ich nicht liebe. Zumindest wird meine Zukunft nicht von Schuldgefühlen diktiert. Jacks schon.

Ich stehe von meinem Stuhl auf, wobei ich darauf achte, ihn nicht anzusehen. *Abstand. Mach dicht. Es ist vorbei.* »Du solltest gehen.«

»Annie, bitte, hör …«

»Wird es irgendwas ändern?«, frage ich und sehe ihn nun doch an. In seiner Miene spiegeln sich pures Elend und Hoffnungslosigkeit. Ich schaue schnell wieder weg. »Wenn ich zuhöre, wird es irgendwas ändern?«

»Ich muss für mein Kind da sein«, bringt er gebrochen heraus. »Ich kann mein Baby nicht im Stich lassen.«

Die Ironie der Situation trifft mich mit voller Wucht. Dies ist es, was ich verdiene. Es ist Karma. Es gibt noch ein Baby, von dem er nichts weiß. Eins, von dem er nie erfahren wird. Jetzt gerade hasse ich ihn. Aber mich selbst hasse ich mehr. »Geh«, befehle ich.

»Annie …«

»Geh einfach!«, schreie ich ihn an, weil ich die Fassung verliere. »Raus hier!«

Für einen Moment tritt Stille ein, bevor ich höre, wie sein Stuhl über den Boden schabt.

»Ich werde dich immer lieben, Annie.«

»Sag das nicht«, flüstere ich. Ich halte seine Nähe nicht mehr aus. »Das muss ich nicht hören.« Ich stehe auf, gehe in einem Nebel von Schmerz und Elend weg von ihm, während mir Tränen in die Augen schießen. Er sieht mir nach. Ich habe das Gefühl, dass sein Blick jeden meiner Schritte verfolgt. Dennoch schaue ich mich nicht um. Nicht jetzt. Nie wieder.

26. Kapitel

Ich habe mich durch die Arbeitswoche geschleppt, bin blind von Meeting zu Meeting gestolpert. Es war ein Kampf, bei der Sache zu bleiben. Es war der Kampf meines Lebens, immerfort zu verhindern, dass meine Stimme bricht oder mir die Tränen kommen. Zu Hause habe ich alles verdunkelt, mich vor der Welt versteckt und mich so gut ich konnte bemüht, die Entschlossenheit aufzubringen, derer es bedarf, die nächsten Schritte in meinem Leben in Angriff zu nehmen.

Abgesehen von Meetings und anderen Arbeitsterminen, war ich die letzte Woche nur zweimal draußen. Um zum Arzt zu gehen und anschließend in eine Privatklinik. Lizzy kam mit mir und unterstützte meine Entscheidung.

Ich hatte gehofft, dass ein professioneller Test ein negatives Ergebnis ergeben würde. Vergeblich. Laut Ultraschall bin ich in der sechsten Woche. Ein Gespräch mit einer netten Frau in der Klinik half mir, zu einer Entscheidung zu finden. Es ist die richtige Entscheidung. Ich schaffe das nicht allein und, was noch bedeutsamer ist, ich kann nicht für den Rest meines Lebens täglich an Jack erinnert werden. Kein Kind verdient eine alleinerziehende Mutter, die voller Bitterkeit und Reue ist.

Lizzy ist eine verlässliche Stütze. Sie hat mir nicht ein einziges Mal entgegengeschmettert: *Hab ich dir gleich gesagt!* Sie ist einfach für mich da gewesen, hat mich in den Arm genommen, wenn sie sah, dass meine Gedanken abschweiften, und hat dafür gesorgt, dass ich esse.

Heute ist sie den ganzen Vormittag bei mir und hilft mir, mich für den morgigen Tag vorzubereiten. Nach morgen werde ich nicht mehr schwanger sein. Wenn ich zu lange darüber nachdenke, stürze ich garantiert in ein tiefes, schwarzes Loch. Ich hänge sowieso schon an der Kante und finde nie wieder zurück auf sicheren Grund. Mich für all das taub zu stellen, ist leichter. Es ist die einzige Art, wie ich diesen Horror überstehe. Und ich habe mir das alles selbst aufgehalst. Ich verdiene es.

Karma ist nicht bloß fies, sondern ein barbarischer Psychopath.

Lizzy gibt mir meine fertig gepackte Tasche für die Klinik zusammen mit meiner Handtasche. »Wie wäre es, wenn wir dein Schlafzimmer renovieren?«, fragt sie, um mich von dem abzulenken, was vor uns liegt. »Wenn du wieder auf den Beinen bist, nach …« Ihre Worte verlieren sich.

»Nach meiner Abtreibung«, beende ich den Satz für sie. »Du kannst es ruhig aussprechen, Lizzy.«

Sie wendet nachdenklich den Blick ab und sagt nicht, was sie denkt. Aber ich weiß es genau. *Bin ich mir sicher?* Diese Frage hat sie mir vollkommen vorbehaltlos gestellt, und das ungefähr ein Dutzend Male. Und meine Antwort war automatisch immer dieselbe. Ja. Jedes Mal. Ja.

»Bereit?«, fragt sie.

Ich nicke und wir gehen zu ihrem Wagen. Unsere Fahrt verläuft in bedrücktem Schweigen. Die Privatklinik in Nordlondon sieht einladend aus, als wir vorfahren. Draußen ist alles ein bisschen übertrieben hübsch hergerichtet. Lauter Pflanzenkübel, die vor Blüten überquellen, als solle das hier besonders heiter wirken. Die Ironie ringt mir ein bitteres Grinsen ab. Die Frau am Empfang ist extrem freundlich und alles drinnen zu gemütlich. Es ist zu viel. Lizzy meldet mich an, während ich mich hinsetze und mir die anderen Frauen ansehe, die hier ebenfalls warten. Sie alle sind jünger als ich, einige sind offenbar mit ihren Müttern hergekommen. Junge Mädchen, die hier sind, um sich ihr Problem aus dem Unterleib saugen zu lassen. Bei diesem Gedanken krümme ich mich innerlich. Dann reicht Lizzy mir ein Klemmbrett, und ich sehe zu ihr auf.

»Das musst du ausfüllen«, sagt sie, setzt sich neben mich und gibt mir einen Kugelschreiber.

Ich lege das Formular auf meinen Schoß und will anfangen, meine Daten einzutragen – Name, Adresse, Geburtsdatum. Es ist alles ganz einfach, dennoch beginne ich jedes Mal, wenn die Stiftspitze das Papier berührt, so furchtbar zu zittern, dass ich nicht schreiben kann.

»Warte«, sagt Lizzy sanft und nimmt mir das Klemmbrett ab. »Ich mache das.«

»Danke.« Ich sehe erneut zu den anderen Frauen um mich herum und stelle fest, dass einige von ihnen mich beobachten. Ich wette, sie fragen sich, was meine Geschichte ist, so wie ich es umgekehrt bei ihnen tue. Aber wir alle sind aus demselben Grund hier, um die beschissene Situation zu korrigieren, in die wir uns gebracht haben. Ganz gleich, wie es bei jeder von uns dazu gekommen ist. Ob sich irgendeine von ihnen je vorgestellt hat, einmal hier zu landen? Haben sie so schlimm gesündigt wie ich? Wir alle haben eine Sache gemeinsam, doch sind ihre Gründe für dies hier stichhaltig? Sind es meine? Ich blicke hinunter auf meinen Bauch und erinnere mich daran, dass es die beste Entscheidung für mich ist.

»Annie«, sagt Lizzy leise, tippt mit dem Stift auf ein Feld auf dem Formular und sieht mich entschuldigend an. »Was soll ich hier schreiben?«

Ich beuge mich hinüber und lese die Frage. Mein Grund für den Eingriff? Ich weiß nicht, was über mich kommt. Auf einmal fange ich an zu lachen, worauf mich alle im Raum neugierig beäugen. Aber weder ist mir die Aufmerksamkeit peinlich, noch lässt sie mich verstummen. Ich nehme Lizzy das Klemmbrett ab, ignoriere ihre erschrockene Miene und lache weiter.

Schließlich trage ich die wohl unpassendste Antwort ein, die jemals in einem dieser Formulare gestanden hat. Ich fülle das Kästchen mit einer Kurzversion meines Lebens in den letzten Monaten, schreibe von der Ehefrau, ihrer Schwangerschaft und ende mit: *Ich wette, sie kommt nicht her, um sich das Baby aus dem Bauch holen zu lassen.* Dann unterschreibe ich im vorgesehenen Feld, knalle den Kugelschreiber auf das Klemmbrett und schiebe es zurück auf Lizzys Schoß. Nun wird aus meinem Gelächter abrupt Geschluchze, das meinen ganzen Körper durchschüttelt. Ich verberge das Gesicht in den Händen und gestatte den Tränen zu laufen.

»Ach du Schande, Annie.« Lizzy seufzt, legt das Klemmbrett auf den Boden und nimmt mich in die Arme, um mich zu beruhigen. »Es ist noch nicht zu spät«, sagt sie und reibt mir den Rücken. »Du darfst das nicht machen, wenn du dir nicht hundertprozentig sicher bist. Das lasse ich nicht zu.«

Es ist viel zu spät. »Ich bin mir sicher«, lüge ich weinend, löse mich von Lizzy und wische mir die Augen.

All die Gedanken, die ich tief in mir vergraben glaubte, prasseln auf mich ein, wo ich nun hier im Wartezimmer sitze und warte, dass man mich aufruft, um die letzte Erinnerung an Jack aus meinem Leib zu entfernen. Unerwartet regt sich Wut in mir. Ich konzentriere mich auf das perfekte Ambiente, die entspannte Atmosphäre, die freundlichen Mitarbeiter und die luxuriöse Einrichtung. Sie bemühen sich, jeder Frau, die durch diese Tür kommt, das, was hier geschehen soll, so angenehm wie möglich zu machen. Sie den Zweck ihres Besuchs vergessen zu lassen. Denn etwas so Hässliches wie eine Abtreibung kann unmöglich an solch einem hübschen Ort stattfinden.

»Miss Ryan?« Ich blicke zu der lächelnden Frau auf, die vor mir steht. »Wir sind jetzt bereit für Sie. Wenn Sie bitte mit mir kommen wollen.« Sie zeigt zur Seite.

Wollen? *Will* ich? Mit Lizzys Hilfe stehe ich auf und folge ihr langsam. Meine Beine sind schwer, doch mein Herz ist wesentlich schwerer.

Wir werden in einen Raum gebracht. Noch mehr Luxus. Man bedeutet mir, auf einem Stuhl Platz zu nehmen. Noch mehr Bequemlichkeit. Eine Krankenschwester spricht mit mir. Noch mehr Freundlichkeit. Blind unterschreibe ich weitere Formulare mit dem hübschen silbernen Kugelschreiber der Schwester. Mir ist, als hätte ich meinen Körper verlassen. Ich stehe an der Seite, schaue zu, wie Leute mit mir reden, während ich wie eine Untote auf dem Stuhl sitze und jemand tröstend meine Hand hält. Lizzy ist neben mir, beantwortet Fragen, hilft.

Es verschwimmt. Alles ist verschwommen. Um mich herum laufen die Dinge in Zeitlupe und wie ein Hintergrundrauschen ab. Ich nicke, wenn ich glaube, dass ich nicken soll, und stehe auf, um mir von Lizzy in ein Nachthemd helfen zu lassen. Dann werde ich durch eine weitere Tür geführt. Lizzy hält meine Hand, bis sie mich loslassen muss. Ich höre ihr unterdrücktes Schluchzen, als ich einen klinisch weißen Raum betrete. Hier steht ein Bett, umgeben von lauter medizinischem Gerät – medizinisches Gerät, das mein Baby umbringen wird. Meine Atmung wird schnell und flach, und mir ist eiskalt, obwohl ich schwitze. Ich will das hier nicht tun. Doch ich kann nicht sprechen, als meine Hand genommen wird, kann ihnen nicht sagen, dass ich es mir anders überlegt habe. Man hilft mir auf das harte Bett. Ein freundliches Gesicht erscheint, schwebt über mir. Der Mund des Mannes bewegt sich, aber ich höre seine Worte nicht. Mein Magen verkrampft sich, und mir ist schwindlig.

Alles, was ich höre, ist: *Halt!*

Halt sie auf!

Ich fühle ein Klopfen auf meinem Handrücken, sehe eine

Spritze näher kommen. »Nein«, murmele ich. »Ich ka…« Meine Worte werden zu einem Lallen.

Dann ist alles schwarz.

Ich fühle mich erschlagen und erschöpft, und mir ist übel. Die Hitze, die mein Körper abstrahlt, ist unerträglich, zugleich bibbere ich unkontrolliert. Ich bewege mich ein wenig, fühle eine dünne Decke auf mir und öffne die Augen. Und mir fällt wieder ein, wo ich bin. Intensiver Schmerz steigt in mir auf und lässt meinen Bauch krampfen. Ich rolle mich auf die Seite und würge angestrengt, aber es kommt nichts raus, nur Galle.

Um mich herum wird es unruhig, aus allen Richtungen kommen Krankenschwestern herbei.

»Annie!« Lizzys ängstliche Stimme schmerzt in meinen Ohren, und ich sacke stöhnend zurück auf den Rücken. »Annie, kannst du mich hören?« Ich blinzle, warte, dass meine Sicht klarer wird, und als sie es tut, sehe ich Lizzy über mich gebeugt. Blanke Furcht verzerrt ihre hübschen Züge. Allerdings hält sie meine Aufmerksamkeit nur für wenige Sekunden, ehe sie sich auf jemanden richtet, der hinter ihr steht.

Jack.

Er sieht aus, als stünde er unter Schock. Vollkommen regungslos und stumm steht er im Hintergrund, während die Leute um mich herumwuseln und mich fragen, wie ich mich fühle. Taub. Ich bin wie betäubt.

Langsam tritt Jack vor, fixiert mich mit seinem gequälten Blick und kommt ans Bett. »Warum hast du mir nichts gesagt?«

Ich sehe weg, weil ich mich so schäme, dass mir die Tränen kommen. Jetzt ist es zu spät.

Jack legt eine Hand auf meine und hockt sich auf die Bettkante. »Annie, sieh mich an«, fordert er streng.

Ich weigere mich.

»Sir, Sie müssen bitte zur Seite gehen«, sagt eine Schwester und bedeutet Jack, vom Bett wegzutreten.

»Eine Minute!«, kontert er scharf und bleibt, wo er ist. »Geben Sie mir eine Minute.«

Er legt die Hände an meine Wangen und dreht meinen Kopf zu sich, sodass ich ihn ansehen muss, mich dem stellen, was ich getan habe. Seine Augen glänzen.

»Was hast du dir dabei gedacht?«

»Sir, bitte. Ich muss Annies Blutdruck messen.«

Jacks Wangenmuskeln zucken, der Druck seiner Fingerspitzen an meinen Wangen erhöht sich. Er fährt zusammen, als Lizzy seinen Arm packt und ihn auffordert, Platz für die Krankenschwester zu machen. Widerwillig tritt er beiseite und beobachtet, was die Schwester tut.

»Wie fühlen Sie sich, Annie?«, fragt sie, drückt eine Taste an einem Gerät neben mir und schiebt ein kleines Dings auf meinen Finger.

»Ganz gut«, murmele ich. Ich merke, wie sich die Manschette an meinem Arm aufbläht.

»Das ist schön.« Sie gibt meine Blutdruckwerte in einen Apparat ein, bevor sie die Manschette von meinem Arm nimmt. »Dann setzen wir Sie mal auf, ja?«

Sie hilft mir ein wenig, doch ich schaffe es erstaunlich gut.

»Da haben Sie uns ja mächtig in Staunen versetzt«, sagt sie lachend. »Normalerweise werden die Patienten auf dem Weg in den OP ohnmächtig, nicht auf dem Tisch.«

Ich sehe sie benommen an. »Wie bitte?«

»Sie sind ohnmächtig geworden«, erklärt sie. »Wir konnten Sie nicht mal in Narkose versetzen, ehe Sie kreidebleich wurden! Aber keine Sorge. Es ist noch genug Zeit für den Eingriff, wenn der Doktor denkt, dass es Ihnen gut geht.«

Mein Mund öffnet sich ein wenig, und ich blicke zu Jack.

»Sie lässt keinen Eingriff machen«, faucht er förmlich.

»Bin ich noch schwanger?«, frage ich verwirrt.

»Ja, sind Sie. Glauben Sie, dass Sie stehen können?« Sie sieht mich fragend an.

Ich weiß es nicht. Meine Beine fühlen sich taub an, aber da ist eindeutig ein leichtes Kribbeln. Ich bin noch schwanger. Verwirrt und erschrocken blicke ich wieder zu Jack. Was macht er hier?

Seine Schultern sacken ein wenig herab, als er zu mir kommt, entschlossen, für die Schwester zu übernehmen. »Ich mache das schon.« Er klingt wütend.

Die Krankenschwester übergibt bereitwillig an ihn und verlässt das Zimmer. »Ich lasse Sie mal einen Moment allein«, ruft sie. Ihr ist nicht entgangen, wie aufgeladen die Atmosphäre ist.

»Ich auch.« Lizzy geht ebenfalls zur Tür. »Ich warte am Empfang.«

Die Tür geht zu, und wir sind allein, nur Jack und ich und ein Berg offener Fragen.

Ich höre Jack seufzen.

»Setz dich«, befiehlt er leise und führt mich zum Stuhl in der Ecke.

»Mir geht es gut.« Ich löse mich vorsichtig von ihm und gehe zurück zum Bett, um meine Tasche zu holen. Ich muss aus diesem Krankenhausnachthemd und hier *raus*. Während ich meine Jeans und das T-Shirt anziehe und in meine Flip-Flops schlüpfe, frage ich: »Warum bist du hier?«

»Was denkst du wohl, Annie?«

»Ich weiß es nicht, Jack. Deshalb frage ich.« Ich binde mein Haar zu einem Pferdeschwanz und greife nach meiner Tasche.

Jack reißt sie mir weg und wirft sie auf den Boden. »Hörst du verdammt noch mal auf?«, herrscht er mich gereizt an, umfasst meine Oberarme und schüttelt mich. »Warum hast du mir nichts gesagt?«

»Du sagtest, dass du kein Baby willst.« Ich klinge wie eine Maschine.

Er sieht mich angeekelt an. »Mit Stephanie!«, brüllt er, zuckt sofort zusammen und atmet einige Male tief durch. »Ich will kein Baby mit Stephanie, Annie.« Er lässt meine Arme los, neigt den Kopf in den Nacken und kneift die Augen zu.

»Das hast du nicht gesagt«, murmele ich und senke den Blick auf meine Füße.

»Ich dachte nicht, dass ich es müsste.«

»Ich wollte nicht, dass du dich gefangen fühlst.« Ich beiße die Zähne zusammen und zwinge mich, ihm in die Augen zu sehen. In ihnen entdecke ich keinen Funken Leben. »Du solltest nicht denken, dass du dich für mich entscheiden musst.«

»Zum Teufel mit der Mitleidstour, Annie.« Er dreht sich um und geht einige Schritte weg von mir. »Ich habe gerade meine Frau verlassen. Schon wieder! Nur diesmal meine schwangere Frau.« Er lehnt sich an die Wand und blickt zur Zimmerdecke. »Ich wusste nicht, dass du schwanger bist, als ich diese Entscheidung traf. Lizzy rief mich in dem Moment an, in dem ich mein Haus verließ und Stephanie auf meinem Rücken hing.«

Ich mustere Jack und sehe einige Risse in seinem weißen T-Shirt. »Lizzy hat dich angerufen?«, frage ich verwundert.

»Ja, hat sie. Wütend. In Tränen aufgelöst. Ich kann es ihr nicht verdenken. Eine Abtreibung, Annie?«

Mein Kinn bebt. Ich bin wütend, traurig, erleichtert. »Ich wollte dich ganz aus meinem Leben haben.«

Er zuckt zusammen und schluckt; natürlich kränken ihn meine Worte. Dann beginnt er, sanft mit dem Kopf gegen die Wand zu klopfen, und ich bemerke, dass seine Wangenmuskeln arbeiten.

»Ich habe die letzte Woche damit verbracht, dieser beschissenen Situation einen Sinn abzugewinnen. Stephanie lief mit solch einem zufriedenen Grinsen herum und bestellte lauter Babykram, als würde es bald nichts mehr geben.« Er lässt das Kopfschlagen und ballt die Fäuste. »Und nichts daran fühlte sich richtig an. Keine Sekunde fühlte ich mich glücklich, und sie hat es nicht mal infrage gestellt. Sie ist ziemlich zufrieden mit meinem Elend. Denn ein Baby wird alles lösen. Es wird bewirken, dass ich sie liebe.«

Er lacht zynisch und schlägt eine Hand an seine Stirn. »Ich habe ihre Pillen gefunden. Die Packung war ungeöffnet, noch voll. Sie hatte keine vergessen, sondern sie gar nicht genommen. Seit Monaten nicht. Ich habe sie zur Rede gestellt, doch sie leugnet alles. Hat mir eiskalt ins Gesicht gelogen. In dem Moment wurde mir klar, dass ich sie hasse. Ich konnte nicht länger in diesem Irrsinn bleiben. Nicht einmal um eines Babys willen. Und jetzt frage ich mich, was für ein verfluchtes Arschloch ich eigentlich bin.«

Er reibt sich die Augen, und ich erkenne, dass er so seine Tränen zurückzuhalten versucht. Er ist völlig fertig. Dieser große, starke Mann, den ich liebe, ist am Ende seiner Kräfte.

Es bricht mir das Herz, ihn so zu sehen. Er ist am Boden, doch bevor ich zu ihm laufen kann, um ihn zu trösten, geben meine Beine nach, und ich muss mich auf den Stuhl setzen. »Sie hat dir das angetan«, sage ich mit Blick auf sein zerfetztes T-Shirt. Ich weiß, dass sich darunter blutige Kratzer verbergen.

»Sie wollte nicht, dass ich gehe.« Er stemmt sich von der Wand ab, kommt zu mir und kniet sich zwischen meine Beine. »Ich war vollkommen durch den Wind, Annie. Als Stephanie mir sagte, dass sie schwanger ist, war es, als hätte mir jemand den Rest meines Lebens genommen. Und dann die Schuldgefühle, die mich auffraßen.« Er nimmt meine Hände, seine grauen Augen flehen mich um Verständnis an. »Ich wusste nicht, was ich tat, ich war ratlos.«

Er zieht mich nach vorn, bis seine Stirn an meiner liegt.

»Alles, woran ich denken konnte, warst du«, sagt er. »Wie ich ohne dich weitermachen könnte. Wie ich überleben sollte, ohne dich zu berühren, dich in den Armen zu halten.« Seine Hände umfangen mein Gesicht und streichen über meine feuchten Wangen. »Mit jedem Tag wurde es dunkler, bis meine Welt schwarz war. Ich kann so nicht leben.« Seine Stimme bricht, und eine einzelne Träne rinnt ihm übers Gesicht. »Ich kann nicht ohne dich leben.«

Trotz meiner Tränen fügt sich etwas in meinem Herzen, das gebrochen war, wieder zusammen, als er mir seins ausschüttet und versucht, mir alles zu erklären. »Ich bin schwanger«, sage ich und wimmere erbärmlich. Als wäre ihm das bisher entgangen. Ich beginne zu zittern und fühle mich angespannt und schwach. Aber ich bin auch erleichtert. So erleichtert. Mein Verstand mochte mich im OP-Zimmer verlassen haben, doch mein Körper hatte es nicht. Er entschied, in den Schutzmodus zu gehen und alles aufzuhalten, als ich den Ärzten nicht sagen konnte, dass ich es nicht wollte.

Jack lächelt. Es ist ein riesiges Lächeln, voller echter Freude. Ein wunderbarer Anblick. Seine Augen funkeln wie wild, als sein Blick auf meinen Bauch fällt. Jetzt sehe ich wieder Leben in ihm. Er beugt sich vor, küsst mich durchs T-Shirt auf den Bauch und legt seinen Kopf auf meinen Schoß, wobei er die Arme um mich schlingt.

Wir sitzen in einer Abtreibungsklinik. Plötzlich komme ich mir wie ein Monster vor, schmutzig und unmoralisch. Meine Sinne waren von Kummer vernebelt, mein Denken vom Bemühen gesteuert, meinen Schmerz einzudämmen.

»Ich muss hier raus«, murmele ich. »Bitte bring mich hier weg.« Jack hilft mir auf und nimmt meine Tasche, bevor er einen Arm fest um meine Taille schlingt und mich aus dem Zimmer führt, wobei er immer wieder zu mir herabsieht, als wollte er sich vergewissern, dass alles in Ordnung ist. Das ist es. Ich habe meinen Jack.

Wir treffen Lizzy im Wartebereich und gehen gemeinsam hinaus auf den Parkplatz, wo ich sie zum Abschied umarme und wir uns verabreden, später zu telefonieren. Jack bedankt sich bei ihr, und sie reibt ihm liebevoll den Arm. Es ist eine kleine Geste, doch mir bedeutet sie ungeheuer viel.

Jack hilft mir in seinen Wagen und macht ein solches Theater um mich, dass ich ihn schließlich abwehre. »Jack, mir geht es gut«, versichere ich ihm, und er sieht mich stirnrunzelnd an. »Mir geht es gut«, flüstere ich, lehne den Kopf zurück und lege unbewusst eine Hand auf meinen Bauch.

Auf der ganzen Rückfahrt hält er meine Hand. Meine Gedanken schweifen ab, und ich frage mich, was genau jetzt geschehen wird. Ich habe Jack wieder. Mein Glück müsste vollkommen sein. Dennoch kann ich die leise Furcht nicht ignorieren, und das sollte ich auch nicht. Wir müssen uns gut überlegen, wie wir die Sache angehen, gemeinsam entscheiden und stark sein. Einfach wird es nicht. Doch meine Belohnung ist Jack. Ob ich ihn verdiene oder nicht, frage ich mich nicht mehr.

Vor meiner Wohnung steigt Jack aus dem Wagen und kommt herum zu mir auf den Gehweg. »Okay?«

»Okay«, antworte ich, als er mir meine Tasche abnimmt. Ich gehe direkt in die Küche und stelle den Wasserkocher an, während Jack die Tasche beim Sofa auf den Boden stellt.

»Ich mache das.« Er drängt sich neben mich und konfisziert den Teelöffel, den ich halte. »Du legst dich auf die Couch.«

»Jack, es geht mir gut.«

»Du siehst ein bisschen blass aus.« Ernst mustert er mein Gesicht. »Wie fühlst du dich?« Er legt eine Hand an meine Stirn, prüft meine Temperatur.

Oh mein Gott! »Perfekt!« Ich lache, hole mir den Löffel zurück und schaufle Zucker in meinen Becher. »Du willst mich jetzt nicht mit Fürsorge erdrücken, oder? Nur, dass du es weißt, das würde mich wahnsinnig machen.«

»Ich kann nichts versprechen.« Er packt mich von hinten, dreht mich herum und hebt mich auf die Arbeitsfläche.

Vor Schreck schnappe ich nach Luft und lasse den Löffel fallen. Ist es unter diesen Umständen falsch, dass ich mich in nichts als Lust auflöse? Ich bin mir nicht sicher, denn ich kann nicht denken. Er reibt seine Nase an meiner Wange und atmet tief ein.

»Ich habe dich wieder«, sagt er leise. »Gott sei Dank habe ich dich wieder.« Dann hebt er den Kopf, hält meine Hüften und betrachtet mich, als könne er nicht recht glauben, dass ich es bin. »Ich mache es wieder gut«, schwört er. »Alles, was du meinetwegen durchstehen musstest.«

»Jack ...«

»Nein.« Er legt einen Finger auf meine Lippen. »Das steht nicht zur Diskussion. Und jetzt ...« Er küsst mich sanft auf die Wange. »Geh dir etwas Bequemes anziehen, damit wir faulenzen können. Ich mache den Tee fertig.« Er hält meine Schultern und bugsiert mich zur Tür. »Geh.«

Ich gebe nach und sehe im Gehen zu ihm. »Jack«, sage ich, als er zurück in die Küche will.

Fragend schaut er mich an. »Was?«

»Was willst du wegen Stephanie unternehmen?« Eigentlich spreche ich weniger von *ihr* als von ihrem Zustand, und es ist ihm klar.

»Das weiß ich noch nicht genau«, gesteht er. »Ehrlich gesagt weiß ich nicht, wo ich anfangen soll.«

»Und was ist mit mir?«

»Ich werde ihr irgendwann von dir erzählen müssen.« Mit einem kleinen Lächeln nickt er zu meinem Bauch. »Noch nicht, aber bald. Wenn sich die Lage beruhigt hat.«

»Ist gut.« Allerdings frage ich mich, ob sich die Lage *jemals* beruhigen wird.

»Vorher bringe ich dich vielleicht außer Landes.«

Ich grinse, obwohl es nicht witzig ist. Er macht sich Sorgen. *Ich* mache mir Sorgen. »Ich glaube, es wird mir gefallen, von dir umsorgt zu werden«, sage ich und liebe die Freude, die sich auf seinem Gesicht spiegelt. Ich muss ihn sein Ding machen lassen. Und das möchte ich auch. Ich möchte mich von ihm umsorgen lassen. Wer hätte das gedacht?

»Und ich werde es lieben, das zu tun.« Er zwinkert mir zu und kehrt in die Küche zurück. »Stell dich darauf ein, Baby.«

Lachend gehe ich ins Bad, um mich frisch zu machen und mir etwas Bequemes anzuziehen. Nachdem ich meine Zähne geputzt, mein Gesicht gewaschen und mir eine Jogginghose und ein Trägertop angezogen habe, nehme ich das Telefon aus meiner Tasche neben der Couch und gehe in die Küche zu Jack. Als ich hereinkomme, stoße ich mit ihm zusammen. »Oh!« Ich lasse das Handy fallen, und es landet auf meinem nackten Fuß. »Mist!« Ich hebe den Fuß an und hinke auf einem Bein.

»Autsch!«, sagt Jack für mich. »Komm her, Tapsi.« Er hebt mich hoch, trägt mich ins Wohnzimmer und setzt mich auf die Couch. »Lass mal sehen.« Er hockt sich vor das Sofa und greift nach meinem Fuß.

»Es tut weh«, jammere ich. Ich fühle, wie ein Pochen einsetzt, und sehe hinunter auf meinen Fuß, als Jack den Schmerz wegreibt.

»Ich hole dir ein bisschen Eis.« Er legt meinen Fuß auf das Polster, gibt mir die Fernbedienung und verschwindet. Sekunden später kommt er mit meinem Handy und dem Eis zurück. Nachdem er meinen Fuß versorgt hat, beugt er sich über mich, einen Arm auf der Seitenlehne aufgestützt, und neigt sein Gesicht nahe an meins.

»Rühr dich nicht, bis ich wieder da bin.«

»Wo willst du hin?«, frage ich beleidigt. Wir sind eben erst angekommen.

»Zum Laden. Ich brauche dringend Süßigkeiten. Ich möchte mich mit dir auf der Couch lümmeln und mich mit Riesen-Erdbeeren vollstopfen. Und danach koche ich dir das Essen, das ich dir noch schulde.«

Er will für mich kochen. In meiner Küche. »Hol ein paar Gummierdbeeren mehr«, befehle ich und kichere, als er sich tiefer neigt und mein Gesicht mit Küssen übersät. »Hör auf!«

»Ich liebe dich.«

»Und ich liebe dich!« Ich lache und schiebe ihn weg. »Beeil dich.« Je eher er weg ist, desto schneller wird er wieder hier sein. Ich muss an ihm kleben, und ich habe nicht vor, mich allzu bald von ihm zu lösen.

Jack lacht ebenfalls, als er geht, und ich schalte mich durch die Fernsehkanäle … und schalte … und schalte, suche nach etwas Anständigem, das ich mir ansehen kann. »Schrott«, grummle ich, werfe die Fernbedienung beiseite und nehme mein Handy auf, als es läutet. Es ist Lizzy.

»Alles in Ordnung?«, fragt sie sofort.

In diesem Augenblick ja. Es ist perfekt. Ich muss bloß darauf vertrauen, dass sich alles regeln wird. »Momentan ja. Danke, dass du heute mit mir dort warst.«

»Ich würde ja gern sagen, dass ich es nicht anders gewollt hätte, doch das wäre gelogen.«

Ich lächle. Mir ist bewusst, was für ein Trauma das für sie gewesen sein muss. »Entschuldige, dass ich dich belogen und dir das alles zugemutet habe.«

»Mir tut leid, dass ich dich verurteilt habe«, erwidert sie, was mir neue Tränen in die Augen treibt. »Also, ich will ja keinen Stress machen, aber Jason will mich in irgendein Edellokal in Oxford einladen. Ich muss mir ein Cocktailkleid von dir leihen.«

Ich lächle ins Telefon. »Komm einfach vorbei. Ich bin hier.«

»Bin schon unterwegs!« Sie legt auf, und ich schalte mich wieder sinnlos durch die Sender. Dabei lege ich mich auf die Couch und bewege meinen Fuß, der eingeschlafen ist.

Ich bin eingedöst, als es eine halbe Stunde später an der Haustür klopft. Hastig kämpfe ich mich vom Sofa hoch und gehe zur Tür, die ich breit grinsend öffne.

Nur steht da nicht Lizzy.

Mein Lächeln erstirbt, und ich fühle, wie mir alle Farbe aus dem Gesicht weicht.

27. Kapitel

»Stephanie«, flüstere ich nur und trete vor Schreck einige Schritte zurück.

»Hey, Annie.«

Sie strahlt mich an, fröhlich und … normal? Sie sieht auch normal aus. Gefasst und … normal.

»Ich fand, dass ich mich für neulich Abend entschuldigen sollte.« Sie rückt ihren Taschenriemen weiter über die Schulter und marschiert geradewegs in meine Wohnung, ohne dass ich sie eingeladen hätte.

Sie weiß nichts von mir, sage ich mir. *Benimm dich normal!* Ich sehe zur Straße, weil Jack jeden Moment kommen und alles ändern könnte.

»Wie geht es dir?«, frage ich, um irgendwas zu sagen. Mir fällt beim besten Willen nichts anderes ein.

»Super!«

Super? Sie sieht normal aus, behauptet, dass es ihr super geht. Was zum Teufel übersehe ich hier? »Das ist … super.« Ich lächle unsicher. Sie muss verschwinden. »Ich wollte gerade weg«, sage ich so diplomatisch wie möglich.

»Oh, ich halte dich nicht lange auf.«

Sie lächelt, und ich bin sicher, dass ihr Blick flüchtig meinen Bauch streift. Nein. Ich bin paranoid. Vor lauter Stress geht meine Fantasie mit mir durch.

»Ich halte dich nicht auf. Jack kommt bald von der Arbeit.«

Tut er das? Ich bin sprachlos. »Habt ihr alles geklärt?« Ich versuche, es nicht wie eine verwunderte Frage klingen zu lassen, doch meine hohe, schrille Stimme verrät mich.

»Ja. Hat er dir das nicht erzählt?«

Ich stutze. Warum sagt sie das? Wie kommt sie auf die Idee, dass Jack es mir erzählen würde? »Ich habe ihn nicht gesehen.«

Sie lächelt wieder, nur diesmal mit einer fiesen Note, und die bilde ich mir definitiv nicht ein. Ich bin nicht paranoid.

»Hältst du mich für blöd?«, fragt sie und tritt einen Schritt auf mich zu.

Zittrig atme ich aus, bis meine Lunge leer ist. Verneine. Verneine einfach. »Wovon redest du?« Ich lache. Es ist ein nervöses Lachen, was ihr nicht entgeht.

»Und die ganze Zeit hast du vorgetäuscht, meine Freundin zu sein!«

Ich weiche zurück, denn mir ist klar, in welcher prekären Lage ich mich befinde. Sie mag ruhig erscheinen, aber ihre Worte sagen etwas anders. Vorgetäuscht, ihre Freundin zu sein?

Sie sieht unberechenbar aus. Ihr Blick huscht erneut zu meinem Bauch, und sie legt eine Hand flach auf ihren Unterleib. Lächelnd streichelt sie ihn, in ihren tiefliegenden Augen ist etwas Verstörendes.

»Du warst es die ganze Zeit. Du bist eine erbärmliche Hure, Annie«, sagt sie ruhig und blickt mich direkt an. »Er wird mich nie verlassen.«

Mir wird eiskalt. Ich darf nicht bestätigen, was sie unterstellt. Muss mich ahnungslos stellen. Cool bleiben. »Stephanie, ich weiß nicht, wovon du redest.«

Sie schnieft, schaut auf eins ihrer Handgelenke, betrachtet es. Überlegt sie, wo sie schneiden will?

»Es wird nicht funktionieren«, platze ich heraus, verliere die Kontrolle über meinen Mund und kämpfe gegen die Wut an, die ihr subtiler Hinweis bei mir auslöst. »Nicht noch mal.«

Verwundert zieht sie die Augenbrauen hoch. »Wie bitte?«

»Er hat es mir erzählt«, sage ich. Jetzt ist es so oder so zu spät. »Er hat mir alles erzählt.«

Sie verzieht den Mund. »Morgen wirst du nur noch eine blasse Erinnerung sein, du rachsüchtige Schlampe. Du und dein uneheliches Kind. Ein kleiner Fehltritt. Mehr nicht.«

Ich will ihr ins Gesicht schreien, dass er mich liebt, doch etwas hält mich zurück. Es ist nicht die plötzliche Erkenntnis, dass ich es mit einer Frau zu tun habe, die nicht zögert, nach ihrem Mann zu schlagen, und deshalb auch keine Hemmungen haben wird, ihre Krallen gegen mich einzusetzen. Es ist die plötzliche Erkenntnis, dass sie von meiner Schwangerschaft weiß. Ich mache den Mund zu und weiche zurück. Sie *hat* auf meinen Bauch gesehen. Niemand weiß, dass ich schwanger bin. Nur Jack und Lizzy.

»Woher weißt du, dass ich schwanger bin?«

Ihre Züge verfinstern sich. »Jack hat es mir erzählt.«

»Nein, hat er nicht.« Das würde er nicht tun, denn sie ist viel zu labil. Er hat ihr nicht einmal von *mir* erzählt. Trotzdem weiß sie es. Und sie weiß, dass ich das Kind ihres Mannes in mir trage.

Ich zermartere mir das Hirn und weiche schnell rückwärts, als mir ein verrückter und sehr verstörender Gedanke kommt. Ich erinnere mich an den Abend, als Stephanie unerwartet bei mir aufkreuzte, nachdem Jack sie verlassen hat, und eine Freundin suchte. Sie hat mein Bad benutzt. Dafür musste sie durch mein Schlafzimmer gehen, und dort lag meine Tasche auf dem Bett. In der Tasche war mein Schwangerschaftstest.

Die Idee scheint lachhaft irrsinnig. Aber dies hier ist Stephanie, und es ist allgemein bekannt, wie wahnsinnig sie sein kann. Ich laufe ins Wohnzimmer, schnappe mir meine Tasche vom Fußboden, wo Jack sie abgestellt hatte, und wühle darin nach dem Test. Seit jenem Abend habe ich dieselbe Tasche über eine Woche lang benutzt, erinnere mich jedoch nicht, den Test noch einmal gesehen zu haben. Wo ist er?

Ich kippe den Inhalt auf den Boden und sehe ihn mir an. Kein Test. Dann suche ich die Innentaschen ab. Nichts.

Mit einem stummen Schrei blicke ich auf und stelle fest, dass Stephanie in der Wohnzimmertür steht und mich beobachtet. Sie weiß, wonach ich suche. Ich verliere nicht den Verstand.

»Du hast den Test aus meiner Tasche gestohlen«, sage ich atemlos. »Du hast ihn genommen und behauptet, es wäre deiner.«

»Du hältst dich fern von ihm!«, schreit sie und knallt ihre Faust gegen den Türrahmen. Ihre Fingerknöchel platzen auf, und der Knall hallt durch die Wohnung. »Hast du mich verstanden?«, brüllt sie und ballt die Hände zu Fäusten. »Ich bringe dich und deinen Bastard um! Glaubst du etwa, das würde ich nicht?«

Im Geiste sehe ich die Kratzer an Jacks Hals, den Bluterguss auf seiner Wange, auf seinem Rücken. Ich empfinde puren Zorn, bewahre jedoch die Fassung, zahle es ihr nicht heim und reiße sie nicht in Fetzen. »Du kannst mir nichts tun und Jack auch nicht mehr.«

Ihr Blick wird irre, und sie stürzt sich so schnell auf mich, dass ich nicht darauf vorbereitet bin. Ich werde in den Flur gezerrt und gegen die Wand geschleudert. Ich bekomme keine Luft mehr und keine Chance, mich zu fangen, denn sofort klatscht eine flache Hand an meine Wange. Der Schmerz zerreißt mich, und Stephanie geht immer wieder auf mich los, greift mich an.

»Du hast darum gebettelt!«

Während mich ein Schlag nach dem anderen trifft, versuche ich, mich zu verteidigen. Meine Arme sind um meinen Bauch geschlungen, schützen ihn. Ich bin bereit, ihre Wut überall sonst auf mir zu ertragen, nur nicht dort. Dann krallt sie ihre Finger in meine Handgelenke, versucht, sie wegzuziehen.

Ich sehe ein Baby vor mir. Ein wehrloses Baby, das sich auf meinen Schutz verlässt.

Schlagartig bringe ich die Kraft auf, sie wegzustoßen. Sie kippt mit einem dumpfen Knall an die gegenüberliegende Wand, doch ich gebe ihr keine Chance, sich wieder zu fangen. Ich reiße die Haustür auf und packe Stephanie bei den Haaren. Mein einziges Ziel ist, eine Barriere zwischen uns zu bekommen. Ich fühle mich mörderisch, Adrenalin rauscht durch meine Adern.

»Ich bring dich um!«, kreischt sie. »Du bezahlst dafür, dass du ihn mir wegnehmen wolltest!«

Ich erwidere nichts, schreie sie nicht an oder heule, und ich versuche auch nicht, ihr wehzutun. Mir geht es nur darum, sie von mir wegzubekommen. Sie wegzubekommen, bevor sie einem von uns echten Schaden zufügt.

Mit aller Kraft stoße ich sie aus der Wohnung, knalle die Tür zu und werfe mich atemlos von innen dagegen. Ich rechne damit, dass sie anfängt, gegen die Tür zu trommeln, aber es passiert nichts. Ich laufe ins Wohnzimmer, schnappe mir mein Handy und eile zum Fenster. Von hier sehe ich sie auf dem Gehweg stehen.

»Oh mein Gott«, flüstere ich, als mein Blick auf ihr Handgelenk fällt, an das sie ein Messer hält. »Stephanie, nein!« Instinktiv flitze ich zur Tür und nach draußen, um sie aufzuhalten. »Stephanie, nicht!« Sie blickt zu mir auf, und ich sehe die Entschlossenheit in ihren tiefliegenden blauen Augen. Sie wird es tun, daran zweifle ich nicht. Ich renne zu ihr, will ihr das Messer aus der Hand schlagen oder es ihr entwinden, was von beidem, weiß ich nicht. Ich weiß bloß, dass ich sie aufhalten muss.

Sie rührt sich nicht, versucht nicht, mir zu entkommen. Nein. Stattdessen dreht sie lächelnd das Messer in meine Richtung. Es dauert ein paar Sekunden zu lange, bis mein Gehirn registriert, was sie tut. Ihre blitzenden Augen verwirren mich. Ich befehle meinen Beinen, nicht weiterzulaufen, anzuhalten, ehe es zu spät ist.

Stopp!

»Nein!«, schreie ich, bleibe schlitternd stehen und krümme mich, um meinen Bauch so weit wie möglich einzuziehen und der Klinge auszuweichen, als Stephanie auf mich zustürzt.

»Schlampe!«, schreit sie. »Du kriegst ihn nicht!« Ihr Körper kollidiert mit meinem, sodass ich ächzend zur Seite gestoßen werde. Erschrocken taste ich meinen Bauch ab, suche nach Blut. Es ist nichts zu sehen. Nicht offensichtlich, doch lange schaue ich nicht hin. Mir bleibt keine Zeit. Ich renne wieder in meine Wohnung, weil mir sehr klar ist, was sie mir antun kann, wenn ich nicht entkomme. Ich verriegle die Tür und stürme atemlos zum Fenster.

Stephanie ist nirgends zu entdecken. Ich untersuche nochmals rasch meinen Bauch und halte still, warte auf einsetzenden Schmerz. Nichts. Vor Erleichterung kommen mir die Tränen. Ich greife nach meinem Handy, wähle Jacks Nummer und kehre ans Fenster zurück, um nach Stephanie Ausschau zu halten.

»Hey, Baby«, meldet er sich. Er klingt glücklich. Zufrieden.

»Stephanie war hier!«, rufe ich keuchend, weil ich angestrengt nach Luft ringe. »Jack, sie hat ein Messer. Sie hat mich mit einem Messer angegriffen.«

»Mein Gott!« Im Hintergrund höre ich den Motor seines Wagens aufheulen, was bedeutet, dass er das Gaspedal durchtritt. »Wo bist du?«

»Drinnen. Ich konnte sie aus der Wohnung bekommen und habe mich eingeschlossen.«

»Bist du verletzt?«

»Nicht schlimm.«

»Nicht *schlimm*?«

»Nur ein paar Kratzer, sonst nichts.« Automatisch sehe ich hinunter auf meine Arme, wo die Spuren ihrer Fingernägel sind, genau, wie ich sie bei Jack gesehen hatte. »Sie ist nicht schwanger, Jack. Sie hat meinen Test aus meiner Handtasche gestohlen.« Ich schaue wieder aus dem Fenster, blicke von links nach rechts und suche nach ihr. Sie ist fort.

»Wie bitte?«

»Der Schwangerschaftstest. Das war meiner.«

»Aber sie hat ihn gemacht, als ich da war.«

»Hast du sie dabei beobachtet? Auf dem Klo?« Es hört sich wie eine dämliche Frage an, doch Stephanie könnte die Tests ausgetauscht haben.

Eine Sekunde lang ist er stumm, dann flüstert er: »Nein. Sie war im Bad, und ich habe draußen gewartet.«

Ich schließe die Augen und berühre meine Wange, die noch brennt. »Es war meiner«, wiederhole ich leise. »Sie weiß, dass ich es bin. Und sie weiß, dass ich schwanger bin.«

Ich höre, wie er Luft holt. »Ruf die Polizei. Ich bin gleich da. Öffne nicht die Tür, bis ich da bin.«

Er legt auf, bevor ich bejahen kann, und ich beobachte weiter die Straße, während ich den Notruf wähle und mir das Telefon ans Ohr halte. Als ich seinen Audi um die Ecke kommen sehe, breche ich beinahe zusammen vor Erleichterung.

»Notrufzentrale. Welchen Notdienst brauchen Sie?«

»Die Polizei.«

Jack biegt in eine Parklücke auf der anderen Straßenseite, springt aus dem Wagen und läuft rasch um sein Auto herum zur Straße. Dann bleibt er jedoch abrupt stehen und blickt sich um. Mein Herzschlag setzt aus, als er rückwärtsgeht und sich umdreht. Zu irgendwas. Irgendjemandem. Ich kann es nicht sehen, weil ein Transporter die Sicht versperrt, aber das muss ich auch nicht. Sie wird auf ihn gewartet haben.

»Jack!«, schreie ich und hämmere gegen das Fenster. »Sie hat ein Messer!«

Er sieht nicht in meine Richtung und kann mich nicht hören. Mir schießen Tränen in die Augen, und ich lasse mein Handy fallen. Dann renne ich zur Tür, entriegle sie und presche hinaus auf die Straße.

»Jack!«, brülle ich panisch. Er sieht zu mir und runzelt die Stirn, als ich auf die Straße springe. Im selben Moment tritt jemand hinter dem Van hervor, aber das ist nicht Stephanie.

Vage nimmt mein Verstand wahr, dass es Lizzy ist, die mich mit großen Augen anstarrt, als ich über die Straße auf sie zulaufe. Meine Gedanken geraten ins Stocken vor Verwirrung, und meine Beine tun es gleichfalls. Ich sehe erst Lizzy, dann Jack an. Er ist wie erstarrt, hat den Mund leicht geöffnet und schaut die Straße hinunter.

Reifen quietschen.

Langsam drehe ich mich um und sehe einen Wagen auf mich zugerast kommen.

»Annie!«, brüllt Jack.

Ich höre seine Schritte auf dem Asphalt, während der Wagen näher und näher kommt.

»Annie!«

Ich kann mich nicht rühren.

»Annie, weg da!«

Jacks hysterisches Flehen ist das Letzte, was ich höre.

Meine Knochen, meine Haut, mein Kopf … alles kreischt beim Aufprall.

Doch ich fühle gar nichts.

28. Kapitel

Piep. Das ist alles, was ich höre. Das verdammte Geräusch hat sich in mein Hirn gebrannt – diese scharfen, repetitiven, elektronischen Laute attackieren meine Ohren. Und ich bin sicher, dass ich sie in alle Ewigkeit hören werde.

Meine Welt ist schwarz, ich kann mich nicht rühren. Mein Körper fühlt sich schwer an – *so* schwer, mein Schädel pocht furchtbar. Mein Gehirn schmerzt, als wäre es in meinem Kopf umhergeprallt. Alles *tut weh* – mein Kopf, meine Knochen … sogar meine Haut.

Warum habe ich solche Schmerzen? Wo bin ich? Die Schwärze, die mich umgibt, will sich nicht aufhellen. Nirgends ist Licht, und egal, wie sehr ich mich dränge, mich zu bewegen, ich schaffe es nicht. Meine Augen wollen sich nicht öffnen, und ich kann nicht sprechen. Alles versagt sich mir.

Ich bekomme Panik, die bald zu blanker, erstickender Angst wird. Innerlich breche ich hysterisch und verängstigt zusammen. Ich werfe die Arme und Beine in die Luft, ohne mich zu rühren. Ja, ich bin in meiner privaten Hölle und frage mich, wo ich tatsächlich sein mag. Bin ich tot?

Piep!

Dieses Geräusch ist unerträglich.

Piep!

Ein Zucken in meinem Augenlid überrascht mich. Ich warte, überlege, ob ich es mir nur eingebildet habe. Ich schiebe meine Angst beiseite und warte noch ein wenig. Erneut ein Zucken, diesmal in beiden Augenlidern. Ich konzentriere mich völlig auf meine Lidmuskeln, will, dass sich meine Augen öffnen.

Mich überkommt neue Hoffnung, als ich ein weiteres Zucken bemerke – klein, aber eindeutig da. Nun nehme ich kurz Licht wahr, und das spornt mich an. Ich brauche mehr. Diese Schwärze halte ich nicht länger aus. Ich verdränge die Schmerzen und raffe all meine Entschlossenheit und Kraft zusammen.

Piep!

Nun kann ich meine Augen öffnen, was zugleich meine Lunge zu wecken scheint. Luft rauscht in meinen Körper und bläst ihn auf. Schnell kneife ich die Augen wieder zu. Die Kombination von grellem Licht und stechendem Schmerz durchschießt mich, was es zu schwierig macht, die Augen offen zu halten.

Ich kann nicht schreien, mich nicht zusammenrollen, um die Schmerzen einzudämmen. Mir kommen Tränen, steigen hinter meinen geschlossenen Lidern auf und stehlen sich aus meinen Augenwinkeln, von wo aus sie mir seitlich in die Ohren rinnen. Mit einiger Anstrengung reguliere ich meine Atmung, achte darauf, gleichmäßig ein- und auszuatmen, und der Schmerz lässt ein bisschen nach.

Nun öffne ich die Augen vorsichtig wieder, Schritt für Schritt, reiße sie aber nicht ganz auf, weil es zu grell ist. Meine Umgebung wird sichtbar. Ich erkenne nichts hier, doch es sieht wie ein Krankenhauszimmer aus.

Piep!

Könnte ich mich rühren, würde ich mich aufsetzen. Oder aus dem Bett steigen und jemanden suchen, der mir verrät, was zur Hölle los ist. Ich versuche, den Kopf zu drehen, und löse eine neue Schmerzwelle aus, die mich durchfährt. Innerlich schreie ich. Oh Gott, solche Schmerzen hatte ich noch nie. Wieder kommen mir Tränen, sodass die Sicht verschwimmt.

Piep!

Und dann sehe ich ihn.

Er sitzt zusammengesunken auf dem Stuhl neben mir, schlafend, den Kopf in die Hand gelehnt, einen Ellbogen auf der Stuhllehne aufgestützt. Selbst im Schlaf sieht er gequält aus. Seine Haut ist fast so grau, wie es sonst seine Augen sind, und sein Bart hat die Dreitagefrist weit überschritten. Er trägt eine alte Jeans und ein weißes T-Shirt und hat eine Decke auf seinem Schoß ausgebreitet.

Mein Jack.

Plötzlich fühlt sich der Schmerz nicht mehr so brutal an.

Seine Hand ist lose um meine neben mir gelegt. Ich sehe ein Armband. Mit zwei Anhängern. *Du & Ich*.

Der Anblick von Jack im Zusammenhang mit dem Armband öffnet die Schleusentore in meinem Denken. Ich schließe die Augen und schreite willentlich in der Erinnerung zurück. Ich bin mit Jack in einer Bar und trinke Tequila. Er leckt meine Hand ab, wobei ich ihn vollkommen fasziniert ansehe. Ich stehe auf der gegenüberliegenden Straßenseite. Ich werde erst gegen eine raue Mauer, kurz danach gegen ein glattes Fenster in einem Hotelzimmer gedrückt. Ich wache in einem Bett auf, neben mir sein schöner Körper. Ich laufe. Ich durchlebe jeden Moment der darauffolgenden Woche noch einmal, erinnere mich, wie ich die Intensität unserer Begegnung nicht aus dem Kopf bekomme und mich ärgere, weil ich ihm keine Kontaktdaten gegeben habe. Ich sehe sein Gesicht, als ich meine Haustür am Abend der Einweihungsparty öffne. Ich fühle seine Berührungen, höre alle seine Worte, erlebe jeden Kuss aufs Neue, jeden qualvollen Gedanken; fühle, wie er mich umfängt, als ich mich ihm in die Arme stürze, weil er eine Lösung für mein Dachproblem gefunden hat. Ich sehe ihn am Konferenztisch sitzen und mich anschauen, wie der stolzeste Mann der Welt. Ich sehe einen Schwangerschaftstest. Ich sehe seine Frau und das irre Funkeln in ihren Augen. Und schließlich sehe ich einen Wagen auf mich zugerast kommen.

Piep!

Ich reiße die Augen auf und ringe nach Luft. Erneut stellt sich Schmerz ein, jetzt ist er schlimmer. Diesmal weiß ich, wieso ich solche Schmerzen habe.

»Annie.«

Ich höre Jack in der Ferne und sehe zur Seite. Er ist über mich gebeugt und sehr ernst.

»Annie?«

Mit einer Hand greift er über meinen Kopf und schlägt gegen irgendwas, bevor er sich mir zuwendet und bemerkt, wie ich zusammenzucke. Er streichelt mein Gesicht, während ich ängstlich und mit weit aufgerissenen Augen zu ihm aufblicke.

»Mein Gott, Baby.« Seine Stimme ist heiser, er schlägt wieder auf das Ding hinter meinem Kopf, fester. »Kommt schon!« Er sieht über seine Schulter, als die Tür weit aufschwingt und ein Aufruhr im Zimmer ausbricht. »Sie ist wach, aber ich glaube, sie krampft.«

Eine Krankenschwester erscheint über mir und schiebt Jack aus dem Weg.

»Annie?«, ruft sie laut. Zu laut. Sie zieht an der Haut unter meinen Augen und mustert sie prüfend. »Annie! Können Sie mich hören?«

Ich nicke und versuche, mich zu beherrschen, damit der Schmerz aufhört. Eine Maske landet auf meinem Gesicht, und ich sauge gierig Luft ein. Die Sauerstoffgabe wirkt sofort, weitet meine Atemwege und lindert die Panik.

»Ist sie okay?« Jack taucht neben der Schwester auf.

Er sieht furchtbar aus – erschöpft, müde und ängstlich.

»Haben Sie Schmerzen, Liebes?«, fragt die Schwester, die Jack nicht beachtet.

Ich nicke, und sie blickt über das Bett.

»Sieh mal in ihrem Krankenblatt nach, wann sie zuletzt Morphium bekommen hat. Intravenös.«

»Heute Morgen um acht«, antwortet eine Frauenstimme. »Gleich nach der ersten Transfusion.«

»Häng sie wieder an den Tropf.«

»Mach ich.«

»Annie, wir geben Ihnen mehr Schmerzmittel. Es dauert nicht lange, bis es vorbei ist, ja?«

Die Krankenschwester hängt rasch einen frischen Infusionsbeutel ein, woraufhin ich die Augen schließe. Die kühle Flüssigkeit in meiner Ader tut gut, und ich hoffe, dass sie nicht nur meinen gebrochenen Körper betäubt, sondern auch meinen Verstand. Die Tür wird leise geschlossen, und ich versuche, mich zu entspannen, mich ganz auf Jacks Nähe zu konzentrieren. Er ist hier. Alles wird gut, weil er hier ist.

»Annie, kannst du mich hören?«

Ich spüre die Berührung seiner Fingerspitzen und zwinge mich, die Augen zu öffnen. Mein Kopf liegt bequem seitlich. Jack zieht seinen Stuhl näher heran, setzt sich vorn auf die Kante und nimmt meine Hand, um sie sanft zu drücken.

»Hallo, Süße«, flüstert er.

In seinen Zügen spiegeln sich Beklommenheit und Furcht. Es spielt keine Rolle, wie furchtbar er aussieht. Ich würde wetten, ich sehe schlimmer aus. Ich bewege meine Hand ein wenig, was meine Antwort sein soll, und er lächelt. Seine Lippen beben, als er gedehnt ausatmet und seine Stirn bis auf unsere Hände auf dem Bett neigt.

Eine Ewigkeit starre ich seinen Hinterkopf an, sammle die Kraft zu sprechen, da mir das Morphium nun die Schmerzen nimmt. »J…ack.« Sein Name kommt gebrochen und stockend über meine Lippen, und ich stelle fest, dass ich meinen Kopf ein klein wenig heben kann, weil mich der Schmerz nicht mehr an jeder Bewegung hindert.

Jack hebt seinen Kopf deutlich schneller. »Bewege dich

nicht, Baby!«, sagt er rasch und drückt mich sanft auf das Kissen zurück. »Nicht bewegen.«

»Ich bin so steif«, jammere ich. Mir ist, als müsste ich dringend jeden Knochen in mir zurechtrücken, ganz besonders meine Hüften.

»Du darfst dich nicht bewegen.« Jack steht auf und klopft mein Kissen, was eigentlich nichts ändert, doch ich lasse ihn trotzdem.

Mein Arm ist bleischwer, und als ich nach unten sehe, entdecke ich einen Gips, der von meinen Fingerspitzen bis zur Achsel reicht. Er ist schnurgerade. Ich blicke wieder Jack an, der beobachtet, wie ich meine Verletzung betrachte. Sein Gesicht ist ganz nah und ernst, seine grauen Augen wirken umwölkt. Er haucht mir einen zarten Kuss auf den Mundwinkel, und ich bringe ein winziges Lächeln zustande.

»Besser?«, fragt er und sucht bei mir nach Anzeichen von Unbehagen.

Ich nicke. »Wie geht es dir?«, frage ich. Er sackt förmlich auf seinen Stuhl zurück, beugt sich wieder vor und stützt die Unterarme aufs Bett, um erneut meine Hand zu umfangen.

Er schnaubt ein wenig amüsiert. »Frag mich nicht, wie es mir geht, wenn du hier liegst und aussiehst, als hätte dich ein Bus überfahren.«

»Es war ein Auto, nicht wahr?«, entgegne ich schlicht und sachlich, worauf Jack mit seinem Stuhl näher heranrückt.

»Erinnerst du dich?«

»Wer fuhr es?«

Er beginnt, die Decke um meine Beine herum festzuklopfen, vermeidet es, mich anzusehen. »Lass uns nicht jetzt darüber reden.«

Er will das Gespräch aufschieben, das wir irgendwann doch führen müssen, aber ich würde es lieber jetzt hinter mich bringen.

»Erst mal geht es darum, dass du wieder gesund wirst.«

»Sie war es, oder?« Ich will meine Gefühle im Zaum halten, und ich hasse mich dafür, dass es mir nicht gelingt, denn Jacks Haltung wird umgehend zum Inbegriff von Unglück und Elend.

»Sie wurde direkt vor Ort verhaftet«, flüstert er.

Ich sehe weg und presse die Lippen zusammen, um nicht zu schreien. Das würde Jack erst recht treffen.

»Sie behauptet, dass sie dich nicht gesehen hat.«

»Sie hatte mich gesehen«, sage ich leise, blicke hinunter auf meinen Bauch und will die Frage nicht stellen, die mir am wichtigsten ist. Jacks Hand erscheint in meinem Blickfeld und legt sich sanft auf die Decke über meinem Bauch. Ich sehe ihn an. Tränen schwimmen in meinen Augen, bereit, überzulaufen. »Unser Baby?«, murmele ich und lege meine Hand auf seine. Ich hoffe und bete, dass mein zerschundener Körper unser Ungeborenes geschützt hat. »Bitte sag mir, dass es unserem Baby gut geht.«

Tränen strömen über Jacks Wangen, als er den Kopf schüttelt, und mir bricht das Herz.

»Kann ich nicht.« Er schluckt, das Gesicht verzerrt vor Kummer. »Ich kann nicht, Annie. Es tut mir leid«, flüstert er. »Es tut mir so leid.«

Ein Schluchzen schüttelt mich, und mein gebrochener Körper ruckt heftig. Ich empfinde entsetzliche Qual. »Nein«, wimmere ich. Ich beginne zu weinen, worauf auch bei Jack mehr Tränen fließen. »Nein.« Ich fange an, unkontrolliert zu krampfen, und Verzweiflung senkt sich über meine Welt wie Nebel. »Nein, nein, nein!«

Jack springt vom Stuhl auf, beugt sich über das Bett und kommt mir so nahe, wie er kann, um mich zu trösten. »Es tut mir leid.« Er schluchzt unglücklich und bemüht sich hilflos, mich zu beruhigen, während wir uns weinend in den Armen liegen. »Es tut mir so leid.«

Ich schüttle den Kopf, kann es noch nicht hinnehmen und drücke mein Gesicht an seinen Hals. »Sie hat unser Baby umgebracht.«

Jack sagt nichts – keine Entschuldigungen, keine Beruhigungsversuche. Alles, wofür er die Kraft aufbringt, ist, mich festzuhalten und sich mit mir zusammen die Augen aus dem Kopf zu weinen.

Die Finsternis kehrt zurück, genauso wie der Schmerz. Nur dass er jetzt zu einer Höllenqual geworden ist. Sie hat versucht, mich zu ermorden, und sie hat unser Baby umgebracht. Das ist meine Strafe für all die falschen Entscheidungen, die ich getroffen habe, für meinen Tabubruch. Das ist die Höchststrafe.

Ich werde mir niemals vergeben.

29. Kapitel

In mich ist so viel Blut gepumpt worden, dass ich glaube, ich bin nicht mal mehr ich selbst. Ich hatte innere Blutungen von einer gesplitterten Rippe, die ein Gefäß verletzte. Die Blutmasse hinter meinen Rippen drückte ungeheuer schmerzhaft, doch nachdem sie sich aufzulösen begonnen hatte, wurde der Schmerz im Laufe der Zeit weniger, bis die regelmäßige Einnahme von Paracetamol genügte und ich den Tropf loswurde. Mein linker Arm ist an drei Stellen gebrochen, und drei Sehnen oberhalb des Handgelenks wurden durchtrennt. Ich habe einen festen Verband am Oberschenkel und bin voller schwarzer und blauer Flecken, Abschürfungen, Schnittwunden und Kratzer. Ganz ehrlich, sogar nach sechs Wochen sehe ich noch schrecklich aus.

Dennoch würde ich diesen Schmerz mit Freuden für immer ertragen, könnte ich nur eine Sache ändern.

Aber das kann ich nicht. Mein einziger Trost ist, dass unser Baby nicht so gelitten hat wie wir.

Stephanie wurde wegen versuchten Mordes angeklagt. Ich wusste es nicht, doch einige Nachbarn in meiner Straße haben Sicherheitskameras an ihren Einfahrten, und nach gründlicher Prüfung der Aufnahmen stand fest, dass sie mich absichtlich überfahren hat. Zudem wurde gefilmt, wie sie wenige Minuten vorher mit einem Messer auf mich losging. Damit war der Fall für die Polizei endgültig klar.

Ich wollte mir die Aufnahmen nicht ansehen, Jack hingegen schon. Warum, weiß ich nicht, und ich habe nicht gefragt. Sie haben auch Tests an Stephanies Wagen durchgeführt; die Aufprallgeschwindigkeit betrug fünfzig Meilen die Stunde. Theoretisch dürfte ich gar nicht mehr am Leben sein. Stephanie wird in der U-Haft permanent überwacht, weil man sie für suizidgefährdet hält, und ihr Anwalt hat ein psychologisches Gutachten beantragt. Ich habe gehört, dass sie erklärte, sie sei von Sinnen gewesen. Jetzt hoffe ich, dass es bedeutet, man wird sie in eine psychiatrische Anstalt sperren. Wohin, ist mir egal, Hauptsache weit, weit weg von Jack und mir.

Nachdem meine Eltern den ersten Schock überwunden hatten, ging mein Vater mit einem Zorn auf Jack los, wie ich es bei ihm noch nie erlebt habe. Jack beugte sich seiner Rage, widersprach nicht, versuchte nicht, irgendwas zu entschuldigen oder zu rechtfertigen. Die Schuldgefühle, die ihn zerfressen, machen mir mit jedem Tag mehr Sorge. Er ist hier, aber auch nicht. Er lächelt, doch dahinter erkenne ich immerfort Trauer. So sollte es nicht sein. Niemand sollte *so* sehr leiden müssen.

Meine Freunde und meine Eltern geben sich bei mir zu Hause die Klinke in die Hand, um nach mir zu sehen, dabei brauche ich ihre Hilfe nicht. Jack hat sich freigenommen, um bei mir zu sein, mich von vorne bis hinten zu bedienen und eine Menge Theater um meinen heilenden Körper zu veranstalten. Ich kann nicht behaupten, dass es mir nicht gefällt, ihn nach all der Zeit, in der wir uns höchstens mal für Stunden treffen konnten, ganz für mich zu haben. Allerdings wünschte ich, die Umstände wären nicht so tragisch. Wir haben unser Baby verloren. Damit weiß keiner von uns umzugehen. Wir haben nur einander, und ich bete, dass es genug ist.

Wir haben uns ungefähr hundertmal *Top Gun* angesehen und zusammen circa eine Million Erdbeerweingummis vertilgt. Seit der Gips abgenommen wurde, fährt Jack mich täglich zur Physiotherapie, und dazwischen mache ich die Übungen, die sie mir auf Karten mitgeben, mindestens sechsmal täglich. Sechsmal! Im Grunde tue ich nichts anderes, als meinen Arm zu trainieren, und Jack sorgt dafür, dass ich es durchziehe, indem er sich jedes Mal für die zwanzig Minuten mit mir hinsetzt und die Bewegungen mit mir macht oder mich anfeuert, wenn er findet, ich würde sie nicht richtig ausführen. Mich öden diese Armübungen an.

Nun liege ich auf der Couch und schalte mich durch die Kanäle, da kommt Jack mit den verfluchten Karten herein. »Nicht schon wieder!« Ich stöhne. Die Fernbedienung fällt mir aus der schlaffen Hand. »Wir haben die doch eben erst gemacht.«

»Sei still«, maßregelt er mich sanft, hebt meine Beine von der Couch und setzt sich neben mich.

»Es ist schon viel besser. Sieh mal.« Ich nehme die Fernbedienung wieder auf und richte sie auf den Fernseher, wobei ich ignoriere, wie schwer sie sich anfühlt. »Ich kann das.«

»Ja, aber ich will, dass du dies hier kannst.«

Er ballt seine Hand zur losen Faust und bewegt sie in der Luft auf und ab, was stark wie masturbieren anmutet, nur mit unsichtbarer Erektion. Ich starre ihn an, und das nicht bloß, weil es unangemessen ist, bedenkt man, worüber wir reden, sondern weil ich zum ersten Mal seit Wochen ein kleines Blitzen in seinen grauen Augen bemerke. Seine Mundwinkel zucken, und ich fühle, dass auch ich zu grinsen anfange. Und dann lacht Jack, was wie die bestmögliche Medizin wirkt. Ich lache und lasse meinen Kopf nach hinten auf das Kissen fallen. Es fühlt sich gut an. Ein weiteres Stück meines gebrochenen Herzens fügt sich an seinen Platz.

Der Kummer wird nie vollständig vergehen, aber ich hoffe, der Schmerz wird mit der Zeit erträglich genug, um wieder nach vorn sehen zu können. Und ich hoffe, dass Jack sich in dieselbe Richtung bewegt. Als ich den Kopf hebe, lächelt Jack. Es ist ein solch umwerfender Anblick, der mich mit der Zuversicht erfüllt, dass mit meinem verblassenden Schmerz auch seine Schuldgefühle verblassen werden. »Du bist sehr gut darin«, sage ich, greife nach seiner Hand und drücke sie. »Hattest du reichlich Übung?«

Er blättert die Karten durch und sieht mich fragend an, eine Augenbraue hochgezogen. »Selbst Hand anzulegen verliert seinen Reiz, hatte man erst die Hand der Frau, die man liebt, an seinem besten Stück«, antwortet er, grinst und zwinkert mir zu.

»Hast du das gerade tatsächlich gesagt?«

»Ja.« Er hält eine Karte hoch, und ich betrachte die vertrauten Bilder. »Jetzt konzentriere dich hierauf.«

»Nachdem du so was Romantisches von dir gegeben hast?«

Nun erscheint das volle Jack-Joseph-Lächeln. »Konzentration«, befiehlt er.

Mürrisch sehe ich auf die Karte. »Leicht«, behaupte ich und balle und lockere immer wieder die Faust. »Nächste.«

»Diese.« Er hält eine andere Karte hoch.

»Da.« Ich beuge den Arm und unterdrücke ein Gähnen. »Nächste.«

»Annie, du sollst deinen Arm richtig strecken.« Er zieht ihn gerade.

Ich ringe nach Luft, weil meine steifen Sehnen zu sehr gedehnt werden.

»Ja, viel besser«, bemerkt Jack sarkastisch. Ich runzle die Stirn, doch er sieht mich warnend an. »Willst du dich weiter mit mir streiten?«

Ich brummele verärgert, beuge meinen Arm deutlich langsamer und strecke ihn so weit, wie ich kann. »Zufrieden?«

»Ich versuche bloß zu helfen.«

»Hilf mir, indem du mich ausführst«, bettle ich, wenn auch ohne jede Hoffnung, dass er auf mich hört. Ich komme mir wie eine Gefangene vor, denn abgesehen von den täglichen Ausflügen zur Physiotherapie hält Jack mich hier in einem Wattekokon. Allmählich werde ich wahnsinnig. »Oder lass mich wenigstens ein bisschen arbeiten.«

»Eigentlich habe ich überlegt, mit dir auszugehen.« Er legt eine Hand an meine Wange und zeichnet die Narbe einer Schnittwunde nach. »Aber ich will dich nicht drängen.«

»Ich fühle mich schon viel besser.« Ich muss raus und versuchen, etwas halbwegs Normales zu unternehmen, anstatt hier zu liegen und nichts anderes zu tun zu haben, als immer wieder jenen entsetzlichen Tag in Gedanken durchzuspielen. Für Jack ist es ebenfalls nicht gesund, rund um die Uhr meine Krankenschwester zu mimen. Auch er muss mal raus.

»Treffen wir eine Abmachung«, sagt er und beugt sich über mich, sodass sein Gesicht dicht vor meinem ist.

»Was für eine?« Ich tue alles!

»Ich führe dich aus, wenn du …« Seine Worte versiegen, und er blickt für einen Moment an mir vorbei.

»Wenn ich was?«

»Wenn du zustimmst, mit mir zusammenzuziehen.«

Ich weiche zurück, obwohl ich gar nicht will. Wir haben nicht hierüber gesprochen. Oder über irgendwas, genau genommen. Seit ich aus dem Krankenhaus entlassen wurde, galten all unsere Bemühungen meiner Genesung, damit waren wir beide zufrieden. Ich wollte nicht wieder und wieder die entsetzlichen Ereignisse durchkauen, die mich ins Krankenhaus brachten und uns das ungeborene Kind raubten. Die ganze Zeit ist Jack hier bei mir in der Wohnung, und ich stellte es nicht infrage.

Mit ihm zusammenziehen? Wo?

Sein Haus steht leer, seit er bei mir und seine Frau in Haft ist. Und ich weiß, dass er nie wieder einen Fuß hineinsetzen will. Meine Wohnung wiederum ist klein.

»Vielleicht könnten wir etwas kaufen«, fährt er fort, weil er ahnt, dass mir endlose Fragen durch den Kopf gehen; eventuell weiß er sogar, welche. »Ich kann mein Haus nicht verkaufen, ehe wir wissen, wie es weitergeht mit …« Er verstummt.

Ihr Name ist nie erwähnt worden, und ich bezweifle, dass er

es je wieder wird. Jack hat die Scheidung eingereicht und die komplizierten Einzelheiten an seinen Anwalt übergeben.

»Ich möchte ein Zuhause mit dir. Weg von hier. Etwas, das uns gehört.«

»Uns?«, frage ich. Ich mag, wie sich das anhört.

»Nur uns.«

»Nur uns«, plappere ich nach, weil ich nicht weiß, was ich sonst sagen soll. Etwas, das nur uns gehört.

»Ein Neuanfang. Du und ich.« Er nimmt mein Handgelenk und spielt mit dem Armband, sodass ich unwillkürlich hinsehe. »Falls du mich willst.«

Ein weiterer kleiner Teil meines Herzens fügt sich zu den anderen. Ich lege eine Hand auf seine und betaste die kostbaren Anhänger ebenfalls. Die Dynamik in unserer Beziehung hat sich zwangsläufig verändert. Vorher, als wir uns nur mal Stunden heimlich sehen konnten, trieb uns beide unstillbarer Hunger nach dem anderen an, und wir verbrachten diese Zeit in unserer privaten Glücksblase.

Jetzt, da wir jede Sekunde jedes Tages miteinander haben und ich nichts tun kann, sind wir einfach zusammen. Lieben uns, unterstützen uns und heilen uns gegenseitig, so gut wie möglich, während wir uns aus physischen Gründen nicht in jenen atemberaubenden Lustrausch stürzen können, der uns durch so viele Monate gebracht hatte. Dennoch ist es schön. Bei aller Trauer, die ich durchmache, fühlt sich das Zusammensein mit Jack bis heute wie eine Erfüllung an. Und wenn überhaupt, stärkt es unsere Liebe nur.

Er hat mich an meinem schwächsten Punkt gesehen und ich ihn an seinem. Doch gemeinsam sind wir wahrscheinlich stärker denn je. Ich blicke zu ihm auf und lächle ein wenig. »Du warst immer mein, schon bevor ich es wusste.«

Er nickt und streicht mit den Fingern durch mein Haar. »Es tut mir bloß so leid, dass …«

Ich lege eine Hand in seinen Nacken und ziehe ihn zu mir, bis sich unsere Lippen beinahe berühren. »Alles wird wieder gut. Ich habe dich, deshalb bin ich sicher, dass es wieder gut wird.« Mir ist klar, dass ihn mein Schmerz auffressen könnte, wenn ich es zulasse. Und das darf ich nicht.

»Meinetwegen machst du so viel durch«, flüstert er.

»Nein, ich tue es *meinetwegen*«, korrigiere ich ihn. An dem hier trifft ihn keine Schuld. Ich habe die Konsequenzen in dem Augenblick akzeptiert, in dem ich mich wissentlich auf ein Geflecht aus Lügen und Täuschungen mit einem verheirateten Mann einließ. Ich habe lediglich nicht vorhergesehen, welches Ausmaß an Schmerz und Kummer wir durchmachen müssen. Ich habe nicht mit Stephanie gerechnet.

Er lächelt verhalten. »Ich habe dir nicht unbedingt eine Wahl gelassen, oder?«

»Du meinst, als du mich permanent mit deiner unfassbaren Attraktivität in Verlockung führtest?«

Er überbrückt die kleine Distanz zwischen uns und küsst mich sanft. »Ich wusste gleich, dass es mir bestimmt war, dir an dem Abend in der Bar zu begegnen, als du betrunken warst.«

»Ich war nicht betrunken!«

»Nein, natürlich nicht.« Er lächelt. »Brauchst du Hilfe beim Duschen?«

Ich nicke und lasse mir von ihm von der Couch helfen, wobei ich darauf achte, mir meine Schmerzen nicht anmerken zu lassen, damit er ja seinen Teil der Abmachung erfüllt.

»Du hast Schmerzen, stimmt's?«, fragt er, als er mich in der Taille hält und mir langsam nachgeht.

»Mir geht es gut«, erwidere ich, verziehe jedoch das Gesicht ein bisschen, als mir Schmerz durch den Oberschenkel schießt. Immer noch humple ich leicht, auch wenn ich sicher bin, dass daran einzig Bewegungsmangel schuld ist. Meine Muskeln und

Knochen sträuben sich lediglich gegen Bewegung, weil sie sich daran gewöhnt haben, nicht gefordert zu werden.

Jack führt mich ins Bad und stellt die Dusche an. Ich hasse mich selbst dafür, aber ich muss mich auf den Toilettendeckel setzen, während er die Handtücher holt. Vom kurzen, langsamen Gang quer durch meine Wohnung bin ich erledigt. Es entgeht Jack nicht, und er sieht mich fragend an, was ich wiederum geflissentlich ignoriere. Stattdessen beginne ich, mein T-Shirt auszuziehen. Vorübergehend kann ich Jack nicht sehen, weil das Shirt vor meinem Gesicht ist, und als ich wieder freie Sicht habe, hat er sein T-Shirt ebenfalls ausgezogen. Lächelnd betrachte ich seinen straffen Bauch, seine Brust, seinen absolut fantastischen Oberkörper und seufze.

Ich lasse mein T-Shirt fallen, als Jack seine Jeans aufknöpft. Langsam. Dann schiebt er sie über seine muskulösen Schenkel nach unten. Langsam. Er macht das absichtlich. Zwischen meinen Beinen geschehen Dinge, die schon lange nicht mehr passiert sind.

»Ich seife dich ab.« Seine Jeans fällt zu Boden. »Bist du bereit?«

Ich schieße vom Toilettendeckel hoch. Und schreie auf. »Scheiße!« Ich sacke zurück, halte mich am Waschbecken fest und atme mich durch den Schmerz.

»Annie!« Jack kniet vor mir und schätzt in Nullkommanichts meine Verfassung ein. »Immer mit der Ruhe.«

Ich blähe die Wangen beim Ausatmen und sehe zu ihm auf. »Autsch«, jammere ich erbärmlich.

»Na gut. Kein Ausgehen. Es ist zu früh. Und keine gemeinsame Dusche.«

Knurrend greife ich in sein Haar und zerre ihn drohend zu mir. »Du kommst mit rein!«, fauche ich. »Und dann führst du mich aus.«

»Verflucht, Annie!« Er lacht leise und löst meine Hand aus seinem Haar. »Ist ja okay.«

»Gut.« Ich atme wieder ruhig und kontrolliert. »Tut mir leid, dass ich so hartnäckig bin.«

Jetzt lacht Jack richtig. Es ist wie Musik in meinen Ohren.

»Ich freue mich auf ein Leben voller Hartnäckigkeit, Süße.« Er richtet sich auf und hält mir eine Hand hin. »Bereit?«

Er hilft mir behutsam auf, zieht mir meine Shorts, den Slip und den BH aus, bevor er mich vorsichtig zur Dusche führt. »Was hast du denn erwartet, wenn du mir diesen Körper vorführst?«, frage ich und höre ihn in sich hineinlachen. »Und mich so ansiehst. Und in diesem Ton mit mir sprichst. Und solche Sachen sagst.«

»Ich halte meinen Mund.« Sanft dreht er mich vor der Duschbank um und hilft mir, mich hinzusetzen. »Und behalte meine Boxershorts an«, ergänzt er.

»Das musst du nicht«, widerspreche ich. Es wäre lächerlich.

Mein Po berührt das Holz der Bank, und ich verziehe das Gesicht, was ich hasse. Ich habe ehrlich gehofft, dass heute der Tag wäre, an dem ich endlich unter der Dusche stehen könnte. »Ich komme mir behindert vor«, murre ich und beobachte, wie Jack vor mir auf die Knie geht.

»Bist du«, sagt er, was mir eine Grimasse entlockt.

Er nimmt den Schwamm, befeuchtet ihn unter dem Strahl und gibt etwas Duschgel drauf. Dann umfasst er einen meiner Fußknöchel, hebt ihn sanft an und blickt mir dabei ins Gesicht, um jede Schmerzregung mitzubekommen.

»Alles gut?«, fragt er sicherheitshalber, und ich nicke. »Schön.« Er beginnt, mich abzuseifen. »Soll ich dir die Beine rasieren?«

Ich sehe hinunter auf meine Beine und streiche darüber. Ich habe versucht, sie zu rasieren, aber mit mangelnder Beweglichkeit geht leider auch vermehrte Körperbehaarung einher. »Ja, bitte.« Ich kann nicht glauben, an welchem Punkt wir jetzt schon in dieser Beziehung sind. Jack jedoch scheint es nichts auszumachen. Er holt den Rasierer und fängt an, ihn in präzisen, sanften Strichen über meine Waden zu führen. »Unsere Liebe hat eine völlig neue Ebene erreicht«, murmele ich vor mich hin und sehe, wie er zu grinsen beginnt, während er sich der selbstgewählten Aufgabe widmet.

»Unsere Liebe ist die beste, Annie.« Er ist fertig und wäscht die restliche Seife weg, bevor er über meine Beine streicht, um seine Arbeit zu überprüfen. »Perfekt«, sagt er und blickt zu mir auf.

Ich unterstelle, dass er nicht über das Rasieren redet, sondern über unsere Liebe.

Nun berühre ich seine Bartstoppeln. »Perfekt«, antworte ich.

Er dreht seinen Kopf an meiner Hand und küsst die Innenfläche sanft, bevor er mit geschlossenen Augen einatmet. »Ich liebe dich.«

Ich rücke auf der Bank nach vorn, weil ich ihm näher sein will. Doch er hält mich zurück. »Ich möchte dich halten.«

»Dann komme ich zu dir.« Er rutscht auf Knien vorwärts, legt die Hände auf meine Oberschenkel und sieht mich an, eindeutig um Einverständnis bittend.

Ich spreize die Beine, greife nach seinen Schultern und ziehe ihn an mich, wobei ich ihn mit den Beinen so weit einfange, wie es mein Körper mir erlaubt, ohne dass es wehtut.

»Vorsichtig«, warnt Jack mich, als er mit seiner nassen Brust meine berührt und ich meinen Kopf an seinen Hals schmiege, mein Gesicht dicht an seinem. Wir beide seufzen vor Wonne. »Gott, fühlt sich das gut an.«

Das tut es. Warm. Wohltuend. Richtig. So bleiben wir eine gefühlte Ewigkeit, kosten die erste richtige Umarmung seit viel zu langer Zeit aus. Nichts tut mir weh. In mir ist kein Raum für anderes als Freude. So könnte ich ewig verharren, glücklich in seinen Armen, weshalb ich leise protestiere, als er zurückweichen will, und ihn umso fester umklammere.

»Ich dachte, du willst hinaus in die große weite Welt«, sagt er und legt eine Hand unter mein Kinn, um es anzuheben.

»Ich habe es mir anders überlegt. Lass uns hierbleiben.«

»Für immer?«

»Ja.«

Er lacht. »Da ist heute aber jemand sehr entschlossen. Wie wäre es, wenn ich dich die ganze Nacht im Arm halte?«

»Im Gegensatz zu so weit wie möglich an der anderen Bettkante liegen?«

»Ich hatte Angst, dass ich dich versehentlich im Schlaf anstoße.« Er hockt sich hin und nimmt das Shampoo.

»Nach fünf Minuten in deinen Armen fühle ich mich besser als nach sechs Wochen Krankenhaus.«

Er hält mit der Shampoo-Flasche im Anschlag inne und sieht mich an. Ich zucke mit den Schultern, denn es ist die Wahrheit. Er hat eine heilsame Wirkung auf mich.

»Dann halte ich dich die ganze Nacht in den Armen.«

»Und was ist mit morgen Nacht?«

»Da auch.«

»Und die Nacht danach?«

»Annie, ich werde dich für den Rest unseres gemeinsamen Lebens jede Nacht halten«, antwortet er und schiebt seine Hände in mein Haar, um es zu shampoonieren und meinen Kopf zu massieren. »Und ich werde für jede Sekunde dankbar sein, die ich es darf.«

Ich lasse mich in das wonnige Gefühl fallen, als Jacks Finger zärtlich durch mein Haar streichen, als würden sie etwas überaus Zerbrechliches behandeln. Und vielleicht denkt er das auch gerade. »Du musst es leid sein, mich als solch ein Wrack zu sehen.« Ich seufze. Ich habe schon fast vergessen, was Make-up ist, und seit Wochen trage ich nur Schlabberkleidung.

»Du siehst jeden Tag wunderschön aus«, sagt er einfach so. »Und jetzt sei still.«

Ich gehorche und lasse mich von ihm umsorgen, während ich die Augen geschlossen halten muss. Sein nackter Unterleib ist direkt auf meiner Augenhöhe, und wenn ich den Blick nur ein wenig senke, ist da etwas anderes. Ich weiß, dass ich nicht bereit *dafür* bin, so verlockend es auch sein mag. Mich selbst damit zu reizen, würde die schwindenden Schmerzen nur zurückbringen.

»Hoch mit dir.« Jack schlingt einen Arm um meine Taille und hilft mir auf. »Ganz ruhig.«

Ich verziehe das Gesicht, stoße zischend die Luft aus und ächze nach nur wenigen Minuten auf meinem Hintern. Widerwillig gestehe ich mir ein, dass es noch ein weiter Weg ist, bis ich wieder fit bin. »Danke.«

Er geht nicht darauf ein, sondern wickelt mich rasch in ein Badelaken und führt mich ans Waschbecken. Ich schaue in den Spiegel. Meine Haut wirkt teigig. Jeden Tag wunderschön? Ich schnaube und greife nach meiner Pillenpackung. Nachdem ich eine Pille aus der Folie gedrückt habe, führe ich sie an den Mund.

Doch sie schafft es nicht über meine Lippen.

Denn Jack umfängt mein Handgelenk. Ich sehe ihn im Spiegel an und ziehe fragend die Brauen zusammen. Was macht er?

»Wie wäre es, wenn du die nicht nimmst?«, fragt er leise und beobachtet mich aufmerksam.

Ich bin sprachlos. Meint er …? »Dann bin ich wahrscheinlich schwanger, sobald du endlich einsiehst, dass ich dich will. So schnell wie möglich.«

Ein Schmunzeln umspielt seine Lippen, und nach wie vor hält er mein Handgelenk fest. »Wie gesagt, wie wäre es, wenn du die nicht nimmst?«

Er dreht meine Hand ein wenig, und die Pille fällt aus meiner Handfläche ins Waschbecken. Ich blicke ihr nach und schaue zu, wie sie einige Male um den Abfluss kullert, bevor sie in dem schwarzen Loch verschwindet. Sie ist fort, doch ich starre immer noch das Porzellan an, während ich mich zu begreifen bemühe, was er vorschlägt.

»Jack, du musst nicht …« Er legt einen Finger auf meine Lippen, damit ich schweige, und kommt näher.

»Ich versuche nicht, irgendwas wiedergutzumachen, Annie. Jedenfalls nicht mit einem Baby. Es geht nicht darum, das Kind zu ersetzen, das wir verloren haben.«

Die Erwähnung meiner Fehlgeburt schmerzt furchtbar, und er muss es bemerken, denn er umfängt meine Wangen mit seinen großen Händen und führt mein Gesicht dicht an seins.

»Ich möchte mir ein Leben mit dir aufbauen«, erklärt er leise. »Mir kommt es vor, als hätte ich ewig darauf gewartet, so zu empfinden.« Seine Daumen streicheln meine Wangen, und ich schließe meine verfluchten Augen, weil Tränen in ihnen brennen. Jack küsst mich zärtlich auf beide Lider.

»Ich möchte mit dir Babys machen, Annie. Hunderte.«

Ich schniefe, denn meine Gefühle drohen mich zu übermannen.

»Ich möchte dich jeden Tag ansehen und lächeln, weil ich *dich* als die Mutter meiner Kinder ausgewählt habe. Denn ich weiß, wenn ich alles haben darf, sollte ich es mit dir haben.«

Ich sehe ihn an und verliere mich in den grauen Tiefen seiner Augen. Die Trauer, die dort im Hintergrund lauerte, ist beinahe verschwunden.

»Du bist mein, Annie Ryan.« Er küsst mich sanft auf die Stirn. »Keine Pillen mehr.«

Sein Kuss verrät mir so viel. Er sagt mir, dass Jack mich beschützen wird. Dass er immer für mich da sein wird. Und er sagt mir, ganz gleich, wie falsch die Leute meine Entscheidungen finden mögen, für mich waren sie die richtigen. Und für Jack.

»Gib mir nur ein bisschen Zeit«, flüstere ich.

»So viel, wie du brauchst.« Er hebt den Kopf und grinst mir auf eine Weise zu, die ich unwillkürlich erwidern muss. »Ich kann Kondome benutzen. Du sollst nur wissen, dass ich bereit bin, wenn du es bist.«

»Einverstanden«, stimme ich prompt zu. Einfach so. Weil auch ich weiß, wenn ich überhaupt ein Kind bekomme, dann sollte es mit Jack sein. Ich blicke in die grauen Augen des Mannes, der für mich verboten war. Des Mannes, den ich nie hätte anfassen dürfen. Der mir nicht gehörte. »Aber bei vier Kindern ziehe ich die Grenze«, murmele ich.

Sein Lächeln. Oh Gott, dieses Lächeln! Es ist strahlend, fast blendend und voller Hoffnung und Liebe. Das größte Stück meines gebrochenen Herzens findet an seinen Platz zurück. Jacks Lächeln symbolisiert unser Leben. Und das Leben unserer Kinder. Es steht für Glück. Und für Freiheit.

»Ich möchte sechs.«

Ich ignoriere den schneidenden Schmerz, der mich durchfährt, als ich mich in seine Arme werfe. »Ich liebe dich.« Ich schluchze idiotisch. »Ich liebe dich so sehr.«

»Danke.«

Er hält mich, als könnte ich zusammenbrechen, wenn er mich loslässt. Ich würde es, aber nicht vor Schmerz oder Erschöpfung. Ich würde zusammenbrechen vor Glück, weil es beinahe zu intensiv ist, um es zu fassen. Wie die meisten Dinge mit Jack.

»Jetzt komm. Ich führe dich aus.«

»Wohin wollen wir?«

»Das ist eine Überraschung.« Er küsst mich auf die Nasenspitze und lässt mich vorsichtig los. »Brauchst du Hilfe beim Anziehen?«

»Was ziehe ich denn an?«

Er nimmt meine Hand und führt mich zum Kleiderschrank, wo er die Sachen durchsieht. »Dies hier.« Jack holt ein sehr großes Ralph-Lauren-Shirt heraus. »Zu der.« Und eine enge Jeans.

Also nichts Elegantes?

Langsam und behutsam hilft er mir, mich anzuziehen, und beobachtet, wie ich mich zum ersten Mal seit Wochen ein wenig schminke. »Was ist mit meiner Frisur?«, frage ich und betrachte stirnrunzelnd meine Mähne. Sie könnte einen Schnitt und Farbe vertragen.

Er zieht das Haargummi von meinem Handgelenk und rafft mein langes Haar zu einem unordentlichen Pferdeschwanz zusammen.

»Perfekt.«

Das würde ich nicht sagen, aber es ist eine Verbesserung gegenüber dem Aufzug, in dem ich seit dem Krankenhaus herumhumple. »Und meine Füße?«

»Etwas Bequemes.«

Er legt seine großen, starken Hände auf meine Schultern und massiert sie einen wohltuenden Moment lang. Ich schließe die Augen und entspanne mich unter seiner Berührung. »Das fühlt sich gut an.« Ich seufze.

»Komm, bevor du einschläfst.« Er lässt mich vor dem Spiegel und zieht sich eine Jeans und ein T-Shirt an. »Bist du so weit?«

Ich nicke, schlüpfe in meine Converse-Turnschuhe und blicke hinab auf die Schnürsenkel. Jack kniet sich vor mich und bindet sie mir, ehe ich auch nur versuche, mich zu bücken. Ich lächle und bin dankbar, anstatt mich völlig nutzlos zu fühlen. Diese Fürsorge und Aufmerksamkeit kann ich leicht annehmen, weil sie von Jack kommen.

30. Kapitel

Ich habe eine Ahnung, wohin wir wollen, als Jack aus der Stadt hinausfährt, ich halte jedoch den Mund. Mit Freuden lasse ich ihn bestimmen, wohin wir fahren und was wir machen. Nicht im Traum hätte ich mir früher vorstellen können, damit zufrieden zu sein, dass jemand auf mich aufpasst. Doch es fühlt sich einfach richtig an, und nicht, weil ich momentan stark eingeschränkt bin und nicht mal die simpelsten Dinge tun kann, sondern weil es für uns so sein soll. Während der gesamten Fahrt halten wir uns bei den Händen. Ich lehne den Kopf zurück und sehe ihn an, versuche zu begreifen, dass er mein ist. Ohne Einschränkungen. Er möchte alles, und er möchte es mit mir. Trotz meiner physischen wie emotionalen Schmerzen glaube ich nicht, dass ich jemals glücklicher war. Und alles wegen dieses Mannes, dieses wunderschönen, wunderbaren Mannes.

Die letzte Abbiegung, die Jack nimmt, bestätigt meine Vermutung. »Zu meinen Eltern?«, frage ich, als der Jaguar meines Vaters in Sicht ist, der wie immer blitzblank in der Auffahrt steht. »Was machen wir hier?«

»Wir besuchen sie«, antwortet Jack schlicht und hält vor dem Haus meiner Eltern.

Wir besuchen sie? Als ich darum bat, wieder in die große weite Welt zu dürfen, hatte ich mir etwas anderes ausgemalt als das Haus meiner Eltern. Ich löse meinen Gurt und warte, dass Jack mir die Tür öffnet und mir beim Aussteigen hilft. Ich bemühe mich, nicht vor Schmerz zu fauchen, als ich mich aus dem Sitz aufrichte. Jack legt einen Arm um meine Taille und führt mich den Weg hinauf zur Haustür. Wie immer macht meine Mutter auf, ehe wir klopfen können. Sie hat ein Geschirrtuch in der Hand und lächelt.

»Annie, Schatz.«

»Hi, Mum.« Ich lasse zu, dass sie mich Jack entwindet und mich umarmt – verteufelt fest. »Nicht so doll!«

»Oh, tut mir leid! Es ist nur so schön, ein bisschen Leben in dir zu sehen.« Sie hilft mir in die Diele, und wie üblich duftet es aus der Küche. Ich höre Leute sprechen.

»Wer ist noch hier?«, frage ich. Meine Mutter antwortet nicht gleich, sondern dirigiert uns ins Esszimmer.

»Alle, Schatz.«

Ich bleibe an der Tür stehen und schaue ins Zimmer, wo alle verstummen und zu mir sehen. Lizzy mit Jason, Micky mit Charlie und mein Vater und Nat. Mein erster Gedanke ist: *Mum dürfte ganz in ihrem Element sein bei so vielen Gästen, die sie bewirten kann.* Der zweite ist: *Was tun sie alle hier?* Ich hebe eine Hand zu einem lahmen Gruß, bevor ich mich mit einem fragenden Blick zu Jack umsehe.

Er lächelt nur, fasst nach meiner Hand und bringt mich zum Tisch, wo ein Stuhl auf mich wartet. Nachdem er mir vorsichtig beim Hinsetzen geholfen hat, küsst er mich auf die Wange.

»Sie haben versprochen, keinen Aufstand um dich zu machen.«

Ich lache ein wenig nervös und beobachte, wie meine Mutter Jack eine Schürze reicht. Er nimmt sie wie selbstverständlich und bindet sie sich um. »Du hilfst Mum?«

»Offensichtlich.«

Achselzuckend verschwindet er in die Küche, und ich bleibe verblüfft zurück. Meine Mutter lässt sich von Jack helfen?

Ich sehe meinen Vater an, der nur die Schultern hebt. »Geht es ihr gut?«, frage ich ernst. Sie tut die Dinge immer auf ihre Art. Ganz besonders in der Küche. Auf *ihre* Art.

»Sie möchte sich mit deinem neuen Burschen anfreunden«, antwortet er.

Micky lacht, und als ich zu ihm blicke, sehe ich, dass er lässig einen Arm um Charlies Schultern gelegt hat.

»Armer Jack.«

Anfreunden. Sie will sich mit ihm anfreunden. Der Gedanke ist herzerwärmend, bedenkt man, unter welchen Umständen sie von Jack erfahren haben. Die Tatsache, dass meine Mutter ihn in ihre Küche einlädt, ist ein Riesending und ihr Signal, dass sie ihn akzeptiert. Allerdings sehe ich im Geiste schon ihre panische Miene vor mir, wenn Jack irgendwas nicht zu ihrer Zufriedenheit macht. »Spätestens in zehn Minuten fliegt er raus«, folgere ich.

»Fünf«, kontert mein Vater. »In fünf Minuten wird er schreiend rausgelaufen kommen.« Er blickt auf seine Uhr.

Ich lache und entspanne mich ein wenig, doch meine schmerzenden Muskeln spannen sie gleich wieder an, als Nat und Lizzy auf mich zukommen und Charlie ermuntern, zu ihnen zu stoßen. Nat bringt eine Flasche Wein und schenkt vier Gläser ein. Sie gibt jeder von uns eins.

Charlie spricht den Toast: »Auf wahre Liebe.«

Ich sehe sie verwundert an, und sie lächelt.

»Auf wahre Liebe«, stimmt Lizzy ein, deren Blick zu Jason am anderen Ende des Tisches huscht, wo alle Männer bis auf Jack zusammensitzen. Mein Vater hat die Karten hervorgeholt und ihnen den Krieg erklärt.

»Auf wahre Liebe«, sage ich leise und höre, wie Jack in der Küche Anweisungen von meiner Mutter bekommt.

»Meinetwegen.« Nat schnaubt und stürzt ihren ersten Schluck Wein hinunter. »Na los.« Sie tippt unter den Fuß meines Weinglases, um mich zu ermuntern. »Erzähl uns von deinem neuen Burschen.«

Jetzt weiß ich, dass sie mich nicht in Mitgefühl ertränken

werden. Vielmehr werden sie mich ausquetschen, alles Erdenkliche wissen wollen und mir das Gefühl geben, in einem Verhör zu sein. Sie werden sich benehmen, als hätte es den Albtraum der letzten Monate nie gegeben, als sei das mit Jack und mir normal. Als hätten wir uns unter normalen Umständen kennengelernt. Als hätte es nie Elend und Kummer gegeben. Ich sehe sie dankbar an, und alle antworten mit einem Lächeln.

Jack kommt herein und stellt eine Platte mit Häppchen in die Tischmitte. Unsere Blicke treffen sich, als er die Platte an exakt den richtigen Platz stellt. Er grinst, und ich muss schlucken, weil ich plötzlich gefühlsduselig werde. »Er ist perfekt«, sage ich leise. »Gut aussehend, freundlich, ehrgeizig und ermutigend.«

»Klingt wie ein Traum«, entgegnet Jack gelassen, womit er die Aufmerksamkeit aller Frauen auf sich zieht.

»Hey!« Lizzy schnappt sich eine Olive von der Platte und wirft sie nach ihm. »Mädchengespräch. Verschwinde!«

Er hält beide Hände in die Höhe und geht rückwärts hinaus, wobei er zu meinem Vater sieht. »Ich glaube, es sind schon sechs Minuten … bisher.«

»Ich habe einen Scotch da, wenn Sie ihn brauchen, mein Junge«, erwidert mein Vater und teilt die Karten an Jason und Micky aus.

Ich könnte platzen vor Glück. Normal. Dies ist so normal. Das ist es, was ich mir von dem Augenblick an wünschte, in dem ich mich in Jack verliebte, und wie es nicht sein konnte. Ich wollte alles an dem Mann, in den ich mich verliebte, mit meinen Freunden teilen. Ich wollte mit meinen Freundinnen über die Küsse, den Sex und die Gefühle reden. Ich wollte meinen Eltern erzählen, dass ich jemanden kennengelernt habe, der mich schier umgehauen hat, und ich wollte das hier tun. Ihn mit ihnen teilen. Ich wollte, dass meine Mutter ihn mag, ihn in ihrem Zuhause willkommen heißt. Dass er Teil der Familie ist.

Abgesehen von meinem verzweifelten Wunsch, Jack für mich zu haben, habe ich mir auch dies hier gewünscht.

Akzeptanz. Liebe. Normalität.

»Jetzt verstehe ich.«

Lizzy holt mich aus meinen Gedanken. Ich schaue sie fragend an, und sie lächelt – nicht sehr breit, aber echt.

»Wenn ich euch zusammen sehe, verstehe ich es. Das tut jeder.«

Ich nicke und blinzle meine Tränen weg, bin so dankbar wie nie zuvor.

»Wie müde bist du?«, fragt Jack, als er vor dem Haus meiner Eltern losfährt und ich zum Abschied winke.

Es war ein wundervoller Abend. Ich habe gelacht, mich in der Zuneigung gesuhlt, mit der Jack mich überschüttete, und ich habe die zustimmenden Blicke genossen, mit denen ihn alle meine Freunde und meine Eltern ansahen. Sie begreifen es. Sie verstehen mich. Ich lege den Kopf an die Rücklehne und drehe ihn zu Jack. »Überhaupt nicht.«

Er lächelt in Richtung Straße. »Du lügst, aber ich werde nicht mit dir streiten. Ich möchte nur gerne noch einen Abstecher machen.«

»Immer doch«, sage ich und bin wieder mal zufrieden damit, ihn übernehmen zu lassen. Wir fahren zurück in die Stadt, wobei wir über nichts Besonderes plaudern, und Jack parkt in einer Seitenstraße im Londoner Stadtzentrum. »Wo sind wir?«

Er antwortet nicht, sondern hilft mir schweigend beim Aussteigen. »Ist es okay für dich, ein paar Minuten zu gehen?«

»Ja. Wohin wollen wir?«

Abermals wird meine Frage ignoriert, und Jack führt mich zur Hauptstraße. Ich zügle meine Neugier, bis er mit mir auf dem Gehweg stehen bleibt und sich zu mir wendet.

»Wir sind da«, sagt er leise.

Verwundert schaue ich auf und erkenne, *wo* wir sind. Für einen Moment verschlägt es mir den Atem. »Wo wir uns kennengelernt haben«, murmele ich und blicke durch die Fenster der Bar.

»Zurück zum Anfang.« Jack führt mich hinein und steuert geradewegs die Stelle an der Bar an, an der er mich auf den Tresen gelegt hat. So viele Erinnerungen stürmen klar und deutlich auf mich ein. Er hilft mir auf einen Barhocker, setzt sich auf den daneben und dreht sich zu mir.

»Bist du betrunken?«, fragt er ernst und sieht mir in die Augen.

Mein Grinsen muss mein Gesicht spalten. Ich beschließe mitzuspielen, so wie ich es an jenem schicksalhaften Abend tat, an dem ich ihm begegnete. »Ganz und gar nicht.«

»Möchtest du es beweisen?« Er neigt den Kopf zur Seite und schürzt leicht die Lippen.

»Ja.« Ich nicke entschlossen. »Willst du mich über den Tresen legen?«

»Führe mich nicht in Versuchung.« Grinsend ruft er dem Barkeeper zu: »Zwei Tequilas bitte.«

Er wirft einen Geldschein auf den Tresen und achtet darauf, meine Hand zu streifen, als er seine wieder zurückzieht. Sein Grinsen wird breiter, als ich nach Luft schnappe. Ich würde ihn liebend gern in Versuchung führen, meinen Körper von ihm dahin steuern lassen, wo er ihn haben will. Sogar die Schmerzen würde ich aushalten, die damit einhergingen, doch ich weiß, dass Jack es nie täte.

»Spielen wir«, murmelt er und sieht zu mir auf.

Eine Welle unglaublichen, überwältigenden Glücks durchströmt mich. »Was soll ich machen?«

Jack nimmt das Salz und meine Hand und leckt meinen Handrücken mit einem langen, festen Zungenstrich an, wobei er mich anschaut. »Du schmeckst gut.«

»Ja, das wurde mir bereits gesagt.« Ich beobachte, wie er Salz draufstreut. »Leckst du jede Frau an, die du in einer Bar triffst?«

»Es gibt nur eine Frau, die ich jemals geleckt habe und lecken werde.«

»Die Glückliche.«

»Ich bin der Glückliche«, erwidert er, hebt meine Hand an seinen Mund, schleckt das Salz ab und trinkt den Tequila.

Er summt zufrieden und kann sich das Lächeln nicht mehr verkneifen, als ich lächle.

»Da ist noch ein Tequila«, sagt er und legt meine Hand neben das Glas auf dem Tresen. »Und der gehört dir.«

»Ich sehe etwas, das ich viel lieber hätte als Tequila.« Ich weiche vom Skript ab, indem ich sage, was ich eigentlich an dem Abend sagen wollte, an dem ich Jack Joseph begegnete.

»Dann nimm es dir.« Er lehnt sich auf seinem Hocker zurück und verschränkt die Arme vor der breiten Brust.

Ich blicke mich in der belebten Bar um. Wir sind in der Öffentlichkeit, für jedermann sichtbar. Und zum ersten Mal muss ich nicht aufpassen, meine Hände bei mir zu behalten. Ich muss mir keine Sorgen machen, dass ich mit einem Mann gesehen werde, mit dem ich nicht zusammen sein dürfte. Es ist seltsam und kaum zu begreifen.

»Worauf wartest du?«, fragt Jack in meine Gedanken hinein.

Die Wahrheit ist, ich weiß es nicht. Darauf, dass ich aufwache? Ich rutsche vorsichtig vom Barhocker. Mir entgeht nicht, dass Jack an sich halten muss, mir nicht zu helfen. Er spreizt die Schenkel ein wenig, lädt mich ein, näher zu kommen. Ich trete vor, löse seine Arme und führe sie um meine Taille. Er lässt sich von mir dirigieren, als ich mich zwischen seine Beine stelle und zu ihm aufschaue. Und ich küsse ihn. In der Öffentlichkeit, mit Leidenschaft, Liebe und allem, was ich für ihn empfinde und nie zuvor mit der Welt teilen konnte. Dieser Mann gehört mir.

»Du vergeudest keine Zeit«, sagt er. »Ich habe dir nur einen Drink spendiert, und schon versuchst du, mich ins Bett zu kriegen.«

Ich lache und schaue ihm in die Augen. Graue Augen, die funkeln. »Bring mich nach Hause«, flüstere ich. Ich möchte, dass er mich zu Bett bringt und mich überall ableckt. Ich möchte, dass er mich küsst, mich berührt, mit mir Liebe macht.

»Dein Wunsch ist mir Befehl, Baby.« Er hebt mich mitten in der Bar hoch, sodass es alle sehen können, und trägt mich hinaus. Aber wir kommen nicht bis zum Wagen, nur bis zum Ende der Straße. Dort lässt Jack mich hinunter. »Warte hier«, befiehlt er sanft, dreht sich um und blickt nach links und rechts, bevor er auf die andere Straßenseite läuft. Als er drüben ist, wendet er sich zu mir um und sieht mich an. Ein kleiner Schluchzer entschlüpft mir, als mir bewusst wird, wo wir sind und was er tut. Autos fahren zwischen uns hin und her. Er bringt uns *wirklich* an den Anfang zurück.

»Du hast von einem Zuhause geredet«, ruft er mir zu, wobei seine Augen leuchten. »Sieh mal in deine hintere Hosentasche.«

Ich runzle die Stirn, während ich an meinen Po fasse und ein Blatt Papier aus der Jeanstasche ziehe. Langsam falte ich es auseinander und schaue neugierig abwechselnd Jack und das Blatt an. Rasch erkenne ich die Beschreibung …

»Ein Grundstück?«, frage ich. Zu leise, als dass Jack mich von der anderen Straßenseite hören könnte. Ich sehe zu ihm und stelle fest, dass er nachdenklich zu mir blickt. »Was ist das?«

»Unsers«, ruft er. »Ich habe es für uns gekauft.«

Wieder fällt mein Blick auf das Blatt in meiner Hand, aber ich bin viel zu durcheinander, um die Informationen zu verarbeiten, die mir entgegenstarren.

»Sag einfach Ja«, ruft Jack.

Ich lache. »Ich weiß doch nicht, wozu ich Ja sage.«

Er verdreht dramatisch die Augen, wirft den Kopf in den Nacken und blickt gen Himmel, als wäre ich schwer von Begriff. Dann kommt er über die Straße. Ich schreie auf, als er mich hochhebt, obwohl er es überaus behutsam macht, und japse, als er mich an der Mauer hinter mir einfängt.

»Ich liebe diese Mauer«, sagt er mit tiefer, heiserer Stimme.

Es tut meiner Selbstbeherrschung nicht gut, wenn er über *diese* Mauer redet. Sie ist ebenfalls ein Teil unserer Geschichte, so wie der Tequila, die Bar und das Hotel direkt um die Ecke, in dem wir uns die ganze Nacht gegenseitig erkundeten und den Körper des anderen kennenlernten. Unsere Herzen haben sich in jener Nacht so fest verbunden, dass uns nichts mehr auseinanderreißen könnte.

»Du sagst Ja zu allem mit mir, Annie.« Seine Lippen sind nur Millimeter von meinen entfernt. »Ich habe dieses Grundstück für uns gekauft. Du wirst uns ein Zuhause entwerfen, und …«

»Du wirst es bauen«, flüstere ich. Endlich dringt sein Plan zu meinem Gehirn durch.

»Vorzugsweise mit jeder Menge Zimmer, die wir mit Babys füllen können.«

»Oh mein Gott.« Ich lasse das Blatt fallen und drücke ihn fest.

»Du und ich, Baby. Das Haus, die Kinder, das Leben, alles. Wir werden das alles haben.«

»Ich wollte immer nur dich«, gestehe ich und schmiege mein Gesicht in seine Halsbeuge. »Ich kann nicht fassen, dass ich dich endlich habe.«

»Und wie du mich hast, Baby.«

Er hält mich dicht an sich gedrückt, sodass sein Herz an meinem pocht – im Gleichklang, der Takt perfekt abgestimmt. Mächtige Liebe webt uns noch fester zusammen.

»Du besitzt mich. Ich gehöre dir. Du beherrschst mich«, murmelt Jack mir ins Ohr. »Für mich bist du alles, Annie Ryan. Mein Puls, mein Herzschlag, mein Atem. Alles.«

Mir verschwimmt die Sicht vor Tränen. »Ich bin so weit.«

»Das ist gut, denn ich habe gestern die Anzahlung geleistet.«

»Nein, du verstehst nicht, was ich meine, Jack.« Ich entwinde mich ihm, ergreife seine Hände und sehe ihn entschlossen an. »Ich bin bereit.« Dann führe ich seine Hände an meinen Bauch und beobachte, wie bei ihm der Groschen fällt. Dabei sieht er mich mit einer Mischung aus Unsicherheit und Begeisterung an.

»Du bist bereit?«

»Wurde uns nicht schon genug kostbare Zeit genommen?«, frage ich.

»Viel zu viel«, stimmt er mit gequälter Miene zu.

»Bring mich heim, Jack«, sage ich vollkommen sicher. »Bring mich ins Bett und liebe mich. Sei sanft, wenn du musst, aber bitte, mach Liebe mit mir.«

Er stöhnt und küsst mich stürmisch, wobei er mich in seine Arme hebt. Seine Arme. Der Ort, an dem nichts an mich herankommt. Meine Zuflucht. Meine Sicherheit. Mein Zuhause.

Ich hatte eine Affäre. Ich war die *andere* Frau. Ich verliebte mich in einen verheirateten Mann. Es war falsch, und wir haben deshalb gelitten. Wir beide haben etwas verloren – und werden diesen Verlust für immer teilen. Aber wir haben einander. Ein Teil von mir fühlt sich von demjenigen, wer immer da oben das Schicksal bestimmt, beraubt, weil mir Jack zu lange vorenthalten wurde. Doch wir mussten uns so oder so irgendwann finden, egal, was geschah. Ganz gleich, wer uns zu trennen versuchte. Sogar, als Jack und ich es selbst waren. Nichts konnte es aufhalten. Nichts konnte die Verbindung verhindern, die so stark ist, dass sie unsere beiden Welten ins Chaos stürzte.

Jack war nie wirklich verboten. Denn er gehörte immer mir. Und ich ihm. Noch ehe wir es wussten. Noch ehe wir einander gefunden haben.

Und am Ende fanden wir uns. Dennoch ist dies nicht das Ende für uns. Es ist erst der Anfang.

Die wahre Liebe hat gesiegt. Die größte Liebe. *Unsere* Liebe.

»Ich werde deine Hand halten, wenn du meine hältst«, murmelt er dicht an meinen Lippen.

»Ich werde nie loslassen.«

Danksagung

Dies war das bisher schwierigste Buch, und zweifellos wäre ich nicht bis zum Ende gekommen, hätte ich nicht mein Netzwerk von Unterstützern gehabt, von denen ich besonders Folgende nennen möchte:

Meine wunderbare Agentin Andy. Dein Input und deine Anleitung waren von unschätzbarem Wert, und ich danke dir von ganzem Herzen. Deine Begeisterung für dieses Buch und dein Vertrauen in mich ließen mich aufrichtig glauben, dass ich meine Wohlfühlzone verlassen und meinen Lesern diese Geschichte schenken kann.

Beth bei Grand Central, dass du im Frühjahr 2013 mit einer unbekannten Autorin und einem kleinen Buch mit dem Titel *This Man* ein Wagnis eingingst. Du hast mir damals gesagt, dass du nicht nur für eine einmalige Gelegenheit einsteigst und dich auf meine Zukunft freust. Acht Romane später ist deine Begeisterung für meine Texte ungebrochen. Ich danke dir so sehr, dass du meinen Geschichten bei GCP ein Zuhause gibst. Und vor allem danke ich dir, weil du Wort gehalten hast. Auf viele weitere Jahre und viel mehr Texte.

Meine Lektorin Leah bei Stateside und meine Lektorin Laura hier in England: Ihr seid Gold wert! Ich kann mir nicht vorstellen, wie ich ohne eure Unterstützung schreiben sollte. Ihr beide habt entscheidend mitgewirkt, dieses Buch zu dem zu machen, was es ist. Ich kann euch gar nicht genug dafür danken, dass ihr mich angespornt und mich gedrängt habt, den schwierigsten Liebesroman meiner bisherigen Liebesromane zu schreiben. Ohne euch hätte ich es nicht geschafft. Ohne euch alle nicht.